HELLE VINCENTZ

Die weiße Bestie

W0350833

Buch

Caroline Kayser, Mitte dreißig, arbeitet für einen international operierenden dänischen Ölmulti in Kopenhagen. Als erste Gerüchte über Kündigungen die Runde machen und sie eine kurzfristige Terminanfrage ihres Chefs erhält, befürchtet sie, dass er ihr während des Gesprächs das Ende ihrer Anstellung verkünden wird. Doch es kommt ganz anders.

Die kenianische Niederlassung des Konzerns ist unter Beschuss geraten. In ihrer unmittelbaren Umgebung werden Mädchen verschleppt und vergewaltigt. Eine der Dorfältesten behauptet, der Täter sei ein weißer Mann.

Es gibt zwar keine Beweise, doch der Ruf des Unternehmens ist in Gefahr. Nun soll ausgerechnet Caroline herausfinden, was hinter den schwerwiegenden Vorwürfen steckt, und – wenn nötig – diese verstummen lassen, mit welchen Mitteln auch immer …

Autorin

Helle Vincentz, Jahrgang 1978, war Fulbright-Stipendiatin an der Columbia University in New York. Nach dem Studium arbeitete sie zunächst in der Ölindustrie, u. a. als Projektmanagerin, später dann als freie Journalistin, u. a. für *Jyllands-Posten.* »Die weiße Bestie« ist der Beginn einer Thriller-Serie um Caroline Kayser, die Angestellte eines Ölmultis, die sich ihrer sozialen Verantwortung bewusst ist und die finsteren Machenschaften in einer skandal- und korruptionsgeschüttelten Branche aufdeckt.

Helle Vincentz

Die weiße Bestie

Thriller

Aus dem Dänischen
von Daniela Stilzebach

blanvalet

Die Originalausgabe erschien 2011 unter dem Titel
»Den afrikanske jomfru« bei Rosinante, Kopenhagen.

FSC www.fsc.org
MIX
Papier aus verantwortungsvollen Quellen
FSC® C014496

Verlagsgruppe Random House FSC® N001967
Das FSC®-zertifizierte Papier *Holmen Book Cream*
für dieses Buch liefert Holmen Paper, Hallstavik, Schweden.

2. Auflage
Deutsche Erstveröffentlichung Mai 2013 bei Blanvalet,
einem Unternehmen der Verlagsgruppe
Random House GmbH, München
Copyright der Originalausgabe © 2011
Helle Vincentz & Rosinante & Co., Kopenhagen
Published by agreement with the Gyldendal Group Agency
Copyright © der deutschsprachigen Ausgabe 2013
by Verlagsgruppe Random House GmbH, München
Redaktion: Ilse Wagner
Umschlaggestaltung: Johannes Frick, Neusäß/Augsburg
Umschlagmotiv: © plainpicture/Glasshouse/Todd Meier
lf · Herstellung: sam
Satz: Buch-Werkstatt GmbH, Bad Aibling
Druck und Einband: GGP Media GmbH, Pößneck
Printed in Germany
ISBN: 978-3-442-37844-9

www.blanvalet.de

Sie erwachte mit einem leisen Keuchen und setzte sich auf. Schaute sich in der beklemmenden Dunkelheit der Hütte um. Lauschte hinaus in die afrikanische Nacht.

Dann legte sie sich wieder hin. Sie musste sich verhört haben.

Die Kälte drang vom Boden her nach oben, durch die dünne Schlafmatte hindurch. Es lief ihr kalt den Rücken hinunter, sie zog die Decke bis zu den Schultern nach oben, lauschte den ruhigen Atemzügen ihrer Töchter, streckte eine Hand unter der Decke hervor und berührte den Arm der Jüngsten. Er war kalt. Vorsichtig schob sie den kleinen, weichen Arm unter die zerschlissene Decke, die sich die Mädchen teilten. Die Tochter knurrte im Schlaf.

Sie rieb sich die Nase. Der Staub juckte in den Nasenlöchern. Dann drehte sie sich auf die andere Seite. Sein Platz war leer. Wie so oft zuvor.

Sie war dabei, in den Schlaf zurückzugleiten, als sie draußen wieder Schritte hörte. Dieses Mal deutlicher. Vielleicht kam er jetzt. Es raschelte an der Tür. Müde öffnete sie ein Auge.

Aber es war nicht der Umriss ihres Ehemannes, den sie in der Dunkelheit sah. Sie sah zwei Schatten. Beide fremd. Der eine beugte sich über die Mädchen, der andere hob eine Machete hoch.

Wenn ich nicht schreie, lassen sie vielleicht meine Mädchen am Leben, war das Letzte, was sie dachte, bevor sie das lange Messer über ihrem Kopf aufblitzen sah.

1

Die Drehtür am Eingang des Glasgebäudes verschlang die dunklen Anzüge, einen nach dem anderen.

In der Sekunde, in der die Eigentümer der Anzüge in die hungrige Tür hineintraten, richteten sie sich auf. Sie wussten, sie waren etwas Besonderes. Auserwählte. Besser als die meisten.

Caroline streckte den Rücken durch und wollte sich gerade verschlingen lassen, als ein schwarzer Mercedes ML mit getönten Scheiben an ihre Seite rollte. Abrupt blieb sie stehen.

Der Fahrer stieg aus, ging um das Auto herum und öffnete die hintere Seitentür. Zu sehen waren zuerst ein Paar Schuhe. Sie glänzten im Morgenlicht. Church-Schuhe, vermutete sie. Den Füßen folgte ein Körper, der langsam von dem hohen Autositz herabglitt. Auf dem Boden landete Direktor Clausen, Dana Oils oberster Chef.

Caroline stand wie festgefroren, während der untersetzte Direktor, ohne zu grüßen, an ihr vorbei und allein durch die Drehtür ging. Eine kalte Aura zitterte wie eine fast sichtbare, eisblaue Schicht um ihn herum.

Auf der anderen Seite der Tür hörte sie, wie alle Gespräche im Empfangsbereich verstummten. Alle Anzugträger konzentrierten sich verbissen darauf, geschäftig auszusehen, und die Frauen hinter dem langen Empfangstresen nickten ehrerbietig, als der Chef vorbeiging.

Einen Augenblick später glitt Caroline durch die Tür. Sie schielte zu den beiden Empfangsdamen hinüber, aber die beachteten sie nicht; sie nickten immer noch dem Rücken des Direktors hinterher.

Sie sah ihm nach, Direktor Clausen, oder der Scharfrichter, wie er genannt wurde. Er war es, der Dana Oil zu dem gemacht hatte, was das Unternehmen heute war. Eine top aufgestellte, ehrgeizige Firma, die auf ihrem Gebiet als eine der Allerbesten der Welt bekannt war. Wie sein Spitzname andeutete, hatte es Opfer gefordert, das Eckbüro zu erobern. Viele Opfer. Wollte man in die oberste Etage eines Unternehmens, in dem spitze Ellenbogen nur ein Beiwort waren, musste man bereit sein, sich die Finger blutig zu machen.

Caroline folgte dem Scharfrichter zu der mattierten Sicherheitspforte, die alle passieren mussten, um in das Unternehmen hineinzukommen. Sie zog ihre Zugangskarte aus der Tasche und hielt sie vor das elektronische Lesegerät. Es piepte, die Pforte öffnete sich zischend und ließ sie passieren. Mit festem Schritt setzte sie ihren Weg quer über die glänzenden, schwarzen Fliesen hin zu der breiten Treppe und den beiden Glasfahrstühlen im Empfangsbereich fort.

Sie schielte kurz in Richtung Fahrstuhl, folgte dann aber Direktor Clausen die Treppe hinauf. Bei Dana Oil war es nicht gern gesehen, den Fahrstuhl zu benutzen, es sei denn, man war behindert, schwanger oder Gast des Hauses.

Im fünften Stock ging sie hoch aufgerichtet zum Großraumbüro am Ende des Ganges. Sie grüßte die Kollegen, die da waren – und das waren die meisten, denn die Uhr näherte sich der Ziffer acht – und schaltete ihren Computer an. Zehn Mails waren eingegangen, seit sie den Computer gegen Mitternacht heruntergefahren hatte. Eine war von ihrem Chef; Caroline öffnete sie und las.

Eine nervöse Unruhe machte sich in ihrem Magen breit. Durch die klinisch reine Bürolandschaft schaute sie in das Büro des Chefs hinter der Glaswand. Dort saß ihr Chef, Markvart. Gepflegt und wie immer in einem maßgeschneiderten Anzug, der wie angegossen an seinem fast zwei Meter großen, schlanken Körper saß. Heute war der Anzug grau und passte somit zu den stilvoll ergrauten Schläfen. Caroline versuchte, Augenkontakt mit ihrem Chef zu bekommen, aber der starrte intensiv auf den Bildschirm seines Computers. Es war unmöglich zu beurteilen, ob er von der Arbeit gefesselt war oder ob er bewusst versuchte, ihren Blick zu vermeiden.

Sie schaute durch das Büro, in dem sich auf beiden Seiten des Raumes die Tische jeweils paarweise gegenüberstanden. Die Gesichter der Kollegen waren konzentriert und ausdruckslos, frei von nervösen Regungen. Anscheinend hatte niemand anderes eine beunruhigende Chef-Mail erhalten – oder sie waren nur trainiert darin, versteinerte Mienen aufzusetzen, damit diese sie nicht verrieten.

Sie las die Mail noch einmal.

»16 Uhr in meinem Büro. / Markvart«

Mehr stand da nicht.

Die Unruhe verbreitete sich schnell, vom Magen ausgehend, auf den Rest des Körpers. Caroline stand auf und ging durch das Büro nach draußen auf die Toilette.

Sie beugte sich über das Designerwaschbecken und holte tief Luft. Aber die Atemübungen aus der Zeit, in der sie sich noch dazu gezwungen hatte, Yoga zu machen, schafften es nicht, ihren Körper zu beruhigen. Sie hob den Kopf und starrte in den großen Spiegel.

Sie war zufrieden gewesen, als sie vor einer Stunde ihre Wohnung verlassen hatte. Mit dem dunklen, taillierten Hosenanzug, ihrem markanten Gesicht und dem geraden Rücken hatte sie der geähnelt, die sie sein wollte: eine Karrierefrau voller Power. Aber dieses Bild war in Rekordzeit verblasst. Jetzt hing ihr der Anzug wie auf einem Plastikbügel von den Schultern, die Nase wirkte nicht mehr markant, nur zu spitz, und der Rücken krümmte sich wieder. Man hatte ihr ein paarmal gesagt, sie würde der Schauspielerin Uma Thurman ähneln, aber sollte in dieser Aussage ein Fünkchen Wahrheit liegen, war es gerade jetzt eine erschöpfte Uma Thurman.

Die dunklen Halbmonde unter ihren Augen schienen allmählich dauerhaft zu werden. Nicht dass sie einen Spiegel brauchte, um sie zu studieren – sie brauchte nur ihre Kollegen anzuschauen, die alle ähnliche Schatten entwickelt hatten.

Die letzten Monate hatten bei allen Angestellten von Dana Oil Spuren hinterlassen.

Wie bei vielen anderen Unternehmen war eine Kündigungsrunde angekündigt worden, und für Carolines Abteilung bedeutete das, dass mindestens drei der zehn Mitarbeiter demnächst ein »Rücktrittspaket« erhalten würden.

Die Aussicht auf Kündigungen hatte in der Abteilung zu einer, milde gesagt, gedrückten Stimmung geführt. Die Angst hatte alle dahingehend verändert, von des eigenen Glückes Schmied zu sein, in ebenso hohem Maße des anderen Unglücks Schmied zu sein. Aufgaben, die man früher als eine Leistung der Abteilung bezeichnet hätte oder einen *team effort,* wie es bei Dana Oil hieß, wurden jetzt als Einzelleistung vorgelegt. Sah man die Chance, sich selbst zu loben und sich im gleichen Atemzug herabsetzend über einen Kollegen zu äußern, ergriff man diese.

Alle Kollegen hatten ihre Gründe, ein Kündigungsschreiben zu fürchten.

Für Jens, der den Hebe-Senk-Tisch gegenüber Caroline besetzte, würde eine Kündigung eine ernsthafte Bedrohung der Versorgerrolle bedeuten. Kind Nummer drei war unterwegs, mit einer Frau mit Teilzeitstelle und einem neu erworbenen, renovierungsbedürftigen Eigenheim in Emdrup ließ die Ökonomie weder Platz für ein ganzes noch ein halbes Jahr mit Tagegeld. Er war jedoch kürzlich erst zum Teamleiter befördert worden, also würde es ihn wohl nicht treffen.

Die Sekretärin der Abteilung, Birthe, war überzeugt, sie würde niemals eine neue Stelle finden, wenn sie es war, die gefeuert werden würde. Mit einem Taufschein aus den 1950ern und ohne formelle Ausbildung war Caroline geneigt, ihr recht zu geben.

Für Caroline waren es weder das Geld noch die Angst, dauerhaft vom Arbeitsmarkt ausgeschlossen zu sein, was den Knoten im Magen verursachte. Es war die Angst vor der Demütigung. Die Angst davor, wieder als zu schwach befunden zu werden.

Es waren noch keine Namen auf das graue Papier geschrieben oder ein Datum festgesetzt worden, wann die Axt geschwungen werden sollte, aber an den Tischen in der Kantine herrschte Einigkeit darüber, dass es nicht mehr lange dauern könne. Vielleicht nächste Woche – vielleicht bereits diese?

Vielleicht, grübelte sie, während sie spürte, wie der

Knoten im Magen wuchs, lag die Axt bereit und wartete in Form eines A4-Bogens auf Markvarts Tisch, wenn sie am Nachmittag in sein Büro kommen würde. Er pflegte bei seinen Einberufungen zum Meeting immer eine Tagesordnung – oder zumindest eine Überschrift – zu schreiben, damit sie und die Kollegen sich vorbereiten konnten. Diese hier hieß nur »Einberufung zum Meeting«, und sie wusste, dass Leute zu früheren Zeitpunkten während solch unbetitelter Sitzungen gefeuert worden waren.

Caroline betrachtete sich wieder im Toilettenspiegel. In dem Versuch, gleich groß wie ihre Freundinnen und, viel wichtiger, nicht größer als die Kerle zu sein, hatte sie während ihrer Teenagerjahre den Oberkörper nach vorn gebeugt. Die Behauptung ihrer Freundinnen, lange Beine und helle Haare seien eine Kombination, die viele Männer anziehend fänden, hatte sie erst später im Leben anerkannt – als sich die krumme Haltung festgebissen hatte und sich immer dann zeigte, wenn sich das Leben ihr widersetzte.

Das Einzige, was gegenüber dem frühen Morgen gleich geblieben war, waren die schräg stehenden, grünen Augen und die Haare, selbstverständlich. Die hellen Haare fielen wie immer in eine exakt geschnittene Pagenfrisur, die durch Glätteisen und Haarlack ermöglicht wurde.

Sie nahm einen tiefen Atemzug. Sie war gezwungen zu erfahren, ob heute der Schicksalstag war, und sie wusste, an wen sie sich wenden musste. Wenn ihr jemand Informationen geben konnte, die den Knoten im Magen lösten, dann war es Viktor. Caroline wusch sich die Hände und ging zurück durch die aufgeräumte und stilgerechte Bürolandschaft. Mit der einen Hand griff sie nach dem

Hörer des Telefons, das auf ihrem Tisch stand, und mit der anderen tippte sie Viktors Durchwahl ein. Er antwortete sofort.

»Viktor hier.«

»Caroline hier. Wollen wir heute zusammen Mittag essen?«

Am anderen Ende wurde es still.

»Ich habe wirklich ein bisschen viel zu tun heute, Caroline.«

»Nur ein schnelles Mittagessen?«

Sie konnte hören, wie er zögerte, bevor er antwortete:

»Können wir das auch an einem anderen Tag in dieser Woche machen?«

»Ich habe die ganze Woche über Termine, es muss heute sein«, log sie. »Und es ist so lange her.«

Viktor seufzte.

»Okay, sagen wir um zwölf bei den Tabletts?«

»Ja, bis dann.«

Fünf Minuten vor zwölf Uhr öffnete Caroline den obersten Knopf ihrer Bluse und fuhr sich mit dem Lipgloss über ihre Lippen. Auf ihrem Weg durch das Büro sagte sie in den Raum hinein, sie würde zum Mittagessen gehen. Niemand antwortete.

Der Frikadellengeruch kroch ihr in die Nase, als sie durch die Tür in die Kantine trat. Es drehte ihr den Magen um. Starke Gerüche brachten ihren Magen dazu, Purzelbäume zu schlagen, wenn sie nervös war. Der einzige Grund, warum sie Viktor vorgeschlagen hatte, sich zum Mittagessen zu treffen, war, weil sie wusste, dass er zu diesem Zeitpunkt am vergnügtesten war. Er wartete vor dem Stapel mit hellen Holztabletts auf sie. Sie nahmen jeder ein Tablett, Besteck und Teller und begannen die tägliche Tour rund um das Büfett herum. Viktor schaufelte sich Frikadellen, Soße und Kartoffeln auf den Teller.

»Ich weiß gut, man sollte das nicht machen, aber es ist mittlerweile so selten geworden, dass die Kantine ordentliches Männeressen serviert …« Er lächelte Caroline entschuldigend an und klopfte sich auf den wachsenden Bauch.

Sie erwiderte das Lächeln.

»Selbstverständlich darf man das, alles andere wäre unhöflich«, sagte sie, stach die Gabel in eine Frikadelle und ließ sie auf ihren Teller fallen. In einer Verhandlungssituation galt es, die Gegenpartei dazu zu bringen, sich wohlzufühlen, und eine Art und Weise, dies zu erreichen, war es, den anderen zu spiegeln. In diesem Moment bedeutete das, sie sollte Frikadellen zu Mittag essen.

»Sollen wir uns ans Fenster setzen? Wie ich sehe, sitzen dort einige aus deiner Abteilung?« Viktor zeigte mit dem Finger in besagte Richtung.

Caroline schüttelte den Kopf.

»Lass uns an einen der kleinen Tische da hinten gehen. Es ist so lange her, dass nur wir beide miteinander gesprochen haben.«

Er lächelte und nickte, und sie bahnten sich ihren Weg zwischen den großen, runden Tischen hindurch, die rasch von lautstarken Männern in dunklen Anzügen eingenommen werden würden, zu den kleinen viereckigen Tischen für zwei Personen ganz hinten in der niedrigen Kantine. Auf allen Tischen stand eine Schale, gefüllt mit in Goldpapier eingewickelter Schokolade – eine Geste, um zu feiern, dass es in dieser Woche fünfzig Jahre her war, seit Dana Oil gegründet wurde.

Die Zweiertische standen weit auseinander und waren am weitesten vom Fenster entfernt, deshalb gab es kein großes Gedränge um die Plätze. Hier würden sie in Ruhe reden können.

»Ich hole uns eben noch Wasser«, sagte Viktor, als sie die Tabletts auf den kleinen Tisch gestellt hatten.

Caroline schaute Viktors großer Gestalt nach, als er ging. Er erinnerte sie an einen großen, seltsamen Teddybären. Sie kannten sich schon seit Kindertagen – waren in der gleichen Villenstraße in Søllerød aufgewachsen und hatten einander beim Wechsel vom dreirädrigen zum zweirädrigen Gefährt und, Viktor betreffend, zum silbergrauen Moped, auf das er so stolz gewesen war, erlebt.

Er war ein Jahr jünger als Caroline und hatte viele Jahre lang unter der unerfüllten Jugendliebe zu ihr gelitten. Jetzt war er mit Pernille verheiratet, aber Caroline wusste, dass bei Viktor alte Liebe niemals rostete.

»Wie geht es Pernille und dem Bauch?«, fragte sie, als er zurückkam und eine Flasche Wasser und zwei Gläser zwischen sie auf den Tisch stellte.

Viktor zog den Stuhl heraus und setzte sich.

»Es geht gut. Sie wird jetzt langsam ungeduldig, aber das ist wohl schwer zu vermeiden. Es ist ja nur noch ein Monat bis zum Termin.«

»Ja, das ist sicher ganz normal«, bestätigte Caroline und schob die Schokoladenschale rüber auf Viktors Seite des Tisches.

Einen Augenblick lang war es still, und sie bemerkte, wie seine Blicke durch den Raum streiften. Es wirkte fast, als habe er keine Lust, mit ihr zu reden.

»Und was ist mit der Wohnung – habt ihr irgendein Angebot bekommen?«

»Ein paar, aber die waren sehr niedrig.«

»Das ist einfach nicht der günstigste Zeitpunkt, um zu verkaufen.«

»Nein. Was ist mit dir?«

»Ich warte und schaue, wie sich der Markt entwickelt.«

In den letzten Monaten hatte Caroline ernsthaft überlegt, die Wohnung in der Landemærket zu verkaufen. Die Adresse in Kopenhagens Innenstadt, die Aussicht über den Kongens Have und die schönen, freigelegten Balken machten ihr Zuhause zu einer echten Liebhaberwohnung, für die viele gutes Geld bezahlen würden, um darin zu leben. Aber die Wohnung wirkte unendlich leer, seit Kasper ausgezogen war.

Sie aßen schweigend weiter. Dann schluckte Caroline und sagte mit einer so gleichgültigen Stimme, wie es ihr möglich war:

»Und wie ist es mit der Arbeit, wie läuft es?«

»Es ist okay.«

»Habt ihr viel zu tun für den großen Schlachttag?«

Er schüttelte den Kopf.

»Darüber kann ich nicht sprechen.«

Viktor war Angestellter in Dana Oils Personalabteilung. Das war die Abteilung, die verantwortlich dafür war, den Ablauf rund um die große Kündigungswelle zu planen. Mit anderen Worten, er wusste sowohl, wann die Kündigungsschreiben ausgeteilt werden würden, als auch – sobald die Chefs die Namen darangeheftet hatten – an wen sie adressiert werden würden.

»Nein, das ist klar, ich hatte mir nur vorgestellt, dass es viel zu tun gibt. Es kann doch nicht mehr so lange dauern, bis das Messer zum Einsatz kommen soll.«

»Caroline, ernsthaft, können wir nicht über etwas anderes sprechen?«

Sie biss die Zähne zusammen. Viktor würde nicht durch ein Versehen darüber reden; sie würde nicht die

Eröffnung serviert bekommen, auf die man, wie ihr Vater sie gelehrt hatte, in Verhandlungssituationen immer warten sollte. Sie war gezwungen, die Karten auf den Tisch zu legen.

»Ich habe von Markvart für heute Nachmittag eine Einberufung zum Meeting bekommen – ohne Tagesordnung. Ich habe Angst davor, dass die Runde jetzt beginnt, und ich habe Angst davor, dass er mich deshalb einbestellt hat. Um mich zu feuern.«

Viktor schwieg einen Augenblick, bevor er den Kopf schüttelte.

»Ich meine es ernst, Caroline, ich kann nicht darüber reden. Ich riskiere, selbst gefeuert zu werden, wenn ich das tue.«

Sie nestelte an den Knöpfen des Ärmels ihrer Bluse.

»Ich bitte dich auch nicht darum, mir alle Details zu erzählen, ich muss nur wissen, ob ich in ein Kündigungsgespräch hineingehe.«

Ihre Stimme war leise.

Viktor schaute sie mit einem Ausdruck an, der Enttäuschung ähnelte.

»War das der Grund, warum du mich heute treffen wolltest?«, fragte er spitz, während er das Besteck auf den Teller legte und aufstand. »In diesem Fall glaube ich tatsächlich, ich bedanke mich für heute und schlage vor, wir finden einen anderen Tag, um zusammen zu essen.«

Caroline senkte den Blick. Um sie herum mischten sich die Stimmen mit dem Geräusch von Hunderten von Messern und Gabeln. Sie verstand Viktors Reaktion gut. Das war auch nicht die Art von Freundin, die sie sein wollte. Aber gerade jetzt konnte sie einfach nicht anders.

»Entschuldige, Viktor. Bleib doch bitte.« Sie schaute ihn bittend an.

Er zögerte, ließ sich dann aber wieder auf den Stuhl fallen.

»Ich würde dich nicht diesbezüglich fragen, wenn es nicht ernst wäre, aber ich bin einfach gezwungen zu wissen, ob ich nach dem heutigen Tag noch einen Job habe.«

Sie spürte die Tränen bedrohlich in den Augenwinkeln und biss sich auf die Unterlippe. Man konnte nicht in der Kantine sitzen und weinen.

Sie saßen einige Zeit schweigend da. Dann fuhr sich Viktor mit der Hand durch die dunklen Haare und über das Gesicht.

»Es ist wirklich falsch von mir, hier überhaupt davon zu sprechen, Caroline.« Er sah sich um, bevor er sich über den Tisch beugte und mit so leiser Stimme fortfuhr, dass Caroline sich auch nach vorn beugen musste: »Es werden noch keine Kündigungsschreiben verteilt. Es wird noch einige Wochen dauern, vermutlich zwei, maximal drei.«

»Ist das wahr?!« Caroline richtete sich mit einem breiten Lächeln auf. »Dann habe ich also keinen Grund, nervös zu sein!«

»Schhh!!! Beruhige dich, das hier ist ernst!«

»*Sorry, sorry,* ich bin nur so erleichtert. Möchte wissen, was er dann will, der gute Markvart.« Sie lächelte erleichtert. »Irgendeine Vermutung?«

Sie schaute Viktor an, der den Blick senkte.

»Das weiß ich nicht«, antwortete er ausweichend.

Ihr Lächeln verblasste.

»Warum hast du weggesehen?«

»Was meinst du?« Viktor schaute sie einige wenige Sekunden lang an, bevor seine Augen wieder den Weg nach unten zu dem Teller suchten.

»Ich kenne dich, Viktor. Du kannst nicht lügen und den Menschen dabei gleichzeitig in die Augen schauen. Was weißt du?«

Er schüttelte den Kopf.

»Viktor! *Please!* Ich frage dich als eine Freundin.« Jetzt brannten die Tränen hinter den Augenlidern.

Sie atmete laut ein; eine Art von Seufzen.

»Bis jetzt ist noch nichts entschieden. Ehrlich. Das Einzige, was die Chefs bisher gemacht haben, ist, Listen zu erstellen …«

»Listen?«

Er bewegte sich unruhig auf seinem Stuhl hin und her.

»Ja-, Nein- und Vielleicht-Listen. Die, die ganz sicher bleiben werden, die, die ganz sicher gefeuert werden, und die, die vielleicht gefeuert werden.«

»Und du weißt, auf welcher Liste ich stehe?«

Viktor schwieg.

»Weißt du es, Viktor? Stehe ich auf der Kündigungsliste?«

Er schüttelte den Kopf mit kleinen, kontrollierten Bewegungen.

»Aber ich stehe auch nicht auf der sicheren Liste?«

Ihr Magen schnürte sich zusammen.

Wieder ein fast unmerkliches Kopfschütteln.

»Also bin ich auf der Liste derer, die vielleicht gehen müssen?«

Er sah ihr direkt in die Augen.

»Du musst mir versprechen, niemandem zu sagen, dass ich dir das erzählt habe. Ich kann meinen Job verlieren, wenn du das tust, Caroline, und mit Pernille, die schwanger ist … Das können wir uns einfach nicht leisten. Ich tue das ausschließlich, weil … du meine Freundin bist.«

Sie hörte nur jedes zweite Wort. Der Rest verschwand

zusammen mit den Stimmen um sie herum, ausgeschlossen von dem Vakuum, von dem sie mit einem Mal umgeben war. Das durfte einfach nicht wahr sein. Sie *durfte* ganz einfach nicht auf der schwarzen Liste enden.

»Ich hoffe wirklich, dass du nicht gefeuert wirst. Das hast du nicht verdient. Aber was auch immer dein Chef heute will, ich wäre demgegenüber wohlwollend eingestellt.«

Caroline nickte abwesend. Viktor zog den Jackenärmel nach oben und schaute auf seine Uhr.

»Es tut mir wirklich leid, aber ich muss jetzt gehen. Ich habe in zehn Minuten ein Meeting und muss vorher ins Büro und einige Unterlagen holen.«

»Ja, ja, selbstverständlich.«

»Ist es für dich in Ordnung, allein zu sein?«

Sie nickte wieder. Allein, nicht allein. Das war es nicht, was über ihre Zukunft entschied.

»Ja. Danke, Viktor.«

»Du versprichst mir dichtzuhalten.«

»Das verspreche ich.«

Als Viktor gegangen war, blieb Caroline sitzen und starrte auf die halbe Frikadelle, die auf ihrem Teller lag. Sie schob das Tablett von sich weg und griff über den Tisch nach der Schale mit der goldfarben verpackten Schokolade. Eine einzige konnte sie ruhig essen.

Sie stand auf der Vielleicht-Liste. Viktor würde so etwas nicht sagen, wenn es nicht stimmen würde. Sie war nicht stolz auf die Art und Weise, wie sie ihn unter Druck gesetzt hatte. Sie waren Freunde, und sie wusste, sie hatte ihre Freundschaft benutzt, um Informationen zu erhalten, die er ihr nicht geben durfte. Sie musste dafür sorgen, besonders nett zu sein, wenn sie sich das nächste

Mal sahen. Die verräterischen Tränen stiegen ihr erneut in die Augen, sie atmete tief ein und zwang sie, den Rückzug anzutreten.

Das Unternehmen, das sie und dreitausend Kollegen jeden Monat entlohnte, lebte davon, Öl zu finden, zu fördern und zu verkaufen. In der ganzen Welt gab es Büros mit dem Namen Dana Oil an der Fassade, und zeigte man eine Visitenkarte dieser Ölgesellschaft vor, wurde einem mit Respekt begegnet.

Caroline war im zweiten Jahr in der Abteilung für *Corporate Social Responsibility & Communications* der Firma angestellt. Die Abteilung kümmerte sich um das Image von Dana Oil im Bereich der sozialen Verantwortung des Unternehmens, was ein Feld mit wachsender Bedeutung war. Firmen mussten in höherem Maße ihre Entscheidungen gegenüber der Öffentlichkeit verteidigen, und Ölunternehmen gerieten besonders schnell in die Schusslinie. Fossile Brennstoffe waren nicht populär in einer Zeit, in der die Sorge um Klimaveränderungen schnell anwuchs. Außerdem hatte die Branche in den vergangenen Jahrzehnten eine Unzahl von Skandalen zu verantworten gehabt. Die Versenkung der Brent-Spar-Plattform in der Nordsee, Unruhen in Nigeria und zuletzt das große BP-Unglück im Tiefwasser im Golf von Mexiko hatten alle das ihrige getan, um die Ölbranche in ein schlechtes Licht zu stellen.

Daher hatte man sich bei Dana Oil, wie in vielen anderen internationalen Ölgesellschaften, dazu entschieden, eine Abteilung zu gründen, die dazu bestimmt war, »die Imageschäden zu minimieren«. Aber auch wenn die Leitung daran festhielt, dass soziale Verantwortlichkeit hohe Priorität habe, sollte die Abteilung doch verkleinert werden.

Markvart, Chef der Abteilung, hatte zu einem früheren Zeitpunkt gesagt, die Namen auf den Kündigungsschreiben würden von den Aufgaben abhängen, die die Abteilung Corporate Social Responsibility & Communications in der Zukunft zu lösen hätte. In Verbindung mit der Kündigungsrunde würde es nämlich eine Reihe von Umstrukturierungen innerhalb der Abteilungen geben, und die Änderungen waren bisher noch nicht abgeschlossen. Das Argument war vernünftig genug. Würde man den Fokus weiter auf Klima setzen, machte es Sinn, Poul zu behalten, der Experte auf diesem Gebiet war, und wenn nicht, war es natürlich, dass Poul gehen würde. So war das mit Spezialkompetenzen.

Aber Caroline selbst – sie war doch eine der Generalistinnen! Eine Juristin, die sowohl mit Branding als auch Gesetzgebung, mit Klima als auch Menschenrechten arbeiten konnte. Warum sollte sie auf der Vielleicht-Liste stehen? Sie streckte die Hand aus, nahm noch eine der Schokoladen und öffnete das Papier. Das war dann die Letzte. Das weiche, braune Viereck schmolz in ihrem Mund und brachte sie für einen Moment dazu, sich zu beruhigen. Aber die Gedanken kamen schnell zurück.

War es etwas Persönliches?

Ein Bild ihres Vaters machte sich auf ihrer Netzhaut breit, und sie erinnerte sich an die hellblauen, enttäuscht blickenden Augen. Sie schaffte es nicht, all das noch einmal durchzumachen. Jetzt war das Ganze endlich dabei, in den rechten Bahnen zu verlaufen.

Sie schob den Stuhl nach hinten und stand auf, während sie die leeren goldfarbenen Verpackungen zählte, die sich auf dem Tablett angesammelt hatten. Acht. Mist. Caroline stopfte das verräterische Glitzerpapier unter den Teller, hob das Tablett vom Tisch und stellte sich in die Schlange am Abfalltresen an, wo die Mitarbeiter jeden Tag Essensreste in große Mülltonnen kippten und schmutzige Teller in bedrohliche Höhen stapelten.

Als sie dort stand und ihren Teller von den Hinterlassenschaften des Mittagessens sauberkratzte, hatte sie keine Vorstellung davon, dass es nicht nur ihr Job war, der in Gefahr geraten würde. Es war ihr ganzes Dasein, das gefährdet wäre. Ihr Leben.

Den Rest des Tages nutzte sie dazu, eine Präsentation vorzubereiten, die Markvart vor seiner UL-Gruppe halten sollte. Ein Nebel aus Angst vor dem Gespräch am Nachmittag hing über ihr, aber sie zwang sich dazu, sich auf die PowerPoint-Folien auf ihrem Bildschirm zu konzentrieren.

Markvart gehörte seit einem Jahr dem Vorstand des Unternehmens an, und sie wusste, dass er gern den anderen Gruppenmitgliedern imponieren wollte. Auch wenn er das nicht direkt sagte, spürte sie deutlich, dass es ihn bedrückte, in eine der UL-Gruppen mit niedriger Nummer eingeladen worden zu sein. Je niedriger die Nummer, desto länger existierte die Gruppe und hatte daher einige der gewieftesten Männer und, seltener, Frauen des Wirtschaftslebens als Mitglieder. Beim nächsten Treffen sollte die Gruppe die Vor- und Nachteile diskutieren, ein Unternehmen mit sozialer Verantwortung zu bewerben, und Markvart sollte zum Auftakt der Diskussion einen Redebeitrag leisten. Wie immer, wenn der Chef bei Versammlungen reden musste, wurde der Entwurf des Vortrags von einem Mitarbeiter angefertigt; dieses Mal von Caroline.

Sie entschied sich, mit einer Anekdote aus Ecuador zu beginnen, wo eine amerikanische Ölgesellschaft über viele Jahre hinweg aufgrund der Feindschaft gegenüber den einheimischen Indianern Millionen von Dollar verloren hatte – eine Feindschaft, die dadurch entstanden war, weil sich der Ölgigant unverantwortlich verhalten hatte. Sie suchte bei Google nach dem Unternehmen und fand Informationen für die Anekdote.

Viertel vor vier tauchte Jens' Kopf über seinem Bildschirm auf.

»Ist nicht Kaffeezeit?«

Die Kaffeebar auf der Torvegade war ein beliebtes Ausflugsziel, wenn die Angestellten von Dana Oil während des Arbeitstages, der selten weniger als zwölf Stunden dauerte, eine Pause brauchten. Caroline schielte auf die silberfarbene Rolex an ihrem Handgelenk. Ein Geschenk ihrer Eltern zu ihrem dreißigsten Geburtstag vor einigen Jahren.

»Kann nicht, ich habe in einer Viertelstunde einen Termin bei Markvart.«

»Jetzt?«

Der Kollege, der auf der anderen Seite des Mittelganges saß, schaute auf, und beide blickten sie fragend an. Wenn jemand zum Termin zum Chef musste, war es wichtig zu wissen, ob man neidisch oder dankbar darüber sein sollte, dass man es nicht selbst war, der gerufen worden war. Besonders in diesen Zeiten. Caroline zuckte mit den Schultern.

Fünfzehn Minuten später erhob sie sich und ging zum Glaskäfig hinüber. Die Tür stand offen, sie klopfte vorsichtig an den Türrahmen.

Markvart blickte von seinem Bildschirm auf.

»Komm rein, Caroline.«

Der Chef lächelte sie an, und sie erinnerte sich daran, warum er zwischenzeitlich nur als *das Lächeln* bezeichnet wurde. Das breite, verschmitzte Lächeln zusammen mit den schelmisch blickenden Augen brachte die Sekretärinnen dazu, darin wettzueifern, Kaffee für ihn zu holen, und die männlichen Kollegen, die Augen zu verdrehen, obwohl sie ihn heimlich um den jungenhaften Charme beneideten.

Caroline trat ein und setzte sich an den Besuchertisch des Chefbüros, während sie darum kämpfte, ruhig zu atmen. Markvart erhob sich von seinem Bürostuhl und kam herüber zum Besuchertisch.

»Lass mich direkt zur Sache kommen«, begann er, als er sich Caroline gegenüber hingesetzt hatte. Die Lachmuskeln entspannten sich, und jetzt sah er ernst aus.

Caroline merkte, wie ihre Handflächen feucht wurden. Sie legte sie in den Schoß.

In der einen Hand hielt Markvart einen weißen A4-Umschlag, den er auf den Tisch legte.

»Bevor wir weitersprechen, möchte ich dich darauf aufmerksam machen, dass das hier ein vertrauliches Gespräch ist, und ich möchte dich bitten, die näheren Umstände gegenüber niemandem außerhalb des Unternehmens zu äußern.«

Sie nickte. Der Knoten im Magen wurde hart wie Stein.

»Wir haben einige Probleme in Kenia, bei denen wir gezwungen sind, etwas zu unternehmen – sofort.«

Caroline schaute ihren Chef verwirrt an.

»Ähm …«

»Bojesen hat mich gestern angerufen und mich nach irgendwelchen Protesten in Kenia gefragt«, fuhr Markvart fort.

Sie ließ die Worte einsickern. Das weiße Kuvert beinhaltete vielleicht doch nicht das gefürchtete Schreiben.

»Proteste?«

»Ja, Bojesen hat von der einen oder anderen NGO gehört, dass es in einem der Dörfer in Kenia einige Leute gibt, die unzufrieden mit uns sind.«

Bojesen war Journalist bei *Dagens Erhverv* und hatte Dana Oil seit einem Menschenalter als festen Themenbereich. »Der Hausjournalist«, wie er leicht ironisch im Unternehmen genannt wurde, weil man ihn immer dazu überreden konnte, eine kritische Geschichte nach hinten zu schieben oder ganz fallenzulassen, wenn man ihm im Gegenzug dafür eine besondere Story oder einen heimlichen Blick in die Halbjahresbilanz versprach, bevor diese bei den anderen Wirtschaftsjournalisten landete.

Kenia war eines der neuen Länder, in denen Dana Oil begonnen hatte, nach Öl zu suchen.

»Womit sind sie unzufrieden?«

»Einer ganzen Menge, heißt es. Sie wollen Arbeit haben, sie wollen eine neue Schule haben. Sie sind der Meinung, unsere Anwesenheit zerstört ihre Kultur und ihre Lebensmöglichkeiten. *Der gewöhnliche Kram.*« Markvart zuckte bedauernd mit den Schultern. »Das stimmt nicht, aber wir können uns das Gerede, zu dem das führen wird, nicht leisten.«

»Woher weißt du, dass es nicht stimmt?«, fragte Caroline, plötzlich belebt von der Wendung, die das Gespräch genommen hatte.

»Ich habe den Chef des Nairobi-Büros, John Hansen, angerufen, und er hat erzählt, dass sie von den Beschuldigungen gehört haben und die Frau kennen, die die Proteste anführt. Eine Querulantin, die jedes Mittel einsetzt, um mehr Geld für ihr Dorf zu bekommen – Asabo heißt es. Und das ist laut John Hansen auch das, was sie hier versucht.«

Caroline zog die Augenbrauen zusammen.

»Aber warum, um alles in der Welt, müssen wir davon durch Bojesen erfahren? Es sind diese Informationen, die wir von den lokalen Büros vor Ort bekommen sollten. Wir haben das in Verbindung mit der Kommunikationsstrategie beim letzten Seminar diskutiert, bei dem …«

»Das weiß ich, das weiß ich.« Markvart hielt die eine Hand abwehrend hoch. »Aber John Hansen ist von der alten Garde. Er meint, das Hauptbüro soll sich nicht in lokale Angelegenheiten einmischen. ›Das hier ist die wirkliche Welt, und wir, die wir hier wohnen, müssen uns dem selbst annehmen‹, wie er es ausgedrückt hat.«

»Aber was, wenn sie unsere Hilfe nicht haben wollen? Wir können doch nicht einfach angestiefelt kommen?« Caroline sah ihren Chef an, der sich am Kinn rieb.

»Doch, wir können, und doch, wir werden.« Er schaute sie an. »Oder direkter, du wirst. Ich habe mir gedacht, dich nach Kenia zu schicken, um herauszufinden, was das Problem ist und wie es gelöst werden kann.«

Caroline starrte ihren Chef an. In dem ernsten Gesicht war kein Anzeichen von einem Lächeln zurückgeblieben. Dann starrte sie nach unten auf den Glastisch. Durch die Tischplatte hindurch konnte sie die Spitzen der blank polierten Schuhe ihres Chefs sehen. Selbstverständlich. Das war es, was Viktor gemeint hatte. Das hier war Markvarts Test.

Sie sollte nach Kenia reisen, ein Land, in dem der Müll garantiert auf den Straßen herumlag. Ein Psychologe würde sie vermutlich auffordern, das als »die Entwicklungsmöglichkeit aller Zeiten« anzusehen, aber allein der

Gedanke an all die Bakterien machte sie schon krank. Sie hob den Kopf, zog die Mundwinkel nach oben und nickte.

»Das hört sich spannend an.«

»Alles deutet auf eine Frau hin, die versucht, die Situation zu ihrem eigenen Vorteil auszunutzen, aber du weißt ebenso gut wie ich, wie in der Presse eine Mücke schnell zum Elefanten wird – besonders in einer Zeit, in der alle über soziale Verantwortung reden –, und wir können derzeit mehr negatives Gerede ganz einfach nicht gebrauchen.«

Caroline nickte wieder. Erst vor wenigen Tagen war massive Kritik wegen zu hoher Chefgehälter auf Dana Oil herabgeprasselt.

»Deine Aufgabe ist zweigeteilt. Als Erstes sollst du herausfinden, ob an der Kritik überhaupt was dran ist. Wir können es uns nicht erlauben, von einem Journalisten auf dem falschen Fuß erwischt zu werden – wenn es dort Probleme gibt, müssen wir das wissen.«

»Und zum anderen?«

»Wenn du das überprüft hast, und das sollte nicht mehr als ein oder zwei Tage dauern, ist es deine Aufgabe herauszufinden, wie wir die Kritik stoppen können. Denn sie muss gestoppt werden, und es muss jetzt sein.«

»Weiß John Hansen, dass ich komme?«

»Ja.«

»Was sagt er dazu?«

»Es wäre wohl eine Übertreibung, ihn als begeistert zu bezeichnen.«

Caroline rutschte ein Klumpen in den Hals. Über dem Job hier stand mit großen Buchstaben »Scheißaufgabe« geschrieben.

Sie streckte die Hand nach dem Kugelschreiber aus,

der vor ihr auf dem Tisch lag, zog sie aber ebenso schnell wieder zurück. An dem einen Ende befanden sich Bissabdrücke, wo entweder Markvart oder einer der Kollegen seinen Speichel hineingeknabbert hatte.

Besuch aus dem Hauptbüro war selten etwas, auf das sich die in der Welt verteilten Lokalbüros von Dana Oil freuten. Sie empfanden die Besuche als eine unnötige Formalität, die Zeit von ihrer eigentlichen Aufgabe, nämlich Geld zu verdienen, stahl. Wenn der Besuch noch dazu von einem aus der Abteilung Corporate Social Responsibility & Communications kam, war die Begeisterung noch geringer. Die Abteilung stellte Forderungen, wie sich die Büros verhalten sollten, und es war schwierig, schnelle Ergebnisse zu erzielen. So gesehen verstand Caroline sie gut. Dennoch bemühten sich die meisten Büros, ihren Widerstand zu verbergen. Dieser John Hansen aber offensichtlich nicht.

Sie nickte entschlossen.

»Selbstverständlich«, sagte sie laut. »Wenn du gern möchtest, dass ich fahre, dann tue ich das.«

»Das möchte ich sehr gern.«

Einen Augenblick lang saßen sie schweigend da. Auf der anderen Seite der Tür konnten sie Birthes Schimpfen über den Drucker hören. Caroline schaute nach unten auf die durchsichtige Tischplatte.

»Gibt es einen Grund …«, begann sie vorsichtig. »Gibt es einen *besonderen* Grund dafür, dass gerade ich für diese Aufgabe hier ausgewählt wurde?«

Sie hob langsam den Blick, sodass er wieder Markvarts ernste Augen traf. Er überlegte seine Worte gründlich, bis er antwortete:

»Ich kann wohl ebenso gut ehrlich sein, Caroline. Dana

Oil, und besonders unsere Abteilung, werden in der Zukunft vielen Herausforderungen in Ländern gegenüberstehen, die im Vergleich zu Dänemark sehr verschieden sind. Wir brauchen Mitarbeiter, die nicht nur auf gebohnerten Böden klarkommen. Jemanden, der sich in alle Arten von Milieus begeben kann. Aber um ganz ehrlich zu sein: Ich habe Zweifel, ob du das kannst.«

Caroline biss die Zähne fest zusammen, während ihr Chef fortfuhr:

»Du bist gut für die Arbeit hier im Büro, und du bist besonders gut darin, das Machtspiel im Unternehmen zu meistern. Tatsächlich habe ich selten jemanden mit deiner Fähigkeit, Hierarchien zu durchschauen, getroffen. Es ist unverkennbar, dass du in einem Milieu aufgewachsen bist, in dem du gelernt hast, das strategische Spiel zu spielen. Was mir bei dir aber fehlt, ist, zu sehen, dass du in den Teilen der Welt klarkommst, in denen alles nicht so läuft, wie wir es gewohnt sind. In einem internationalen Ölunternehmen ist es wichtig, das zu können, und es wird in der Zukunft noch ausschlaggebender sein.«

Ein wohlbekannter Zorn breitete sich in Carolines Brust aus.

»Das kann ich aber ebenso gut, Markvart.«

»Das hoffe ich. Das tue ich wirklich.« Er sah sie mit einem aufrichtigen, eindringlichen Blick an, und sie wusste, er meinte, was er sagte. »Aber ich brauche den Beweis. In einer Zeit wie dieser ist es nicht genug, gute Mitarbeiter zu haben, hier zählt es, die Allerbesten zu haben.«

»Ich *bin* eine der Allerbesten«, sagte sie und hoffte, ihre Stimme würde sicherer klingen, als sie sich fühlte.

»Dann fahr nach Kenia, und beweise es.« Er reichte ihr den weißen Umschlag.

»Lies das hier, um dich vorzubereiten.«

Caroline nahm den Umschlag und ging direkt vom Büro des Chefs auf die Toilette, wo sie sich in eine der drei Kabinen einschloss. Das einzige Geräusch kam von der Herrentoilette auf der anderen Seite der Wand. Sie konnte hören, dass gespült wurde. Sie ließ sich auf den heruntergeklappten Deckel fallen, stützte die Ellenbogen auf die Knie und verbarg das Gesicht in den Händen. Tränen stiegen ihr in die Augen.

Warum glaubten die Leute nicht, dass sie wusste, wie man in »der wirklichen Welt« klarkommt?

Sie war sich im Klaren darüber, dass die Kollegen sie so sahen. Sie nahm an, dies war sowohl ihrem Nachnamen, ihrer nordseeländischen Herkunft als auch der Tatsache geschuldet, dass sie ihr ganzes Leben lang in Dänemark gewohnt hatte. Alle Kollegen waren mehrere Jahre in ferne Gegenden der Welt entsandt gewesen und tauschten regelmäßig Kriegsgeschichten aus, die bei jedem Mal, wenn sie erzählt wurden, gewaltiger wurden. Carolines Auslandsabenteuer erstreckte sich auf ein einzelnes Semester in London.

Insofern war es fair, dass sie sie als eine typische Repräsentantin des weltfremden Whisky-Gürtels sahen. Aber Markvart! Er kam selbst aus dem »Reservat«, und genauso wie sie hatte er einen Vater, dessen Name im dänischen Wirtschaftsleben bekannt war. Er wusste also, dass Postleitzahl und Nachname nicht über Kompetenzen entschieden. Warum beurteilte er sie dahingehend, nicht in der Lage zu sein, in der sogenannten wirklichen Welt klarzukommen?

Sie ballte die Fäuste. Das Einzige, was sie jetzt tun konnte, war, die Aufgabe so gut zu lösen, dass Markvart Vertrauen zu ihr gewinnen und sie auf die »sichere Liste«

setzen würde. Und sollte das gelingen, hatte sie keine Zeit, hier zu sitzen und sich selbst leidzutun.

Sie nahm ein paar tiefe Atemzüge. Dann stand sie auf, öffnete die Tür. Auf dem Weg nach draußen wusch sie sich die Hände und überprüfte ihr Gesicht im Spiegel auf eventuelle Mascara-Ränder. Sie sah blass und müde aus, und die hohen Wangenknochen stachen wie zwei Felsvorsprünge hervor. Aber die Frisur saß perfekt.

Sie ging zurück zum Büro und schaffte es gerade noch, nach ihrem Handy zu greifen, das auf dem Schreibtisch lag und klingelte.

»Hallo, Caroline! Kommst du mit Anna und mir heute Abend ins *Bibendum* auf ein Glas Wein?«

Es war Tine, eine der wenigen Freundinnen, die sie in regelmäßigen Abständen immer noch traf.

»Das kann ich leider nicht, ich habe Arbeit, die ich unbedingt erledigen muss.«

»Ach, komm schon, Caroline, nur auf ein schnelles Glas. Ich vermisse es, dein hübsches Gesicht zu sehen. Das *Bibendum* ist doch gleich unten in der Nansensgade, es kostet dich maximal zehn Minuten, dorthin zu gehen«, lockte die Freundin.

»Das weiß ich, aber es ist wirklich wichtige Arbeit, und ich bin gezwungen, mich vorzubereiten. *Sorry.*«

Caroline schaute aus dem Fenster und auf das graue Wasser unter der Knippelsbro, auf der einer der gelben Hafenbusse vorüberfuhr. Tine seufzte in den Hörer.

»Und was ist so wichtig, dass du keine Zeit für ein einziges Glas mit deinen besten Freundinnen hast?«

»Eine Aufgabe, die ich für meinen Chef lösen soll. Ich kann nicht darüber reden«, antwortete Caroline ausweichend.

»Du musst, verdammt noch mal, immer arbeiten! Manchmal ist das Leben aber wichtiger als die Arbeit.«

Sie verabschiedeten sich, und Caroline legte das Handy weg. Sie vermisste ihre Freundinnen auch, besonders Tine, aber heute Abend hatte sie nicht die Ruhe, um in einer Weinbar zu sitzen. Alle Kräfte sollten auf die Aufgabe gerichtet werden, die Markvart ihr übertragen hatte.

Der erste Schritt war es, den Chef in Kenia anzurufen und zu bestätigen, dass sie kommen würde. Kein Anruf, auf den sie sich freute, aber abwarten würde es nur schlimmer machen. Sie griff nach dem Telefonhörer.

Exakt fünf Minuten später legte sie den Hörer mit einem Knall auf, dass die Kollegen, die sich noch im Großraumbüro befanden, verblüfft aufblickten.

Jens, der das Gespräch aus wenigen Metern Abstand verfolgt hatte, sah sie mit einem neckenden Lächeln an.

»Da hast du wohl einen neuen Freund gefunden, was?«

»Er kann mir, verdammt noch mal, nicht verbieten, nach Kenia zu reisen!«

»Oh, oh, da muss es wirklich ernst sein – das feine Fräulein Kayser flucht!« Jens sprach in den Raum hinein und erntete Gelächter von einigen Kollegen.

Caroline biss sich auf die Lippe und griff nach dem weißen Umschlag, den ihr Markvart gegeben hatte. Fünf kleine, gelbliche Umschläge fielen auf den Tisch. Sie waren zerknittert und zerrissen und sahen aus, als wären sie lange unterwegs gewesen. Alle Umschläge waren an »Den höchsten Direktor von Dana Oil« adressiert. Caroline dachte an Direktor Clausen, der an einem guten Tag einen Meter siebzig maß.

Die Umschläge waren oben aufgerissen, und in allen lag ein A4-Blatt. Sie nahm die Briefe aus den Kuverts, faltete sie auseinander und legte sie auf den Tisch. Sie waren mit zierlicher Handschrift geschrieben und von einer »Mama Lucy« unterzeichnet. Sie überflog die Seiten.

Plötzlich hielt sie inne und las den Satz noch einmal.

Ein weißer Mann stiehlt kleine Mädchen in Asabo. Sie sagen, er macht schlimme Dinge mit ihnen.

Caroline spürte die Unruhe in sich aufsteigen. Bereits als sie das Büro verließ, zeichnete sich ab, dass dies hier eine sehr schwere Aufgabe werden würde.

2

Verfluchte Drecksau!

John Hansen stieß sich mit den Füßen ab, und der schäbige Bürostuhl rollte nach hinten, bis er die Wand traf. Wütend schaute er aus dem einzigen Fenster des Büros hinunter auf die schmutzige Straße in Nairobi.

So eine verwöhnte Zicke! Allein schon wie sie ihren Namen ausspricht – Caroline Kayser mit Betonung auf *Kayser* –, als ob sie das zu etwas Besonderem machen würde. Als ob dann jeder wüsste, zu welcher Familie sie gehört. Das wusste er selbstverständlich, aber sie sollte nicht glauben, dass ihr das ein Recht auf Sonderbehandlung gab. Vielleicht bei anderen, aber nicht bei ihm.

Er hatte gehofft, sie von der Reise nach Kenia abhalten zu können. Hatte geduldig versucht, ihr zu erklären, dass es keinen Grund dafür gab, ihre Zeit oder das Geld der Firma darauf zu verwenden, hier herunterzukommen. Alles war unter Kontrolle, und sollte jedes Mal das Hauptbüro ausrücken, wenn ein Neger versuchte, für sich selbst und sein Dorf ein wenig Extrageld abzugreifen, konnte man ebenso gut gleich das ganze Hauptbüro nach Afrika verlegen.

Er hatte am Telefon natürlich nicht Neger gesagt, sondern Kenianer. Es war so einfach, heilig zu sein, wenn man in einem schönen Büro im schönen Kopenhagen saß. Ohne Öl unter den gepflegten Fingernägeln.

John Hansen begriff nicht, was diese Kayser glaubte, ausrichten zu können. Hier in der wirklichen Welt brauchte es mehr als einen bekannten Namen, und das hatte er ihr zu verstehen gegeben. Sie konnte ebenso gut wissen, wie er das sah. Aber das junge Ding hatte an ihrer Absicht festgehalten. Darauf bestanden, es sei wichtig, dass sie kommen würde, sowohl um sich die Sache genauer anzuschauen, als auch als ein Teil in – was war das, wie sie es genannt hatte? Nun ja, als ein Teil in dem Prozess, das öffentliche Image des Unternehmens über die Landesgrenzen hinweg zu standardisieren.

Gott bewahre!

All dieser Image- und soziale Verantwortungsscheiß war dabei, ihn in den Wahnsinn zu treiben. All die *Bimbos,* die in ihren Büros saßen und niemals hinaus in die Welt kamen, glaubten anscheinend, dass man nur eine Strategie auf ein Stück Papier kritzeln und diese ohne Weiteres draußen im wahren Leben ausführen konnte.

Der Anruf aus dem Hauptbüro war ein schlechter Abschluss eines ansonsten überraschend guten Tages. Seine sieben unfähigen Mitarbeiter hatten ihn im Großen und Ganzen den ganzen Tag über in Ruhe gelassen, eine willkommene Abwechslung. Normalerweise kamen sie ständig angerannt. Die Neger, weil sie mehr Geld haben wollten oder glaubten, einer der anderen würde zu viel Geld bekommen, und die Dänen, weil sie wieder die eine oder andere »brillante« Idee hatten, wie man die Dinge anders machen könnte – effektiver, wie sie sagten. Warum konnten sie nicht einfach das tun, was er sagte, und ansonsten die Schnauze halten? Der Einzige, der wirklich zu etwas taugte, war Martin, der stellvertretende Direktor. Er war ein schlauer Fuchs, der es verstand, das Spiel zu spielen.

Aber der heutige Tag war anders gewesen; es herrschte Ruhe, sodass sich John Hansen mit etwas beschäftigen konnte, das eine geschlossene Tür zum Chefbüro erforderte. Alles war gut, bis Caroline *Kayser* angerufen hatte. Sie hatte seine Laune zerstört, und jetzt konnte er ebenso gut nach Hause fahren.

Er schaltete den Computer aus und sammelte die Papiere vom Schreibtisch auf einem Haufen, den er in das oberste Schreibtischfach legte. Er verschloss das Fach und warf den Schlüssel in den kleinen Krug auf dem Fensterbrett. Danach schloss er die Tür des Büros ab und steckte den Schlüssel in die Hosentasche.

Man konnte gar nicht vorsichtig genug sein.

»Fuck you too!«

John Hansen drückte die Hupe bis zum Anschlag durch und fuhr weiter auf die Kreuzung und vor einen verbeulten blauen Nissan, der aufgebracht zurückhupte. Um ihn herum zogen die Busse von der Haltestelle dicken, schwarzen Rauch hinter sich her, während die Autos voreinander einscherten, wenn sich im Verkehr nur eine minimale Lücke zeigte. Zwischen den großen Fahrzeugen hindurch schlängelten sich die kleinen Mofas mit ihren lächerlichen Milchkisten hinten drauf, in dem Versuch, die Ersten zu sein.

John Hansen trat aufs Gaspedal. Der Nachmittagsverkehr in Nairobi war nicht chaotischer als normal, aber heute irritierte er ihn besonders. Die ganze Bande fuhr, verdammt noch mal, wie Idioten.

Knapp eine Stunde später bremste er vor einem grauen Gittertor.

Der Wachmann hob die eine Hand und grüßte, während er mit der anderen Hand auf den Knopf drückte, damit die Tür zur Seite glitt.

»*Welcome home, Mr John.*« Der dicke Wachmann lächelte.

»Hm.«

Er bog in die Einfahrt und parkte unter dem Halbdach vor dem Haus. Das Gebäude lag in einem von Nairobis westlichen Vororten, in Kilimani, einem der Gebiete, in denen sich die Ausländer aufhielten, weil sich die Häuser hier hinter Mauern und Toren in Sicherheit befanden. Über die Sicherheit hinaus hatte Kilimani außerdem viele der Annehmlichkeiten zu bieten, derer es bedurfte, um sich das Leben unter dem staubigen und oftmals trostlosen afrikanischen Himmel zu versüßen. Kinos, Golfclubs und Casinos befanden sich alle in Reichweite.

Das Haus selbst war ein altes englisches Kolonialhaus; eine Art Reihenhaus, das ganz nah an das des Nachbarn gebaut war. John Hansen verstand noch immer nicht, warum Dana Oil kein Geld für eine ordentliche Villa mit eigener Einfahrt und achtbarer Entfernung zum Nachbarhaus ausgeben wollte. Er war trotz allem der Chef. Aber die Knauser hatten darauf beharrt, dieses Haus hier sei schön genug. Wenigstens hatte er die Erlaubnis bekommen, einen Vierradantrieb zu mieten, auch wenn es nur ein Suzuki geworden war.

Er schloss auf und ging direkt auf den Barschrank zu. Heute hatte er seinen *Sundowner* wirklich verdient.

Wenige Minuten später ließ er sich auf den einzigen Gartenstuhl auf der Terrasse fallen. Er schaute über den Rasen, der zehn Meter lang und ebenso breit und von einem Bretterzaun umgeben war, der sein Eigentum von dem des Nachbarn abtrennte. Eine beschissene Briefmarke.

John Hansen ließ den doppelten Gin Tonic Schluck für Schluck gegen die schlechte Laune ankämpfen. Als das Glas leer war, begann die tägliche Überlegung. Noch einen?

Bei ihrem letzten Besuch hatte seine Schwester gesagt, sie mache sich Sorgen um ihn.

»Du trinkst in der Woche sehr viel mehr, als es die Gesundheitsbehörde empfiehlt«, hatte sie gesagt.

Er hatte geantwortet, in der Behörde seien weiß Gott einige heilige Gesundheitsapostel, und wenn er Lust hatte, vor dem Abendessen zwei doppelte Gin Tonic zu trinken – und zwei bis drei danach –, dann tat er das. Gin Tonic half ja auch, die Malariamücken fernzuhalten.

Die Entscheidung fiel aus wie immer.

Als John Hansen vom Barschrank zurückkam, konnte er die Nachbarskinder, ein Junge und ein Mädchen, auf der anderen Seite des Bretterzauns spielen hören. Der Junge hatte Geburtstag, und sie bewarfen sich mit Wasserbomben und kreischten laut, wenn einer von ihnen getroffen wurde. Er überlegte, über den Zaun zu schauen, ließ es aber.

Geburtstag. Sein eigener war in ein paar Wochen. Er hatte überlegt, etwas zu arrangieren, wusste aber nicht, was oder wen er einladen sollte. Und vielleicht war es auch besser, den Tag im Nebel verschwinden zu lassen. Das Einzige, was sein sechzigster Geburtstag wirklich bedeutete, war, dass er nur noch fünf Jahre der Karriere vor sich hatte. Es war Firmenpolitik, die Leute aus dem Ausland nach Hause zu holen, wenn sie fünfundsechzig Jahre alt wurden. John Hansen hatte ein paarmal angedeutet, ob man bei ihm nicht vielleicht eine Ausnahme machen könnte, er war bereit wegzubleiben, bis er siebzig wurde. Oder länger, wenn die Gesundheit mitspielte. Außerdem gab es keinen, der an dem anderen Ende zog. Keine Kinder oder Enkelkinder, die auf den Großvater warteten, also konnte er ebenso gut arbeiten. Aber die Schwulenärsche zu Hause im Hauptbüro hatten sich selbstverständlich an ihre Regeln und Paragrafen gehalten und gesagt, das sei leider nicht möglich.

Fünf Jahre waren keine lange Zeit, und John Hansen versuchte, nicht zu viel darüber nachzudenken. Zumindest war ausreichend Zeit, die Ölbohrungen in Kenia ordentlich in Gang zu bringen. Zeit genug, die Abteilung in Kenia zu einem einträglichen Erfolg zu machen. Zeit genug, sich selbst endlich zu einem Erfolg zu machen.

Die Zeichen standen auf jeden Fall gut.

Kenia lag an der afrikanischen Ostküste, ungefähr in der Mitte zwischen Ägypten im Norden und Südafrika im Süden. Das Land war mitten auf dem Äquator platziert – eine Tatsache, die viele junge Männer des Landes dazu nutzten, Touristen um Dollarscheine zu erleichtern, indem sie ihnen zeigten, wie sich ein Zahnstocher in einer Schale Wasser auf der einen Seite des Äquators mit dem Uhrzeigersinn und auf der anderen Seite gegen den Uhrzeigersinn drehte.

Das ostafrikanische Land war eine Agrargesellschaft, und besonders der Kaffee füllte die Handelsschiffe, die von Mombasa, der größten Hafenstadt des Landes, ablegten.

Öl hatte in der kenianischen Wirtschaft hingegen nie irgendeine Rolle gespielt. In dieser Hinsicht war Kenia ein jungfräuliches Land. Das schwarze Gold war im tiefen Meer vor der Küste gefunden worden, aber das waren unbedeutende Mengen, und auch an Land hatte der große Fund bisher auf sich warten lassen.

Dennoch sprach viel für den Erfolg auf dem Festland. Der von Unruhen verwüstete Sudan produzierte Öl, und aus kenianischer Perspektive betrachtet, war das sudanesische Ölabenteuer besonders interessant. Beide Länder waren Teil des Großen Afrikanischen Grabenbruchs, der sich vom Nahen Osten durch das östliche Afrika bis in den Süden erstreckte. Diese Lage hatte Forscher wiederholte Male dazu gebracht, Ölproduzenten zu versichern, dass der Sudan und Kenia viele geologische Gemeinsamkeiten hatten. Mit anderen Worten, es war wahrscheinlich, dass man ähnliche Ölvorkommen in Kenia finden konnte.

Außerdem hatte Uganda, der kleine Bruder im Westen, gerade erst in einem der Seen des Landes ein überraschend großes Ölfeld entdeckt. Wenn das in Uganda passieren konnte, konnte es auch in Kenia passieren.

Das kostbare schwarze Gold hatte unterdessen auf sich warten lassen.

Bis vor Kurzem.

Vor einem Jahr hatten Dana Oils Geologen ein Vorkommen in Block 12A gefunden, einem großen Landgebiet nordwestlich von Nairobi, welches das Unternehmen von der Regierung Kenias gemietet hatte. Hier sahen die unterirdischen Strukturen vielversprechender aus als an einer der anderen Stellen, an denen sie gebohrt hatten.

Die Erkundungsbohrungen deuteten darauf hin, dass das Unternehmen endlich ins Schwarze getroffen hatte. Dass sie *auf Gold gestoßen* waren, wie man es ausdrückte.

Selbstverständlich war nichts sicher, bevor das Öl nicht

tatsächlich aus dem Untergrund heraufgeholt, auf große Tankschiffe verladen und an Käufer rund um die Welt gesandt worden war. Aber sie waren dem Ziel nahe. Es konnte gut sein, dass er sich damals im Tschad geirrt hatte, aber dieses Mal wusste John Hansen, dass er auf der richtigen Spur war.

Jetzt galt es nur zu vermeiden, dass Caroline Kayser und die anderen heiligen Engel aus dem verdammten Hauptbüro das Ganze verhinderten.

Er hatte das früher schon erlebt. Gesehen, wie sich Unternehmen von Projekten zurückgezogen hatten, weil einige lokale Dorftrottel Radau gemacht und das Unternehmen dazu gebracht hatten, aus Furcht vor einem schlechten Image das Weite zu suchen.

So war es tatsächlich, seit die westliche Welt begonnen hatte, sich um die soziale Verantwortung eines Unternehmens und all den Mist zu kümmern. Als ob die Unternehmen nicht genug für die Schmarotzer der Gesellschaft taten, indem sie Steuern zahlten und Arbeitsplätze schafften.

Selbst ein Unternehmen wie Shell war dem Druck erlegen und posaunte jetzt überall herum, dass sie in der Welt Gutes taten. John Hansen erinnerte sich mit Abscheu daran, wie einige russische Rentierbauern aus Sachalin, der langen Insel östlich von Russland, dagegen demonstriert hatten, dass Shell ihre lokale Kultur zerstören würde. Shell hätte die Bauern leicht mit ihren großen Fahrzeugen niederwalzen können, aber stattdessen hatte der Ölgigant die Produktion wochenlang gestoppt und zu gemeinsamen Treffen mit den Bauern, Rentieren und allen anderen eingeladen, um »quasi miteinander zu sprechen«. Die Rentierficker sollten einfach nur froh sein, dass es jemanden gab, der nach ihrem verfluchten Öl und Gas buddelte und der Zivilisation auf den Weg half!

Für europäische Ölunternehmen war das Leben auch nicht einfacher geworden, seit sich die Chinesen auf dem Gebiet angemeldet und begonnen hatten, mit Afrika zu verhandeln.

John Hansen seufzte und nahm noch einen Schluck von dem *Sundowner.*

Die chinesische Mittelklasse wuchs, sie wollte Autos haben, und Autos erforderten Benzin. Das Öl für die Herstellung des Benzins musste irgendwo gefördert werden, und nachdem die Amerikaner schwer auf dem Mittleren Osten saßen, war »die Partei« gezwungen, den Durst der Chinesen nach Öl an anderen Orten zu stillen. Dieser Ort sollte, wie sich abzeichnete, Afrika sein. Der Präsident der Reisfresser graste doch nicht den Schwarzen Kontinent ab, um die afrikanische Kultur zu erleben. Er tat es, weil er Öl für seine vielen Landsleute mit nach Hause bringen wollte, die Forderungen nach Fortschritt stellten.

Die afrikanischen Staatschefs waren mehr als willig, mit den Chinesen zu verhandeln. Mit den Chinesen gab es nicht so viele Scherereien. Die Schlitzaugen wussten einiges darüber, wie ungelegen es sein konnte, wenn sich andere Länder in interne politische Verhältnisse einmischten. Dieses Wissen trugen sie mit sich hinaus in die Welt, im Gegensatz zu den Europäern und den Amerikanern, die mit all ihrem moralischen Unwohlsein und den obskuren Forderungen darüber ankamen, wie afrikanische Präsidenten ihre Länder regieren sollten. John Hansen konnte wirklich gut verstehen, dass die Schwarzen es vorzogen, mit den Gelben anstatt den Weißen zu verhandeln!

Wenn man die Finger in Afrikas Rohstoffe stecken

wollte, galt es, sich daran zu halten, den Fokus auf den Handel zu legen und nicht mit allen möglichen irrelevanten Forderungen anzukommen. Ansonsten segelte das Schiff – mit den Chinesen am Steuer – davon.

Aber so sollte es in Kenia nicht laufen. Ein hysterisches Negerdorf sollte nicht das Recht bekommen, Dana Oil zu verscheuchen, denn das hier war John Hansens Chance, es allen zu zeigen. Sie sollten es lernen, genau das sollten sie. Alle zusammen würden sie gezwungen sein, ihren Hohn ihm gegenüber aufzugeben.

Zumindest wusste er, welchen Weg die chinesischen Konkurrenten verfolgten.

Er trank den zweiten *Sundowner* des Abends.

Auf jeden Fall sollte es nicht ein verwöhnter Grünschnabel wie Caroline Kayser sein, der ihn daran hinderte, seinen wohlverdienten Sieg zu erringen.

3

Sally beugte sich über das Pult, schob die Zunge in den Mundwinkel und verstärkte den Griff um den kurzen Bleistift. Sie wollte es können!

18 + 8 ergab 26. Das musste richtig sein, es war nur immer schwierig, wenn man etwas von einer Zahl auf eine andere Reihe mitnehmen sollte. Und dann sollte 26 durch 2 geteilt werden – das war eine der schwierigen Aufgaben. Sie wusste, sie hatten gelernt, wie man das richtig machte, aber gerade jetzt konnte sie sich nicht daran erinnern. Also zeichnete sie sechsundzwanzig kleine Punkte unten auf das Heft, das vor ihr auf dem Pult lag, malte um jeden zweiten Punkt einen Kreis und zählte die Punkte mit einem Kreis. Dreizehn! Ihr Finger schnellte in die Höhe und Sally saß mit geradem Rücken und gestrecktem Arm da, bis die Lehrerin sie sah. Sie hatte es vor den Klassenkameraden geschafft, die jetzt auch damit begannen, ihre Hände in die Luft zu strecken.

»Ja, Sally, was ergibt das«, fragte ihre nette Lehrerin.

»Dreizehn«, antwortete Sally stolz.

»Das ist richtig.« Die Lehrerin lächelte.

Sally erwiderte das Lächeln. Es war wohl doch gut, dass ihre Mutter ihr das mit den Punkten und den Kreisen gezeigt hatte. Aber sie musste lernen, es auf die richtige Art zu machen; das musste man ganz sicher können, um Lehrerin werden zu können. Denn das war es, was

Sally wollte. Sie wollte ebenso klug und nett und hübsch wie ihre eigene Lehrerin sein. Und ebenso schön angezogen! Die meisten der Frauen im Dorf trugen Kleider, die schmutzig oder alt waren, aber nicht die Lehrerin. Sie hatte immer einen schicken, langen Rock und eine weiße Bluse an, die aussahen, als seien sie neu. So wollte Sally auch aussehen, wenn sie eines Tages alt und geschickt genug sein würde, um zu unterrichten.

Sie schaute sich in dem dunklen, staubigen Klassenzimmer um. In der Wand waren vier Löcher, zwei auf jeder Seite des Raumes, aber sie lagen zu hoch, um hinausschauen zu können.

An dem einen Ende des Raumes hing eine alte Tafel, ansonsten war das ganze Zimmer mit ihr und ihren Klassenkameraden gefüllt. Die einzige Stelle, an der sich keine Kinder befanden, war in der hintersten Ecke, wo sie ihr Frühstück hinlegen sollten. Die ältesten Schüler der Klasse saßen an Pulten, die jüngsten eng zusammen auf dem Boden vor den Pulten, ihre Hefte auf dem Schoß. Sally war zum Glück alt genug.

Fünfundfünfzig Schüler gingen in die Klasse, aber keineswegs kamen alle jeden Tag in die Schule. Viele hatten einen weiten Weg zurückzulegen, und an manchen Tagen mussten sie ihren Müttern und Vätern so viel helfen, dass sie nicht in die Schule kommen konnten. Glücklicherweise schaffte es Sally fast immer, weil ihre Mutter es für wichtig hielt. Aber selbst wenn ihre Mutter sie in die Schule gehen ließ, würde es dennoch schwer werden, Lehrerin zu werden, das wusste sie. Damit das möglich sein würde, müsste es in Nairobi einige Onkels geben, die dafür bezahlen würden, dass sie viele Jahre in die Schule gehen konnte, und ihre Mutter hatte gesagt, Sally solle nicht damit rechnen. Es war nicht sicher, ob die Onkel in der Stadt so viel

Geld hatten, und wenn sie es hatten, würden sie es vermutlich nicht für Sally ausgeben. Ihr großer Bruder wollte vielleicht auch viele Jahre studieren, und so wäre kaum genug Geld da, damit auch sie das tun konnte.

Sally wusste das gut, aber sie wollte sich dennoch Mühe geben. Dann würde sie auf jeden Fall *tüchtig* genug sein, um viele Jahre in die Schule gehen zu können.

Aus diesem Grund lieh sie sich auch Bücher von der Lehrerin aus und übte lesen, sobald sie damit fertig war, der Mutter dabei zu helfen, Brennholz zu holen, Essen zu kochen und die Hütte zu fegen. Wenn sie nur mehr Zeit hätte, könnte sie noch fleißiger sein. Wenn sie nur ein Junge wäre.

Manchmal konnte sich Sally über ihren großen Bruder David nur ärgern. Das sagte sie selbstverständlich niemandem, aber sie dachte, es war dumm, dass er so viel Zeit hatte, Bücher zu lesen, und es dennoch nicht tat. Er lief vielmehr herum, um mit seinen neuen Shorts, Surfershorts, wie er sie nannte, zu protzen. So etwas Merkwürdiges, Kunterbuntes, das nach Sallys Meinung viel zu tief saß.

Er war einmal einer der Besten in seiner Klasse gewesen, und es gab noch immer eine Chance für ihn, auf die Strathmore-Schule in Nairobi zu gehen. Jedes Jahr bekamen einige arme, tüchtige Jungs aus dem Dorf die Erlaubnis, vollkommen gratis dort in die Schule zu gehen. Denk nur mal, Strathmore! Aber stattdessen redeten sowohl der Bruder als auch der Vater die meiste Zeit davon, für diese Ölfirma zu arbeiten und viel Geld zu verdienen.

Sally wusste nicht, ob man in der Ölfirma viel Geld verdienen konnte, aber das konnte man wohl, wenn ihr Vater das sagte. Sie war trotz allem erst zehn Jahre alt, also wusste er es wohl besser.

David hatte ihr von dem Öl erzählt. Davon, wie viel Geld er verdienen würde, und von alldem, was er kaufen könnte, wenn das Öl erst zu fließen begann, wie er sagte. Das hörte sich merkwürdig an, dass man Geld mit etwas verdienen konnte, das einfach nur floss, aber das sagte sie nicht.

Er hatte ihr von anderen Ländern in Afrika erzählt, wo sie Öl aus der Erde geholt hatten und so reich geworden waren, dass die Leute nicht mehr arbeiten mussten. Nigeria, hatte David begeistert gesagt, verdiente so viel Geld, dass die weißen Menschen dorthin strömten, um einen Teil des Reichtums abzubekommen. Selbst in einem kleinen Land wie Äquatorialguinea waren sie so reich geworden, dass der Sohn des Präsidenten einen Palast in der Stadt in den USA kaufen konnte, in der alle Filmstars wohnten!

Warte nur ab, bis es in Kenia so wird, sagte David oft, dann werden wir alle zusammen reich und können genau das machen, was wir wollen, warte es nur ab, Sally!

Aber Sally fand es nicht so angenehm, seit die Ölfirma gekommen war. Es war nicht, weil ihre Mutter und ihr Vater normalerweise viel miteinander redeten, aber in der letzten Zeit waren sie auf eine schlechte Art still geworden. Der Vater hatte diese glänzenden Augen und diese sonderbare Stimme bekommen, die die Mutter immer wütend machte.

Es war noch etwas anderes, das falsch war. Sie wusste nicht genau, was es war, aber gestern hatte sie hinter der Hütte gestanden, während ihre Mutter und einige der anderen Frauen des Dorfes davor gesessen und miteinander gesprochen hatten. Es war schwer zu verstehen gewesen, worüber sie sprachen, weil sie durcheinandergeredet hatten, aber es war etwas mit der Ölfirma und dass jemand gezwungen sei, etwas zu unternehmen. Das hatte eine der Frauen wiederholte Male gesagt, wahrscheinlich Mama Lucy. Jemand musste etwas unternehmen.

Aber dann war Sallys Vater nach Hause gekommen, und die Frauen waren zu ihren eigenen Hütten zurückgegangen. Sally hatte überlegt, ob sie ihre Mutter fragen sollte, um was es ging und wer gezwungen war, etwas zu unternehmen. Sie fand tatsächlich, dass die Frauen sowieso genug taten – es würde schwer für sie sein, Zeit dafür zu finden, um auf die Kinder aufzupassen, Essen zu machen und all das andere zu erledigen, wenn sie auch noch dabei helfen sollten, Öl auszugraben.

Plötzlich hatte sie die Augen aufgerissen. Hauptsache, sie meinten nicht, dass Sally und die anderen Mädchen nach Öl graben sollten! Dann würde sie garantiert keine Zeit haben, Bücher zu lesen. Vielleicht wäre sie gezwungen, mit der Schule aufzuhören. O nein, das hoffte sie wirklich nicht.

Sie wusste, die Mutter würde böse werden, weil sie hinter der Hütte gelauscht hatte, aber später am Tag, als sie der Mutter half, das Abendessen zuzubereiten, hatte sie dennoch allen Mut zusammengenommen.

»Mama?«

»Hm.«

»Muss ich für die Ölmänner arbeiten?«

Die Mutter hatte erschrocken von dem schwarzen Topf aufgeblickt, in dem sie rührte.

»Wer sagt, dass du das musst?!«

»Aber ich frage, ob ich muss.«

»Nein, das musst du auf keinen Fall. Woher hast du das?«

Sally hatte sich auf die Lippe gebissen.

»Es ist nur, weil ... ich stand hinter der Hütte, als ihr gesprochen habt und Mama Lucy gesagt hat, jemand müsse etwas unternehmen ...«

Die Mutter hatte die Falten an den Mundwinkeln bekommen, die Sally nicht mochte.

»Kinder sollen nicht lauschen. Aber nein, du sollst nicht für die Ölfirma arbeiten, du sollst überhaupt nichts mit denen zu tun haben.«

»Aber, es war nur, weil ...«

»Hör jetzt zu, was ich dir sage.« Die Stimme der Mutter hatte böse geklungen. Sie hatte das orangefarbene Tuch gerichtet, das sie um den Kopf gebunden hatte. »Du sollst nichts mit denen zu tun haben, und jetzt sprechen wir nicht mehr über die. Hast du Wasser gekocht?«

Sally hatte sich nicht mehr getraut zu fragen, und zudem hatte sie die Antwort bekommen, die sie hören wollte. Sie musste nicht für die Ölfirma arbeiten, und daher konnte sie weiter in die Schule gehen. Das war das Wichtigste.

Tatsächlich hatte es so geklungen, als würde sie noch mehr Zeit bekommen, in die Schule zu gehen und die Bücher zu lesen, die sie von der Lehrerin auslieh. Etwas später hatte ihre Mutter nämlich gesagt, Sally dürfe das Dorf nicht mehr verlassen, und das bedeutete, dass sie auch kein Holz und keine Zweige für die Feuerstelle sammeln musste. Normalerweise war es Sallys Aufgabe, Brennholz zu holen, aber der Krater, in dem sie die Zweige fand, lag ein Stück außerhalb des Dorfes, und im Moment war es für kleine Mädchen gefährlich, sich allein außerhalb des Dorfes aufzuhalten, hatte die Mutter gesagt.

Sally fand, es war nicht nett von ihrer Mutter, sie als kleines Mädchen zu bezeichnen, sie war jetzt immerhin schon zehn Jahre alt, aber sie war schlau genug, nichts zu sagen, denn sonst könnte es passieren, dass die Mutter ihre Meinung änderte und sie doch Brennholz holen musste.

Anschließend hatte ihre Mutter übrigens noch hinzugefügt, dass besonders kleine *hübsche* Mädchen nicht allein dort hinausgehen sollten. Das fand Sally schön gesagt. Sie selbst hielt ihre Arme und Beine für viel zu dünn – sie ähnelten den Zweigen, die sie für die Feuerstelle sammelte –, und das kurze, braune Kleid der Schuluniform füllte sie überhaupt nicht aus. Aber die Farbe ihrer Haut konnte sie gut leiden; sie war ganz dunkel. Auch die Augen waren braun, selbstverständlich. Es gab nur einen Jungen im Dorf mit grünen Augen und sehr hellbrauner Haut. Seine Mutter war sicher einmal eine sehr gute Freundin eines weißen Mannes gewesen, aber darüber sollte man nicht sprechen.

Auch ihre Haare konnte sie gut leiden, besonders nachdem sie die gleichen kleinen Zöpfe wie ihre beste Freundin Makena bekommen hatte; solche, die ganz eng an der Kopfhaut anlagen.

Und vielleicht hatte ihre Mutter recht damit, dass es außerhalb des Dorfes gefährlich war.

Auf jeden Fall war etwas mit zwei Mädchen aus der Schule passiert, von dem sie nicht wissen durfte, was es war, was sich aber unheimlich anhörte. Sally wusste, dass die beiden auch häufig Zweige aus dem Krater holten.

Makena, die neben Sally an dem zerkratzten Pult saß, stieß ihr mit dem Ellenbogen in die Seite. Sie grinsten sich an, bevor sie ihre Aufmerksamkeit wieder auf die Rechenaufgaben richteten.

4

Caroline zog den Sicherheitsgurt straff, worum der Pilot und das leuchtende Schild über ihrem Kopf soeben gebeten hatten. Unter ihnen zeigte sich Nairobi. Sie streckte die Beine aus, ohne den Vordersitz zu treffen; einer der Vorteile, wenn man Businessclass flog.

In Gedanken versunken nahm sie den A4-Umschlag mit Mama Lucys Briefen. In den vergangenen Tagen hatte sie die Briefe mehrfach gelesen, und jedes Mal hatten sie ihr Schauer über den Rücken gejagt. Besonders einer von ihnen.

Auf den Briefen stand kein Datum, aber sie waren nummeriert. Der erste Brief war höflich und erklärte ruhig, warum Dana Oil den Männern in Mama Lucys Dorf, Asabo, mehr Arbeit anbieten musste. In den nachfolgenden drei Briefen änderte sich der Ton und wurde mit jedem Brief derber und anklagender. Es war zutiefst ungerecht zu sehen, wie das Nachbardorf aufblühte, schrieb Mama Lucy. Caroline fiel es schwer zu begreifen, warum ein blühendes Nachbardorf für Dana Oil relevant war, aber es war deutlich, dass diese Mama Lucy darauf abzielte. Die Wut stieg wie ein giftiger Dampf von dem Papier auf.

Es war jedoch der fünfte und letzte Brief, der Carolines Nackenhaare dazu brachte, sich aufzurichten. Der Brief war länger als die anderen, der Einzige, der auch auf der

Rückseite beschrieben war, und er war voll von Beschuldigungen darüber, wie Dana Oil das Leben in dem Dorf zerstörte. Es war dieser Brief, in dem Mama Lucy schrieb, dass kleine Mädchen gefangen und »schlimme Dinge mit ihnen gemacht« worden waren. Auf der Rückseite des Briefes hatte sie beschrieben, wie eines der Mädchen so derb vergewaltigt worden war, dass in der Wand zwischen Scheide und Blase Löcher entstanden waren und das Mädchen daher ständig nach Urin roch.

Caroline versuchte, das Unwohlsein abzuschütteln.

Vielleicht war die Rede von einer paranoiden Querulantin, wie Markvart und John Hansen behaupteten, aber die Verzweiflung wirkte sehr echt.

Sie steckte den Umschlag mit den Briefen in die Tasche zu dem Buch »Verblendung«. Sie hatte die Absicht gehabt, während des Fluges zu lesen – bald musste sie der einzige Mensch in Dänemark sein, der den schwedischen Krimi noch nicht gelesen hatte –, aber der Großteil der Reise war damit vergangen, sich auf das morgige Treffen mit John Hansen vorzubereiten. Vor allem hatte sie darüber gegrübelt, ob sie ihm von den Briefen erzählen sollte.

Es gab keinen Zweifel daran, dass sie es tun musste.

Wenn sie und John Hansen zusammenarbeiten sollten, um diesen Konflikt zu lösen, worum sie Markvart ausdrücklich gebeten hatte, nutzte es nichts, wenn sie von Anfang an mit verdeckten Karten spielte. Aber sie wollte sehr gern den Wutanfall vermeiden, den der Nairobi-Chef vermutlich bekommen würde, da er Mama Lucy für eine verlogene Querulantin hielt.

Unten in der Tasche landeten auch die Ausdrucke von der Internetseite des Außenministeriums über Kenia, die Dana Oils Reisebüro mit dem Flugticket zusammengepackt hatte. Das war Brauch im Unternehmen, damit die Mitarbeiter nicht unvorbereitet an ihrem Reiseziel ankamen, ungeachtet dessen, wie überstürzt sie abreisen mussten. Caroline wusste jetzt, dass Kenia so groß wie Frankreich war, dass dort über dreißig Millionen Menschen lebten und die Armut während der 1990er Jahre markant angestiegen war, sodass jetzt zwei von drei Kenianern unter der Armutsgrenze lebten. Kenias soziale Ungleichheit schlug sich unter anderem in einer explodierenden Kriminalität in den großen Städten und besonders in Nairobi, der Hauptstadt des Landes, nieder. Aufgrund der vielen Überfälle, die passierten, hatte die Stadt den Spitznamen *Nairobbery* bekommen.

Die Räder trafen auf die Landebahn auf. Nach einer kurzen Fahrt bis zum Gate konnten Caroline und die anderen Businessclass-Passagiere das Flugzeug als Erste verlassen – vor allem afrikanische Geschäftsleute in noblen Anzügen und mit vergoldeten Brillengestellen.

Eine bunte Menschentraube wartete, als Caroline den Flughafen betrat. Um sie herum wimmelte es von vollbusigen Müttern in farbenfrohen Jackenkleidern, Männern mit schmalen, somalischen Gesichtern, gekleidet in die Windjacken, die Dänemark in den Vierzigern beherrscht hatten, bewaffneten Wachmännern, Rucksacktouristen mit Dreadlocks, Touristen mit Bauchtasche und Geschäftsleuten mit dem Handy am Ohr.

Trotz des kunterbunten Menschenmeeres bemerkte Caroline die neugierigen ungenierten Blicke, als sie zur Gepäckausgabe lief. Sie zog ihre Jacke über der Brust zusammen und richtete den Schal, den sie immer trug, wenn sie flog, sodass er das Dekolleté bedeckte.

Als sie endlich ihren Koffer entdeckt und von dem breiten Gepäckband gehoben hatte, ging sie in Richtung Ausgang. Nachdem sie die geforderten fünfzig Dollar bezahlt hatte, um ins Land zu kommen, stand sie in der Ankunftshalle und ließ den Blick über die weißen Schilder gleiten, die wartende schwarze Männer hochhielten. In der Mitte der Reihe fand sie »Dana Oil – Madam Kayser« und steuerte auf das Schild zu, das von einem großen schwarzen Mann mit traurigen Augen gehalten wurde.

»Hallo, ich bin Caroline Kayser«, sagte sie und streckte ihm die Hand entgegen.

Der große Mann erwiderte den Händedruck und antwortete in einem singenden afrikanisch-englischen Dialekt, der ein bisschen wie ein Rap-Song klang.

»Willkommen in Kenia. Ich heiße Stanley. Ich werde jetzt Ihr Gepäck nehmen.«

Seine große Hand legte sich um den Griff des Koffers, und er wies ihr den Weg zum Ausgang des Flughafens.

Die Luft außerhalb des klimatisierten Flughafengebäudes war warm. Stanley führte sie zu dem alten grauen Land Cruiser. Die Stoßstange hatte Beulen, und die staubigen Fensterscheiben enthüllten, dass es lange her war, seit er das letzte Mal gewaschen wurde. Glücklicherweise öffnete der Fahrer die Tür für sie. Caroline biss sich auf die Unterlippe. Das Leben wäre einfacher, wenn sie damit aufhören könnte, das Augenmerk so sehr auf Schmutz zu legen.

Sie verließen den Parkplatz. Das erste Stück in das Zentrum hinein fuhren sie auf einer breiten, ebenen Straße mit sporadischen, niedrigen Gebäuden und öden Plätzen auf beiden Seiten. Es fühlte sich nicht nach Großstadt an. Aber nach und nach, als die Minuten vergingen, nahm die Stadt Form an – und es war keine schöne Form.

Die Dächer der Wolkenkratzer am Horizont verschwanden im Smog, der tief über der Stadt hing, und je näher sie dem Zentrum kamen, desto grauer wurde die Luft. Sie konnte fast die Staubpartikel in der Luft sehen und spüren, wie der Smog dichter und dichter wurde, je enger die Wolkenkratzer nebeneinanderstanden. Am Weg entlang wachten Bäume, und in den Baumkronen saßen die hässlichsten Vögel, die sie jemals gesehen hatte. Sie ähnelten Störchen mit abgenagten Schädeln. »Marabu-Störche«, erklärte Stanley, der den Ekel in ihrem Blick bemerkt hatte.

Die breiten Straßen wurden mehr und mehr von anderen Fahrzeugen gefüllt. Farbenfrohe Busse schoben sich jähzornig durch den Verkehr wie Männer mit dickem Bauch, die diesen dazu nutzten, sich ihren Weg zu bahnen, und die Autofahrer hupten sich gegenseitig in einer endlosen Kakofonie angestauten Ärgers an. Das Ganze – der Smog, die Vögel, die Geräusche – vermischte sich in Caroline.

Nach einer halben Stunde fuhr Stanley auf einen Parkplatz.

Vor dem Auto erhob sich ein Zylinder so hoch, dass es unmöglich war, vom Inneren des Autos das Dach des Gebäudes zu sehen, auch nicht, wenn man den Kopf in den Nacken legte. Der runde Turm war von Tausenden von Fenstern durchsetzt und erstrahlte wie ein riesiger Weihnachtsbaum mitten in der Stadt, über die die Dunkelheit hereinbrach.

Sie hatten das Hilton Nairobi Hotel erreicht.

Stanley trug ihren Koffer in die Lobby. Caroline schaute sich verwundert um. Der Luxus in Hotels hatte schon lange aufgehört, ihr zu imponieren, aber auf das hier war sie nicht vorbereitet – nicht in Afrika.

Die sanft erleuchtete Lobby glich einem Ballsaal. Der

glänzende Steinboden war mit einem feinen Muster aus weißen, schwarzen und bordeauxfarbenen Fliesen marmoriert, und entlang der einen Wand erstreckte sich ein Empfangstresen. Von der Decke in der Mitte des Raumes hing der größte Kronleuchter, den Caroline jemals gesehen hatte. Verblüfft verabschiedete sie sich von Stanley und checkte bei einer lächelnden Rezeptionistin ein.

Der Fahrstuhl brachte sie zur zwanzigsten Etage hinauf, zu dem Zimmer, welches für die nächsten Tage ihre Basis werden sollte. Sie steckte die Schlüsselkarte in das Schloss und schob die schwere Tür auf.

Alles im Zimmer war gelb und blau. Blaue Gardinen, gelbe Tagesdecke, blaue Kissen, gelbe Lampen. Auf einem sorgfältig geschnitzten Holztisch thronte ein üppiges Bukett aus blauen und gelben Blumen und daneben eine Obstschale aus weißem Porzellan. Caroline warf ihre Handtasche auf die gelbe Tagesdecke und ging zum Fenster. Sie schaute über die Stadt. Die anderen Gebäude reichten dem Hilton Hotel nur bis zu den Knien.

Einen Augenblick lang dachte sie darüber nach, in der Minibar nach einem Stück Schokolade zu suchen, beherrschte sich aber. Zwei Bananen aus der blauen Obstschale mussten als Abendessen ausreichen, bevor sie sich abschminkte, die Zähne putzte und in das enorme Bett kroch, erschöpft von dem langen Flug.

Am nächsten Morgen schaltete Caroline als Erstes ihr BlackBerry ein. Sie lag im Bett und wartete, bis es eine Verbindung bekam. Eine Mail von ihrem Vater. Sie biss die Zähne zusammen, während sie sie las.

Sie hatte ihm an dem Tag, bevor sie nach Kenia geflogen war, geschrieben und erzählt, dass sie unter allen Kollegen ausgewählt worden war, dafür verantwortlich zu sein, eine spezielle Kritik an Dana Oil zu beenden. »Etwas, das für das Unternehmen ganz essentiell ist«, hatte sie hinzugefügt für den Fall, dass ihr Vater die Bedeutung der Aufgabe nicht begreifen würde. Sie hatte ausgelassen, warum gerade sie für diese Aufgabe ausgewählt worden war. Er hatte geantwortet: Es freut mich zu hören, dass du jetzt die Chance bekommen hast, dich selbst zu beweisen – es ist auch an der Zeit. Denk daran, die Interessen des Unternehmens kommen vor deinen eigenen. LG Vater.

Sie seufzte. Sie wusste, er meinte es als guten Rat, aber manchmal wünschte sie, er könne einfach nur sagen, dass es gut war. Dass er stolz auf sie war. Dass es toll war, dass sie ausgewählt worden war. Aber selbstverständlich konnte er das nicht.

Von ihrem Vater war kein Lob zu erwarten, bevor man die Aufgabe nicht gelöst hatte und ganz oben auf dem Siegertreppchen stand. Auf jeden Fall nicht für sie, bei Christian war das etwas anderes.

Solange sie denken konnte, war sie ausschließlich für ihre Resultate gelobt worden. Für Topnoten in der Schule, im Gymnasium oder in der Universität, für Goldmedaillen bei der Leichtathletik in den Jahren, in denen sie Laufen als Leistungssport betrieben hatte. Silbermedaillen wurden nicht kommentiert.

Caroline erinnerte sich, als sei es gestern gewesen, an den Tag, an dem sie ihr Abitur abgelegt hatte. Wie sie mit elf Punkten im Rucksack aus der Geschichtsprüfung gekommen war, zufrieden mit ihrem Ergebnis und bereit, von ihrem Vater die Studentenmütze auf den Kopf gesetzt zu bekommen.

Es war keine große Überraschung, dass er zu einer wichtigen Sitzung gerufen worden war, sodass es stattdessen ihre Mutter war, die ihr die Mütze aufsetzte. Sie spürte noch immer den Stich im Magen, wenn sie an die Bemerkung ihres Vaters dachte, als sie sich später an dem Tag zu Hause getroffen hatten.

»Na, wie ich höre, bist du die Zweitbeste geworden. Wie kann das sein?«

Kein Herzlichen Glückwunsch zu elf Punkten, nur ein Hinweis darauf, dass sie nicht die Beste geworden war, weil Thomas aus ihrer Klasse, dessen Vater ihren Vater kannte und daher die Neuigkeit von diesem gehört hatte, sein Abitur mit dreizehn Punkten gemacht hatte. Aber auch wenn Thomas mit einer besseren Note als sie abgeschlossen hatte, hatte sie sich gefreut, ihrem Vater erzählen zu können, dass sie mit elf Punkten abgeschlossen hatte. Es *war* eine gute Note. Ihre Mutter hatte sie gelobt, was selbstverständlich schön war. Aber es war nicht das Gleiche.

Caroline warf das schwarze BlackBerry auf das Bett und stand auf.

Sie hatte viel Zeit bis zu dem Treffen mit John Hansen, also nahm sie ein langes Bad, bevor sie sich ins Café American des Hotels setzte, wo sie, umgeben von Hollywood-Stars in Rahmen an den Wänden, ein Croissant und einen Espresso bestellte. Als die Tasse leer und das Croissant gegessen war, ging sie zur Rezeption, um ein Taxi zu bestellen. Der Mann hinter dem Tresen zeigte auf eine Reihe verbeulter, grauweißer Autos, die vor dem Hotel standen, und Caroline ging hinaus. Sie schaute durch das Fenster des ersten der wartenden Taxen. Der Stoff auf den Sitzen war an mehreren Stellen gerissen, und auf den Türgriffen befanden sich fettige Fingerabdrücke, aber sie wusste nicht, wo das Büro war, sodass sie keine andere

Wahl hatte, als sich hineinzusetzen. Sie bat den Fahrer, sie zur Haile Selassie Avenue zu bringen, und die Fahrt verging damit, zu vermeiden, etwas zu berühren, und sich gleichzeitig anzustrengen, sich die Strecke einzuprägen, damit sie das nächste Mal zu Fuß gehen konnte. Auch wenn die Straßen von Menschen und stinkenden Autos verstopft waren, war das besser, als in dieser vierrädrigen Bakterienbombe eingesperrt zu sein.

Eine Viertelstunde später hielt das Taxi an, und Caroline bezahlte und stieg aus. Sie stand vor einem sechsstöckigen gelben Gebäude mit großen Fenstern. Eine schmutzige doppelte Glastür führte in den Eingangsbereich des Gebäudes. Neben der Tür hingen die Namensschilder der Firmen in dem Gebäude, und für jeden Namen gab es einen Klingelknopf. Auf dem zweithöchsten Schild stand Dana Oil. Caroline gab sich Mühe, um die Klingel nur mit dem Fingernagel zu treffen.

»Yes?«

»Caroline Kayser hier.«

»Yes?«

»Ich habe einen Termin.«

»Yes?«

Sie seufzte irritiert. Hatten sie in diesem Büro keine Besucherregistrierung?

»Mit John Hansen.«

»Okay.« Die Tür summte, und sie trat in ein dunkles Foyer ein, überquerte das Parkett und wartete, bis der Fahrstuhl nach unten in das Erdgeschoss kam.

Der enge Lift fuhr gemächlich in die fünfte Etage hinauf, wo sich Dana Oil befand. Hier stoppte er mit einem Ruck, und Caroline schob die Tür auf.

Als sie hinaustrat, wurde links von ihr eine weiße Tür geöffnet.

»Willkommen«, grüßte eine kräftige schwarze Frau, in der Caroline die Empfangsdame vermutete, mit der sie gerade über den Lautsprecher geredet hatte.

»Danke.«

»Kommen Sie herein.« Sie deutete auf einen harten Stuhl hinter der Tür. »Mr Hansen kommt gleich, aber während Sie warten, können Sie eine Schlüsselkarte bekommen, damit Sie selbst aufschließen können. Wie ich verstehe, sind Sie aus dem Hauptbüro.«

»Das stimmt.« Caroline lächelte die Empfangsdame an, die hinter dem Empfangstresen verschwand.

»Hier ist sie!« Sie tauchte wieder auf. »Es ist so toll, verstehen Sie, dass wir jetzt nicht mehr Schlüssel mit uns herumschleppen müssen, um ins Büro zu kommen. Nur mit Hilfe einer Karte kann man aufschließen.« Sie ging um den Tresen herum und reichte Caroline die Karte.

»Danke.«

»Jetzt ist es nur noch der Eingang von der Straße, für den man einen Schlüssel braucht.«

Caroline lächelte und unterließ es zu bemerken, dass man also doch Schlüssel mit sich herumtragen musste. Es gab keinen Grund, sich über Empfangsdamen zu erheben. Ein untersetzter, dicker weißer Mann kam schnaubend den Gang entlang.

»Guten Tag.«

Der rotwangige Mann, der John Hansen sein musste, streckte, ohne ein Lächeln erkennen zu lassen, ihr eine Hand entgegen. Der runde Bauch, die kleinen, blutunterlaufenen Augen und die aufgedunsenen Wangen ließen Caroline an ein Schwein denken. Ein Schwein auf zwei Beinen.

»Guten Tag und danke, dass ich kommen durfte.« Sie drückte die Hand und spürte seinen Schweiß.

»Ja, wie gesagt, halte ich das für nicht notwendig.« John Hansen drehte sich um und ging ohne ein weiteres Wort den langen, schmalen Gang, den er gekommen war, zurück. Caroline folgte ihm.

»Kaffee?«, brummte er.

»Ja, danke. Einen Espresso.«

»Soweit kommt es noch, damit zu knausern.« Ihr Gastgeber öffnete eine Tür auf der linken Seite des Ganges, und Caroline folgte ihm in eine kleine Küche, die ebenso ausgedient hatte wie die Schuhe des Kenia-Chefs. Das Inventar bestand aus einem alten Küchentisch, zwei schmutzigen Küchenschränken und einem laut brummenden Kühlschrank. Aus einer Maschine, die jahrelang keinen Entkalker gesehen hatte, schenkte er teerschwarzen Kaffee in eine Tasse ein und reichte sie Caroline. Sie nahm sie mühsam lächelnd entgegen.

Sie setzten ihren Weg durch den Gang fort und blieben am Ende vor einer Tür stehen. Durch eine Glasscheibe neben der Tür konnte Caroline zwei Männer sehen, die konzentriert über einige Papiere gebeugt dasaßen, die auf dem Tisch zwischen ihnen lagen. Ohne anzuklopfen, öffnete John Hansen die Tür.

»Ich brauche den Konferenzraum.«

»Natürlich, Mr Hansen«, sagte der ältere der beiden Männer sofort und sammelte die Papiere zusammen. Auf dem Weg nach draußen nickten sie Caroline zu.

Derartiges hätte Markvart nicht machen können, wenn sie oder einer ihrer Kollegen in einem Meeting gesessen hätten. Im Übrigen würde Markvart auch niemals einen Konferenzraum benutzen, wenn er nur einen Gast hatte – dann würden sie die Dinge an dem Besuchertisch in seinem Büro klären. Aber so etwas hatte John Hansen vielleicht nicht. Caroline zog einen Stuhl hervor und setzte sich an den zerkratzten Konferenztisch. An der Wand ihr gegenüber hing ein ausgeblichenes Bild von Königin Margrethe.

»Ich bin gezwungen, erneut zu betonen«, begann John Hansen, als sie sich hingesetzt hatten, »dass ich ganz einfach nicht verstehe, warum es notwendig war, Geld auszugeben, um jemanden aus dem Hauptbüro hier herunterzuschicken. Es herrscht ein bisschen dicke Luft, aber das ist an solchen Orten hier doch immer so.«

Offensichtlich kamen sie direkt zur Sache.

Sie lächelte höflich, während sie sich räusperte.

»Wie Sie wissen, arbeiten wir daran, einen gemeinsamen Zugang zu Situationen zu schaffen, die das Image des Unternehmens bedrohen können. Die Verantwortung für diese Aufgabe ist bei Corporate Social Responsibility & Communications verankert und in diesem Fall bei mir. Wenn jemand Dana Oil kritisiert, sind wir gezwungen zu erfahren, warum und wie viel von dem wahr ist, sodass wir Beschädigungen unseres Rufs verhindern – oder zumindest begrenzen – können.«

»So viel habe ich verstanden.« John Hansen nickte und nahm einen Schluck von seinem Kaffee. »Und an allen anderen möglichen Orten ist das sicher auch sehr rühmlich von euch. Aber hier in Kenia haben wir das im Griff. Wir kennen die Einheimischen und wissen, wann eine Beschwerde berechtigt ist. Aber in diesem Fall hier ist die Rede von einer verstörten Frau, die uns mit falschen Beschuldigungen überhäuft, in der Hoffnung, wir würden ihr Schweigen erkaufen.«

Caroline war auf Widerstand vorbereitet und wusste, es galt, ihn dazu zu bringen, sich bestätigt zu fühlen. Sie lächelte erneut.

»Mein Besuch ist keine Unterschätzung der Arbeit, die

ihr hier in Kenia leistet, weil wir wissen, dass ihr das fantastisch macht. Aber die Beschuldigungen in den Briefen, die wir erhalten haben, sind so ernst, dass wir gezwungen sind zu reagieren. Die Absenderin, Mama Lucy, schreibt unter anderem, dass weiße Männer kleine Mädchen stehlen.«

So, jetzt hatte sie es gesagt. John Hansen antwortete nicht, also fuhr Caroline fort:

»Und da ich es jetzt bin, die dieses Projekt hier leitet, möchte ich gern sicher sein, dass …«

»Jetzt werde ich Ihnen mal ein paar Dinge sagen«, unterbrach John Hansen wütend, und Caroline konnte deutlich die blaue Ader auf seiner Stirn sehen. »Erstens sind es nicht *Sie,* die dieses Projekt hier leitet. Das bin *ich,* der das macht, und das werde ich weiterhin tun, ungeachtet dessen, welche unrealistischen Vorstellungen Sie von sich selbst haben. Zweitens hat diese Frau hier viele Gründe, uns weiszumachen, unsere Leute würden sich mit einigen Dorfgören ablenken. Sie weiß, dass es diese Art von Lügen ist, die Medien dazu bringen, sich wie die Fliegen auf das Dorf zu stürzen. Das Einzige, was nötig ist, ist, dieses Weib zum Schweigen zu bringen – so schnell wie möglich.«

Caroline spürte die Wut in sich aufsteigen, tat aber, was sie konnte, um in einer normalen Tonlage zu antworten. Viele Jahre Erfahrung darin, einen kühlen Kopf zu bewahren – in beruflichen wie in privaten Situationen –, sagten ihr, ein Mann wie John Hansen würde es wie Wasser auf seine verbitterten Mühlen empfinden, wenn sie sich aufregte.

»Ich stimme Ihnen vollkommen darin zu, dass wir sie zum Schweigen bringen müssen – deswegen bin ich ja hier. Aber das können wir nicht, ohne mit ihr gesprochen zu haben, bis wir wissen, worüber sie frustriert ist und was notwendig ist, damit diese Frustration endet. Unsere einzige Möglichkeit, den Konflikt zu lösen, ist, mit ihr und den anderen Dorfbewohnern in den Dialog zu treten.«

John Hansen schüttelte verbissen den Kopf, und Caroline sah, wie die Ader auf seiner Stirn immer stärker anschwoll.

Sie atmete tief ein, bevor sie fortfuhr: »Deshalb fahre ich morgen nach Asabo, um mit Mama Lucy zu sprechen.«

Abrupt beendete er sein Kopfschütteln und starrte sie an.

»Das werden Sie, VERDAMMT NOCH MAL, nicht tun«, prustete er. »Sie fahren nirgendwo hin! Ich brauche, verdammt noch mal, nicht die eine oder andere verwöhnte Kopenhagenerfresse ohne Realitätssinn, die das zerstört, was ich über Jahre hier unten aufgebaut habe.«

Caroline schnaubte. Wenn er so mit ihr redete, brauchte sie nicht zu versuchen, eine gemeinsame Basis mit ihm zu finden.

»Ich fahre, und das Treffen ist vereinbart. Peoples' Rights hat mir dabei geholfen, den Kontakt herzustellen«, antwortete sie mit kühler Stimme.

»Jetzt hören Sie zu, was ich Ihnen sage.«

John Hansen beugte sich so weit über den Tisch zu Caroline vor, dass sie freien Blick auf Goldplomben in den Zähnen und Blutäderchen auf der Nase hatte, und schrie sie an:

»SIE FAHREN NIRGENDWOHIN!«

Dann stand er auf und riss die Tür des Konferenzraumes auf. In der Türöffnung drehte er sich um. Die Schweißflecken unter seinen Achseln waren in Rekordzeit gewachsen. Er schaute Caroline mit kleinen, zusammengekniffenen Augen an, während er zischte:

»Sie können sich mit Tim Wright treffen, wenn es für Sie so wichtig ist, in *Dialog* zu treten.« Er verzerrte das Wort. »Sofern er mit Ihnen sprechen will. Diesbezüglich bin ich mir aber nicht sicher. Aber Sie fahren nicht nach Asabo. Wenn Sie fahren, werden Sie es bereuen.«

Damit knallte er die Tür zu, und kurz darauf hallte auf dem Gang noch ein Türknallen wider.

Caroline starrte auf die geschlossene Tür des Konferenzraumes und spürte, wie das Blut in ihren Schläfen klopfte. Was zum Teufel, bildete der alte Idiot sich ein? Was gab ihm das Recht zu bestimmen, wohin sie fahren würde und wohin nicht?

Aber allmählich wich die Wut einem anderen Gefühl – Unruhe. Was meinte er damit, sie würde es bereuen, wenn sie fahren würde? Würde er Markvart anrufen und sich über sie beschweren? So hatte es nicht geklungen. Es hatte sich wie eine Drohung angehört, falls sie sich ihm widersetzte.

Es lief ihr kalt den Rücken hinunter, und sie zuckte zusammen, als die Tür geöffnet wurde.

Ein großer, breitschultriger Mann Ende dreißig kam herein. Die dunklen Haare waren mit Gel nach hinten gekämmt, und rund um die Augen befanden sich zwei weiße, von der Sonnenbrille geformte Kreise. Der Rest des Gesichtes war braun gebrannt.

»Bist du Caroline?« Er sah sie mit Augen an, die wegen der weißen Haut außenherum noch dunkelblauer wirkten, als sie es vermutlich waren.

»Ja.«

»Ich heiße Martin, und ich bin hier der stellvertretende Direktor. Ich habe John versprochen, dich mit zum Lunch zu nehmen.«

»Okay.«

Ursprünglich war der Plan gewesen, dass sie und John Hansen zusammen zu Mittag essen sollten, aber diese Aufgabe hatte er offensichtlich delegiert. Nach Martins desinteressiertem Gesichtsausdruck zu urteilen, an jemanden, der von der Aufgabe nicht sonderlich begeistert war.

»Ich nehme an, euer Treffen ist nicht besonders gut verlaufen«, sagte Martin nach einem Augenblick des Schweigens.

»So kann man das ausdrücken.«

Er zog die breiten Schultern nach oben.

»Hier zu navigieren braucht ein wenig Fingerspitzengefühl. Wir machen die Dinge anders, als ihr sie zu Hause im Hauptbüro macht.«

Caroline biss die Zähne zusammen. Warum, zum Teufel, gab es niemanden, der glaubte, dass sie das verstand?

Martin drehte ihr den Rücken zu.

»Ich muss nur noch ein paar Dinge erledigen, dann können wir gehen.« Er verschwand den Gang hinunter.

Carolines Schultern sanken nach unten. Sie hätte kaum einen schlechteren Start im Kenia-Büro von Dana Oil haben können.

Eine halbe Stunde später waren sie auf dem Weg durch die Stadt. Schweigend und zu Fuß. Martin ging schnell, und Caroline versuchte vergebens, ihre Aufmerksamkeit auf etwas anderes zu richten als darauf, wie sich der Geruch von Autoabgasen mit dem Gestank des Mülls, der sich über die Bürgersteige ergoss, vermischte.

Das Ziel war ein italienisches Restaurant an der Ecke einer Straße, die Kaunda Street hieß, und einer anderen Straße, deren Namen sie nicht sehen konnte. Überdimensionale weiße Baldachine vor den Fenstern des Restaurants im Erdgeschoss eines Hauses, das, soweit Caroline es beurteilen konnte, eine Versicherungsgesellschaft war, sorgten für Schatten. Das Restaurant selbst war dunkel, was sowohl den enormen Baldachinen als auch den Möbeln, die aus schwerem, dunklem Holz gefertigt waren, geschuldet war.

Ein Kellner begrüßte sie und entschuldigte sich dafür, dass es keinen freien Tisch gab. Aber nach einem kurzen Gespräch mit dem Oberkellner nickte Martin Caroline zu und führte sie durch das Restaurant. An einem runden Tisch, in Sicherheit vor Autoabgasen und dem Müll der Straßen, konnte sie sich endlich darauf konzentrieren, ein Gespräch in Gang zu bringen. Sie fragte nach Martins Arbeit, und allmählich schien es, als würde er auftauen. Er war Jurist wie sie auch und für mehrere verschiedene Firmen an mehreren Orten der Welt im Einsatz gewesen. Das hörte sich tatsächlich ein bisschen wie ein Globetrotter an. Im Büro in Nairobi hatte er die Verantwortung für die Verhandlungen mit den kenianischen Behörden hinsichtlich der Anmietung von Bohrgebieten. Außerdem war er John Hansens Stellvertreter.

»Das erfordert, dass man etwas Durchschlagskraft hat. Er ist nicht gerade ein Mann, der die Macht freiwillig teilt. Aber das weißt du ja bereits«, sagte Martin und lächelte schief.

Caroline quittierte es mit einem Lächeln, und sie aßen weiter in einer behaglichen Atmosphäre. Während sie ein Stück von ihrer Pizza abschnitt, beobachtete sie ihn aus dem Augenwinkel. Er trug ein langärmeliges Hemd, aber das Hemd saß eng genug, um gut trainierte Muskeln zu erkennen.

Nach einigen weiteren Minuten Small Talk entschloss sich Caroline, Martin von den Briefen zu erzählen. Auf diese Weise hinter seinem Rücken zu agieren, würde ihre Chancen, ein gutes Verhältnis zu John Hansen aufzubauen, nicht verbessern, aber dies hatte sich sowieso schon erledigt. Außerdem war es besser, einen Verbündeten zu haben.

»Bevor ich Dänemark verlassen habe, wurden mir einige Briefe von einer Frau aus Asabo übergeben, dem Dorf, mit dem es Ärger gibt. Sie schreibt, ein weißer Mann mache ›schlimme Dinge‹ mit den Mädchen des Dorfes.«

Martin hörte abrupt auf zu kauen.

»Was sagst du?«

»Ja. Ich habe versucht, mit John Hansen darüber zu sprechen, aber er weist klar zurück, dass an der Sache etwas dran sein kann.«

»Was hat er gesagt?«

Caroline gab das Gespräch wieder.

Martin fuhr mit dem Kauen fort.

»Er kann tatsächlich recht haben«, sagte er, als er fertig gekaut hatte. »Ich will nicht wie ein verstockter Kolonialist klingen, aber es wäre nicht das erste Mal, dass wir für etwas beschuldigt werden, was wir nicht getan haben, weil einige der Einheimischen meinen, das könne ihrer Sache dienen.«

Caroline wusste nicht, was sie antworten sollte, also nahm sie einen Schluck von ihrem Mineralwasser und wechselte das Thema:

»Weißt du, wer Tim Wright ist?«

Martin nickte.

»Er leitet das Team, welches oben in dem Gebiet Probebohrungen durchführt. Er ist Engländer. Geologe. Er ist seit einem Menschenalter Teil des *Spiels*. Derbes Maul und nicht ganz einwandfrei, aber er beherrscht seine Arbeit. Ein richtiger Ölmann.«

»Okay.«

»John Hansen sagte, ich könne mich mit ihm treffen.«

»Nun. Etwas merkwürdig, gerade Tim Wright zu wählen. Dort oben gibt es noch andere Experten. Warum hat er das vorgeschlagen?«

»Weil ich gesagt habe, ich will zu dem Dorf fahren und schauen, ob ich mehr herausfinden kann. Aber er will nicht, dass ich dorthin fahre – er hat mir tatsächlich gedroht. Hast du eine Idee, warum?«

Martin legte Messer und Gabel beiseite. Auf seinem Teller befand sich lediglich noch ein einzelnes Stück Pizza. Caroline hatte von ihrer nur die Hälfte gegessen. Schweigend kratzte er sich am Kinn. Der Zeit nach zu urteilen, die das brauchte, bedachte er seine Worte sehr genau.

»Man möchte wohl glauben, es ist dem Umstand geschuldet, dass das hier sein Prestigeprojekt ist. Es ist das letzte große Projekt, bei dem er die Möglichkeit hat, es zu leiten, und daher will er nicht, dass sich andere einmischen oder für unnötigen Wirbel sorgen. So ist er auch sicher, dass nicht andere ein Stück der Ehre abbekommen können, wenn es gelingt.«

Martin saß da und zupfte an der Serviette. Dann schaute er wieder zu Caroline.

»Aber ich weiß es nicht. John steht dem Projekt hier näher als ich. In der Regel ist er es, der dort hochfährt. Allein, tatsächlich, er will niemanden von uns dabeihaben.«

Sie sahen sich schweigend an. Caroline wusste nicht, was sie sagen sollte. Sie wusste nur, dass sich irgendetwas falsch anfühlte.

5

John Hansen konnte die blonde Zicke nicht ausstehen. Sie und ihre lächerlichen glatten Haare. Er hatte tatsächlich versucht, nett zu sein und ihr verständlich zu machen, warum es am besten war, dass er den Kontakt zur Bevölkerung wahrnahm, in dem Umfang, in dem es überhaupt Sinn machte, mit diesen Leuten Kontakt zu haben. Aber es war, als ob sie nicht verstehen *wollte,* sodass er letztendlich gezwungen war, die Stimme zu heben.

Ihre überhebliche Art hatte ihn nur noch wütender gemacht. Er hatte bemerkt, wie sie ihn angesehen hatte – mit dieser ganz besonderen Abscheu, die nur Frauen, die wussten, dass sie gut aussahen, zeigen konnten. So schön war sie aber nicht, dachte er. Viel zu dünn und *nervös* für seinen Geschmack.

Und jetzt wollte sie nach Asabo fahren. John Hansen fluchte vor sich hin. Warum spielte das Leben nie auf seiner Seite? Er beugte sich über den Schreibtisch und stützte den Kopf in die Hände, während er die Gedanken zu der Zeit im Tschad zurückwandern ließ.

Anfang der 1990er Jahre war er in den südlichen Tschad entsandt worden, ein armes Land mitten in Afrika, um einige Probebohrungen zu leiten.

Drei Jahre hatten sie im Vorhof der Hölle verbracht, im staubigen, glühend heißen, dreckigen, trostlosen Tschad, um Karten über seismische Strukturen zu studieren, zu suchen, zu überlegen, zu bohren und wieder zu überlegen, ob die Ölmenge, welche sich wahrscheinlich in den unterirdischen Hohlräumen verbarg, die Investitionen wert sein würde. Es war eine Milliardenausgabe, nach Öl zu suchen, ganz zu schweigen davon, was es kosten würde, wenn das Unternehmen eine Förderung in Gang setzte. Es war eine hohe Wahrscheinlichkeit erforderlich, dass die Ausgaben wieder reinkommen würden.

Wie es in Afrika typisch war, hatte Dana Oil mit der Regierung des Tschad ein *Production Sharing Agreement,* ein sogenanntes PSA, unterzeichnet. Ein PSA beinhaltete, dass ein Unternehmen, welches die Rechte bekam, nach Öl zu bohren, sowohl für die Suche nach als auch für die Produktion der unterirdischen Rohstoffe bezahlte. Wenn Öl gefunden wurde, sollte das Unternehmen den Gewinn mit der Regierung des Landes teilen. Die Gelder sollten aber erst fließen, wenn die Ausgaben für die Ölsuche und den Start der Förderung wieder eingenommen worden waren und das Projekt einen Gewinn erzielte. In dieser Hinsicht war PSA eine günstige Art von Vertrag, wenn man das fand, nach dem man suchte. Im Gegenzug war es auch ein Vertragstypus, der bedeutete, dass sich ein Unternehmen einem vielversprechenden Fund absolut sicher sein sollte, bevor es eine Förderung in Gang setzte, weil das Unternehmen allein auf den Produktionskosten sitzenblieb.

So absolut sicher war John Hansen nicht gewesen, und nach drei Jahren hatte er dem Vorstand empfohlen, die Handbremse zu ziehen.

Das Öl, welches sie gefunden hatten, war von geringer Qualität, und alles deutete darauf hin, dass es zu wenig davon war, als dass es wert war, fortzufahren.

Ein Jahr nach Dana Oils Rückzug war das tschadische Öl in ExxonMobils Steigleitungen aufgestiegen. Der amerikanische Ölgigant kassierte jetzt Milliarden aus seinen Investitionen in dem Land. Wenn Kollegen eine spitze Bemerkung über Dana Oils Ausstieg machten, getarnt als freundschaftliche Neckerei, verteidigte sich John Hansen damit, dass der Konkurrent ein Eigenkapital eingesetzt hatte, welches um ein Vielfaches höher war als das von Dana Oil, und dass der amerikanische Riese daher die Möglichkeit hatte, große Risiken einzugehen. ExxonMobil war die größte private Ölgesellschaft der Welt, während Dana Oil in der internationalen Szene zu der Kategorie »kleine und mittelgroße Unternehmen« zählte. Wenn die Amerikaner im Tschad kein Öl fanden, fanden sie es an einem anderen Ort, und außerdem lag genug Geld in dem texanischen Geldschrank, um das Unternehmen dennoch am Laufen zu halten. So war es jedoch nicht für Dana Oil – stimmten die Leute ihm dahingehend nicht zu?

Das taten sie vielleicht schon, aber John Hansen spürte dennoch ihren Hohn und ihre herablassenden Blicke.

Am schlimmsten war es natürlich mit *der großen Chanc*e gewesen. John Hansen spürte allein bei dem Gedanken daran die Magensäure aufsteigen.

Als er 1974 bei Dana Oil angefangen hatte, war das Unternehmen eine kleine Gesellschaft mit einer überschaubaren Erdölgewinnung, unter anderem in der Nordsee, gewesen. Damals war es nicht prestigeträchtig gewesen, in der Ölbranche zu arbeiten, aber nachdem die westliche Welt immer mehr vom Öl abhängig wurde, war es ein angesehener Posten geworden. Das Öl war es, was die Räder der Gesellschaft dazu bringen sollte, rundzulaufen, und auf dem das explosive Wachstum des Westens aufbaute.

Dana Oil entwickelte sich in den nächsten Jahrzehnten zu einem, in dänischer Hinsicht, großen Unternehmen und in der internationalen Szene zu einer mittelgroßen Gesellschaft. Das Unternehmen förderte täglich über eine halbe Million Tonnen Öl, zudem Gas, welches man auch aus dem Untergrund heraufholte und weiterverkaufte. Der jährliche Umsatz rutschte selten unter zwanzig Milliarden Kronen.

Mit anderen Worten, es gab alle Chancen, eine große Karriere zu machen, und aus diesem Grund war John Hansen bei Dana Oil geblieben, auch wenn er zwischendurch andere Angebote bekommen hatte. Er war überzeugt davon, die Fähigkeiten zu haben, bis ganz an die Spitze zu gelangen. Keiner im Ingenieurstudium hatte so präzise Einschätzungen der Reservoirgesteine vornehmen können wie er, und keiner im Unternehmen kannte sich so gut mit Bohrungen aus wie er. Es war nur fair, dass der tüchtigste Mann an der obersten Stelle saß – und John Hansen konnte nicht erkennen, wer tüchtiger war als er.

Also hatte er sich darauf vorbereitet, einen Platz an dem großen Mahagonitisch zu bekommen. Neben der Zeit im Tschad war er auch noch ein paar Jahre in Angola, dem von Krieg beherrschten westafrikanischen Land, gewesen. Elend und abgeschlagene Arme hatten zwei Jahre lang sein Leben bestimmt, und er hatte jeden einzelnen Tag gehasst, aber trotzdem durchgehalten, weil er wusste, es war ein großes Plus, draußen in der Welt und ganz nah an der wirklichen Arbeit gewesen zu sein, wenn man dabei sein wollte, ein großes Unternehmen zu leiten.

2002, zweiundfünfzig Jahre alt, war er bereit gewesen. Am Mahagonitisch war ein Platz frei geworden, als einer der Direktoren in den Ruhestand gegangen war, und es war klar, dass sich John Hansen auf den leeren Stuhl setzen sollte. Die anderen Direktoren hatten zwar nie direkt etwas gesagt, aber er konnte einfach nicht erkennen, wer die gleichen Qualifikationen wie er, geschweige denn ebenso viele Jahre Betriebszugehörigkeit vorweisen konnte. In den Wochen nach der Meldung über den Rückzug des Direktors hatte er gespannt darauf gewartet, in den Direktorenflur hinaufgerufen zu werden. Jedes Mal, wenn das Telefon klingelte, hatte er sich geräuspert, bevor er den Hörer abgenommen und mit fester Stimme gesprochen hatte.

Aber der Anruf war nie gekommen.

Zwei Wochen später wurde das Memo, welches seither immer den Abstieg symbolisieren würde, im Unternehmen herumgeschickt. Das Memo war kurz und besagte lediglich, dass Birgitte Halvorsen mit sofortiger Wirkung in den Vorstand berufen würde und das Unternehmen ihr alles Gute wünsche.

An diesem Tag war John Hansen früh von der Arbeit nach Hause gegangen, und den Tag darauf hatte er seinen zweiten Krankentag in zwanzig Jahren genommen.

Birgitte Halvorsen!

Er, John Hansen, war zum Vorteil einer Frau verschmäht worden.

Die Demütigung war komplett. Wäre es nur einer dieser jungen männlichen Handelshochschul-Windbeutel gewesen, der mit seinem unendlichen Repertoire an Managementfloskeln an die Spitze geschossen war.

Wenn die Gespräche der Kollegen auf die Beförderung von Birgitte Halvorsen kamen, hatte John Hansen gemurmelt, dass das selbstverständlich nur eine Folge politischer Korrektheit war. Die Firma wollte modern wirken, und da musste man eine Frau in der Direktion haben. Aber die Wut und die Verbitterung drohten ihn aufzufressen, und letzten Endes hatte er etwas getan, was er nie zuvor gemacht hatte. Er war zu dem Direktor gegangen, dem er unterstellt war, und hatte ihn gefragt, warum die Wahl nicht auf ihn gefallen war. Was hatte Birgitte Halvorsen, das er nicht hatte?

Der Direktor hatte ihn gebeten, sich zu setzen.

»Birgitte kann Menschen mitreißen.«

Birgitte, nun waren sie offensichtlich beim Vornamen.

Der Direktor hatte hinzugefügt:

»Sie kann Menschen motivieren und sie dazu bewegen, einen zusätzlichen Einsatz zu leisten. Diese Eigenschaft können wir auf höchster Ebene gebrauchen.«

»Aber ich kann Menschen auch dazu bringen, etwas zu tun«, hatte John Hansen protestiert.

»Du motivierst Menschen nicht in der Weise, wie es Birgitte tut«, hatte der Direktor geantwortet.

»Das tue ich wohl. Ich habe mich nach all den Jahren, die ich dieser Firma gewidmet habe, wohl um diese Beförderung verdient gemacht. Ich habe Dana Oil *mein Leben* gewidmet, und zwar nicht nur, weil ich während meiner Karriere keine anderen Angebote bekommen habe.«

Der Direktor hatte über seine Antwort nachgedacht, bevor er sie formuliert hatte.

»John, ich kann es ebenso gut sagen, wie es ist: Wir sind nicht der Ansicht, dass du das hast, was man als Leiter auf Spitzenniveau benötigt. Das wird niemals passieren.«

Das wird niemals passieren.

Dieser Satz hatte tagelang in seinem Kopf widergehallt. Wochenlang. Monatelang. Noch immer.

Seit diesem Donnerstag waren die Dinge bergab gegangen – bei der Arbeit und im Privaten. Kristin, die er über eine Kontaktanzeige in *Den Blå Avis* getroffen hatte und mit der er drei Jahre lang zusammen gewesen war, hatte ihn verlassen. Die erste Frau, zu der er jemals eine richtige Beziehung gehabt hatte. Er hatte tatsächlich begonnen zu glauben, dass es etwas werden könnte – sie wirkte, als könne sie ihn aufrichtig gut leiden. Aber selbstverständlich ging es in die Brüche.

Sie hatte alle möglichen Entschuldigungen vorgebracht, warum die Beziehung für sie nicht richtig war; seine Bitterkeit sauge all ihre Energie auf. Aber John Hansen wusste, um was es sich wirklich drehte: Sie hatte darauf gesetzt, dass er befördert werden würde, sodass sie sich Direktorenfrau nennen konnte. Wie alle anderen Weiber hielt sie nur nach dem Mann mit dem schönsten Titel und dem dicksten Geldbeutel Ausschau. Dem Pfau mit den größten Federn.

Auch bei der Arbeit war der Alltag immer unerträglicher geworden. Keiner der Kollegen hatte es direkt gesagt, selbstverständlich nicht, aber er war sich sicher, dass sie sich hinter seinem Rücken freuten, dass er nicht befördert worden war.

Als ihm die Leitung den Posten in Kenia angeboten hatte, hatte er zugesagt. Sie wollten ihn anscheinend außer Landes haben, und auch er selbst sah keinen Grund, in Dänemark zu bleiben. Im Ausland würde er wenigstens die Chance haben, einen großen Ölfund zu machen, die Kasse des Unternehmens zu füllen und damit die Anerkennung zu bekommen, die er rechtmäßig verdient hatte.

Nach einem soliden Schritt nach unten auf der Karriereleiter saß er nun in Nairobi. Seine letzte Chance.

Er wusste gut, dass er in Kenia auf einem Rückzugsposten platziert worden war. Auf dem afrikanischen

Kontinent war Ostafrika nicht *der Ort,* an dem man als Ölmann stationiert wurde. Afrikas Ölmekka lag im Westen – in der afrikanischen Achselhöhle, wie die Bucht an der Elfenbeinküste genannt wurde. Hier wartete das Öl im nigerianischen Delta, in der Tiefe vor Angolas Küste und, wie man jetzt wusste, vor den Ländern an der Küste zwischen den beiden großen westafrikanischen Ölnationen.

Im Vergleich mit Westafrika war Ostafrika ein *nobody,* was die Erdölgewinnung betraf. Aber das war nur eine Frage der Zeit.

Wenn Kenia, Ostafrikas stolzer großer Bruder, ein großes Öl produzierendes Land geworden und Dana Oil unter den ersten internationalen Unternehmen gewesen war, die das schwarze Gold fließen sahen, dann konnten sie es begreifen, alle diejenigen, die ihn über die Jahre hinweg verhöhnt hatten. Wenn John Hansen erst an der Spitze des ostafrikanischen Ölbooms stand, würde sich das Blatt wenden!

Auch deshalb sollte sich Fräulein Kayserfresse fernhalten. Er kannte diesen Typ. Sie würde glauben, Kenia bedeute Karen Blixen und kleine süße Löwen, und wenn man nur nett miteinander reden würde, würde alles funktionieren. Sie würde kein Verständnis für die Methoden haben, die man gezwungen war, hier in der wirklichen Welt anzuwenden. Und er wusste, würde sie zu sehr im Lack kratzen, konnte sie seinen Ruhestand zunichtemachen.

John Hansen betrachtete seine Geschäftsmethoden weder als kriminell noch als unmoralisch, lediglich als notwendig. Man machte in Afrika keine Geschäfte, ohne dass es etwas kostete, aber dafür hatte man kein Verständnis im schönen, kleinen Dänemark.

6

Heute sollte Sally nicht in die Schule gehen. Es war das erste Mal nach sehr langer Zeit, dass sie einen Schultag verpasste, und das war richtig ärgerlich. Die Lehrerin würde heute Geschichten lesen, und Sally liebte es, wenn ihnen vorgelesen wurde. Dann saß sie da und stellte sich Bilder von alldem vor, von dem die Lehrerin erzählte, während sie ihrer sanften Stimme lauschte und dachte, wie gut die Lehrerin darin war, so zu sprechen, dass es sich anhörte, als würde sie eine wahre Geschichte erzählen.

Aber selbstverständlich musste sie heute ihrer Mutter helfen, das war klar.

Gestern Nachmittag wollte die Mutter Chai machen. Wie immer hatte sie Wasser in dem großen Topf gekocht, der über der Feuerstelle hing, und als das Wasser kochte, hatte sie sich nach unten gebeugt, um den schweren Topf vom Haken über dem Feuer zu nehmen. Aber anstatt sich wieder aufzurichten, war sie gebeugt stehen geblieben. Zuerst hatte Sally nicht verstanden, was passierte – ihr wurde immer gesagt, sie solle den Kopf von dem heißen Feuer fernhalten, also musste es doch auch für die Mutter heiß sein.

Aber dann hatte die Mutter gesagt, sie könne sich nicht aufrichten. Der Rücken hatte geknackt. Mit Mühe hatte Sally ihr den schweren Topf abgenommen und ihr geholfen, vornübergebeugt auf eine sehr wunderliche Weise von der Feuerstelle weg und in die Hütte zu gehen, um sich hinzulegen.

Als die Sonne hinter den niedrigen Häusern des Dorfes unterging, war es Zeit geworden, das Abendessen zuzubereiten. Es wurde Holz für die Feuerstelle benötigt, aber der Mutter hatte noch immer der Rücken wehgetan.

Sally hatte angeboten, sich zu beeilen und etwas aus dem Krater zu holen, aber davon wollte die Mutter nichts hören. Sie hatten gewartet, dass David nach Hause kam, damit er Brennholz holen konnte, aber der Bruder war nicht gekommen. Schließlich hatte die Mutter Sally zu den anderen Hütten geschickt, um Äste und Zweige zu borgen. Sally konnte es nicht leiden, darum zu bitten, weil sie wusste, dass die anderen Frauen dann gezwungen waren, schon bald wieder in den Krater zu gehen.

Die Mutter hatte sich die ganze Nacht über gedreht und gewendet, während sie vor Schmerzen stöhnte. Sally war mehrfach aufgewacht, denn die Hütte der Familie hatte nur einen Raum. Dann hatte sie dagelegen und in die Dunkelheit geschaut. Neben der Tür hatte sie den kleinen, schiefen Tisch sehen können, den der Vater einmal gemacht hatte, als er sehr glücklich war. Zu dem Tisch gab es zwei Stühle, aber nur auf dem einen konnte man sitzen. An der Wand stand ein altes Regal mit den Sachen der Familie und eine große, braune Kiste mit Kleidung. Neben der Kleiderkiste stand ein Gestell, das die Mutter in der Stadt gefunden hatte und an dem die Schuluniformen hingen. Sally hatte den Umriss des Gestells erkennen können.

Auf der anderen Seite der Hütte lagen die Schlafmatten der Familie. Hier hatte Sally gelegen. Sie zählte oft die Rillen in der Decke, aber in dem Moment war es zu dunkel gewesen.

Als sie am Morgen aufgestanden waren, war der Rücken der Mutter noch immer krumm gebeugt, und sie hatte tiefe Furchen im Gesicht. Du kannst nicht in die Schule gehen, Sally, hatte sie gesagt, heute musst du mir helfen, Essen zu machen, zu fegen, zu waschen und auf die Kleine aufzupassen. Sally hatte versucht, ihren Ärger zu verbergen.

Das Einzige, was ihr die Mutter immer noch verbot, war, Brennholz im Krater zu holen. Das musste David machen. Er hatte die Hütte sehr früh am Morgen verlassen, aber jetzt war es später Vormittag, und sie rechneten damit, dass er bald nach Hause kommen würde, denn im Augenblick gab es keine Arbeit.

Als Sally die Hütte gefegt und Wasser geholt hatte, war es Zeit, eine Pause zu machen.

Sie holte eines der Bücher, die sie von der Lehrerin ausgeliehen hatte, und setzte sich, mit dem Rücken an die Hütte gelehnt, in den Schatten. Die Geschichte handelte von einem kleinen Jungen, der mit den Tieren sprechen konnte, die er hütete. Die Tiere erzählten dem Jungen Geschichten von all den Orten, die sie gesehen hatten, und der Junge erzählte den Tieren davon, wie es war, ein Mensch zu sein und in einer Stadt zu wohnen.

Als sie fünf Seiten gelesen hatte, rief die Mutter aus der Hütte nach ihr.

»Sally, du musst jetzt damit anfangen, Brei zu kochen.«

»Aber David ist noch nicht nach Hause gekommen. Wir haben kein Brennholz.«

»Dann musst du losgehen und welches borgen.«

Sally biss sich auf die Lippe. Sie hatte wirklich keine Lust, die Frauen um Brennholz zu bitten, weil sie an deren müden Augen sehen konnte, dass sie am liebsten ablehnen würden, wenn sie fragte.

»Kann ich nicht einfach schnell in den Krater laufen?«

»Darüber haben wir gesprochen, Sally. Das will ich nicht«, sagte die Mutter. Sally seufzte. Wäre sie doch nur ein Junge. Sie schaute in das Buch und merkte sich die Seite, bis zu der sie gekommen war. Dann stand sie auf und legte das Buch zurück auf den kleinen Tisch neben der Türöffnung.

Hinter der Hütte lag der große, geflochtene Korb. Sie hob ihn mit beiden Händen hoch, befestigte den Trageriemen an der Stirn und ging, den knarrenden Korb auf dem Rücken, los.

Als sie ein Stück von der Hütte weg war, schaute sie sich um. Sie dachte nach. Vielleicht konnte sie es trotzdem tun. Schnell zu dem Krater laufen, ein paar Zweige sammeln, nur genug für heute, und dann wieder zurückrennen. Wenn sie sich beeilte, musste das nicht länger dauern, als es brauchen würde, in den verschiedenen Hütten nachzufragen. Und wenn sich die Mutter wundern würde, dass sie zu lange weg war, konnte sie einfach sagen, dass sie einer der anderen Frauen helfen musste, um Brennholz zu bekommen. Das würde sie verstehen.

Sally schaute sich wieder um. Von hier aus konnte die Mutter sie nicht sehen, also begann sie zu laufen. Mit ausgetretenen, braunen Sandalen an den Füßen sprang sie über die staubige Erde. Der Korb schlug ihr im Takt mit ihren Schritten gegen den Rücken. Schnell hatte sie das Dorf hinter sich gelassen. Niemand war zu sehen, nur der Krater am Horizont und die staubige Landstraße, die parallel zu dem Weg verlief, dem sie folgte. Es waren auch keine Autos auf der Straße.

Sally lief weiter in Richtung Krater.

7

Sie hatten vereinbart, dass Stanley sie um neun Uhr abholen sollte. Caroline schaute irritiert auf die leuchtende Rolex-Uhr. Es war fast zehn Minuten nach neun. Pünktlichkeit war wohl das Mindeste, was man von einem Fahrer erwarten konnte.

Sie hatte ihn nach dem Treffen gestern mit John Hansen angerufen und ihn gebeten, sie heute nach Asabo zu fahren. Stanley hatte erwähnt, er wolle das mit seinem Chef abstimmen, das pflegte er zu tun, wenn er für andere fuhr, aber Caroline hatte gesagt, das habe sie geklärt. Es gab keinen Grund, die Dinge beschwerlicher als unbedingt notwendig zu machen.

Elf Minuten später fuhr Stanley vor dem Hotel vor. Ohne ein Wort der Entschuldigung.

Caroline setzte sich auf den Beifahrersitz in dem staubigen Land Cruiser und schwieg ebenfalls. Sie fuhren auf eine der mehrspurigen Umgehungsstraßen der Stadt. Gut vier Stunden Fahrt in Richtung Norden lagen vor ihnen.

In der Mitte der Stadt passierten sie ein großes grünes Gebiet. Caroline sah auf die Schilder. *Uhuru Park*. Sie war sich sicher, den Namen schon gehört zu haben, und erinnerte sich, dass es dieser Park war, in dem in Verbindung mit der Wahl 2007 Proteste stattgefunden hatten. In den Nachrichten waren Bilder von den Konflikten gezeigt worden, und sie konnte sich erinnern, dass sie sich gewundert hatte. Kenia war in Afrika ein Musterland, und dann gingen die Menschen plötzlich mit großen Messern aufeinander los. Wegen einiger Stimmzettel.

Sie fuhren an dem Park vorbei.

An einer Kreuzung drängte sich eine Frau, die am Straßenrand entlanglief, am Auto vorüber. Sie war groß und schlank und balancierte einen großen, braunen Krug auf dem Kopf. Die Arme hingen am Körper nach unten. Die Frau schien den Krug nicht zu bemerken.

Der einzige Wortwechsel im Auto war ein *please, no, madam* von Stanley, als Caroline das Fenster aufmachte, um frische Luft in das stickige Auto zu lassen. Sofort kam ihr in den Sinn, dass sie gelesen hatte, man solle die Autofenster immer geschlossen halten, wenn man durch die Stadt fuhr, um sich vor Dieben zu schützen, die ihre Hände durch die geöffneten Fenster steckten und Halsketten, Taschen oder was sie erreichen konnten, stahlen. Sie verfluchte sich selbst, ein dummer Tourist zu sein, sagte aber nichts. Wenn er sich nicht für seinen Fehler entschuldigte, tat sie es auch nicht.

Im nördlichen Nairobi bremste Stanley plötzlich und hielt an der Seite an. Autohupen heulten hinter ihnen auf. An der Ecke einer Straßenkreuzung stand ein schwarzer Mann, das musste Daniel sein, Carolines Kontaktmann bei Peoples' Rights. Sie hatte eine Adresse bekommen, die Stanley ohne Probleme gefunden hatte.

Daniel trug zerrissene Jeans und ein verwaschenes T-Shirt mit einem NFL-Logo-Aufdruck auf dem Bauch. Seine Haut war ebenso dunkel wie die von Stanley. Caroline vermutete, dass er in ihrem Alter war, aber das war schwer zu beurteilen. Der Körper war jung und athletisch, aber die Falten in seinem Gesicht zeugten von einem Mann, der viel gesehen hatte. Er lächelte, als er in das Auto sprang, und die Falten um die Augen herum wurden noch tiefer. Caroline grüßte freundlich zurück.

Über einen alten Studienkameraden, der im Außenministerium angestellt war, hatte Caroline Kontakt zu ihm bekommen. Der Studienfreund arbeitete im Büro für Entwicklungspolitik des Ministeriums, und sie wusste, dass er mit Kenia zu tun hatte. Als sie ihm gemailt hatte, hatte er nach wenigen Minuten geantwortet und empfohlen, Kontakt zu Peoples' Rights aufzunehmen, die als eine seriöse Organisation bekannt waren. Versuch es mit Daniel, ich kann mich nicht erinnern, wie er mit Nachnamen heißt, hatte ihr Studienkollege geschrieben.

Caroline hatte bei Peoples' Rights angerufen und nach Daniel gefragt, der sofort ans Telefon gekommen war. Er konnte sich gut an Lars aus Dänemark erinnern und hatte auch von der wachsenden Unzufriedenheit in Asabo gehört. Er wollte Caroline gern helfen und hatte ihr angeboten, mit ihr in das Dorf zu fahren.

Daniel und Stanley unterhielten sich auf dem Weg aus der Stadt hinaus. Daniel erzählte, dass er zusammen mit seinem Bruder und einem Freund in einer Wohnung in der Nähe der Stelle, wo sie ihn eingesammelt hatten, lebte. Sie waren kürzlich dort hingezogen. Er hatte eine Lohnerhöhung bekommen, und so konnten sie sich die Wohnung leisten, die sowohl ein Zimmer für jeden von ihnen als auch einen kleinen Wohnraum hatte.

»Wo wohnst du?«, fragte er Stanley.

»In Pumwani.«

»In Pumwani!«, rief Caroline überrascht.

Eigentlich wollte sie nicht in das Gespräch hineingezogen werden, aber sie hatte über Pumwani in dem Material gelesen, das sie zusammen mit dem Flugticket ausgehändigt bekommen hatte. Das war eines der größten Slums Kenias, am Rand von Nairobi gelegen, und sie hatte wirklich nicht geglaubt, dass Menschen aus dem Slum arbeiteten. Auf jeden Fall nicht als Fahrer für ein internationales Unternehmen – eher als Verkäufer von Obst am Straßenrand, was viele machten, wie sie sehen konnte.

»Wohnen Sie dort zusammen mit Ihrer Familie?« Jetzt war sie doch an dem Gespräch beteiligt.

»Ja, ich wohne zusammen mit meiner Frau und meinen beiden Töchtern.«

»Wie alt sind deine Kinder«, fragte Daniel.

»Sie sind acht und zehn.«

»Gehen sie in die Schule?«, fragte Caroline und wünschte, sie hätte den Mund gehalten. Wenn man in den Slums wohnte, konnte man es sich sicher nicht leisten, seine Kinder in die Schule zu schicken – sie mussten vermutlich dabei helfen, Geld für die Familie zu verdienen.

Aber Stanley richtete sich auf und antwortete mit deutlichem Stolz in der Stimme.

»Sie gehen in eine sehr schöne Schule hier in Nairobi. Deshalb wohnen wir in Pumwani. Das kostet nicht so viel wie in anderen Vierteln in der Stadt, und so können wir es uns leisten, sie in eine gute Schule zu schicken. Meine Kinder sollen eine gute Ausbildung erhalten.«

Caroline bestätigte, dass eine ordentliche Ausbildung wirklich wichtig war.

»Damit sie gute Jobs bekommen und in einem schönen

Haus in einem ordentlichen Viertel wohnen können«, erklärte Stanley.

Caroline nickte und dachte an ihren eigenen Vater. Wenn seine Träume für sie bei einem schönen Haus in einem ordentlichen Viertel geendet hätten, würde ihr Leben etwas einfacher sein.

Je mehr sie sich von Nairobi entfernten, umso mehr ließ der Verkehr nach und auch die Anzahl der Straßenverkäufer wurde geringer, die mit bittenden Blicken und einem gefüllten Korb auf dem Kopf an die Fensterscheibe klopften, sobald das Auto an einer Kreuzung das Tempo drosselte. Auch die Straßen änderten ihren Charakter. Breite Fahrbahnen von guter Qualität wurden zu schmalen, holperigen Wegen. Eine deutliche Herausforderung für die Federung des alten Autos.

Caroline zog eine Karte, die sie sich auf dem Weg aus dem Hotel geschnappt hatte, aus der Tasche, um zu sehen, wo sie fuhren.

Die Landschaft, die draußen vorbeizog, war braun und staubig. Die Erde sah hart und trocken aus. An einigen Stellen wuchsen kleine, niedrige Büsche, und zwischendurch erhob sich ein einsamer Baum aus der borkigen Erde. Es waren die gleichen kleinen Bäume mit flachen Kronen, die man auf Bildern in den Broschüren von Safari-Reisen sah.

Die Luft im Auto war schlecht, und Caroline bat Stanley, die Klimaanlage anzuschalten. Er entschuldigte sich, weil die Anlage kaputt war, sodass sie stattdessen das Fenster öffnete. Hier konnte doch wohl nichts passieren, wenn man mit offenem Fenster fuhr, und Stanley reagierte auch nicht. Sekunden später schloss sie das Fenster hustend wieder. Zum Teufel mit den staubigen Schotterstraßen!

Sie konnte nicht begreifen, dass jemand freiwillig nach Afrika ging.

Sie und Daniel nutzten einen Teil der Fahrt, um den bevorstehenden Besuch vorzubereiten. Sie waren sich einig, dass Daniel das Gespräch führen sollte. Caroline repräsentierte Dana Oil und somit »den Feind«, gegen den sich die Kritik richtete. Daniel hingegen war eine neutrale Person von einer Organisation, zu der die Einheimischen vermutlich Vertrauen hatten.

Er arbeitete seit fünf Jahren bei Peoples' Rights, erzählte er. Zuvor war er bei einer anderen NGO angestellt gewesen. Ebenso wie Caroline war er ausgebildeter Jurist. Sie hob verblüfft die Augenbrauen, und Daniel grinste. Er wusste gut, dass er in einem privaten Unternehmen mehr Geld verdienen könnte, aber er wollte seine Ausbildung darauf verwenden, denen zu helfen, die nicht die gleichen Möglichkeiten wie er gehabt hatten.

Vor allem galt es, eine gute Stimmung zu schaffen – eine Vertrautheit, die die Dorfbewohner dazu brachte, sich akzeptiert zu fühlen. Es war ganz entscheidend zu signalisieren, dass Dana Oil sie ernst nahm und ihnen gern zuhörte.

Es schlug oft Funken, wenn Unternehmen und Menschenrechtsorganisationen diskutierten, wie viel Einfluss die Bevölkerung haben sollte. Typischerweise waren die Unternehmen der Ansicht, dass die Einheimischen angehört werden sollten, wenn sich aber deren Wünsche gegen die Pläne des Unternehmens und die Verträge mit der Regierung richteten, konnte man sich erlauben, diese zu ignorieren.

Dieser Schlussfolgerung stimmten Menschenrechtsorganisationen nicht zu.

»Versuche, nach rechts zu schauen!«

Daniel unterbrach ihre Gedanken.

Caroline konnte weit hinten am Horizont die Konturen eines hohen, grauen Turms erkennen. Er ähnelte einem spitzen, verwachsenen Hochspannungsmasten.

»Dort bohrt deine Firma im Augenblick.«

Sie blinzelte, um den Bohrturm deutlicher erkennen zu können. Also musste es hier sein, wo sich Tim Wright und sein Team aufhielten. Er und die anderen Bohrleute wohnten vermutlich in einem Container-Park am Rand des Bohrfelds.

Sie hatten gestern Abend gemailt. Sie hatte ihm geschrieben, um zu hören, ob sie zu Besuch kommen und mit ihm über seine Arbeit sprechen könnte. Das hatte er abgelehnt und stattdessen vorgeschlagen, dass sie sich einen Tag später in einer Bar in Nairobi treffen sollten.

Caroline mochte es eigentlich nicht, Geschäftstreffen in einer Bar abzuhalten – so etwas machte sie lieber in einem Konferenzraum. Aber jetzt war sie froh darüber, seinen Vorschlag angenommen zu haben.

Im selben Augenblick bremste Stanley so scharf, dass der Staub aufwirbelte und Caroline merkte, wie der Sicherheitsgurt ihr über dem Schlüsselbein in die Haut schnitt.

Hundert Meter weiter vorn stand ein schwarzes Ölfass in der Mitte des schmalen Weges, und am Straßenrand saßen zwei uniformierte Polizisten, jeder auf einem Plastikstuhl. Der Jüngere saß aufrecht da und hatte eine Maschinenpistole in der Hand, während sich der Ältere bequem zurückgelehnt hatte. Hinter ihnen stand ein großes Auto.

»*What the fuck*«, brach es erschrocken aus Daniel heraus. »Hier gibt es doch keinen Menschen!«

Stanley fuhr langsam das letzte Stück bis zu der Absperrung und stoppte ein paar Meter vor dem jüngeren Mann, der in der Zwischenzeit von seinem Stuhl aufgestanden war und sich mit der Maschinenpistole vor der Brust neben das Ölfass gestellt hatte. Der Mann trug ein hellblaues Hemd, eine dunkelblaue Hose und auf dem Kopf eine etwas zu kleine blaue Schirmmütze.

Stanley schob das Fenster auf, und der junge Mann trat ans Auto heran.

»Was macht ihr hier?«, fragte er schroff.

»Wir sind auf dem Weg nach Asabo«, antwortete Stanley.

»Was wollt ihr in Asabo?«

»Wir wollen nur zu Besuch.«

»Wo kommt ihr her?«

»Aus Nairobi.«

Der Polizist beugte sich zu dem offenen Fenster vor und schaute ins Auto. Lange ließ er die dunklen Augen auf Caroline ruhen, bevor sie sich wieder Stanley zuwandten.

»Lass mich deinen Führerschein sehen«, befahl er.

Stanley zögerte, griff dann aber in die Innentasche, fand seinen Führerschein und gab ihn, ohne ein Wort zu sagen, dem Polizisten. Mit dem Führerschein in der Hand ging der junge Polizist zu dem älteren, der sich nicht bewegt hatte.

»Schnell, haben Sie tausend Schilling?«, fragte Stanley Caroline, als der Polizist außer Hörweite war.

Caroline sah den Fahrer an.

»Ja, ich habe tausend Schilling, aber ich hätte nicht gedacht, sie einem Polizisten zu geben, nur weil er ein großes Gewehr hat.«

»Wir werden den ganzen Tag hier stehen, wenn wir ihnen kein Geld geben.«

Sie zog die Augenbrauen kraus. Tausend Schilling entsprachen rund fünfundsiebzig Kronen, es war also kein Vermögen, aber es ging ums Prinzip – und manchmal sollte man an seinen Prinzipien festhalten. Sie selbst hatte daran mitgewirkt, die Politik des Unternehmens hinsichtlich Korruption zu formulieren. Wenn sie dies also nicht umsetzen würde, wer sollte es dann tun?

»Das ist gut möglich, aber Dana Oils Politik in diesem Punkt ist ganz klar: Wir setzen keine Bestechung ein, weder in größerem noch in geringerem Umfang.«

Daniel, der sich bis jetzt ruhig verhalten hatte, beugte sich zwischen den Vordersitzen nach vorn und gab Stanley tausend Schilling. Zu Caroline gewandt, sagte er: »Du kannst das abschreiben als einen Teil des Sponsorings für Peoples' Rights. Es wird niemanden geben, der sich darüber wundert; ich habe das mit vielen Unternehmen gemacht.«

Caroline wollte protestieren und erklären, dass es nicht darum ging, die Summe zu verbuchen, sondern dass es grundlegend falsch war, Korruption zu unterstützen. Korruption verdreht die Marktbedingungen, unter denen die Unternehmen arbeiten, und bremst darüber hinaus die Möglichkeiten der Entwicklungsländer für die Entwicklung. Und selbst wenn es in ihrer Abrechnung als »Sponsoring« auftauchte, war es immer noch Korruption. Im selben Augenblick kam der in Blau gekleidete Polizist zurück.

»Es sieht aus, als würde es mit diesem Führerschein hier einige Probleme geben«, sagte er und hielt ihn vor Stanley nach oben.

Stanley nahm ihn, legte die tausend Schilling hinein und gab ihn zurück. Immer noch ohne ein Wort.

Der junge Mann lächelte schief und stopfte den Geldschein in die Brusttasche der Uniform.

»Auf der anderen Seite habe ich heute gute Laune, sodass ihr durchfahren dürft.« Er grinste, und Caroline konnte die Lücke sehen, dort, wo der eine Vorderzahn fehlte.

Stanley setzte das Auto in Bewegung, aber gerade, als er das Lenkrad umfasste, knallte der Polizist den Lauf der Maschinenpistole gegen den Fensterrahmen.

»Wo kommst du her?« Jetzt starrte er Caroline an.

Bis jetzt war es Caroline gelungen, die Nerven zu behalten, aber dass er sie jetzt direkt ansprach, erschreckte sie. Sie versuchte, ihre Stimme fest klingen zu lassen.

»Aus Dänemark.«

Der Polizist starrte sie weiterhin an.

»Was machst du in Kenia?«

Sie zögerte. War er einer von denen, die unzufrieden mit der Firma waren, könnte es zu Ärger führen, die Wahrheit zu erzählen. Auf der anderen Seite hatte sie die Tasche voll mit Visitenkarten, und wenn sie ihre Sachen durchsuchten und es selbst herausfanden, würde die Situation sicher nur noch schlimmer werden.

»Ich komme von Dana Oil.«

Der Polizist schaute sie verwundert an. Dann hellte sich sein Gesicht auf.

»Ah, Dana Oil! Wie Mr Hansen. Er ist unser Freund.«

Dann schlug er zweimal hart auf das Dach des Autos, Stanley verstand das Zeichen und fuhr los. Der ältere Mann am Wegrand hob träge die Hand zum Gruß, als das Auto zwischen ihm und dem Ölfass hindurchfuhr.

»Wer ist Mr Hansen?«, fragte Daniel, als sie wieder unterwegs waren. Caroline wunderte sich. Mr Hansen musste John Hansen sein.

»Das ist wohl unser Chef des Büros hier in Nairobi«,

antwortete sie grübelnd. Woher, in aller Welt, kannten die Männer ihn?

Bei Dana Oil war es streng verboten, mit der Polizei und dem Militär zusammenzuarbeiten. Auf diesem Gebiet war die Politik des Unternehmens sehr deutlich. Nur in ganz besonderen Fällen, wo es die einzige Möglichkeit war, sowohl Material als auch Mitarbeiter zu beschützen, konnte die Genehmigung erteilt werden, bewaffnete Wachen einzusetzen. In solchen Situationen mussten die lokalen Büros einen schriftlichen Antrag an Carolines Abteilung stellen. Dann wurde eine längere Prozedur in Gang gesetzt, die auch den Vorstand einbezog, und das Ganze endete in der Regel mit einer Ablehnung. Bis jetzt waren es tatsächlich nur die Aktivitäten des Unternehmens in dem konfliktreichen Delta in Nigeria, für die so eine Genehmigung erteilt worden war.

Kenia hatte keine Genehmigung beantragt, das wusste sie mit Sicherheit. Sie konnte sich noch daran erinnern, dass John Hansen in einer längeren Korrespondenz im Intranet dahingehend argumentiert hatte, dass bewaffnete Wachen in Kenia überflüssig waren; alles war unter Kontrolle.

Eine halbe Stunde später erreichten sie ihr Ziel. Caroline starrte auf das Dorf vor sich. Die Häuser waren niedrig, und es sah aus, als wären sie vom Himmel geworfen worden und zufällig, ohne Rücksicht auf Wege oder Pfade, irgendwo gelandet. Viele waren auf der einen Seite höher als auf der anderen, hatten schiefe Fenster und Dachbleche, die herunterzurutschen drohten.

Sie schwang ihre in Pumps steckenden Füße auf den staubigen Boden. Ihre Kleidung bestand aus einer Anzughose und einer weißen Bluse. Sie merkte, wie sich die Wärme unter der eng sitzenden Hose staute, und überlegte, ob sie dieses eine Mal eine Ausnahme von ihrem Prinzip, immer *dressed for success* zu sein, hätte machen sollen.

Vielleicht wäre eine graue Bluse passender gewesen, denn es war zweifelhaft, wie lange diese hier weiß bleiben würde.

Auf der anderen Seite war es wichtig, einen gewissen Eindruck zu machen. Sie griff nach ihrer Tasche und knallte die Autotür zu.

»Bist du bereit?«, fragte Daniel.

Sie nickte und nahm ihre Uhr ab. In der Tasche würde sie vor Staub sicher sein.

Daniel setzte sich eine zerknitterte Schirmmütze auf den Kopf, und Caroline wünschte sich, sie könnte das Gleiche machen – nur mit einem schöneren Hut. Ihre Kopfhaut fühlte sich bereits so an, als würde sie von der starken Mittagssonne des Äquators gebraten werden.

Sie steckte den Kopf zum Seitenfenster zu Stanley hinein, der immer noch hinter dem Lenkrad saß.

»Wollen Sie hier warten?«

»Ich warte hier, Madam«, bestätigte Stanley.

»Gut. Ich weiß nicht, wie lange es dauern wird.«

»Ich warte einfach.«

Daniel führte Caroline durch das Dorf.

Der Staub des Bodens bedeckte Carolines Pumps schnell mit einer bräunlichen Schicht. Sie bückte sich und wischte sie sauber; sie wollte nicht mit dreckigen Schuhen zu einem Termin kommen. Aber sobald sie einen neuen Schritt machte, waren sie wieder staubig. Außerdem schaute sie wachsam auf den Boden vor sich, um nicht auf die Eisenstückchen, Gummiringe und Holzstöckchen zu treten, die rundherum verteilt lagen.

Alle Häuser waren klein und viereckig. Viele von ihnen hatten alte Blechplatten vor den Fenstern, und bei anderen wurde das wellige Blech als Dach verwendet.

Einige Häuser waren aus einer Art Ziegelstein gebaut, während andere aus etwas, das Lehm ähnelte, gemacht waren.

»Das ist Kuhscheiße«, erklärte Daniel und klopfte an eines der »Lehmhäuser«. Caroline ging auf Abstand.

Sie konnte ein Kind weinen hören, aber ansonsten war es still. Abgesehen von ein paar kleinen Kindern, die spielten, wirkte das Dorf leer. Aber es war selbstverständlich Schulzeit. Daniel hatte erzählt, dass dies hier eines der größeren Dörfer war und es eine Schule gab.

»Möchte wissen, wo die sind«, brummte Daniel.

»Vielleicht sind sie in den Häusern«, schlug Caroline vor.

Daniel antwortete nicht. Murmelte nur, dass es hier sonderbar leer war.

Sie gingen weiter auf dem Pfad, der vermutlich die Hauptstraße des Dorfes darstellte, und konnten plötzlich Frauenstimmen hören. Sie traten näher, und die Stimmen wurden lauter. Sie klangen aufgeregt.

Caroline und Daniel gingen um eine Ecke herum und sahen eine Gruppe Menschen, die sich auf einem kleinen offenen Platz vor einem der Häuser versammelt hatte. Es waren auch Männer in der Gruppe. Einige der Frauen weinten, andere schrien und fuchtelten mit den Armen herum. Daniel hielt Caroline auf.

»Es ist wohl besser, wenn ich allein dorthingehe«, sagte er und ging weiter zu der aufgeregten Gruppe.

Er wandte sich an einen der Männer. Der Mann schrie, aber Caroline verstand nicht, was er sagte. Nach weniger als einer Minute kam Daniel mit schnellen Schritten zurück zu Caroline.

»Komm«, sagte er und zog sie um die Ecke eines Hauses herum.

»Was passiert dort?«

»Das erzähle ich dir im Auto. Komm.« Er ging schnell weiter.

»Sag mir sofort, was dort los ist! Wir sind doch gekommen, um Mama Lucy zu treffen. War sie nicht da?«

Aber Daniel verstärkte den Griff um ihren Ellenbogen und lief weiter. Caroline riss ihren Arm zurück, folgte ihm aber dennoch. Als sie das Auto erreichten, öffnete Daniel für Caroline die Tür zum Beifahrersitz und wartete, bis sie sich hineingesetzt hatte, bevor er selbst auf den Rücksitz sprang.

»Fahr los«, sagte er zu Stanley.

»Nein, warten Sie!« Caroline drehte sich um und sah Daniel wütend an. »Wir sind hier, um jemanden zu treffen, wir können nicht einfach wegfahren. Jetzt sagst du mir, was das Problem ist!«

Daniel schaute sie ernst an.

»Mama Lucy wurde heute Nacht ermordet.«

Caroline öffnete den Mund und schloss ihn wieder.

Daniel fuhr fort:

»Jemand ist in ihre Hütte eingebrochen und hat ihr den Hals durchschnitten, während sie schlief.«

»Aber, aber … aber …«

»Sie haben eine Decke über die Köpfe ihrer beiden Töchter gedrückt, sodass sie weder schreien noch die Täter sehen konnten, und ihr Mann war nicht zu Hause. Niemand weiß also, wer das getan hat.«

Er machte eine Pause und fuhr dann zögernd fort:

»Aber …«

Daniel schwieg wieder.

»Aber was?«, fragte Caroline, als sie endlich in der Lage war, einen Satz zu formulieren.

Der Kenianer rutschte unruhig auf dem Sitz herum.

»Aber sie glauben, deine Firma steht hinter dem Mord, weil sich Mama Lucy über euch beschwert hatte. Sie sind wütend auf euch.«

Caroline drehte sich wieder nach vorn. Dann lehnte sie sich zurück und schloss die Augen. Mist.

8

Die Magensäure begann durch die Speiseröhre nach oben aufzusteigen. Wo, zum Teufel, hatte er seine Tabletten hingelegt?

Er hatte die Neuigkeit von Paul erfahren, einem der kenianischen Angestellten, der es von dieser Organisation, *People and Rights* oder wie die sich nannten, gehört hatte.

Paul hatte an die Tür des Chefbüros geklopft, und als er den Kopf hereingesteckt hatte, hatte John Hansen gesagt, er habe keine Zeit – er arbeite, konnte Paul das nicht sehen? Aber Paul, der normalerweise eine Zurückweisung verstand, war in der Türöffnung stehen geblieben.

»Ich glaube wirklich, das wollen Sie hören, Mister Hansen.«

»Das kann ich mir schwer vorstellen.«

Paul war stehen geblieben.

»Okay«, hatte John Hansen geknurrt, »dann komm zur Sache!«

Der Mitarbeiter hatte sich geräuspert und die Neuigkeit erzählt, an der der Chef seiner Meinung nach interessiert war. Als er fertig war, hatte John Hansen ihn ganz schnell aus dem Büro geschickt.

Jetzt saß er allein hinter der geschlossenen Tür und versuchte, die Schweißperlen ebenso schnell von der Stirn zu wischen, wie sie hervorquollen.

Dann nahm er sich zusammen.

Sie waren auf dem Rückweg von dort oben. Der Aktivist hatte seine Kollegen zu Hause in Nairobi über das Mobiltelefon angerufen, und Paul, der auf John Hansens unzweideutige Aufforderung hin den Kontakt zu dieser NGO hielt, solange die Votze im Land war, hatte diese Information bekommen.

Jetzt war er gezwungen zu handeln.

Er drehte den Schlüssel der obersten Schreibtischschublade um und zog kräftig an dem Griff.

Der Schlüssel klirrte, als er wieder im Krug landete, und John Hansen trieb sich selbst zur Eile an. Er durfte keine Zeit vergeuden. Er eilte aus dem Büro, schloss die Tür ab und ging mit langen Schritten den Flur hinunter. Als die Fahrstuhltüren zur Seite glitten, fiel ihm ein, dass er seine Aktentasche im Büro vergessen hatte. Fluchend hastete er zurück, schloss auf, griff nach der Aktentasche auf dem Schreibtisch und rannte zur Tür hinaus. Als er diese schließen wollte, hing seine Jacke am Türgriff fest, und er riss sie irritiert los, bevor er zurück zum Fahrstuhl lief, der ihn nach unten in die Tiefgarage brachte.

Sobald er die Autotür geschlossen hatte, rief er seinen Kontaktmann an, aber der Anruf wurde nicht entgegengenommen.

Verdammt.

John Hansen merkte, wie die Unruhe wieder in ihm aufstieg, und atmete tief ein. Die Magensäure. Ruhig jetzt, John, ermahnte er sich selbst, niemand sagt, dass es irgendeinen Zusammenhang gibt. Und selbst wenn es ihn gibt, muss das doch nichts für mich bedeuten. Auf jeden Fall dann nicht, wenn niemand den Zusammenhang findet. Ich habe doch nur das getan, was ich tun musste.

Letzteres war auf jeden Fall richtig.

Er hatte nur getan, was notwendig war, und es gab ganz einfach keine Gerechtigkeit, wenn das jetzt schiefgehen sollte. Mit fieberhaften Bewegungen steckte er den Schlüssel in das Zündschloss des Suzuki. Mit quietschenden Reifen fuhr er aus der Tiefgarage und auf die Straße, und der Fahrer im Auto hinter ihm musste hart auf die Bremse treten, um einen Zusammenstoß zu vermeiden. John Hansen achtete nicht darauf. Er trat auf das Gaspedal und riss das Lenkrad von einer Seite zur anderen, um die Autos, die vor ihm fuhren, zu überholen.

Als er angekommen war, parkte John Hansen das Auto auf dem Bürgersteig vor einem heruntergekommenen, weißen Gebäude. Er nickte dem Wachmann, der ihn wiedererkannte und zur Seite trat, flüchtig zu. Drinnen ging er den leeren Gang hinunter. Hoffentlich war der Kontaktmann in seinem Büro. Er war gezwungen, einige Antworten zu bekommen, damit er Bescheid wusste, bevor Caroline und der Aktivist aus Asabo zurückkamen. Es war entscheidend, einen Schritt voraus zu sein.

John Hansen klopfte an die Tür des Kontaktmanns. Keine Antwort. Er klopfte wieder an, fester. Noch immer keine Reaktion.

Die Tür hinter ihm öffnete sich, und ein Mann mit dicker Brille streckte den Kopf heraus.

»Er ist heute nicht hier«, sagte der Mann und schob die Brille höher auf die Nase.

»Wissen Sie, wo er ist?«

»Nein, leider, *mzee*. Es gibt niemanden, der heute von ihm gehört hat. Sie wissen auch nicht, wo er ist?« Die schwere Brille rutschte wieder nach unten.

John Hansen schüttelte den Kopf, seufzte laut und lief zurück zu seinem Auto.

Konnte der Kontaktmann seine Ansage so ernst genommen haben, dass er und seine Männer zu härteren Methoden gegriffen hatten? In diesem Fall war es John Hansens größte Hoffnung, dass sie ihre Spuren ordentlich verwischt hatten.

9

Auf halbem Weg zu dem Krater hörte Sally plötzlich ein fernes, brummendes Geräusch von einem Auto, das lauter wurde. Sie lief schneller. Sie wusste nicht genau, warum, aber sie hatte das Gefühl, es war besser, den Krater zu erreichen, bevor das Auto sie einholte.

Sie war fast dort, als das Auto an ihrer Seite auftauchte. Es fuhr jetzt sehr langsam, dachte sie. Warum? Sie bekam Blickkontakt mit dem Mann hinter dem Lenkrad, schaute aber schnell wieder weg.

Ach, sie hätte niemals hierherlaufen sollen, ihre Mutter würde wütend werden, wenn etwas passieren sollte. Die Beine bewegten sich wie dünne Trommelstöcke, die gegen die trockene Erde schlugen. Dann gab das Auto Gas und fuhr an ihr vorbei.

Puh. Es gab doch nichts, vor dem sie Angst haben musste. Sally lächelte erleichtert und lief das letzte Stück in den Krater hinein und begann, Zweige zusammenzusammeln. Sie beeilte sich, denn es galt, zurückzukommen, bevor die Mutter misstrauisch wurde.

Als der Korb halb voll war, hörte sie auf. Das musste genug sein. Das war ausreichend Brennholz, um das Abendessen zuzubereiten, und es war wohl ungefähr so viel, wie sie bei den Frauen im Dorf hätte bekommen können. Auf dem Weg aus dem Krater heraus legte sie dennoch noch etwas mehr in den Korb – dann war auch noch genug für morgen da, und dann durfte sie vielleicht wieder in die Schule gehen.

Sally kletterte aus dem Krater heraus, erleichtert, dass es so schnell gegangen war, das Brennholz zu sammeln. Sie hob den breiten Korb auf den Rücken und machte sich auf den Heimweg, auch wenn sie mit dem fast vollen Korb nicht ganz so schnell laufen konnte.

Plötzlich war das Auto wieder da. Dieses Mal hatte Sally es nicht kommen hören. Es musste ganz in der Nähe gehalten haben.

Sie schaute über die Schulter, während sie lief. Es war das gleiche Auto wie zuvor. Warum war es jetzt wieder hier?

Das Auto näherte sich, bog mit einem Mal von der Straße ab und begann, über die knochenharte Erde auf den Pfad zu fahren. Sally lief schneller. Der Korb mit dem Brennholz schlug hart gegen ihren Rücken, und der Trageriemen schnitt in die Stirn.

Sie konnte hören, wie das Auto näher und näher kam, und plötzlich war es direkt hinter ihr. Während sie lief, schob sie den Trageriemen über der Stirn nach oben, sodass der Korb hinter ihr auf die Erde fiel. Es knackte laut, als das eine Rad des Autos den Korb zerquetschte.

Im nächsten Augenblick hörte Sally eine Autotür, die geöffnet und wieder zugeschlagen wurde. Sie hörte schwere Schritte hinter sich. Dann spürte sie, wie sich eine große, schwielige Hand um ihren dünnen Arm schloss.

10

Caroline starrte ungläubig vor sich hin.

Mord.

Ein richtiger Mord – nicht so einer, den man im Film sah, sondern ein wirklicher, bei dem eine Frau aus Fleisch und Blut umgebracht worden war. Einer Mutter zweier kleiner Mädchen war im Schutz der Nacht brutal die Kehle durchschnitten worden. Die Familie war ins Bett gegangen, nicht ahnend, dass, wenn die Sonne wieder über dem Dorf aufgehen würde, die Kinder ohne Mutter waren.

Caroline wiederholte das Wort wieder und wieder.

Mord. Mord. Mord. Totschlag.

Sie verstand es noch immer nicht und starrte in die Luft, während sich der Wagen Kilometer für Kilometer durch die staubige, hellbraune Landschaft arbeitete. Von der Polizei und der improvisierten Straßensperre sahen sie auf dem Rückweg nichts. Die einzige Spur des Treffens war das große schwarze Ölfass, das zu einem früheren Zeitpunkt des Tages mitten auf dem Weg gestanden hatte und jetzt an den Straßenrand gerollt worden war.

Auf der Hälfte des Weges nach Nairobi fuhren sie auf eine etwas größere Straße und hielten an einem Rastplatz an, um zu tanken. Stanley parkte das Auto vor dem einzigen Gebäude auf dem Platz; ein niedriges Haus aus dunklem Holz. Auf der Seite, die dem Parkplatz zugewandt war, hatte das Haus große rechteckige Löcher in der Fassade – eine Art vergrößerte Fenster, die freie Sicht auf die vielen Souvenirs boten, die dort lagen und auf die durchreisenden Touristen warteten.

In dem einen Ende des Gebäudes konnte Caroline etwas ausmachen, das an einen Kiosk erinnerte. Ihr Hals war nach der langen Fahrt trocken wie Sandpapier, und so öffnete sie die Autotür und stieg aus. Mit schnellen Schritten überquerte sie den Platz und ging in das Gebäude.

An der hinteren Wand stand eine kleine, verbeulte Gefriertruhe, die irgendwann einmal weiß gewesen war und die jetzt in Zusammenarbeit mit einem Generator versuchte, einige Wasserflaschen zu kühlen. Sie zog den Ärmel der Bluse über die Hand und schob den Deckel der Gefriertruhe zur Seite. Sie nahm eine lauwarme Flasche heraus. Hinter einer Theke, die einem wackligen Rednerpult ähnelte, stand ein Mann, der sie heranwinkte. Caroline zog einen Schein aus der Tasche, und der Mann nahm ihn entgegen, während er ausdruckslos in den Raum starrte.

Während sie auf das Wechselgeld wartete, merkte sie, dass jemand sie anschaute. Sie drehte den Kopf und blickte direkt in ein Paar dunkelbraune Augen in dem Gesicht eines dünnen Mannes mit einem sehr breiten Lächeln.

»Wo kommst du her«, fragte er auf Englisch und zeigte alle seine Zähne.

»Aus Dänemark.«

»Dänemark! Ich habe einen sehr guten Freund in Dänemark! Vielleicht kennst du ihn, er heißt Peter Jensen.«

Caroline schüttelte abweisend den Kopf.

»Na, das hat nichts zu sagen«, fuhr er unbeirrt fort. »Weil du aus Dänemark kommst, kann ich dir einen ganz besonderen Preis für unsere Souvenirs machen. Du darfst es nur nicht den anderen erzählen.« Er lächelte ihr verschwörerisch zu, während er nickend in Richtung einer Gruppe Weißer wies, die in das Geschäft kamen. Ihre Kameras hingen an kräftigen, schwarzen Riemen über ihren Schultern.

Bevor sie protestieren konnte, zog der Mann sie in die Mitte des länglichen, niedrigen Lokals, wo lange Tischreihen, bedeckt mit einer endlosen Auswahl afrikanischer Souvenirs, standen. Breite Perlenhalsbänder in farbenfreudigen Mustern, Elefanten in allen Größen und aus Holz geschnittene Massaiköpfe boten sich an, so weit das Auge reichte. Er hob eine Trommel von einem der Tische.

»Schau her – wäre es nicht toll, so eine mit nach Hause zu nehmen?«

Caroline schüttelte den Kopf und trat einen Schritt zurück.

»Ich muss …«

Aber der Mann hatte bereits ein neues Souvenir in der Hand.

»Oder was ist mit dem hier?«, ereiferte er sich und reichte ihr ein aus glänzendem, dunklem Holz geschnitztes Nashorn.

Caroline hielt abweisend die Hände vor sich.

»Ich möchte wirklich nichts haben, ich wollte nur Wasser kaufen.«

Der Verkäufer schaute sie mit zusammengekniffenen Augen an und lächelte dann noch breiter.

»Jetzt weiß ich, was du haben willst!«

Er beugte sich über den Tisch und griff nach etwas. Bevor Caroline reagieren konnte, hielt er ihr begeistert ein langes Messer unter die Nase.

»Ein echtes Panga! Viele glauben, Panga sei nur Swahili für eine Machete, aber in Wirklichkeit ist das eine ganz andere Art von Messer. Echt kenianisch. Wäre es nicht toll, so eines mit nach Hause zu nehmen?«

Sie starrte das Messer mit der langen Klinge an, das der Mann ihr hinhielt.

War es so eines, mit dem Mama Lucy der Hals durchschnitten worden war?

»Ich muss …«, begann Caroline und trat einen Schritt zurück. Die Übelkeit presste sich durch ihre Kehle nach oben.

»Normalerweise ist dieses Messer hier *sehr* teuer, aber weil du meine Freundin aus Dänemark bist, kann ich dir einen richtig guten Preis machen«, unterbrach der Mann sie, legte das Messer auf den Tisch und nahm den Taschenrechner aus der Gesäßtasche seiner zerschlissenen Jeans.

Er tippte, löschte, was er geschrieben hatte, und tippte erneut.

»Ich kann es dir für viertausend Schilling verkaufen. Aber das ist sehr billig, daran verdiene ich selbst nichts, daher musst du mir versprechen, niemandem zu erzählen, wie billig du es bekommen hast.« Der Verkäufer sprach mit gequälter Stimme und trat ganz nah an Caroline heran.

Sie zog einen 5000-Schilling-Schein aus der Tasche, warf ihn auf den Tisch vor ihnen, riss das Messer an sich und lief, so schnell sie konnte, aus dem Laden.

»Ich muss nur etwas Wechselgeld finden«, rief ihr der Verkäufer hinterher, aber Caroline blieb nicht stehen. Dreihundert Kronen waren ein geringer Preis, um von dort wegzukommen.

Mit dem Panga in der einen Hand und dem Wasser in

der anderen lief sie zum Auto. Stanley saß auf dem Vordersitz des staubigen Fahrzeuges und Daniel hinten.

Sie setzte sich ins Auto und knallte die Tür zu.

Während draußen die Landschaft vorbeirauschte, sah Caroline hinunter auf das lange Messer mit dem kurzen, braunen Schaft, das auf ihren Beinen lag. Sie musste es wegwerfen, wenn sie zurück ins Hotel kam. Das war kein Andenken, das sie von Afrika mit nach Hause nehmen wollte. In der Tat fühlte sie kein Bedürfnis, überhaupt irgendwelche Erinnerungen mit nach Hause zu nehmen.

»Es gibt etwas, über das ich gern mit dir sprechen möchte, Caroline.«

Daniel räusperte sich.

Widerstrebend wandte sie sich um. Es war ihr unangenehm, wenn Leute im Gespräch ihren Namen verwendeten. Das war zu intim.

»Ich hoffe, du bist nicht der Ansicht, ich gehe zu weit mit dem, was ich jetzt sage.«

Sie starrte ihn an. Das fehlte ihr gerade noch. Eine Liebeserklärung von irgendeinem schwarzen Mann, der sich in ihre blonden Haare verliebt hatte.

Er räusperte sich wieder, bevor er fortfuhr:

»Ich will deine Firma und deine Kollegen nicht für irgendetwas beschuldigen …«

Daniel machte eine Pause. Er schielte zu Stanley, während Caroline erleichtert ausatmete. Es war keine Liebeserklärung, es war Business, damit wurde sie fertig. Er fuhr fort:

»Wie gesagt, will ich niemanden für etwas beschuldigen. Aber ich finde, es ist ziemlich suspekt, dass die Polizisten deinen Kollegen kannten und dass Mama Lucy, die eure größte Kritikerin war, ermordet wurde …«

Sie sah in das ernste, schwarze Gesicht und konnte spüren, dass sie neugierig war, dass sie gern mehr von seinen Überlegungen hören wollte, aber sie wusste, es war ausgeschlossen, sich auf diesen Pfad zu begeben. Man kratzte nicht in aller Öffentlichkeit am Image des Unternehmens. Illoyale Mitarbeiter standen nicht hoch im Kurs.

Stanley starrte durch die Frontscheibe.

»Ich weiß nicht, was du versuchst anzudeuten, aber ich möchte dich bitten, sofort damit aufzuhören«, antwortete sie scharf.

Daniel erwiderte ruhig, als hätte er ihre Reaktion erwartet:

»Ich deute nichts an; ich sage nur, dass es mich wundert. Und daher schlage ich dir vor, aufmerksam zu sein, mit wem deine Kollegen Geschäfte machen. Das ist alles.«

Er sah sie lange an. Dann schüttelte er den Kopf.

»Nun, du musst wohl auch Zeit haben, die Gegend anzuschauen, durch die wir fahren«, fügte er in einem unnatürlich leichten Tonfall hinzu.

Caroline drehte sich wieder nach vorn.

Sie dachte an die Aufgabe, die vor ihr lag. Die schien plötzlich ernster und komplizierter zu sein, als sie angenommen hatte.

Sie wog ihre Möglichkeiten ab. Bevor sie etwas anderes tat, war sie gezwungen, Markvart zu kontaktieren. Er hatte darum gebeten, über die Entwicklung der Situation unterrichtet zu werden, und der Mord an Mama Lucy war eine dramatische Entwicklung. Sie steckte die Hand in die Tasche und nahm die silbergraue Rolex heraus. In Dänemark war es jetzt fünf Uhr am Nachmittag, sodass Markvart wohl gerade das Büro verlassen hatte, bevor sie zum Hotel zurückkam. Dann würde sie ihn über das Handy erreichen. Er bekam schließlich sein Chefgehalt, um zur Verfügung zu stehen.

Bevor sie etwas anderes machte, brauchte sie jedoch ein Bad. Es grauste ihr bei dem Gedanken daran, wie viele Bakterien auf ihrer Haut herumkrochen. Sie konnte nahezu sehen, wie sich die kleinen einzelligen Organismen vor ihren Augen vermehrten.

An der Stelle, an der Daniel eingestiegen war, hielt Stanley an der Seite an. Dieses Mal ohne die Begleitung wütender Autohupen.

»Lass uns morgen sprechen. Pass auf dich auf«, sagte Daniel und schaute Caroline lange und ernst an, bevor er aus dem Auto sprang und die Tür hinter sich zuknallte.

Bereits auf dem Weg in das blau-gelbe Zimmer begann sie damit, die Bluse aufzuknöpfen, und als die schwere Zimmertür hinter ihr ins Schloss fiel, hatte sie die Bluse ausgezogen. Sie warf sie auf den Boden, streifte die Schuhe ab und zerrte sich Hose, Slip und BH mit einer solchen Kraft vom Leib, dass einer der Haken ihres BHs abriss. Dann ging sie ins Badezimmer.

Ein langes Bad und eine halbe Flasche Shampoo später warf sie sich in den einzigen Sessel.

Jetzt konnte sie wieder klar denken.

Nach ein paar Minuten stand sie auf und zog sich saubere Sachen an. Es war undenkbar, nackt mit dem Chef zu telefonieren. Sie angelte das Mobiltelefon aus der Tasche und klickte sich bis zu den »Kontakten« vor, fand »Markvart – mobil« und drückte auf »anrufen«.

Es klingelte nur ein Mal, bis er abnahm.

»Ja?«

»Hallo, Caroline hier.«

»Ja, das kann ich sehen. Na, hast du da unten alles im Griff?«

Madonna und Motorenlärm mischten sich im Hintergrund, und sie ging davon aus, dass der Chef im Auto saß, auf dem Weg nach Hause in Richtung Holte, während er in die Freisprechanlage sprach. Sie atmete tief ein.

»Es haben sich einige Komplikationen ergeben, die ich mit dir besprechen muss. Kannst du jetzt reden?«

»Ich habe nicht viel Zeit, aber sag es einfach.«

Es erklang ein Klicken, und der Song »Like a prayer« verstummte. Sie räusperte sich.

»Diejenige, die sich über uns beschwert hat, Mama Lucy, sie … sie …«

Caroline spürte, wie sich ihr Hals plötzlich zuschnürte.

»Was ist mit Mama Lucy?«

»Sie wurde ermordet«, antwortete Caroline und hörte mit Erschrecken, wie sich die eigene Stimme überschlug.

Am anderen Ende der Leitung wurde es still. Das einzige Geräusch war der Lärm des Motors.

»Was meinst du genau damit – sie wurde ermordet?«, fragte Markvart.

Als Caroline die Kontrolle über ihre Stimme wiedergefunden hatte, fuhr sie in einem ruhigeren Tonfall fort:

»Sie sagen, ihr wurde in der Nacht der Hals durchschnitten, von einigen Männern, die in ihr Haus eingebrochen sind.«

»Wer sagt das?«

»Die Leute in dem Dorf.«

»Und wer waren die, die eingebrochen sind?«

»Das wissen sie nicht, weil sie Decken über die Köpfe ihrer Kinder gezogen hatten und ihr Mann nicht zu Hause war, als es passiert ist.«

Sie machte eine Pause, bevor sie hinzufügte:

»Aber sie glauben, Dana Oil hat etwas damit zu tun.«

»*Was* glauben sie?!«

»Dass wir es sind, die den Mord beauftragt haben.«

»Wie, in aller Welt, kommen sie darauf?«

»Sie glauben, wir wollten ihr den Mund stopfen, weil sie uns gegenüber Kritik geäußert hat.«

»Selbstverständlich wollten wir ihr gern den Mund stopfen, aber wir würden niemals auf die Idee kommen, jemanden umzubringen«, brach es aus Markvart in einem für ihn ungewöhnlich unkontrollierten Tonfall heraus.

Das Lächeln hielt seine Gefühle normalerweise zurück.

Er machte eine Pause. Caroline sah es vor sich, wie er einen tiefen Atemzug nahm und das Gesicht in Falten legte, die signalisierten, »wir haben keine Probleme, wir haben Herausforderungen«. Es waren die Falten, die viele dazu brachten, ihm eine Zukunft an der Spitze von Dana Oil zu prophezeien – vielleicht sogar im Eckbüro des Direktionsflurs.

»Das muss ein schlimmes Erlebnis für dich gewesen sein«, sagte er dann.

Caroline spürte die Tränen in ihre Augen steigen. Sie war es nicht gewohnt, von einem Chef diese Fürsorge zu erfahren. Sie räusperte sich.

»Ja, das war schon irgendwie ein Schock«, räumte sie ein.

Markvart schwieg einen Augenblick.

»Das kann ich gut verstehen. Aber es hört sich an, als hättest du das gut gemeistert.«

»Danke«, antwortete Caroline, unsicher darüber, was genau sie gut gemeistert hatte.

Eine Weile war es still im Telefon.

»Das hat eine etwas andere Wendung genommen als erwartet«, sagte Markvart dann.

Sie konnte hören, dass er mit den Fingern auf das Lenkrad trommelte.

»Um es ganz deutlich zu sagen: War es diese Mama Lucy, die sich über uns beschwert hat?«

»Ja.«

»Und es gab niemand anderen, der das getan hat?«

»Nicht, soweit ich gehört habe.«

»Dann ist die Wahrheit doch, dass es jetzt nichts mehr für dich in Kenia zu tun gibt, Caroline.«

»Was meinst du?«, fragte sie erstaunt.

»Deine Aufgabe war es, herauszufinden, was getan werden musste, um die Klagen über uns zu stoppen, und wenn es nur diese Mama Lucy war, die sich beschwert hat, ist die Sache wohl abgeschlossen. Auf eine höchst beklagenswerte Weise, ja, aber trotzdem abgeschlossen.«

»Aber Markvart, die anderen Leute in ihrem Dorf waren sehr wütend. Sie geben Dana Oil die Schuld an ihrem Tod.«

Das Fingertrommeln gegen das Lenkrad wurde wieder aufgenommen.

»Ja, okay, das kann ich selbstverständlich erkennen …«

»Jetzt haben sie etwas Neues, um sich darüber zu beschweren.«

Es gab eine lange Pause, bevor Markvart wieder sprach. Dieses Mal mit Entschlossenheit in der Stimme.

»Nein, Caroline, wir hören hier auf. Dana Oil hat nichts mit Mord zu tun. Das ist vermutlich ein Mord aus Eifersucht, so ist es doch bei den meisten Morden – wirklich banal. Vielleicht wollte ihr Mann ihr ans Leben. Das kann der Grund sein, warum er in der Nacht, in der sie ermordet wurde, nicht da war, oder?«

»Das weiß ich nicht …«

»Unter keinen Umständen sollten wir uns von Dana

Oils Seite aus einmischen. Bring eines der Mädchen in der Reiseabteilung dazu, dein Ticket zu ändern, damit du übermorgen nach Hause kommen kannst. Nutze den morgigen Tag zum Entspannen, mach eine Pause am Pool und schließ die Dinge anständig mit John Hansen ab. Es ist wichtig, dass unsere Abteilung in den Lokalbüros einen guten Eindruck hinterlässt.«

Caroline hörte den entschlossenen Klang in der Stimme ihres Chefs und wusste, es war zwecklos, mit ihm zu diskutieren. Es hörte sich so an, als würde er meinen, sie hätte die Aufgabe gut gelöst. Auf jeden Fall hatte er gesagt, dass es jetzt nichts mehr für sie in Kenia zu tun gab.

Auf der anderen Seite war sie gezwungen zu beweisen, dass sie bereit war, den Kampf hier unten aufzunehmen. Sie wollte nicht riskieren, nach Hause zu kommen und beschuldigt zu werden, es nicht gewagt zu haben, es mit »der wirklichen Welt« aufzunehmen.

»Glaubst du nicht dennoch, ich sollte noch einmal in das Dorf fahren, wenn sich alles wieder ein bisschen beruhigt hat?«

Das Motorengeräusch im Hintergrund ebbte ab und verschwand dann ganz.

»Nein, Caroline, das glaube ich nicht. Ich habe nicht die geringste Lust, dass sich einer meiner Mitarbeiter in eine Morduntersuchung einmischt. Ich will gut auf euch aufpassen – auch auf dich. Und jetzt muss ich mich leider beeilen, ich bin jetzt zu Hause und bekomme Ärger mit Mette, wenn ich mich mit dem Handy zum Abendessen an den Tisch setze. Wir sprechen uns, Caroline, schick mir eine Mail, wann du wieder im Büro bist. Ruf wieder an, wenn du reden möchtest.«

»Okay.«

»Gut, bis dann.«

»Bis dann.«

Caroline nahm das Handy langsam vom Ohr.

Ein Mord aus Eifersucht war ihr nicht in den Sinn gekommen, aber das war wohl nicht ausgeschlossen. Das passierte jeden Tag auf der ganzen Welt.

Sie überlegte, ob sie Markvart von den Polizisten hätte erzählen sollen, die John Hansen kannten. Aber es war sicher gut, dass sie es nicht getan hatte, denn was hätte sie sagen sollen? »Ich habe einige Polizisten getroffen, die John Hansen kannten. Ist das nicht äußerst verdächtig?« Sie hätte wie eine der Menschenrechtsverfechterinnen geklungen, die ihre Verschwörungstheorien über Ölgesellschaften lancierten, die gemeinsame Sache mit den bösen Regierungen der ganzen Welt machten – allen voran den USA – und in ihrer Jagd nach Weltherrschaft keine Mittel scheuten.

Auf der anderen Seite bedeutete die frühe Heimreise, dass sie sich nicht viel länger in diesem von Bakterien befallenen Land aufhalten musste. Die Frage war selbstverständlich, was das in Markvarts Platzierung ihrer Person auf den verhängnisvollen Ja-, Nein- und Vielleicht-Listen bedeuten würde. Ob er ihr eine neue Chance geben würde, sich zu beweisen. Mama Lucy war tot, und sie würde nicht wieder lebendig werden, auch wenn Caroline aufhören würde, an ihre eigenen Karrieremöglichkeiten zu denken.

Sie schickte eine Mail an Dana Oils Reiseabteilung und bat um die Änderung des Tickets. Wenn sie bereits morgen nach Dänemark reiste, würde sie Donnerstagabend zu Hause sein, und Christian würde wie immer vor der Værløse-Schwimmhalle stehen und auf sie warten. Sie dachte an den vergangenen Donnerstag.

Der Abend hatte genauso begonnen wie immer. Sie hatte ihren Bruder von Weitem sehen können, und als er sie entdeckt hatte, begann er zu winken.

»Hallo, Canine! Hallo, Canine!«

»Hallo, Christian!« Sie hatte sein Winken erwidert.

»Hallo, Canine! Hallo, Canine!«

»Hallo, Christian!« Sie hatte erneut gewunken, und so war es weitergegangen, bis sie bei ihm angekommen war.

Ihr Bruder war ihr um den Hals gefallen und hatte sie lange festgehalten.

»Na«, hatte sie gesagt, nachdem sie sich aus seiner Umarmung befreit hatte, »was glaubst du, machen wir heute?«

Christian hatte mit offenem Mund gegrinst, denn jetzt wusste er, dass sie bei ihrem Witz waren.

»Wollen wir Kartoffeln schälen?«

»NEIN!« Er hatte den Kopf so heftig geschüttelt, dass die glatten, blonden Haare von den Schläfen abstanden.

»Nun, aber dann muss ich wohl mal überlegen ... wollen wir ins Museum gehen?«

»NEEEIN!«

»Verflixt noch mal.« Caroline hatte sich mit übertriebenen Bewegungen am Kopf gekratzt. »Dann weiß ich wirklich nicht, was wir machen sollen. Hast du einen Vorschlag, Christian?«

»WIR GEHEN INS SCHWIMMBAD!«

Christian, der den Reißverschluss seiner Windjacke bis zum Hals hoch zugezogen und die Hosenbeine in ein Paar weiße Tennissocken gestopft hatte, war auf und ab gehüpft und hatte auf das Gebäude hinter ihnen gezeigt. Caroline hatte ihren Bruder angegrinst.

»Ach was.«

Sie hatten sich von dem Pädagogen, der Christian zur

Schwimmhalle begleitet hatte, verabschiedet und waren hineingegangen. Caroline hatte die Tickets für sie gekauft.

»Erst Dusche, dann Badehose, und dann treffen wir uns bei der Rutsche. Du gehst nicht ins Wasser, bevor ich da bin«, hatte sie gesagt und dem Bruder die Eintrittskarte gereicht.

»Das weiß ich gut, Canine.«

Sie waren jeder in eine Umkleide gegangen, und wie immer hatte Caroline das offensichtliche Starren der Kinder und die Blicke der Erwachsenen bemerkt, wenn Christian vorbeiging.

Sie hatte sich mit dem Umziehen beeilt. Im Schwimmbad zu sein war ganz sicher nicht eine ihrer Lieblingsbeschäftigungen, sie fühlte sich allzu nackt. Aber Christian liebte es, sodass sie ihr Unbehagen ignorierte.

Nach der siebten Runde Rutschbahn schaffte sie keine weiteren Touren die Treppe hinauf.

»Was hältst du davon, wenn wir hinübergehen und ein bisschen schwimmen«, hatte sie gefragt, als Christian den Kopf aus dem Wasser herausstreckte. Im gleichen Augenblick war ein Ball zwischen ihnen gelandet. Ihr Bruder hatte ihn aufgehoben.

»Gib ihn her«, rief ein Junge, der ihn vermutlich geworfen hatte.

Christian, der es liebte, mit dem Ball zu spielen, hatte den blauen Ball hoch über seinen Kopf gehalten und gegrinst.

»Mitmachen!«

»Nein, du kannst wirklich nicht«, hatte der Freund des Jungen geantwortet.

»Mitmachen«, hatte es Christian erneut versucht.

»Her jetzt mit dem Ball, du Mongole«, hatte der erste

Junge wieder gerufen und begonnen, auf Christian zuzugehen.

Christian hatte den Ball auf das Wasser gelegt, und Caroline hatte sehen können, wie schnell das Lächeln aus seinem Gesicht verschwunden war.

»Das heißt nicht Mongole«, hatte sie gesagt und sich zu dem Jungen umgedreht, der den Ball holen wollte. »Mein Bruder hat das Downsyndrom.«

Der Junge hatte sie grimmig angesehen.

»Das ist, verdammt noch mal, das Gleiche.«

»Nein, das ist es nicht. Mongolen kommen aus der Mongolei – mein Bruder ist aus Dänemark und hat das Downsyndrom.«

»Wie auch immer.«

»Und du sollst anständig mit ihm reden.«

»Er soll aufhören, unseren Ball zu nehmen.«

»Er will nur mit euch spielen.«

»Wir spielen nicht mit Mong...« Der Junge hatte innegehalten, als er Carolines Gesichtsausdruck sah.

Ruhig hatte Caroline Christian den Ball zurückgegeben.

»Christian, jetzt kannst du den Ball zu den Jungs zurückwerfen, dann hast du auch mitgespielt.«

Ihr Bruder hatte den Ball langsam mit beiden Händen umfasst und ihn angeschaut. Sie hatte sehen können, dass er sich Mühe gab. Dann hatte er ihn zu dem Jungen geworfen, der ihn fing.

»Danke«, hatte der Junge gemurmelt, bevor er sich schnell davonmachte.

»Hat es Spaß gemacht, mitzuspielen?«

Christian hatte genickt, aber ohne zu lächeln.

»Denkst du nicht, wir sollten jetzt hochgehen und warmen Kakao trinken?«

Er hatte wieder genickt, und sie hatten das Wasser verlassen.

Als er in der Cafeteria zwei Tassen Kakao getrunken und eine Schale Pommes gegessen hatte, die er ihr in der Regel entlockte, war der Pädagoge gekommen, um ihn abzuholen.

Christian hatte Caroline zum Abschied lange umarmt.

Es gäbe wenigstens einen Menschen, der sich freuen würde, wenn sie früher als geplant aus Kenia zurückkommen würde.

Das schwarze BlackBerry piepte, und sie bemerkte, dass sie es immer noch in der Hand hielt. Es war Tim Wright, der Leiter des Bohrteams, der schrieb, dass er ihr Treffen verschieben müsse. Er war wegen eines plötzlich entstandenen Problems verhindert, würde sich aber bald mit einem neuen Vorschlag melden. Caroline zuckte mit den Schultern. Sie war fertig mit ihrer Arbeit hier unten, sodass es für sie keine Bedeutung hatte. Aber sie fragte sich, was für einen Mann, der im Untergrund nach vielen tausend Jahre alten Fossilien bohrte, so wichtig sein konnte.

11

Es war schwarz in der Hütte.

Sally spürte die Dunkelheit um sich herum, auch wenn sie ihr ein Tuch um den Kopf gebunden hatten. Das Tuch tat weh, weil die Männer es sehr straff gebunden hatten. Sie drehte den Kopf zur Seite, damit sie nicht auf dem Knoten liegen musste. Das Tuch roch nach altem Schweiß.

Sie hatte Angst.

Sie wusste nicht, wo sie war und warum. Ein Mann hatte sie fest am Arm gepackt und ihr die Augen verbunden. Dann hatte er sie in ein Auto geworfen, in dem ein anderer Mann hinter dem Lenkrad saß. Sie waren vom Dorf weggefahren, aber Sally wusste nicht, wie weit.

Wenn sie doch nur das getan hätte, was ihre Mutter gesagt hatte. Wenn sie nur durch das Dorf gegangen wäre und Brennholz geborgt hätte, wäre das hier niemals passiert. Aber stattdessen hatte sie genau das getan, was ihre Mutter ihr verboten hatte. Die Mutter würde wütend werden, wenn sie herausfand, dass Sally in den Krater gegangen war! Die Tränen begannen erneut zu fließen. Jetzt konnte sie draußen vor der Hütte Schritte hören.

Sie biss die Zähne zusammen.

Der Mann, der sie gefangen und später hier auf die Matte gelegt hatte, hatte gesagt, sie würden sie schlagen, wenn sie auch nur einen Laut von sich gab. Die Schritte kamen in die Hütte hinein, bis zur Matte hin, die auch nach Schweiß roch und an Sallys nackten Beinen kratzte.

»Bist du wach?«

Sie konnte seine Stimme wiedererkennen. Das war der Mann, der das Auto gefahren hatte. Sie nickte.

»Ich habe Wasser für dich dabei. Setz dich auf, damit du besser trinken kannst.«

Sally tat, was er sagte. Der Mann packte ihr Handgelenk, hob ihren Arm hoch und gab ihr einen Becher in die Hand.

»Trink.«

Sally trank, das half gegen die Trockenheit im Hals. Sie leerte den Krug und hielt ihn mit ausgestrecktem Arm vor sich. Er nahm ihn.

Sie konnte hören, dass er stehen blieb.

»Wo bin ich?«, flüsterte Sally. Sie wollte nicht riskieren, dass er sie schlug, weil sie laut redete.

»Darüber musst du dir keine Gedanken machen.«

»Aber wann kann ich nach Hause zu meiner Mutter? Ich möchte wirklich gern nach Hause zu meiner Mutter.« Sie begann zu schniefen, während sie sich darum bemühte, so leise wie möglich zu sprechen.

»Du wirst wieder nach Hause kommen, du musst nur noch ein bisschen hierbleiben.« Er klang nicht wütend, vielmehr resigniert, in der gleichen Weise, wie ihre Mutter mit den anderen Frauen im Dorf über ihren Vater sprach.

»Aber ich will nach Hause zu meiner Mutter! Warum muss ich hier sein?« Jetzt schluchzte sie, aber der Mann antwortete nicht mehr, und Sally hörte, wie sich seine Schritte entfernten, als er aus der Hütte ging.

Sie legte sich wieder hin und weinte.

Sie wusste nicht, wie lange sie dort gelegen hatte, als sie draußen erneut Schritte hörte. Vielleicht lange genug, dass sie kamen, um sie nach Hause zu fahren? Zusammen mit dem Geräusch von Schritten konnte sie Stimmen hören; es schienen zwei Männer zu sein.

Etwas weiter weg hörte sie ein seltsames Summen und das Geräusch von plätscherndem Wasser. Und einen Mann, der sehr laut lachte.

Plötzlich hielten die Männer inne, und das Gespräch wurde beendet. Als sie die Schritte wieder hörte, entfernte sich einer der Männer von der Hütte, und der andere kam näher.

»*Jambo*«, sagte der Mann, als er hereinkam.

Es war eine andere Art, wie er »Hallo« aussprach, als sie es gewohnt war, im Dorf zu hören.

»*Jambo*«, antwortete Sally und erinnerte sich daran, leise zu sprechen. »Darf ich jetzt nach Hause?«

»Es dauert nicht mehr lange«, antwortete der Mann jetzt auf Englisch.

Sally schwieg. Sie sollte nicht so viel fragen, denn sonst könnte es sein, dass sich die Männer ärgern und sie nicht nach Hause fahren würden. Sie würde niemals den Weg finden, wenn sie allein gehen müsste.

»Zuerst wollen wir beide uns etwas besser kennenlernen«, sagte der Mann, und Sally konnte hören, dass er zu der Matte herüberkam, auf der sie lag.

Er setzte sich neben sie.

»Wie heißt du?«, fragte er.

»Sally.«

»Sally, das ist wirklich ein schöner Name.«

»Danke«, antwortete Sally, und das erste Mal, seit sie in das Auto geworfen worden war, lächelte sie vorsichtig.

»Wie alt bist du, Sally?«

»Ich bin zehn Jahre alt.«

»Dann bist du allmählich ein großes Mädchen.« Die Stimme des Mannes kam näher. Sie war tief.

Sie schob den Kopf etwas näher in Richtung der Wand der Hütte. »Ja.«

»Gehst du gern in die Schule, Sally?«

Sie nickte.

»Was machst du ansonsten noch gern?«

Sie wusste nicht, was sie sagen sollte, also antwortete sie nicht darauf.

Auch der Mann sagte eine gewisse Zeit lang nichts, aber dann begann er wieder zu sprechen:

»Jetzt musst du zuhören, Sally. Wenn du lieb zu mir bist, werde ich dafür sorgen, dass du nach Hause kommst. Das möchtest du gerne, nicht?«

Sally nickte. Sie wollte wirklich gern nach Hause, aber es war etwas an der Art, wie der Mann sprach, das sie nicht leiden konnte. Sein Mund war zu nah an ihrem Gesicht.

Plötzlich spürte sie dic Hand des Mannes auf ihrem Knie.

Sie zog das Bein zu sich heran.

Es verging ein Augenblick, und dann legte er die Hand wieder auf das Knie. Sally versuchte, das Bein wegzuziehen, aber dieses Mal hielt er sie fest.

»Ich hatte gerade geglaubt, wir haben abgemacht, dass du lieb sein musst?«

Sie traute sich nicht zu antworten. Es war etwas Unheimliches an der Art, wie er sprach, die Stimme klang jetzt böse. Dann packte der Mann ihr Handgelenk und hob ihren Arm hoch, und sie konnte spüren, dass er näher heranrückte. Er legte den Arm auf seinen Oberschenkel und strich mit einer Hand darüber.

»Was für schöne Arme du hast«, sagte er. »Und was für eine schöne, kleine Hand.«

Sally erstarrte am ganzen Körper. Er sollte damit aufhören.

Der Mann leckte über ihren Arm. Dann packte er wieder ihr Handgelenk. Langsam schob er ihre Hand nach unten in seinen Schritt. Sally riss die Hand mit allen Kräften, die sie hatte, zurück, als ihr klar wurde, was sie berührte.

Er lachte. Es klang hässlich und rau.

»Das war nicht besonders lieb, was meinst du, Sally?«

Er griff wieder nach ihrer Hand und drückte sie auf seinen Schritt. Der Stoff der Hose fühlte sich dünn und glatt an. Der Mann drückte die Hand fest gegen die wachsende Beule, und Sally konnte hören, dass er tief Luft holte.

Dann begann der Mann, seine Hand, die bis jetzt ruhig auf Sallys Knie gelegen hatte, an ihrem Oberschenkel hinaufzubewegen. Erschrocken rückte sie so weit von dem Mann ab, wie sie konnte, aber es war schwer, weiter wegzukommen, weil sie bereits an der Wand der Hütte lehnte. Plötzlich ergriff seine große Hand ihre Unterhose. Sally spannte alle Muskeln im Körper an, während ihr Gehirn daran arbeitete, eine Möglichkeit zu finden, zu entkommen. Sie wollte jetzt nach Hause!

Mit festem Griff zog der Mann an der Unterhose, und sie rutschte über die Oberschenkel nach unten. Erschrocken hielt Sally die Luft an. Dann ließ er ihre Hand los, die er auf die Beule in der Hose gedrückt hatte, und Sally zog sie zurück. Es verging ein Augenblick, ohne dass der Mann etwas machte, er saß nur da und kramte mit irgendetwas herum. Es hörte sich wie ein Reißverschluss an.

Sie schnappte nach Luft.

Kurz danach merkte sie, dass er sich über sie beugte, und plötzlich schob er sie unter seinen riesigen Körper. Was wollte er? Sie wollte schreien, biss sich aber, so fest sie konnte, auf die Lippen. Dann legte sich der Mann auf sie. Jetzt war er wirklich schwer; sie konnte fast nicht mehr atmen.

Er presste seine Knie zwischen ihre Beine, und obwohl sie versuchte, sie zusammenzuhalten, war er viel zu stark. Er spreizte die dünnen Oberschenkel. Sally begann zu schluchzen.

Der Mann begann, sich zu bewegen, als würde er versuchen, die letzte Luft aus ihr herauszuquetschen. Und plötzlich spürte sie etwas anderes.

Der Schmerz, der durch Sallys Unterleib jagte, als er seinen großen, steifen Schwanz in sie hineinstieß, war so groß, wie sie niemals geglaubt hatte, dass etwas wehtun könne.

»MAMA!!«

Als sie schrie, drückte der Mann eine Hand auf ihren Mund.

»So, Sally, jetzt musst du lieb sein. Ich finde, du bist richtig lieb.«

Er atmete schwer in ihr Ohr. Entlang der Nasenwurzel ließ das Tuch einen kleinen Spalt frei, durch den Sally hinausschauen konnte. Sie konnte die Hand des Mannes sehen. Es war die Hand eines weißen Mannes.

Er begann sich zu bewegen, und es fühlte sich an, als würde er mit jeder Bewegung versuchen, sie von unten her aufzuschneiden.

Sally japste nach Luft, während sie versuchte, ihren Kopf aus dem Griff des Mannes zu befreien.

Er drückte die Hand fester auf ihren Mund.

»Sally …«, stöhnte er, »jetzt musst du lieb sein … ah, Sally …«

Sie schrie in die Hand des Mannes hinein. Nie hatte sie Schmerz so schneidend erlebt. Sie schrie, er solle aufhören, aber die Worte wurden von der Hand des Mannes in den Mund zurückgedrückt, und er bewegte sich weiter auf ihr. Weiter und weiter. Schneller und schneller. Und dann stöhnte er plötzlich laut auf, und seine Bewegungen wurden wieder langsamer.

Sally hörte auf zu schreien. Vielleicht war jetzt Schluss damit.

Aber dann spürte sie, wie der Mann eine Hand unter sie schob. Er begann, sie am Po zu berühren, griff hart um eine Pobacke, während einer seiner Finger begann, sich zwischen ihren Beinen zu bewegen. Sie kniff die Pobacken so fest zusammen, wie sie konnte, aber wieder war der Mann zu stark. Als er den Finger in ihr hinteres Loch steckte, tat es so weh, dass ihr vor Schmerz schwarz vor Augen wurde.

»NEEEIN!!«

Der Schrei wurde von der Hand, die immer noch ihren Mund bedeckte, erstickt. Sein Unterleib pumpte oben auf ihr, und sein harter Finger kroch in ihren Anus.

Die Bewegungen wurden schneller, und Sally dachte, bald würde Schluss mit dem Ganzen sein. Dann würde sie tot sein, und das war gut. Aber plötzlich stöhnte der Mann besonders laut, und dann hörte er auf, sich zu bewegen.

Nach einer Weile rollte er von ihr herunter.

»Siehst du, so schlimm war es doch gar nicht, Sally«, schnaubte er.

Sally antwortete nicht. Sie glaubte nicht, noch sprechen zu können.

»Und jetzt habe ich ein Geschenk für dich«, sagte der Mann und legte etwas Knisterndes auf die Matte neben Sallys Kopf. »Weil du lieb zu mir warst, werde ich selbstverständlich auch lieb zu dir sein, also habe ich dir Schokolade mitgebracht.«

Er strich ihr über die Haare, und sie konnte hören, dass er damit begann sich anzuziehen. Kurz danach verließen Schritte die Hütte.

Sally drehte sich auf die Seite, den Kopf in Richtung Wand gedreht. Zwischen ihren Oberschenkeln lief etwas Warmes heraus.

Wenn ich nur tot wäre, das war das Letzte, was sie dachte, bevor sie der Erschöpfung nachgab.

12

Der Albtraum von Mama Lucy, der der Hals durchschnitten wird, kehrte zurück. In einem der Träume war es das Messer, welches Caroline am Tag zuvor gekauft hatte, das schnitt.

Schließlich stand sie auf.

Sie ging zum Fenster und schaute hinaus. Das dämmrige Licht riss langsam den Morgenhimmel auf und schickte einen orangefarbenen Schimmer über Nairobis zahlreiche Hochhäuser.

Sie ging ins Badezimmer und putzte sich die Zähne. Dann zog sie sich an, nahm den dicken Larsson-Krimi und ihr kleines, schwarzes BlackBerry und ging hinunter zum Pool. Dort war es leer, und sie setzte sich in einen der Liegestühle, die um das saphirblaue Becken herumstanden. Normalerweise würde sie sich so etwas auf einer Geschäftsreise niemals erlauben, aber das gestrige Erlebnis ging ihr im Kopf herum, und sie hatte das Bedürfnis, an etwas anderes zu denken. Sie öffnete das Buch und begann zu lesen. Aber die Bilder von Mama Lucy verschwanden nicht, und Caroline legte das Buch beiseite. Es war unmöglich, sich auf die Handlung zu konzentrieren. Sie öffnete den digitalen Notizblock im Handy und notierte sich Stichworte für Markvarts Diskussionsgrundlage für die UL-Gruppe. Das Treffen fand in der nächsten Woche statt, und der Chef zog es vor, den Entwurf für seine Reden einige Tage vorab zu bekommen, dann konnte er üben, sie frei vorzutragen und an den richtigen Stellen kleine Scherze und Lachpausen einzubauen.

Er wusste, es war wichtig, dass es ein *business case* für CSR war – dass es der Grundlinie des Unternehmens nutzte. »Verantwortlicher = besseres Image = gesteigerte Popularität bei Investoren«, notierte sie und überlegte weiter. Es musste auch etwas darüber gesagt werden, dass soziale Verantwortung loyale Mitarbeiter schuf, weil es die meisten Menschen mochten, sich selbst als jemanden zu sehen, der in einem ordentlichen Unternehmen arbeitete. »Mitarbeiterzufriedenheit = geringe *Fluktuation* = Einsparungen bei Neueinstellungen«, schrieb sie.

Die Sonne bewegte sich höher am Himmel entlang, und die Mitteilungen trafen auf dem BlackBerry ein.

Caroline überflog sie. Eine davon war von Tim Wright, dem Chef des Bohrteams, der bedauerte, dass er ihr letztes Treffen absagen musste, jetzt aber vorschlug, sich morgen in der *Hidden Agenda Bar* zu treffen. Sie musste ihm schreiben, dass sie nicht mehr länger an der Sache dran war.

Die letzte war von Markvart. Caroline las sie schnell. Dann nahm sie ihr Buch, stand auf und ging zurück in ihr Zimmer. Das hier erforderte mehr Konzentration, als sie in einem Liegestuhl aufbringen konnte.

Eines der großen Projekte, an dem ihre Abteilung gearbeitet hatte, war eine Strategie für die Bekämpfung von Korruption und Bestechung. Das Unternehmen operierte in vielen Ländern, in denen Korruption ein Teil des Alltags war, und die Ölbranche war in besonders hohem Grad davon betroffen. Die gigantischen Summen, die zu verdienen waren, in Kombination mit der Tatsache, dass sich große Mengen der weltweiten Ölvorkommen in Ländern befanden, in denen Korruption und Bestechung ein natürlicher Teil des Geschäftslebens waren, bedeutete, dass Schwarzgeld in einem enormen Umfang eingesetzt wurde.

Angespornt durch den steigenden Fokus der Medien auf Unternehmenskorruption hatte die Chefetage beschlossen, es sei an der Zeit, eine Strategie darüber zu formulieren, wie sich Dana Oil gegenüber Korruption verhielt.

Caroline hatte zusammen mit ihrer Kollegin Malene die Verantwortung für diese Aufgabe bekommen. Die Zusammenarbeit war gut verlaufen, Malene arbeitete effektiv, und sie hatten es geschafft, das Projekt abzuschließen, bevor Caroline nach Kenia gereist war. Sie waren sich einig darüber geworden, es Markvart gemeinsam zu präsentieren, sobald Caroline zurück war.

Die Mail, auf die schnell reagiert werden musste, war von Markvart.

»Malene, ich möchte gern die Strategie sehen, buche mich für einen Termin am späteren Nachmittag. Markvart.«

Sie war an Malene geschickt worden, mit Caroline als Empfängerin in cc.

Als Caroline die Mail weiter nach unten scrollte, konnte sie sehen, dass Markvarts Mail eine Antwort auf einen Bescheid von Malene war:

»Markvart, ich habe die Korruptionsstrategie jetzt fertig und möchte sie dir sehr gern vorstellen. MfG Malene.«

Die Mail war direkt an Markvart gesendet worden, ohne Caroline ins cc zu setzen.

Sie biss die Zähne zusammen.

Es war *ihre* Strategie, *sie* waren es, die sie ausgearbeitet hatten – gemeinsam –, und jetzt versuchte Malene, die Tatsache auszunutzen, dass Caroline außer Landes war, um die Ehre für ihren gemeinsamen Einsatz abzugreifen. Es konnte gut sein, da im Augenblick jeder gegen jeden kämpfte, dass auch Malene das Kündigungsschreiben fürchtete, aber das gab ihr nicht das Recht, sich bei einer Aufgabe hervorzutun, für die auch Caroline ein Teil der Ehre zustand.

Sie schrieb an Markvart, mit Malene in cc. »Markvart. Ich schlage vor, wir warten mit der Präsentation der Strategie, bis ich zurück bin. Das ist eine Gemeinschaftsarbeit, und die Präsentation ist daher am sinnvollsten, wenn sowohl Malene als auch ich dabei sind. Freundlichst, Caroline.«

Anschließend schrieb sie eine Mail an Malene, dieses Mal ohne jemanden ins cc zu setzen.

»Malene, ich finde es zutiefst unkollegial von dir, Markvart zur Präsentation einzuladen, obwohl wir besprochen haben, das gemeinsam zu tun. Ich erwarte, dass das nicht wieder passiert. Caroline.«

Malene antwortete unverzüglich. »Hallo, Caroline, es gibt keinen Grund, so zu reagieren – ich werde schon dafür sorgen, dass du deinen Teil der Ehre bekommst, ich hatte nur gedacht, es wäre gut für Markvart, von der Strategie zu hören, dass sie fertig ist. MfG Malene.«

Caroline lächelte ironisch.

Right!

Kurz darauf klingelte das Telefon. Markvarts Nummer leuchtete im Display auf. Malene hatte sich sicher über sie beschwert, und jetzt wollte *das Lächeln* Öl ins Feuer gießen.

Irritiert ging sie dran.

»Ja?«

»Ich glaubte, du sagtest, es gäbe keine anderen, die sich über uns beschweren?«

Der Chef klang wütend.

»Äh, hallo, und – was?«

»Hast du mir nicht gesagt, als wir gestern Abend miteinander gesprochen haben, dass es nur Mama Lucy war, die sich über uns beklagt hatte?«

Caroline versuchte, die Gedanken zu sammeln.

»Was ich gesagt habe, war, dass ich von niemand anderem *gehört* habe, der sich über uns beschwert hat. Warum fragst du?«

»Ich frage, weil ich soeben von Bojesen angerufen worden bin. Er hat von seinen NGO-Quellen gehört, dass dieses Dorf, in dem Mama Lucy gewohnt hat …«

»Asabo«, warf Caroline ein.

»Ja, dass dieses Dorf uns beschuldigt, in den Mord an Mama Lucy involviert zu sein.«

Caroline dachte über die Situation nach. War es nicht genau das, was sie gesagt hatte, als sie Markvart gestern angerufen hatte und woraufhin er geantwortet hatte, dass sie sich nicht mehr einmischen sollte?

»Ja, das tun sie«, bestätigte sie.

»Ich habe Bojesen dazu gebracht, damit zu warten, etwas zu schreiben, aber selbst wenn es Bojesen ist, kann ich ihn nicht dazu bringen, das bis in alle Ewigkeit zurückzuhalten. Irgendwann dringt die Geschichte nach außen, und dieses Gerede können wir uns ganz einfach nicht leisten, gerade jetzt nicht. Wir hatten zuletzt genug schlechte PR, und in ein paar Wochen ist Jahresevaluierung.«

Caroline wusste, was das bedeutete.

Bei der jährlichen Evaluierung wurden die obersten dreißig Chefs des Unternehmens beurteilt, und auf dieser Basis beschloss die Direktion, wer vorn in der Schlange stehen sollte, wenn sich Beförderungsmöglichkeiten eröffneten. Caroline wusste, es war eine von Markvarts Zielsetzungen zu sichern, dass es keine Klagen dahingehend gab, dass sich das Unternehmen sozial unverantwortlich verhalten würde.

Beeindruckend, in welch hohem Grad eine bevorstehende Evaluierung die Prioritäten der Chefs diktieren konnte, war ihr erster Gedanke. Aber sie selbst würde sicher auch so reagieren, wenn der Tag bevorstand. Wenn der Tag bevorstehen würde, korrigierte sie sich.

Und wenn Markvart wollte, dass sie mit der Sache weitermachte, würde das nur ihre Möglichkeiten steigern, Ergebnisse zu liefern. Dann musste sie noch ein bisschen mit Afrika leben.

»Ich übernehme natürlich sehr gern weiter die Verantwortung für diese Aufgabe. Wie soll ich die Prioritäten setzen?«

»Du sollst das machen, für was du dorthin geschickt wurdest.« Ihr Chef klang immer noch wütend.

»Finde heraus, was passieren muss, damit die Klagen über uns aufhören. Schaffe ein gutes Verhältnis zu dem Dorf, sprich mit ihnen, begegne ihnen mit Charme. Tue, was getan werden muss.«

»Okay.«

»Und das Wichtigste: Schaffe alle Anklagen darüber, dass wir etwas mit diesem Mord zu tun haben, aus der Welt. Ich erwarte, dass es das letzte Mal ist, dass ich etwas davon gehört habe, Caroline, ich will diese Anklagen nicht mehr hören.«

Sie spürte einen Druck in ihrer Brust.

»Markvart, ich werde mein Bestes tun, um ein gutes oder auf jeden Fall erträgliches Verhältnis zu dem Dorf aufzubauen, und ich werde auch herausfinden, was passieren muss, damit die Klagen über uns aufhören. Aber ich kann nicht versprechen, dass wir die Anklagen niemals wieder hören werden.«

Jetzt wurde die Stimme des Chefs ernsthaft scharf.

»Caroline, wenn ich dir eine Aufgabe gebe, erwarte ich nicht, dass du dein Bestes tust – ich erwarte, dass du sie löst. Ich weiß gut, dass dies eine Herausforderung bedeutet, deshalb hast auch du sie bekommen. Wenn du das allein nicht schaffst, bitte ich dich, es jetzt zu sagen. Malene hat angeboten, nach Kenia zu fliegen und dir zu helfen, wenn du Bedarf dafür hast. Hast du das?«

»Nein«, antwortete Caroline augenblicklich. »Ich werde dafür sorgen, dass es keine weiteren Klagen über uns gibt.«

»Gut, abgemacht.«

Sie beendeten das Gespräch.

Caroline griff sich an den Hals und versuchte, das beengende Gefühl wegzumassieren. Markvart erwartete Ergebnisse. Wenn sie patzte, würde sie ihre Chance, auf die sichere Liste hinübergeschoben zu werden, vermasseln. Ein Fehler von ihrer Seite würde schlechte Noten für Markvart in seiner Evaluierung bedeuten, und die Schuld dafür musste irgendjemandem zugeschoben werden. Vermutlich einem Mitarbeiter. Wahrscheinlich ihr.

Sie überlegte einen kurzen Augenblick, ihren Vater anzurufen und die Situation mit ihm zu besprechen. Während seiner vielen Jahre im Geschäftsleben hatte er eine Menge an Problemen erlebt, aber sie schlug sich den Gedanken ebenso schnell aus dem Kopf, wie er gekommen war.

Das würde ihm nicht gerade imponieren.

Sie musste selbst klarkommen – das war ihre Aufgabe, ihre Verantwortung.

Sie legte sich auf das frisch gemachte Bett und starrte an die Decke, während sie nachdachte.

Eine Möglichkeit war es, erneut in das Dorf zu fahren. Verständlicherweise waren die Dorfbewohner erschrocken gewesen, als sie und Daniel gekommen waren – hatten sie doch soeben einen Mord im Dorf erlebt. In ein paar Tagen würden sie sich vielleicht beruhigt haben und bereit sein, mit ihr zu sprechen. Das Problem war nur, dass sie nicht ein paar Tage Zeit hatte dazusitzen und abzuwarten, ob sie sich *vielleicht* beruhigen würden. Markvart wollte Ergebnisse sehen, und sie konnte es sich nicht leisten, in einem Hotelzimmer in Nairobi herumzusitzen.

Außerdem war der Zorn der Dorfbewohner stark genug gewesen, Daniel dazu zu bringen, mit Caroline schnellstens aus dem Dorf zu verschwinden.

Vermutlich musste sie mehr tun, um ihr Vertrauen zu gewinnen, als lediglich bloß vorbeizuschauen.

Geld war selbstverständlich eine Möglichkeit. *Cool cash* kaufte Vertrauen – oder auf jeden Fall Schweigen – täglich, weltweit. Aber diese Möglichkeit hatte Caroline nicht. So etwas tat man nicht bei Dana Oil, und so etwas tat *sie* unter keinen Umständen.

Die Frage war, ob sie ihnen drohen konnte? Andeuten, dass, wenn sie nicht kooperieren würden, es sein könnte, dass weitere schlimme Dinge passierten? Sie schüttelte den Kopf über sich selbst, wohl wissend, dass dies keine Möglichkeit war. Sie zerbrach sich den Kopf nach Lösungen. Sie war gezwungen zu handeln, und sie war gezwungen, schnell zu handeln. Markvart hatte gesagt, dass es höchstens ein paar Tage dauern durfte, Kontakt zu dem Dorf herzustellen, und jetzt war sie bereits seit zweieinhalb Tagen hier, und war nicht mal einen einzigen Schritt einem guten Verhältnis nähergekommen. Ganz im Gegenteil. Es war nicht ihre Schuld, dass Mama Lucy ermordet worden war, aber sie wollte nicht daran gemessen werden, was ihre Schuld war und was nicht. Sie wollte daran gemessen werden, ob sie das leisten konnte, wofür sie hierhergeschickt worden war: ein Ende der Klagen über Dana Oil.

Die Gedanken glitten zurück zu Markvarts beunruhigenden Listen. Sie stellte sich vor, wie die Aufstellungen über die gekündigten Mitarbeiter exakt an dem Tag veröffentlicht würden, an dem ihr Vater nach einer langen und glorreichen Karriere in den Ruhestand ging.

Hier war ein Mann, der alles erreicht hatte – ein erfolgreiches Arbeitsleben, Geld, Prestige und ein einflussreiches Netzwerk. Und dann erwies sich das Kind, auf das er sich verlassen hatte, als eine Enttäuschung … Sie konnte bereits die Blicke beim Abschiedsempfang des Vaters spüren. Einige würden verwundert, einige mitfühlend und andere herablassend sein. Die Blicke der Gäste wären jedoch nicht das Schlimmste, denn das würden die ihres Vaters sein.

Die Enttäuschung, die er ohne Erfolg zu verbergen versuchen würde, würde unerträglich sein. Sie konnte den Gedanken, diesen Blick erneut sehen zu müssen, nicht ertragen.

Caroline erinnerte sich an den Sommer, in dem sie und ihr Vater die Ødegård-Olympiade gewonnen hatten.

Ihre Eltern besaßen einen großen Hof in der Einöde in Schweden, und über viele Jahre hinweg waren sie an einem Wochenende im Juni mit vier befreundeten Paaren und deren Kindern dorthin gefahren. Am Samstag war Olympiade. In den ersten Jahren war es ein Wettkampf ausschließlich für die Väter gewesen. Während die Kinder im See gebadet und die Ehefrauen auf der großen Terrasse Weißwein getrunken hatten, hatten die Männer darum gekämpft, wer der Beste – vom Seilspringen und Wettlaufen bis hin zum Holzhacken und Baumstumpfweitwurf – war. Der Wettbewerb wurde als freundschaftlicher Kampf bezeichnet, aber alle wussten es besser.

Der Kampf hatte den Vätern gehört, aber den einen Sommer wollten sie etwas Neues ausprobieren und beschlossen, die Söhne teilnehmen zu lassen, sodass Vater und Sohn eine Mannschaft bildeten. Der Sohn von Carolines Vater war jedoch eher kampfuntauglich, sodass er etwas zögernd Caroline gefragt hatte, ob sie mitmachen wollte. Das wollte sie gern, und einen ganzen Samstag lang lief, hüpfte, hackte und warf sie, als ginge es um ihr Leben. Die Hände waren voll von Blasen, und einmal ging sie vor Erschöpfung hinter einen Baum und übergab sich. Als aber die Punkte der verschiedenen Wettbewerbe zusammengezählt wurden, war das Ergebnis die Anstrengung wert gewesen. Familie Kayser stand ganz oben auf dem Siegertreppchen!

Sie würde niemals den Stolz im Blick ihres Vaters vergessen, als ihre Mutter, das agierende Preismädchen in diesem Jahr, ihnen die Goldmedaille überreicht hatte. Es war dieser Blick, nach dem sie sich sehnte.

Caroline schaute sich im Hotelzimmer um. Es musste etwas geben, das sie tun konnte.

Sie dachte an das Gespräch mit Daniel und an die Andeutungen, die er gemacht hatte. Er hatte durchblicken lassen, dass er es für verdächtig hielt, dass die Polizisten auf der Landstraße John Hansen kannten und dass ausgerechnet Mama Lucy, die sich über Dana Oil beschwert hatte, ermordet worden war.

Plötzlich wurde es Caroline kalt.

Sie erhob sich, steuerte auf ihren Koffer zu und fand den weißen Umschlag mit Mama Lucys Briefen darin. Sie legte die Briefe auf das Bett und begann, sie hektisch durchzusehen.

»… zerstören unsere Umwelt …«

»… nicht möglich, unsere Kultur zu bewahren, wenn Sie weiterhin …«

Das waren nicht die Briefe.

Sie war beim letzten angelangt, und es schien, als würde ihr Innerstes zu Eis gefrieren, als sie ihn las.

»Ich glaube, ein weißer Mann hat einen Pakt geschlossen, um mich zum Schweigen zu bringen. Für immer.«

Sie hatte es gewusst, Mama Lucy. Hatte gewusst, dass sie bald sterben würde. Durch die Hand eines weißen Mannes.

Caroline sah die Straßensperre mit den beiden Polizisten vor sich, und eine unheimliche Erklärung begann Form anzunehmen.

Sowohl Daniels als auch Stanleys Reaktion war es deutlich anzumerken gewesen, dass es ungewöhnlich war, an dieser Stelle die Polizei anzutreffen. Es musste also einen besonderen Grund dafür geben, dass die Polizei dort war.

Die Polizisten kannten John Hansen, auch wenn das Büro in Nairobi nicht mit der Polizei zusammenarbeitete.

John Hansen wollte Mama Lucy zum Schweigen bringen, das hatte er selbst gesagt.

Als die Teilchen an ihren Platz fielen, zeigte sich ein unschönes Bild, das bewies, dass Dana Oils Kenia-Chef den

Mord an Mama Lucy in Auftrag gegeben und die Polizei das Messer geführt hatte.

Caroline merkte, wie sich ihr die Haare im Nacken aufstellten. Sie ballte die Hand zur Faust. Das war fast zu einfach, zu offensichtlich. Aber aus ihrer Zeit des Jurastudiums wusste sie, dass es oft so war. Die Erklärung, die zu einfach schien, war oft die richtige. Sie war gezwungen, das alles Markvart zu melden. Dass sie so schnell gearbeitet hatte, würde auch ihn beeindrucken.

Sie nahm ihr Handy und rief ihn an.

»Ja?«

»Markvart.« Sie machte eine Pause, formulierte den Satz für sich selbst, bevor sie ihn laut sagte: »Ich glaube, ich habe es.«

»Was hast du?«

»Ich glaube, ich weiß, wie das Ganze zusammenhängt.«

Das klickende Geräusch, das, wie Caroline erriet, das Geräusch von Markvart war, der E-Mails beantwortete, während er mit ihr sprach, hörte auf.

»Lass hören.«

Sie atmete tief ein.

»Ich glaube, der Mord an Mama Lucy war bestellt.«

»Okay …«

»Und ich glaube, er wurde von John Hansen bestellt.«

Sie hielt die Luft an.

»Wie bitte?«, war Markvarts einzige Reaktion.

Sie erzählte ihm ihre Theorie. Über John Hansens Verzweiflung, Mama Lucy zum Schweigen zu bringen, weil er Angst davor hatte, ihre Klagen würden Dana Oil schaden. Über die Bekanntschaft der Polizei zu Mr Hansen, für die es eine Erklärung geben musste.

Es entstand ein langes Schweigen.

»Das sind einige sehr ernsthafte Anklagen, mit denen

du da kommst, Caroline. Ich hoffe wirklich, du hast mehr als das, was du bisher genannt hast, um sie zu untermauern.«

»Das habe ich«, brach es aus Caroline heraus, und sie konnte hören, wie sich ihre Stimme plötzlich etwas zu triumphierend anhörte. Es war kein guter Stil, sich darüber zu freuen, einen Kollegen als Drahtzieher eines Mordes zu entlarven. Aber er hatte es, verdammt noch mal, verdient, John Hansen, das dumme Schwein.

Sie fuhr fort:

»Kannst du dich an die Briefe von Mama Lucy erinnern, die du mir gegeben hast?«

»Selbstverständlich kann ich mich an die Briefe erinnern.«

Markvarts Stimme hatte einen irritierenden, dunklen Klang bekommen, aber sie erwartete, dass er verschwinden würde, sobald er die Zusammenhänge verstehen würde.

»Ich habe sie gerade gelesen, und in dem letzten Brief, den wir von ihr bekommen haben, schreibt sie: ›Ich glaube, ein weißer Mann hat einen Pakt geschlossen, um mich zum Schweigen zu bringen. Für immer.‹«

»Ja ...?«

»Ja! Kannst du es nicht sehen?!« Caroline zog die Augenbrauen zusammen, Markvart reagierte nicht so, wie sie es erwartet hatte. »Mama Lucy wusste, dass sie ermordet werden sollte, John Hansen hat die Polizei bestochen, und die Polizei hat es ausgeführt.«

Markvart räusperte sich, und Caroline hielt die Luft an, während sie darauf hoffte, dass das Nächste die lobenden Worte ihres Chefs dafür waren, dass sie so viele Teile in dem Puzzle, das den Ruf von Dana Oil bedrohte, zusammengesetzt hatte.

Aber als er dann wieder sprach, klang seine Stimme noch immer dunkel.

»Caroline, das hier ist unzulässig. Ungeachtet dessen, wie wenig man seine Kollegen mag, klagt man sie nicht an, ohne Beweise zu haben.« Er machte eine kurze Pause. »Ich bin bereit zu vergessen, dass wir beide dieses Gespräch jemals geführt haben. Aber dann will ich auch kein Wort mehr von dir hören, bevor du Beweise für deine Anklagen hast. Das hier ist zutiefst unprofessionell.«

»Aber …«

»Ich habe mehr von dir erwartet, Caroline. Aber um deinetwillen werde ich jetzt auflegen und dieses Gespräch aus dem Gedächtnis streichen. Auf Wiederhören.«

Es tutete an ihrem Ohr.

Unprofessionell. Hatte mehr erwartet.

Das war exakt das, was ihr Vater damals gesagt hatte.

Caroline merkte die Frustration in sich brodeln wie ein Topf saure Suppe, die dabei war überzukochen. Warum konnte sie es nicht einfach richtig machen? Warum konnte sie nicht einfach erfolgreich sein?

Und warum musste sie Markvart anrufen? Sie hätte sich denken können, dass er Beweise haben wollte, nicht Anschuldigungen. Alles, was sie in ihren fünf Jahren Jurastudium gelernt hatte, war wie aus dem Gehirn weggeblasen, weggefegt von der Angst zu versagen.

Sie ging zur Minibar und öffnete die Tür. Im obersten Fach lag eine Tafel Schokolade. Sie nahm sie heraus, öffnete das Papier und brach zwei kleine Vierecke ab. Sie musste ein kleines Stück essen, während sie darüber nachdachte, was sie jetzt tun sollte.

Dann klappte sie das Silberpapier über dem Rest der

Schokolade zusammen und legte die Tafel zurück in den kleinen Kühlschrank.

Sie ging an den Schreibtisch des Hotelzimmers und ließ sich auf den Stuhl fallen. Im einzigen Schubfach des Tisches fand sie einen Block und einen Kugelschreiber. Sie legte den Block auf den Tisch und starrte auf das leere Papier, während sie sich selbst verfluchte.

Komm schon, Caroline. Finde etwas!

Aber das Papier blieb leer.

Es war unmöglich, klar zu denken.

Mit einem Ruck schob sie den Stuhl zurück, erhob sich und ging zur Minibar zurück, wo sie die Tür öffnete und nach der Schokolade griff. Während sie die Tür mit dem Ellenbogen zuschob, riss sie das Schokoladenpapier auf, brach ein großes Stück ab, nahm es in den Mund, kaute und schluckte es. Sie brach noch ein Stück ab und verschlang es.

Zu guter Letzt aß sie die ganze Tafel, dann riss sie erneut die Tür der Minibar auf und suchte nach einer weiteren Schokoladentafel. Sie nahm die Schale mit den kleinen Tüten heraus und entdeckte eine Tüte mit schokoladeüberzogenen Nüssen, die sie mit einer kraftvollen Bewegung aufriss.

Als die Tüte leer war, warf sie sie weg.

Dann legte sie sich auf den Boden und starrte mit leerem Blick in das Zimmer.

Sie wusste nicht, wie lange sie dort gelegen hatte, als sie wieder zu sich kam. Widerwillig schaute sie auf ihre Hände. Überall auf der rechten Hand waren braune Flecken. Dann entdeckte sie die leere Tüte und das leere Schokoladenpapier, die auf dem Boden lagen. Hatte sie das alles gegessen?

Caroline stand auf, ging ins Badezimmer und wusch ihre Hände, wobei sie es sorgfältig vermied, sich in dem großen Spiegel über dem Waschbecken in die Augen zu schauen. Zurück im Zimmer sammelte sie die leeren Verpackungen ein und warf sie in den Papierkorb. Dann riss sie ein paar Seiten von dem leeren Schreibblock ab und arrangierte die abgerissenen Papierbögen so im Papierkorb, dass sie das Schokoladenpapier bedeckten.

Sie setzte sich wieder an den Schreibtisch. Ein Gefühl von Übelkeit erfüllte ihren Körper. Sie kannte es nur allzu gut. Es war das Gefühl von Scham darüber, der Schokolade wieder die Kontrolle überlassen zu haben.

Das demütigende Gespräch mit Markvart ging ihr durch den Kopf.

Sie war gezwungen, etwas zu tun, und sie wusste, was von ihr erwartet wurde: Sie musste herausfinden, was geschehen war – wen Mama Lucy gemeint hatte, als sie schrieb, dass ein weißer Mann sie umbringen wolle. Das war die einzige Möglichkeit, Markvarts Respekt zurückzugewinnen, und die einzige Möglichkeit, wie sie Dana Oils Ruf retten konnte.

Sie zerbrach sich den Kopf über denkbare Lösungen, und zu guter Letzt wusste sie, wie es gemacht werden musste.

Auf jeden Fall, wo sie beginnen musste.

13

Auch heute war der Kontaktmann nicht in seinem Büro, aber nach einer aufgeregten Diskussion mit seiner Sekretärin hatte John Hansen die Privatadresse bekommen und war jetzt auf dem Weg in Richtung Karen.

Karen war einer von Nairobis reichsten Vororten und lag, wie die meisten der reichen Viertel, westlich vor der Stadt. Hier wohnten die Weißen und die wohlhabendsten Kenianer in monströsen Villen, Wand an Wand, Sicherheitsmauer an Sicherheitsmauer.

John Hansen stellte sich, verbunden mit einer beträchtlichen Portion Wehmut, vor, wie die Villa des Kontaktmannes aussehen würde. Als er nach einer halben Stunde sein Ziel erreichte, konnte er feststellen, dass es schlimmer war als befürchtet. Nachdem er von dem Wachmann an der Pforte registriert worden war, fuhr er eine unnötig lange Einfahrt hinauf. Vor ihm erhob sich ein weißes dreistöckiges Gebäude, ein Palast, der mit jedem Meter, den er sich näherte, größer wurde.

Die roten Ziegelsteine auf dem Dach sahen aus, als wären sie aus aktuellem Anlass verlegt worden, und der überdachte Eingang wurde von vier riesigen, weißen Säulen getragen. Zwei kleinere hätten den Zweck vermutlich auch erfüllt, dachte John Hansen, aber die wären selbstverständlich nicht in der Lage gewesen, die Besucher dazu zu bringen, sich klitzeklein zu fühlen.

Er parkte das Auto und stieg aus.

Als er den Fuß auf die breite Vordertreppe setzte, wurde die weiß gestrichene Haupttür mit dem goldenen Türgriff geöffnet.

»Willkommen, *mzee*«, grüßte ein schmächtiges Dienstmädchen mit leblosem Blick.

»Ich muss mit deinem Herrn sprechen.«

»Er ist im Garten, *mzee.*«

»Hm.«

»Ich bringe Sie hinaus, *mzee*«, fuhr das Dienstmädchen tonlos fort und hielt John Hansen die Tür auf.

Sie führte ihn über die Fliesen in der hohen Halle und durch ein Wohnzimmer voller Blumen. An den Wänden hingen Bilder in goldenen Rahmen, und in der Mitte des Raumes stand ein langer weißer Tisch mit noch einem Blumenbukett, das so groß war, dass die weißen Blüten fast den Kronleuchter berührten, der von der Decke herabhing. Eine doppelte Glastür führte hinaus in den Garten, wo der kurz geschnittene Rasen schräg nach unten abfiel und an einem großen Swimmingpool endete.

Der Kontaktmann saß auf der Terrasse und blätterte in einer Zeitung.

Das Dienstmädchen räusperte sich, und er schaute auf. Ein Lächeln breitete sich über seinem Gesicht aus, und er erhob sich von dem Gartenstuhl. Seine Haare begannen grau zu werden, er war wohl Ende fünfzig, aber seine Haltung war aufrecht. Der große Kenianer trug ein kurzärmeliges, geblümtes Hemd und eine helle Leinenhose.

»Mr Hansen, mein Freund, so eine Überraschung!« Erfreut breitete er die Arme aus.

»Guten Tag«, grüßte John Hansen kurz und setzte sich in einen der Korbstühle an dem runden Terrassentisch.

»Was kann ich dir zu trinken anbieten, mein Freund?« Der schwarze Mann lächelte und setzte sich wieder.

»Ich bin nicht hergekommen, um zu plaudern.«

»Aber einen Drink sollst du wohl nehmen«, drängte der Schwarze, und der Ölchef bat um einen doppelten Gin Tonic.

Der Hausherr rief nach dem Mädchen, das ihre Bestellung entgegennahm, und füllte den Raum zwischen ihnen mit Small Talk über die bevorstehenden Ferien, bis das Mädchen die frisch gemixten Drinks auf den Terrassentisch gestellt hatte.

John Hansen unterbrach das Feriengerede, sobald sie durch die Terrassentür nach drinnen verschwunden war.

»Habt ihr das getan?«

»Was getan, mein Freund?«

»Das wissen Sie genau.«

»Ich weiß leider nicht, wovon du sprichst.«

»Doch, das tun Sie – ich frage, ob es Ihre Männer waren, die diese Querulantin in Asabo ermordet haben?«

Das erste Mal seit John Hansens Ankunft verschwand das Lächeln aus dem Gesicht des Kenianers.

»Wir sorgen für Gesetz und Ordnung, wir bringen keine Leute um«, antwortete er kühl.

»Also wart ihr es nicht?«

»Ich bin sehr beleidigt darüber, dass du das überhaupt glauben kannst. So etwas tun wir nicht.«

John Hansen dachte nach. Sie wussten beide, dass das eine glatte Lüge war. Aber was sollte der Mann auch antworten? Ja, wir knallen regelmäßig Leute ab, weil das nun einmal die einfachste Variante ist, Dinge zu klären?

»Das glaube ich auch nicht, aber ich musste fragen. Man kann nicht vorsichtig genug sein, nicht?«

»Das ist wohl wahr, mein Freund, das ist wohl wahr.«

John Hansen nahm einen großen Schluck von seinem Drink und wartete einen Augenblick.

»Dann wart ihr es also nicht?«

Der Blick in den dunklen Augen wurde hart, und der Kenianer schob den Unterkiefer nach vorn.

»Mein Freund, habe ich nicht gerade auf diese Frage geantwortet?«

»Doch, aber ich dachte, dass es dennoch sein könnte …« Seine Stimme erstarb. Es war unmöglich, mehr zu sagen, ohne seinen Gastgeber ernsthaft auf die Füße zu treten.

»Dann will ich Sie in Ruhe Ihre Zeitung lesen lassen«, sagte Hansen abschließend, leerte sein Glas in einem Zug und stand auf. »Danke für die Gastfreundschaft.«

»Du bist bei mir immer willkommen.« Die Lippen des Kenianers bewegten sich mechanisch, die Augen lächelten dieses Mal nicht.

»Danke.«

»Fahr vorsichtig.«

»Auf Wiedersehen.«

»Auf Wiedersehen, mein Freund.«

John Hansen verließ das Haus und setzte sich in sein Auto. Er dachte an das letzte Mal, als er und der Kontaktmann sich getroffen hatten. Hatte er zu viel Druck ausgeübt?

Er rieb sich mit der einen Hand das Gesicht, während er mit der anderen das Auto durch Nairobis Straßen steuerte. In seinem Inneren nagte das Gefühl, dass es hier gefährlich werden könnte.

14

Das Gefühl, dass dies ein verzweifelter Plan war, schlich sich kribbelnd unter ihre Haut. Als sie sich auf den Weg machte, musste Caroline an die afrikanische Fliege denken, vor der sie einer ihrer Kollegen gewarnt hatte. Die Fliege lebte im Menschen, bevor sie sich durch die Haut nach außen kämpfte und auf der Erde verpuppte.

Sie rieb sich heftig die Arme, damit das kribbelnde Gefühl verschwand.

Das, was sie vorhatte, war waghalsig, aber sie war gezwungen, zu drastischen Methoden zu greifen. Markvart wollte Beweise sehen, und es gab keine einfache Möglichkeit, diese herbeizuschaffen.

Außerhalb des Hilton-Turms senkte sich langsam die Dunkelheit herab. Caroline schaute über die Stadt, die von den Lichtern hinter Nairobis Tausenden von Fenstern erleuchtet wurde. Sie dachte an ihre Aufgabe.

Es ist bekannt, dass selbst die Vorsichtigsten fast immer Spuren hinterlassen.

Erst kürzlich hatte sie ein Interview mit dem Direktor eines großen dänischen Pumpenunternehmens gelesen, welches beschuldigt wurde, gesetzeswidrige Geschäfte mit dem Irak zu machen. Die internen Kontrolleure des Unternehmens hatten den Schrank eines verdächtigten Mitarbeiters durchsucht und zwischen allen möglichen anderen Papieren den Teil eines Vertrages gefunden, der die dunklen Geschäfte bestätigte. »Die rauchende Pistole«, wie die Machenschaften genannt wurden.

So war es oft. Korrupte Mitarbeiter hinterließen Papiere oder kleine zusammengeknüllte Post-it-Zettel, die ihre Aktivitäten aufdeckten.

Bei Dana Oil war es ein Grund für einen Verweis, sich an den Schränken anderer zu schaffen zu machen. Die einzige Abteilung, die das Recht dazu hatte, war *Internal Investigations* – die unternehmensinternen Detektive, die in der Welt herumreisten, um den Verdacht auf Korruption zu untersuchen. Viele Mitarbeiter des Unternehmens vertraten die Auffassung, die Arbeit dieser Abteilung sei vergeudete Zeit – und damit Geld –, weil die Detektive oftmals vergebens suchten.

Die Abteilung hatte unter anderem eine Hotline, bei der die Mitarbeiter anonym anrufen konnten, wenn sie den Verdacht hatten, ein Kollege sei in ein korruptes Geschäft verwickelt, eine sogenannte *interne Informanten*-Funktion. Aber gerade weil man anonym anrufen konnte, bedeutete das, dass diese Hotline oft für einen unschönen Karriereschub benutzt wurde.

Kürzlich hatte eine unangemeldete Untersuchung aufgedeckt, dass sich einige der Angestellten des Unternehmens in Nigeria bestechen ließen, einen bestimmten Lieferanten zu nutzen: »Gebt uns Geld, damit wir Nutten und leckeres Essen kaufen können, dann sorgen wir im Gegenzug dafür, dass Dana Oil euch als Papierlieferant verpflichtet anstatt eine der zwanzig anderen kleinen Papierfirmen.« Irgendwie so musste der Deal gelautet haben, den Internal Investigations dank der Unterlagen, die sie während ihres unangemeldeten Besuches gefunden hatten, aufgedeckt hatte.

Das Gleiche konnte bei John Hansen der Fall sein – auch er konnte entlarvende Beweise in seinem Büro liegen haben. Da Caroline aber nicht von Internal Investigations hierhergeschickt worden war, hatte sie keinerlei Befugnisse, John Hansens Schränke zu durchsuchen.

Sie musste es tun, ohne entdeckt zu werden.

Als sich die Dunkelheit eng um die Stadt schloss, zog Caroline ihre Pumps an, griff nach ihrer Tasche und verließ das Hotelzimmer.

»Taxi, Madam?« Der Wachmann vor dem hohen Glassilo des Hilton sah sie fragend an.

»Nein danke, ich werde zu Fuß gehen.«

Es konnte gut sein, dass es nicht empfehlenswert war, nach Einbruch der Dunkelheit allein durch Nairobi zu laufen, aber sie weigerte sich, sich noch einmal in eines der von Bazillen befallenen Taxen zu setzen, die vor dem Hotel warteten. Außerdem befand sich das Büro ganz in der Nähe.

Der Wachmann schaute ihr verwundert nach.

Der Dreck und der Smog umschlossen Caroline, sobald sie den Parkplatz des Hotels verlassen hatte, und sie lief schneller. Wie sie in ihren Papieren gelesen hatte, war dies auch die Art und Weise, wie man als Ausländer durch Nairobi laufen sollte. »Machen Sie den Eindruck, als würden Sie sich in der Stadt auskennen und wissen, wo Sie hinwollen«, lautete der Rat.

Sie eilte, ihre Tasche an sich gepresst, durch die Straßen und versuchte, die Umgebung nicht wahrzunehmen.

»Schauen Sie, Madam, wunderschöne Souvenirs für Sie«, rief ihr einer der letzten noch verbliebenen Straßenverkäufer des Tages zu.

Aus dem Augenwinkel heraus blickte Caroline zu ihm

und sah ihn auf einem kleinen Schemel auf dem Bürgersteig sitzen. Eine zerschlissene Decke neben dem Schemel zeigte seine erbärmliche Sammlung an Souvenirs: eine gebrauchte Uhr und zwei kleine Plakate mit Zebras darauf. Das eine Auge des Mannes war von einer Klappe bedeckt, und das andere sah sie bittend an. Sie lief schnell an ihm vorbei.

Die Bluse klebte ihr am Rücken, als sie die Haile Selassie Avenue erreichte. Hätte sie doch nur einige locker sitzende Sachen anstatt der gewohnten, auf Figur geschnittenen Blusen mitgenommen.

Nach Aussage von Martin arbeitete im Kenia-Büro selten jemand am Abend, und bereits aus der Entfernung konnte sie sehen, dass es in allen Büros des gelben Gebäudes dunkel war. Einige Meter vor dem Gebäude blieb sie stehen. Es fiel ihr ein, dass sie keinen Schlüssel bekommen hatte, um sich durch den Haupteingang auf der Straße Zutritt zu verschaffen. Nur die schicke Karte. Prüfend ging sie zu der doppelten Glastür und fasste an den Türgriff. Sie könnte Glück haben. Das hatte sie nicht.

Sie überlegte. Eine Möglichkeit war es, bei Dana Oil anzurufen, aber zum einen war die Empfangsdame sicher bereits gegangen, und zum anderen würde sie gern die Möglichkeit haben, unbemerkt zu verschwinden, wenn John Hansen wider Erwarten noch in seinem Büro sein sollte.

In dem Moment ging die Tür auf, und ein großer Mann kam heraus.

»Wie gut, dass Sie kommen, ich habe meinen Schlüssel vergessen.« Caroline lächelte steif.

Der Mann erwiderte ihr Lächeln.

»Arbeiten Sie hier?«

»Ja, ich arbeite bei Dana Oil.«

»Ich bin mir sicher, dass ich mich an eine Frau wie Sie erinnern würde«, sagte der Mann und trat einen Schritt näher. Caroline ging einen Schritt zurück und hörte das Klicken, als die Tür hinter dem Mann ins Schloss fiel.

»Ich habe gerade erst angefangen.« Caroline lächelte breit. »Sie sind sicher so nett und schließen für mich auf.«

»Ja, selbstverständlich, für eine schöne Frau wie Sie tue ich alles.« Der Mann blinzelte und zog seinen Schlüssel aus der Tasche, steckte ihn in das Schloss und öffnete die Tür für sie.

»Bitte.«

»Danke, vielen Dank.« Den Blick des Mannes im Nacken, beeilte sie sich, durch die Tür und zum Fahrstuhl zu kommen. Die Türen öffneten sich, Caroline ging schnell hinein und drückte mit dem Nagel des Zeigefingers die 5.

Mit einem Ruck setzte sich der Fahrstuhl in Bewegung, und sie atmete tief ein. Jetzt galt es, die Ruhe zu bewahren.

In der fünften Etage stieg sie aus. Dem Fahrstuhl gegenüber befand sich die Treppe und zu ihrer Rechten die Tür zu *African Investments.* In der Mitte der verschlissenen Tür befand sich ein Fenster, und sie warf einen schnellen Blick durch die Scheibe. Die afrikanischen Investitionen waren für heute anscheinend beendet.

Die Tür zu Dana Oil war schwer und weiß und fensterlos. Caroline sah sie an. Sie stellte sich vor, dass so die Tür zu dem Leichenraum des Rigshospitalet aussehen musste. Schwer und anonym und in der Lage, was auch immer hinter sich zu verbergen.

Es ertönte ein Klicken, als sie die Schlüsselkarte durch das Lesegerät zog. Langsam schob sie die schwere Tür auf und ging hinein. Das Licht in dem langen Flur war ausgeschaltet, und abgesehen von einem Summen aus dem Druckerraum war es ruhig. Von dort, wo sie stand, konnte sie die Tür von Martins Büro sehen – es war nach der Rezeption das erste Büro auf dem langen Flur. Ganz praktisch, wie Martin gestern beim Essen bemerkt hatte: Das Büro von John Hansen lag am anderen Ende, und auf diese Weise traf der Großteil der Wutanfälle des Chefs jemanden auf dem Flur.

Auf Zehenspitzen schlich sie zu dem Büro. Durch das längliche Fenster an der Seite konnte sie den schwachen Schein einer Schreibtischlampe erkennen, aber ansonsten war das Büro dunkel.

Caroline stand einen Augenblick lang still da.

Das hier war Wahnsinn.

Sie sollte umkehren, den Fahrstuhl nach unten nehmen, ins Hotel gehen und ihre nächsten Schritte planen.

Aber nur Planung würde keine Ergebnisse liefern. Planung würde Markvart nicht imponieren und ihn nicht dazu bringen, seine Enttäuschung über sie zu vergessen. Caroline atmete tief ein und ging weiter.

Auf halbem Weg des zwanzig Meter langen Flurs schrammte einer ihrer Absätze über den Boden. Sie stoppte abrupt. Verflucht, warum hatte sie Pumps angezogen? Das Klügste würde sein, sie auszuziehen und barfuß zu laufen, aber der Gedanke daran, wie dreckig der Boden war, bereitete ihr Gänsehaut. Sie spannte die Wadenmuskeln an und krümmte die Zehen, so gut sie konnte, und lief auf Zehenspitzen weiter.

Am Ende machte der Flur einen Knick, und um diese Ecke herum lag das Büro von John Hansen. Caroline lauschte. Noch immer nichts. Sie beugte sich nach vorn und schaute vorsichtig um die Ecke.

Das Licht im Büro des Nairobi-Chefs war aus. Sie machte einen Schritt nach vorn, und drei Schritte später stand sie vor der Tür. Sie drückte die Klinke nach unten, und die Tür glitt auf.

Das Büro lag im Dunkeln, aber es war zu riskant, das Licht anzuschalten. Das würde man von der Straße aus sehen können.

Caroline ließ den Blick durch den Raum schweifen. Neben dem Schreibtisch und dem Bürostuhl stand ein kleiner, abgenutzter Holzschemel an der Tür, das einzige Möbelstück in dem Büro. Es gab ein Fenster, das von zwei vergilbten Gardinen flankiert war. Es mussten wohl acht Quadratmeter sein. Das Büro hier war weit entfernt von den Chefbüros, in die sie normalerweise kam.

Vorsichtig schlich sie zum Schreibtisch und ließ ihren Blick über das Durcheinander gleiten. Der Tisch war mit benutzten Kaffeetassen und alten Zeitungen bedeckt, nichts, was ihr wichtige Informationen liefern konnte.

Der abgenutzte Schreibtisch hatte drei Schubfächer. Sie zögerte einen Augenblick, fasste dann aber nach dem Griff der untersten Schublade und öffnete sie. Klebestreifen, Schere, Büroklammern und ein Glas Pillen. Sie hob das Tablettenglas hoch. *Acid reflux controllers.* Magensäuretabletten. Sie schloss die Schublade wieder.

Das mittlere Schubfach glitt ebenso lautlos wie das erste auf. Eine halb volle Flasche Macallan-Whisky. Sie nahm die Flasche heraus. Darunter lag ein Stapel weißer A4-Blätter, unbenutzt. Caroline hob den Stapel hoch und schaute auf den Boden der Schublade. Sie entdeckte eine Zeitschrift, die sie herausnahm und vor das schwache Licht hielt, das durch das Fenster hereinfiel. Eine Sekunde später warf sie das Heft zurück in den Schrank. Wie widerlich! Sie wagte es nicht, daran zu denken, welche Art von Bakterien daran haftete.

Schnell legte sie den Stapel mit A4-Bögen und die Macallan-Flasche zurück in die Schublade und machte sie zu. Aber der Besitz eines Pornoheftes war an sich keine kriminelle Handlung. Das Gleiche konnte man über eine Flasche Whisky sagen. Sie zog am Griff der letzten Schublade. Nichts geschah. Sie zog fester, aber nichts bewegte sich.

Im gleichen Moment war die Außentür zu hören.

Sie erstarrte.

Ein Augenblick lang herrschte Stille. Dann wurde das Licht angeschaltet, und auf dem langen Flur erklangen Schritte. Die Person, die hereingekommen war, näherte sich.

Caroline hielt die Luft an, wurde sich aber bewusst, dass sie etwas tun musste. Sie lief um den Schreibtisch herum, und als sie das Fenster passierte, traf ihre eine Hand einen Krug, der auf den Boden fiel und zerbrach.

Die Schritte auf dem Flur hielten inne, und einen Moment lang war alles still. Caroline drehte sich in Richtung Türöffnung und sah einen dicken Mann in einer hellbraunen Uniform um die Ecke kommen.

Er blieb abrupt stehen, als er sie entdeckte, und einen Moment standen sie beide da und schauten sich an.

»Was passiert hier?«, fragte der Mann mit einer tiefen Stimme, ohne die Augen von ihr abzuwenden.

Caroline schnappte nach Luft.

»Ich war nur … ich bin gekommen, um … verstehen Sie …«

Er trat einen Schritt näher. *Nairobi Office Security* war in die Brusttasche der Uniform eingewebt.

»Arbeiten Sie hier?«, fragte er barsch.

Caroline erkannte ihre Chance.

»Ja, ich arbeite für Dana Oil und wollte nur einige Papiere holen, die mein Chef vergessen hat. Wir brauchen sie morgen für einen Termin.«

Der Sicherheitsmann kniff die Augen zusammen und betrachtete sie mit abschätzenden Blicken.

»Und warum machen Sie das im Dunkeln?«

»Ich bin neu hier und habe den Schalter nicht gefunden«, erwiderte Caroline.

Er starrte sie immer noch misstrauisch an.

»Außerdem sind wir doch ein sehr energiebewusstes Unternehmen, sodass wir es unterlassen, das Licht anzuschalten, wenn es nicht unbedingt notwendig ist. Normalerweise finde ich alles im Dunkeln, aber heute hat das offensichtlich nicht so gut geklappt!«

Caroline hörte sich selbst zu schnell sprechen und schloss den Mund, um den Redefluss zu bremsen. Übertreibung konnte jede gute Lüge kaputt machen.

Der Wachmann schaute sie an, dann lächelte er breit.

»Ihr Dänen seid verrückt.« Er grinste und schüttelte den Kopf. »Ihr habt so viel Geld, und dann wollt ihr es nicht dafür ausgeben, um das Licht anzumachen!«

Caroline atmete tief durch und erwiderte das Lächeln.

»Das ist vielleicht ein bisschen albern. Das nächste Mal werde ich es einschalten, damit ich nichts kaputt mache.«

»Ja, das machen Sie wohl besser, hier, jetzt mache ich das für Sie«, sagte der Mann und drückte lachend auf den Schalter links neben der Tür. Die kahle Leuchtstoffröhre an der Decke blinkte ein paarmal und warf dann ihr grelles Licht in das Zimmer.

»Einen schönen Abend, Madam«, sagte der Wachmann und drehte sich um. Caroline konnte ihn den ganzen Weg den Flur hinunter glucksen hören.

Jetzt hieß es, den zerbrochenen Krug wegzuräumen, und dann musste sie ins Hotel zurück. Hoffentlich würde John Hansen niemals entdecken, dass der Krug verschwunden war.

Caroline ging in die Hocke und begann, die Scherben aufzusammeln, als sie den Schlüssel entdeckte. Klein und silberfarben. Sie nahm ihn und schaute ihn an. Dann stand sie auf und ging um den Schreibtisch herum.

Der Schlüssel glitt lautlos in das Schloss des Schrankes und bewegte sich kooperativ, als Caroline ihn nach rechts drehte. Sie zog das Schubfach auf.

Ganz oben lag ein Bericht, der mit einer leuchtenden Metallklammer zusammengeheftet war. Über die erste Seite hinweg war mit großen Buchstaben *VERTRAULICH* gedruckt worden. Sie nahm den vertraulichen Bericht heraus. *CNOOC Expansionsstrategie für Ostafrika – Entwurf* stand auf der nächsten Seite. Sie begann zu lesen. Es war der Entwurf einer Strategie für die Unternehmensentwicklung in Ostafrika und gehörte der größten staatseigenen chinesischen Ölgesellschaft.

Das war ganz sicher kein Dokument, welches die Chinesen an Dana Oil übergeben hatten.

Sie legte den Bericht auf den Tisch und schaute auf den Boden der Schublade. Dort lag ein kleines, schwarzes Notizbuch. Sie blätterte darin. Mit blauem Kugelschreiber und ungleichmäßiger Schrägschrift geschrieben, waren die Seiten mit Aufzeichnungen wie »Gärtner – 10 000 Schilling, putzen – 8000 Schilling« gefüllt. Das glich John Hansens privater Haushaltsbuchführung.

Plötzlich hielt sie inne.

Mr Ogata – 2 000 000 Schilling.

Sie rechnete schnell im Kopf nach. Welchen Service bekam man für fast 150 000 dänische Kronen? Das musste in Kenia mindestens zehnmal so viel wie ein normales Jahresgehalt sein. Und warum sollte dieser Mr Ogata zweihundertmal so viel wie die anderen bekommen?

Darunter stand eine Telefonnummer und etwas, das einer Kontonummer ähnelte.

Caroline riss die Seite aus dem Notizblock heraus und steckte sie in die Brusttasche ihrer Bluse – und bereute es im gleichen Augenblick. Es wäre besser gewesen, sie abzuschreiben. Aber das Blut pumpte so stark in ihren Schläfen, dass es unmöglich war, klar zu denken.

Schnell legte sie den Bericht zurück, schob die Schublade zu, sammelte die Scherben auf, warf sie in ihre Tasche, schaltete das Licht aus und schloss die Tür des Büros hinter sich. Jetzt galt es wegzukommen.

Mit klopfendem Herzen lief sie hinaus in Nairobis alles verschlingende Dunkelheit.

15

Das Auto bremste scharf, sodass Sally nach vorn fiel und sich den Kopf an dem ausgefransten Vordersitz stieß. Sie bemerkte es kaum noch.

Die Tür wurde von außen geöffnet. Ein Arm glitt unter ihre Knie, und ein anderer legte sich um ihren Rücken. Ihre Beine gaben nach, als die Arme sie losließen, und Sally fiel auf die harte Erde.

»Zähl bis hundert. Wenn du das gemacht hast, kannst du die Binde von den Augen abnehmen«, sagte die Stimme, die zu den Armen gehörte.

Sally blieb, ohne zu antworten, liegen.

Sekunden später hörte sie das Auto wegfahren. Sie nahm das Tuch ab und schaute sich um. Sie hatten sie beim Krater abgesetzt, dem Brennholzkrater. Von der Stelle aus, an der sie lag, konnte sie das Dorf erkennen. Die Sonne ging auf und spiegelte sich in den Blechdächern. Die Erde war immer noch kalt. Sally blieb liegen.

Sie wollte nicht nach Hause. Ihre Mutter würde wütend darüber sein, dass sie seit gestern weg gewesen war, und sie konnte ihr nicht erzählen, warum, denn sie wollte nicht *darüber* sprechen. Sie hatte auch noch den Brennholzkorb verloren. Sally stiegen die Tränen in die Augen. Es war ihre Schuld, wenn die Familie kein Essen hatte, weil sie keinen Korb hatten, um Brennholz für die Feuerstelle zu holen. Es war alles ihre Schuld.

Sie rollte sich zusammen und weinte.

»Sally«, rief plötzlich jemand aus dem Inneren des Kraters.

Sie hob den Kopf und schaute in die Richtung, aus der die Stimme kam. Es erklang ein Rascheln, und ihre Freundin Makena kletterte mit einem vollen Brennholzkorb auf dem Rücken auf den Weg.

Makena warf den Korb auf den Boden und lief zu Sally.

»Sally, oh, Sally, du bist nicht tot!« Makena ließ sich neben Sally auf die Erde sinken und schlang ihre dünnen Arme um sie. »Du bist nicht tot«, wiederholte sie.

Sally schaute in die Augen der Freundin, konnte aber nichts sagen.

Makena stand auf und streckte Sally ihre Hand hin.

»Komm, deine Mutter wird *so* froh sein, dich zu sehen. Sie hat in allen Hütten nach dir gefragt.«

Sally blickte auf die ausgestreckte Hand, ergriff sie dann aber.

»Wo bist du gewesen«, fragte Makena erwartungsvoll. »Bist du in der Stadt gewesen? War es schön? Hast du viele hübsche Frauen gesehen?«

Sally antwortete nicht, sodass die Freundin weitersprach.

»Meine Mutter hat versprochen, dass ich eines Tages mit in die Stadt kommen darf und mir dann *ganz genau* das Kleid aussuchen darf, welches ich am liebsten haben möchte. Ach, wie ich mich freue. Es soll weiß sein oder vielleicht rosa. Oder vielleicht rot, was findest du am schönsten? Vielleicht gelb, das ist auch so eine tolle Farbe.«

Makena fuhr mit ihrem Selbstgespräch fort, bis sie das Dorf erreicht hatten.

»Bis bald, Sally«, sagte sie und winkte fröhlich, bevor

sie mit dem Brennholzkorb auf dem Rücken nach Hause tänzelte.

Sally ging ein paar Meter weiter, hielt dann aber inne. Sie schaute auf ihre schmutzigen Füße in den zerschlissenen Sandalen. Sie hatte keine Lust, nach Hause zu gehen, aber ihr fiel kein anderer Ort ein, wo sie hingehen konnte.

Als sie die Hütte erreichte, blieb sie einen Augenblick lang stehen und nahm all ihren Mut zusammen, bevor sie um die letzte Ecke bog.

Vor der Hütte saß ihre Mutter auf einer Matte und stillte das Baby. Sally konnte die Spuren getrockneter Tränen erkennen, die über das Gesicht der Mutter senkrechte Streifen zeichneten.

»Mama«, flüsterte sie.

Die Mutter hob den Kopf und schaute Sally an.

Dann sprang sie, Sallys kleine Schwester in dem Tragetuch, auf.

»Sally! Sally!«

Sie schlang ihre Arme um die Tochter und begann zu schluchzen.

Sally wurde zusammen mit der Kleinen in die Umarmung der Mutter gezogen, während die Mutter weinte und sich Tränen und Rotz zu einem Strom vermischten, der über das Gesicht lief.

Nach einer Weile löste sie ihre Umarmung, umfasste Sallys Schultern und sah sie ernst an.

»Ich hatte solche Angst, Sally! Wo bist du gewesen?«

Sally biss sich auf die Unterlippe und schaute wieder nach unten auf ihre Sandalen. Die Mutter griff unter Sallys Kinn und hob ihr Gesicht an.

»Wo bist du gewesen, Sally?«

Sie kämpfte, um den Augen der Mutter auszuweichen.

»Du sollst mir erzählen, wo du gewesen bist. Hat dir jemand wehgetan?«

Sally antwortete nicht, und ihre Mutter löste ihren Griff. Sie betrachtete ihre Tochter, bis sie an der Innenseite der dünnen Oberschenkel getrocknetes Blut sah. Die Augen der Mutter füllten sich wieder mit Tränen.

»Geh hinein und wasch dich«, sagte sie mit zitternder Stimme. »Du kannst es noch in die Schule schaffen. Wenn du nach Hause kommst, werden wir darüber sprechen, wo du gewesen bist.«

16

Die Morgensonne schien durch das Küchenfenster. John Hansen starrte das Weißbrot an, das seine Haushälterin für ihn gekauft hatte. Er schüttelte es aus der Tüte, nahm ein Brotmesser und hielt es über das Brot, bereit zur Vollstreckung. Dann legte er das Messer wieder weg. Es hatte keinen Sinn zu versuchen, etwas zu essen – es würde ebenso schnell wieder hochkommen, wie es hinuntergeschluckt worden war.

Das lag wohl an der Menge Bombay Sapphire, die er gestern Abend in sich hineingeschüttet hatte, aber die Spekulationen wegen des Besuchs bei dem Kontaktmann und darüber, was wirklich in Asabo passiert war, hatten eine kräftige Beruhigung der Nerven erfordert.

Er bückte sich und öffnete die braune Tür des Küchenschrankes unter der Spüle. Ganz hinten im Schrank fand er die Flasche Gammel Dansk, die er für Besuch aus Dänemark – und für Notfälle – aufbewahrte. In den letzten Jahren waren es zum Großteil Notfälle gewesen.

John Hansen versuchte eigentlich, es zu unterlassen, morgens zu trinken. An den meisten Tagen gelang es ihm, aber an manchen Tagen war es einfach notwendig. In einem der Oberschränke fand er ein sauberes Schnapsglas, schenkte ein und trank. Nach dem zweiten Glas merkte er, wie die goldbraune Flüssigkeit den Katzenjammer langsam vertrieb.

Er musste heute nur einigermaßen wach sein. Der Tag war dazu vorgesehen, in Ruhe und Frieden zu Hause die Personalsitzung der kommenden Woche vorzubereiten. Die Sitzung sollte ein einziger Anschiss werden, um die untätigen Mitarbeiter dazu zu bringen, die Ärmel hochzukrempeln. So etwas erforderte Vorbereitung.

Das halbjährliche Seminar, bei dem sich alle Leiter von Dana-Oils-Büros in der ganzen Welt in Kopenhagen trafen, fand kommenden Monat statt. John Hansen hasste das Seminar. Dann saßen sie alle zusammen da und protzten mit ihrer Ölfördermenge und ihren steigenden Umsätzen.

Die Jungs aus Nigeria und dem Mittleren Osten waren die Schlimmsten. Sie glaubten, sie seien etwas Besonderes, weil sie zufällig in den Ländern arbeiteten, in denen die Ölproduktion die der meisten anderen Länder übertraf. Als ob es besonders schwierig war, gute Resultate zu liefern, wenn man sich in einem Land befand, in dem das Öl fast wie bei einem Springbrunnen aus der Erde heraussprudelte. Bei dem letzten Treffen war auch der Chef aus Gabun unerträglich übermütig gewesen. Gabun war auch eines der westafrikanischen Länder, die in den letzten Jahren Erfolg an der Ölfront hatten, womit sich der Chef nun wichtigmachte.

Es war deutlich, dass sie John Hansen für einen *Nobody* hielten. Sie glaubten, er würde es nicht merken, aber selbstverständlich merkte er, wie sie ihm auswichen, als es an der Zeit war, sich an den Mittagstisch zu setzen. Dann saßen sie da in ihrer korrupten Clique und amüsierten sich lautstark, ohne die anderen – John Hansen – auch nur eines Blickes zu würdigen.

Aber dieses Mal sollte es anders werden.

Die letzte Karte über den Untergrund in Block 12A

sah vielversprechend aus. Tatsächlich wirkte die Karte so verheißungsvoll, dass eine Gruppe von John Hansens Mitarbeitern jetzt dabei war, das Potenzial dahingehend einzuschätzen, ob dort ein kommerzieller Fund möglich sein könnte. Eine Sache war es, Öl zu finden, eine andere, ganz zentrale, eine so große und gut zugängliche Fördermenge zu lokalisieren, dass die Milliardenkosten der Produktion durch die Einnahmen, die Dana Oil letzten Endes erzielen würde, mehr als nur gedeckt wurden.

Wenn die unmittelbaren Einschätzungen seriös wären, wäre es dieses Mal er, der im Zentrum des Seminars stehen würde – er, dem die anderen auf dem Weg zum Mittagessen mit den Blicken folgen würden, um sich unbemerkt zu beeilen und sich an den Tisch zu setzen, an dem er sich niederließ.

17

»Ogato« war ein weitverbreiteter Name in Kenia.

So viel konnte Caroline feststellen, nachdem sie den Morgen darauf verwendet hatte, über Google »Ogato« mit Dana Oil zu kombinieren sowie in den internationalen Gelben Seiten nachzuschlagen.

Zwei interessante Ergebnisse hatte die Recherche aber doch ergeben: Ein Mitarbeiter in Kenias Naturressourcen-Verwaltung hieß Ogato, ebenso Nairobis Polizeipräsident. Zwei Männer – wie sie glaubte, aber sie hatten beide afrikanische Vornamen, sodass sie es nicht mit Sicherheit sagen konnte –, die es beide wert waren, näher unter die Lupe genommen zu werden.

Caroline wägte die Situation ab.

Eine Frau war ermordet worden, mindestens drei Mädchen hatte man angeblich vergewaltigt. Vielleicht mehr. Das Dorf beschuldigte Dana Oil dieser Verbrechen. Sie konnte auf der falschen Fährte sein, so viel Kraft darauf zu verwenden, John Hansen in die Karten zu schauen, aber allmählich gab es viele Pfeile, die auf den Nairobi-Chef von Dana Oil wiesen. Caroline war gezwungen zu wissen, ob sie in ihren Bemühungen, die Kritik an dem Unternehmen zum Verstummen zu bringen, gegen einen inneren oder einen äußeren Feind arbeitete. Das Einzige, was sie mit Sicherheit wusste, war, dass John Hansen in seinem Notizbuch einen Betrag an einen Ogato vermerkt hatte und dass sowohl die Naturressourcen-Verwaltung als auch die Polizei einen Mitarbeiter mit diesem Namen beschäftigte. Dafür, dass das Geld die Bezahlung für den Mord an Mama Lucy war, hatte sie keine Beweise. Noch nicht.

Außerdem musste sie eine bessere Geschichte parat haben, wenn sie mit Markvart sprach, als die, dass sie in John Hansens Büro eingebrochen war.

Caroline schickte eine SMS an Martin, ob er eventuell Lust hatte, heute mit ihr zu Mittag zu essen. Er antwortete umgehend, dass er sie um dreizehn Uhr »an unserem gewohnten Ort« treffen wolle.

Sie dachte über die Strategie für das Treffen nach. Sie konnte Martin nicht von dem gestrigen späten Besuch in John Hansens Büro erzählen, aber sie konnte versuchen herauszufinden, ob er jemanden mit dem Namen Ogato kannte.

Eine Viertelstunde vor ein Uhr verließ Caroline das Hotel.

»Taxi, Madam?« Es war derselbe Türsteher wie gestern.

»Nein danke.«

Er musste es jetzt doch langsam begreifen!

Sie ging los. Im Tageslicht war die Stadt weniger Furcht einflößend, aber angenehm war sie immer noch nicht.

Als sie ankam, war Martin bereits da. Er gab ihr einen der Wangenküsse, die anscheinend anstatt eines Händedrucks Brauch waren, sobald man sich südlich der dänisch-deutschen Grenze befand. Normalerweise verabscheute sie es, wenn ihr männliche Geschäftskollegen einen Kuss auf die Wange drückten. Die Männer begrüßten sich doch auch nicht mit Wangenkuss. Aber Martins Begrüßung verursachte ein angenehmes Ziehen in ihrem Magen.

Sie setzten sich an den Tisch.

Er fragte sie nach ihrer Arbeit und ihrer bisherigen Karriere. Sie antwortete wie immer, dass sie einige Jahre in einer Anwaltskanzlei gearbeitet hatte, um dann mit einem einstudierten Lächeln hinzuzufügen, dass es »keinen Grund dafür gibt, jemanden damit zu langweilen«. Daran schloss sie eine Frage bezüglich der Karriere des Gegenübers an, und das reichte in der Regel aus, um die Aufmerksamkeit von sich abzulenken. Die meisten Menschen wollten doch sowieso lieber von sich selbst erzählen.

Aber Martin antwortete nur kurz auf ihre Frage und kehrte dann zu ihr zurück.

»So einfach kommst du nicht davon – erzähl mir ein bisschen mehr von dir. Für welche Anwaltskanzlei hast du gearbeitet?«

»Eine große.«

»Nun bin ich ja nicht ganz minderbemittelt, was das dänische Geschäftsleben angeht, also kenne ich sie vielleicht, wenn du mir sagst, welche es war?« Er lächelte schief.

»Toft, Kring & Kayser«, murmelte Caroline und konzentrierte sich darauf, eine dünne Schicht Butter auf das Stück Brot zu kratzen, das sie aus dem Brotkorb geangelt hatte.

»Die nicht zu kennen ist kaum möglich! Das ist doch eine der Allergrößten …«

Er unterbrach sich selbst, schaute sie einen Augenblick lang an, und dann konnte sie sehen, wie die Puzzleteilchen an ihren Platz fielen.

»Caroline Kayser. Selbstverständlich! Ist der Großvater oder der Vater Partner?«

»Beide. Oder besser gesagt, mein Großvater war es, bis er starb, und jetzt ist es mein Vater.«

»Okay. Gewonnen. Und warum hast du dann das Familienunternehmen verlassen?«

»Man kann doch nicht für ewig unter den Fittichen seines Vaters bleiben.« Caroline grinste und räusperte sich. Es war Zeit, das Thema zu wechseln.

»Kennst du jemanden mit dem Namen Ogato?«

Martin sah sie fragend an.

»Es gibt einige, die so heißen, aber persönlich kenne ich sicher niemanden. Warum?«

Sie richtete den Blick wieder auf ihren Teller und sagte, während sie einige Nudeln um die Gabel wickelte:

»Weil ich gehört habe, wie ein Ogato in Verbindung mit Dana Oil erwähnt wurde.«

»Okay, in welcher Verbindung?«

»Daran kann ich mich nicht erinnern. Vielleicht hat es der von Peoples' Rights erwähnt, mit dem ich Kontakt hatte.«

»Was hat er gesagt?«

»Nichts Genaues ... doch, warte, es war entweder etwas mit der Verwaltung von Naturressourcen oder es war, was war es gleich, oder es war etwas mit der Polizei.«

Caroline lauschte ihrer eigenen Stimme. Es war kein erfahrener Ermittler nötig, um zu hören, dass sie log. Aber Martin schien nichts zu bemerken.

»In Bezug auf Naturressourcen kann ich auf jeden Fall sagen, dass wir dort mit niemandem zusammenarbeiten, der Ogato heißt. Alle Verhandlungen über Verträge darüber, wo und wie lange wir bohren dürfen, sind primär mein Verantwortungsbereich – und keiner von denen, mit denen ich zusammenarbeite, heißt Ogato. Mein primärer Kontakt in der Verwaltung heißt Charles Kariuki.«

Martin fuhr fort:

»Im Hinblick auf die Polizei glaube ich nicht, dass wir mit der zusammenarbeiten, und wenn wir es täten, würdest du es wohl auch wissen. Ist es nicht deine Abteilung, die man kontaktieren muss, wenn man eine Genehmigung für so etwas beantragen will?«

»Ja, damit hast du selbstverständlich recht.« Caroline nickte.

»Es gibt auf jeden Fall niemanden, den ich kenne. Wenn jemand mehr wissen sollte, dann muss das John sein.«

»Okay.«

»Aber das sind nicht unbedingt Informationen, die er gern teilen wird«, fügte Martin hinzu und nahm einen Schluck von seinem Mineralwasser.

Und das kann ich in der Tat gut verstehen, dachte Caroline, schwieg aber.

Es gab keinen Grund, Martin weiter unter Druck zu setzen. Die Auskünfte, die sie brauchte, hatte sie bekommen.

Zurück im Hotelzimmer rief sie Dana Oils Nummer in Kopenhagen an und bat um die Abteilung für Reisebuchungen. Es verging ein Augenblick.

»Reisebüro, Betina am Apparat, was kann ich für Sie tun?«

»Hier ist Caroline Kayser, ich muss ein Ticket für heute Abend umbuchen.«

»Heute Abend? So kurzfristig können wir das wirklich nicht machen.«

»Selbstverständlich könnt ihr das«, sagte sie ungeduldig.

»Das lässt sich leider nicht machen. Auf jeden Fall brauchen Sie zuerst die Genehmigung Ihres Chefs«, antwortete die Frau am anderen Ende der Leitung spitz.

Caroline seufzte. Sie hatte keine Zeit, mit einer überheblichen Büroassistentin zu diskutieren, deren einzige Chance der Machtausübung es war, die Umbuchung eines Flugtickets zu verweigern.

»Jetzt werden Sie mir zuhören«, sagte Caroline scharf, »entweder ändern Sie das Ticket, oder mein nächster Anruf geht an Ihren Chef, um ihn darauf aufmerksam zu machen, dass Sie ein Hindernis dafür sind, dass Dana Oils Angestellte effektiv ihre Arbeit machen können.«

Sie konnte die Abscheu nahezu hören, als die Ticketfrau antwortete:

»Okay, aber rechnen Sie nicht damit, dass ich das ein zweites Mal tue.«

Caroline legte auf und rollte mit den Augen. Selbstverständlich würde sie das ein zweites Mal tun. In der Hierarchie der beiden stand Caroline um einiges weiter oben.

Als das mit dem Ticket geklärt war, ging sie zum Fenster und schaute hinunter auf die breiten Straßen, die noch nicht von dem nachmittäglichen Verkehr verstopft waren. Betrachtete man die Stadt von hier oben, sah sie tatsächlich vertrauenswürdig aus. Wie eine große, grüne, moderne Großstadt.

Sie ließ sich das Mittagessen mit Martin durch den Kopf gehen. Dana Oil arbeitete also hinsichtlich der Verträge für die Bohrzulassungen nicht mit einem Ogato zusammen. Der deutlichste Pfeil wies auf den Polizeipräsidenten als Empfänger von John Hansens Geld.

Das schwarze BlackBerry piepte, und Caroline öffnete ihren Posteingang. Es war Karen Trier, die einzige Kollegin, zu der sie so etwas wie eine private Beziehung hatte.

»Hallo, Caroline, denke nur gerade, du solltest wissen, dass Malene dich wie ein Schwein dargestellt hat, als wir heute im Q-Netzwerk zu Mittag gegessen haben. Sie sagte, du versuchst, das Lob für ihre Arbeit an der Korruptionsstrategie abzugreifen. Sag nicht, dass du das von mir hast. KT.«

Caroline schnaubte.

Zuerst versuchte Malene, von Markvart das Lob für ihre gemeinsame Arbeit einzuheimsen, und nachdem das nicht gelungen ist, beschuldigte sie jetzt Caroline, das Gleiche zu tun!

Das Q-Netzwerk war Dana Oils Forum für weibliche Mitarbeiter, die entweder eine leitende Stellung innehatten oder dies gern haben würden. Karen war begeistert davon, aber für Caroline war diese Art von Frauennetzwerk Verschwendung kostbarer Zeit. Es war, als hätten sie nicht verstanden, dass man nicht an die Spitze gelangte, indem man mit Leuten auf dem gleichen Niveau Netzwerkarbeit betrieb oder, noch schlimmer, unter seinem Niveau.

Sie wusste, dass diese Einstellung ihr den Ruf eingebracht hatte, hochnäsig zu sein. Aber in diesem Punkt hörte sie auf ihren Vater: Es galt, ein Netzwerk nach oben aufzubauen und eine Gemeinschaft mit den Menschen zu schaffen, die sich bereits im inneren Kreis der Macht befanden – nicht mit denen, die davorstanden und anklopften.

Daher fokussierte Caroline ihre Zeit auf die Männer und die wenigen Frauen in der obersten und zweithöchsten Leitungsebene des Unternehmens. Das waren die Spielregeln, und sie sah keinen Grund dafür, ihre

Zeit mit Leuten zu verschwenden, die sie in ihrer Karriere doch nicht weiterbringen konnten. Aus demselben Grund hatte sie es abgelehnt, Mentorin zu werden, als das Q-Netzwerk in Verbindung mit der einen oder anderen Kampagne sie diesbezüglich gefragt hatte. Und wenn sie jetzt doch als Mentorin für eine vollkommen neu ausgebildete Frau fungierte, dann deshalb, weil Birgitte Halvorsen – die einzige Frau bei Dana Oil in einer Spitzenposition – sie bei einer anderen Gelegenheit dazu aufgefordert hatte.

»Hallo, KT, danke für das Update. Ich werde dem später nachgehen, aber jetzt muss ich einen Polizeipräsidenten erwischen und mich anschließend mit Tim Wright vom Bohrteam hier in Kenia treffen. Wir sprechen uns. LG C.«

Tim Wright wollte in einer Stunde ins Hotel kommen. Sie hatte es nicht geschafft, ihr Treffen abzusagen, was prima passte, da sie mit der Sache weitermachen sollte.

Karen Trier antwortete umgehend. »Dann halte die Hosen gut fest. Dieser Tim ist ein Schlimmer. Ich habe gehört, er macht sich an ihnen zu schaffen, sobald er ein bisschen was zu trinken bekommt.«

Caroline stutzte einen Moment. Karen Trier war eine schöne Frau, die die meisten Männer in der Kategorie »ein Schlimmer« platzierte, sodass man ihre Einschätzung nicht wörtlich nehmen sollte. Aber auch Martin hatte angedeutet, dass Tim Wrights Moral nicht ganz einwandfrei sei.

Als Erstes galt es jetzt allerdings, diesen Ogato ausfindig zu machen. Caroline fand eine Nummer und rief an.

Nationales Polizeidepartement Kenia, einen Moment bitte, antwortete eine automatische Ansage.

Nach einem Moment ging eine Frau ans Telefon, und Caroline wurde in Mr Ogatos Büro durchgestellt.

»Mr Ogatos Büro, einen Moment bitte«, antwortete eine Frauenstimme, vermutlich die Sekretärin.

Caroline wartete, während sie die Frau im Hintergrund sprechen und lachen hörte, was sich wie eine Ewigkeit anfühlte.

»Mr Ogatos Büro, wie kann ich Ihnen helfen?«

»Ich möchte gern mit Mr Ogato sprechen«, antwortete Caroline in einem deutlichen Englisch. Der afrikanische Akzent klang so, als würden sie nicht richtig Englisch sprechen können.

»Er ist momentan leider nicht hier«, antwortete die Sekretärin.

»Wann kommt er zurück?«

»Oh, das ist schwer zu sagen. Kann ich eine Nachricht entgegennehmen?«

»Ja, würden Sie ihm sagen, dass Caroline Kayser von Dana Oil angerufen hat«, sagte Caroline und bereute es im gleichen Moment. Es war unvorsichtig, den Namen des Unternehmens zu verwenden; sie war es gewohnt, dass der Name Dana Oil Leute dazu brachte, schnell zurückzurufen. In Dänemark missachtete man nicht eines der größten Unternehmen.

»Ich lege ihm eine Nachricht hin, dass eine Madam Kayser von Dana Oil angerufen hat«, antwortete die Sekretärin.

»Wissen Sie, was«, sagte Caroline jovial, »es ist nicht nötig, dass Sie sich die Mühe machen, ich kann auch einfach später wieder anrufen.«

»Nein, nein, das ist in Ordnung – so, jetzt habe ich ihm eine Mail geschickt. Dann hoffen wir, dass er Sie anruft. Gibt es etwas anderes, mit dem ich Ihnen helfen kann?«

»Nein, danke.« Caroline legte auf.

Sie schaute auf ihre Uhr und erkannte, dass sie sich beeilen musste. Schnell schrieb sie eine Mail an die Wohngemeinschaft, in der Christian wohnte. Die Pädagogen mussten ihm erklären, dass sie ihn in dieser Woche nicht in die Schwimmhalle begleiten würde. In den vergangenen zwei Jahren konnte man es an einer Hand abzählen, wie oft sie ihren Donnerstagstermin abgesagt hatte, und jedes Mal hatte Christian angefangen zu weinen. Dieses Mal würde keine Ausnahme sein.

Als sie die Mail an Christian abgeschickt hatte, nahm sie ihre schwarze Lederaktentasche mit dem Schreibblock darin und ging hinaus zum Fahrstuhl.

Tim Wright hatte vorgeschlagen, sich in der *Hidden Agenda Bar* zu treffen, aber Caroline hatte die Bar über Google gesucht und herausgefunden, dass sie sich in einem Einkaufscenter befand. Sie hatte zurückgeschrieben, ob er nicht lieber ins Hilton kommen wollte.

Der Fahrstuhl brachte sie nach unten in die Lobby. Sie sah sich um und entdeckte einen kleinen, stämmigen Mann, der sich an den Tresen der Rezeption lehnte. Ein groß gemustertes Hemd war in eine dunkelblaue Hose gestopft, die von einem braunen Gürtel gehalten wurde. Die Hose war fünf Zentimeter zu kurz.

Sie durchquerte die Lobby. »Tim?«

»Ja, Caroline?« Der blasse, stämmige Mann schenkte ihr ein nikotingeflecktes Lächeln und richtete sich auf. Der Kopf war von einer struppigen, grau melierten Mähne bedeckt.

»Ja, schön dich zu treffen.«

»Vielen Dank, gleichfalls.« Sie gaben sich die Hand. Gott sei Dank war er kein Wangenküsser.

Sie setzten sich in die Bar und bestellten jeder einen Drink – einen Whisky für ihn und einen Martini für Caroline. Eigentlich war es zu früh für Alkohol, aber wenn Tim Wright welchen bestellte, tat sie es auch.

»Magst du Kenia?«, fragte er, als sie ihre Drinks bekommen hatten.

Er hob sein Glas mit der einen Hand und richtete mit der anderen die viereckige Brille.

Ja, danke, gewiss tat sie das. Und ja, danke, ihr Hotelzimmer war wirklich schön, und ja, die Reise war auch gut verlaufen.

Tim Wright war jetzt seit anderthalb Jahren in Kenia. Das war eine lange Zeit weg von zu Hause, denn die Ehefrau und die beiden Kinder wohnten in Aberdeen, der Ölhauptstadt der Nordsee, aber so lief es wohl, wenn man ein Ölmann war. Und Kenia hatte wenigstens bessere Flugverbindungen nach England als Angola, wo er zuletzt gearbeitet hatte.

Dänemark hatte er ein paarmal besucht, aber auch wenn die Background-Sängerinnen unterhaltsam waren, zog er jetzt doch das Leben in wärmeren Gefilden vor.

»Und was kann ich für dich tun«, fragte er, nachdem sie ein paar Minuten lang Höflichkeiten ausgetauscht hatten.

Caroline nahm einen Schluck von ihrem Drink. Es war entscheidend, dieses Gespräch hier richtig zu beginnen. In diesem Moment schob sich ein kräftiges, schwarzes Ehepaar an ihnen vorbei, und das Bier des Mannes schwappte auf Carolines Bluse. Er entschuldigte sich mehrfach, und sie tat ihr Bestes, so auszusehen, als würde es ihr nichts ausmachen. Das war unter anderem einer der Gründe, warum sie niemals Termine in Bars machte. Bierflecken auf der Kleidung hoben nicht gerade die Autorität.

»Wie ich dir geschrieben habe«, begann sie, während sie den Bierfleck mit einer Serviette bearbeitete, »haben sich die Bewohner von Asabo über Dana Oil beschwert, und ich bin hierhergeschickt worden, um den Beschwerden ein Ende zu setzen, bevor sie Dana Oils Ruf schaden.«

Tim Wright nickte.

»Es ist nicht, weil ich glaube, ihr habt etwas damit zu tun, aber ich bin einfach gezwungen, eine breit angelegte Recherche vorzunehmen.«

Es war wichtig, dass er sich nicht angegriffen fühlte, sondern das Gefühl hatte, sie standen auf der gleichen Seite.

»Das ist klar.«

»Zuerst möchte ich dich bitten, mir die Fakten über dein Team zu erzählen. Wer seid ihr, wer hat das Sagen und diese Dinge.«

Er nickte wieder.

»Wir sind alle in einem Unternehmen mit dem Namen Champion Drilling angestellt. Die Firma ist darauf spezialisiert, Bohrungen durchzuführen, und kommt vor allem in der ersten Phase eines Ölprojektes zum Einsatz – wenn man immer noch dabei ist, nach Öl zu suchen. Wir werden von Ölgesellschaften angeheuert, die es eingesehen haben, dass es ein besseres Geschäft für sie ist, Spezialdienstleistungen einzukaufen, als sie *in-house* zu bezahlen.«

Caroline nickte; so etwas war in der Ölbranche üblich.

»Dana Oil ist mit Abstand unser größter Kunde«, fuhr Tim Wright fort. »Rund siebzig Prozent unserer Einnahmen kommen von euch. Zwischenzeitlich fühlt es sich tatsächlich so an, als seien wir in deinem Unternehmen angestellt.«

»Wie das?«

»Wenn es für Dana Oil gut läuft, läuft es auch für uns gut. Wir entwerfen unsere Strategie auf dem Input eurer Firma und informieren unsere Politiker entsprechend, sodass sie mit euren übereinstimmen.«

»Welche Politiker können das sein?«

»Alle möglichen.« Tim Wright fuhr sich mit der Hand durch das wilde Haar. »*Investor Relations*. Umweltaspekte. Den ganzen Bereich der sozialen Verantwortung.«

Caroline räusperte sich. Das war ihr Einstieg.

»Jetzt, da du soziale Verantwortung erwähnst, möchte ich gern wissen, wie viel dein Team mit der Bevölkerung zu tun hat.«

Der Engländer starrte sie einen Augenblick lang durch die Brille an. Dann zuckte er mit den Schultern.

»Nicht so schrecklich viel.«

»Gar nichts?«

»Eigentlich nicht, nein. So gesehen waren wir uns einig geworden, dass wir einige Fußballspiele arrangieren und gegen die einheimischen Jungs spielen wollten, um eine Form von Gemeinschaft zu schaffen und ihnen zu zeigen, dass wir im Dienste einer guten Sache hier sind und so was. Aber daraus ist nie richtig was geworden.«

»Warum nicht?«

»Ach, weißt du …« Er schaute weg.

»Was? Hattet ihr Angst zu verlieren?«

»Nein, das war es nicht. Einige der Jungs sind ehemalige Halbprofis, sodass wir wohl gut mit ihnen fertiggeworden wären. Es ist eher so, dass die Stimmung ein bisschen gedrückt ist.«

»Warum?«

»Ach – Männer und ihre Frauen, du weißt …«

Caroline runzelte die Stirn.

»Sind Frauen bei euch angestellt?« Sie konnte nicht erkennen, warum das ein großes Problem sein sollte.

»Nein, nicht angestellt.«

»Was dann?«

»Es ist nur einfach nichts daraus geworden.« Der Engländer nahm einen großen Schluck von seinem Drink, und Caroline hatte das Gefühl, er vermied es, ihrem Blick zu begegnen. Sie beugte sich vor.

»Warum habt ihr diese Fußballspiele nicht gemacht, Tim?«

Er schüttelte abwehrend den Kopf.

»Die Jungs sind doch lange von zu Hause weg, und dann ... du weißt.«

Sie biss die Zähne zusammen; sein »du weißt« nervte sie langsam, da es ein Zugeständnis von ihrer Seite erforderte.

»Dann was?«

»Das ist nichts, über das wir sprechen sollten.«

Caroline stützte die Unterarme auf den Tresen, faltete die Hände und sagte ernst:

»Hör zu, Tim. Ich bin hierhergeschickt worden, um herauszufinden, wie wir die Kritik an Dana Oil stoppen. Weder mein Chef noch ich verdächtigen dich oder deine Männer wegen irgendetwas, aber du musst mir die Wahrheit sagen.«

Er fummelte an seinem Glas herum. Caroline fuhr fort:

»Wenn du mir nicht erzählst, wie sich die Dinge verhalten, kann ich dir nicht helfen. Dann sind wir gezwungen, eine große Untersuchung in Gang zu setzen, und das führt immer zu einer Menge Unruhe. Im schlimmsten Fall kann es bedeuten, dass wir gezwungen werden, unsere Subunternehmer zu wechseln.«

Tim Wright schwieg. Dann räusperte er sich.

»Zwischendurch pflegen die Jungs einen gewissen Umgang mit den einheimischen Frauen, wie man sagt«, erklärte er.

Caroline sah ihn prüfend an. Hinter dem Tresen war der Barkeeper dabei, mit einem weißen Tuch Gläser zu polieren.

»Und was bedeutet ›pflegen Umgang mit‹?«

»Ja, so ... du weißt ... einige der einheimischen Mädchen kommen zum Beispiel mit zu Feiern.«

»Oh, das ist es – sie feiern zusammen?«

»Na ja ...«

Einen Augenblick lang war es still.

»Tim, ich bin gezwungen, es erneut zu sagen: Ich kann nur auf deiner Seite sein, wenn du mir erzählst, was du weißt.«

Er seufzte.

»Manchmal kommt es wohl zu etwas mehr.«

»Sie gehen also mit den einheimischen Frauen ins Bett?«

Darauf antwortete er nicht.

Sie saßen eine Weile da, und jeder konzentrierte sich auf seinen Drink.

»Wie kommen sie in Kontakt mit den Frauen«, fragte Caroline nach einer Weile.

Tim Wright stellte das Glas auf dem Tresen ab. Noch eine Pause, aber dieses Mal begann er von selbst zu erzählen.

»Das ist angeblich nicht so schwierig. Sie fahren wohl einfach ins Dorf und fragen, ob es jemanden gibt, der mitfeiern will, und es gibt immer jemanden, der gern will.«

»Über welches Dorf sprechen wir?«

»Ähm, ich kann mich gerade nicht erinnern, wie es heißt.«

»Asabo«, riet Caroline.

»Ja, wahrscheinlich ist es das.«

Sie dachte nach.

»Gehen sie immer freiwillig mit, die Frauen?«, fragte sie dann. »Es ist nicht so, dass deine Männer zwischendurch etwas, wie kann man es nennen, handfeste Überredungsmethoden anwenden?«

»Du meinst, ob sie die Frauen zwingen, mitzugehen? Das tun sie nicht, für so etwas haben wir Regeln.«

Caroline nickte.

»Bist du selbst bei den Feiern dabei?«

»Nein.« Er schüttelte heftig den Kopf. »Ich bin doch der Chef.«

»Das hat man schon erlebt.«

»Ja, aber hier nicht. Im Übrigen bin ich verheiratet und habe zwei prächtige Mädchen zu Hause, somit ist so etwas nichts für mich.«

Tim Wright klopfte sich auf die Brusttasche, fand, was er suchte, und zog eine zerschlissene Brieftasche heraus. Er klappte sie auf und zeigte Caroline das Bild einer kleinen, dicken Frau, die seine Gattin sein musste, und zweier kleiner Mädchen mit Apfelbäckchen und dem gleichen struppigen Haar, wie ihr Vater es hatte. Das Bild war an den Seiten zerknittert, und das Gesicht der einen Tochter war mit Abdrücken fettiger Finger bedeckt.

»Sie sehen wirklich süß aus«, bestätigte Caroline, während sie sich über die Charakterisierung dieses Mannes durch ihre Kollegen wunderte. Er wirkte mehr wie ein ungefährlicher Familienvater als der finstere Höschendieb, den sie beschrieben hatten.

»Mary, meine Jüngste, ist gerade in die Schule gekommen, und die Lehrerin sagt bereits, sie sei eine der tüchtigsten Schülerinnen der Klasse. Das kann ich mir schon vorstellen, denn sie ist immer unglaublich munter gewesen. Nicht dass Jane nicht auch munter ist, es ist mehr …«

Caroline hörte nur mit halbem Ohr zu, während Tim Wright die Vorzüge seiner Töchter beschrieb. Sie musste ihn wieder zurück auf die Spur bringen.

»Warum treffen sich deine Leute nicht mit Frauen aus Europa?«, fragte sie, nachdem sie ihm dahingehend zugestimmt hatte, kreativ und hilfsbereit zu sein, sei ebenso wichtig, wie gut in der Schule zu sein.

»Es muss genügend europäische Frauen geben, mit denen sie hier in Nairobi feiern können«, fügte sie hinzu und hoffte, dass sie weniger rassistisch klang, als es sich anfühlte.

»Doch, da gibt es wohl schon einige, aber das ist nicht ganz das Gleiche. Afrikanerinnen sind mehr … du weißt …«

Tim Wright winkte abwehrend mit der einen Hand.

»Etwas mehr was, Tim?«

»Ja, so etwas mehr … willig …« Er drehte sein Glas zwischen den Händen.

»Okay …«

Dieses Gespräch war bereits weit über ihre Grenzen gegangen. Wie so vieles andere in dieser Woche.

»Ich muss mich jetzt leider beeilen.« Der Engländer leerte sein Glas in einem Zug.

Sie nickte und winkte ab, als er Geld auf den Tresen legen wollte. Er schenkte ihr ein Nikotinlächeln.

»Dann sage ich danke. Ruf mich an, wenn ich dir sonst irgendwie helfen kann. Und dann musst du Steenberg grüßen.«

Caroline sah verblüfft auf. »Kennst du ihn?« Allan Steenberg saß in Dana Oils Direktion und war Markvarts direkter Chef.

»Wir sind uns ein paarmal begegnet.« Tim Wright stand auf.

»Ich werde die Grüße ausrichten«, versprach sie. Es war immer bequem, einen Grund dafür zu haben, seinen Kopf in eines der Direktorenbüros zu stecken.

Sie verabschiedeten sich voneinander, und sie blieb einen Moment sitzen und dachte darüber nach, was er über den »Umgang« der Männer mit den einheimischen Frauen gesagt hatte. Es musste seltsam für ihn sein, Zeuge davon zu werden, obwohl er seine Familie zu Hause vermisste.

18

Die gestrigen Vorbereitungen der Personalsitzung waren gut verlaufen, und als John Hansen am Morgen aufstand, hatte er seit Langem mal wieder bessere Laune.

Er war die vorläufigen Berechnungen für einen kommerziellen Fund durchgegangen, die sich als besser erwiesen hatten, als er zu hoffen gewagt hatte. Außerdem hatte er sich gründlich darauf vorbereitet, wie er den Mitarbeitern klarmachen wollte, dass es enorm viel Ärger geben würde, wenn nicht alle Berechnungen bis zum Managertreffen im kommenden Monat in Kopenhagen fertig seien.

Es war immer anstrengend, diese Art von Aussagen auf Englisch zu erklären.

Auf dem Weg zum Büro fluchte John Hansen nur wenig über die anderen Autofahrer.

Die Mitarbeiter, die er pfeifend auf seinem Weg den Flur entlang traf, ließen unsicher ein Lächeln erkennen. Vor der Tür zu seinem Büro angelte er den Schlüssel aus der Tasche und steckte ihn ins Schloss, aber der Schlüssel drehte sich nicht. Die Tür war nicht verschlossen.

Er dachte an vorgestern zurück, als er das letzte Mal im Büro gewesen war. Er musste vergessen haben, die Tür abzuschließen, als er zurückgelaufen war, um seine Aktentasche zu holen.

Im Büro warf er wie immer die Jacke auf den kleinen Schemel links von der Tür, ging dann um den Schreibtisch herum und setzte sich hin. Er legte die Tasche auf den Tisch und nahm die Papiere heraus. Es war an der Zeit, die Einschätzung des Potenzials noch einmal durchzugehen, bevor er sich den anderen Aufgaben des Tages zuwandte. John Hansen stellte die Tasche auf den Boden, und als er sich hinunterbeugte, fiel sein Blick auf den Schlüssel, der im Schloss des obersten Schreibtischfaches steckte, und er erstarrte.

Sie sind hier gewesen!

Mit einem Ruck riss er den Schrank auf. Aber der Bericht lag noch immer da. Mit angehaltenem Atem nahm er ihn heraus und blätterte ihn durch. Alle Seiten waren da. Er versuchte, ruhig durchzuatmen. Vielleicht war er nur so verwirrt gewesen, dass er auch vergessen hatte, den Schrank abzuschließen. Die Schlitzaugen hätten den Bericht sicher mitgenommen, wenn sie hier gewesen wären.

Im selben Moment klingelte das Handy. John Hansen zog es aus dem kleinen, schwarzen Lederetui heraus, das wie immer an seinem Gürtel befestigt war, und drückte auf »antworten«.

Es war Mr Ogatos Sekretärin. Mr Ogato wollte ihn gern an seinem Wohnsitz sehen. Sofort. Nein, sie wusste leider nicht, um was es ging, aber sie solle von Mr Ogato grüßen und sagen, er sei sicher, Mr Hansen würde daran interessiert sein zu kommen.

Mit hochgezogenen Augenbrauen schob der Nairobi-Chef das Handy zurück in das Etui. Waren sie doch zu weit gegangen? Hatte Ogato ihm ein Märchen aufgebunden, als er sagte, die Polizei habe nichts mit dem Mord an Mama Lucy zu tun? Und warum sollte er John Hansen jetzt in die Sache einweihen wollen?

Er machte den Schrank zu, drehte den Schlüssel um und steckte ihn in die Hosentasche. Schnell nahm er den Autoschlüssel aus seiner Jackentasche, schloss die Tür zum Büro ab und beeilte sich, in die Tiefgarage zu gehen.

Das Dienstmädchen mit den leblosen Augen öffnete bereits die Tür, als John Hansen den Fuß auf die Treppe zu Ogatos Palais setzte.

Dieses Mal folgte er dem Mädchen die Treppe hinauf in den Flur und einen langen Gang hinunter. Sie brachte ihn in ein Büro, das aussah, als hätte es sich mit einer englischen Jagdhütte gepaart.

Die Beleuchtung war gedämpft, und sowohl der Schreibtisch, die Regale, der Barschrank als auch der Couchtisch waren aus dunklem Mahagoni. An der einen Wand stand ein dunkelbraunes Chesterfield-Sofa, und auf der anderen Seite des Couchtisches gruben sich zwei Sessel in den Boden. Von der dem Sofa gegenüberliegenden Wand starrte eine karamellbraune Antilope mit langem gedrehtem Horn mit den gleichen leblosen Augen wie das Dienstmädchen in den Raum.

Mr Ogato saß hinter seinem Schreibtisch, über einige Papiere gebeugt. Als sein Gast eintrat, erhob er sich mit einem breiten Lächeln.

»Mein Freund!«

John Hansen griff nach der ausgestreckten Hand.

»Mr Ogato.«

»Lass mich dir einen Drink anbieten, mein Freund – Gin Tonic, nicht wahr?«, fragte der lächelnde Gastgeber.

John Hansen nickte. Mr Ogato schenkte für jeden einen Drink ein, und sie sanken in die schweren Sessel. Die Antilope starrte über sie hinweg.

Der Kenianer drehte den Kopf und sah John Hansen an.

»Wie läuft es im Büro?«

»Prima, danke.«

»Das freut mich.«

»Danke.«

»Wie weit seid ihr mit den Bohrungen? Habt ihr einen Überblick über unseren Untergrund?«

»Es geht voran, gewiss, das tut es.« John Hansen sah seinen Gastgeber an. Sie hatten sich doch erst kürzlich gesprochen. Wenn er interessiert war, hätte er doch da nach der Firma fragen können.

Ogato lächelte und nickte.

Es war kurz still, bevor der Kenianer wieder sprach.

»Und du, mein Freund, wie läuft es mit deiner persönlichen Karriere?«

»Gut, gut.«

»Die Dinge entwickeln sich wie erwartet?«

John Hansen kniff die Augen zusammen, außerstande abzuschätzen, worauf der andere hinauswollte.

»Ja, die Dinge gehen voran, und es läuft gut mit meiner Karriere, Ogato. Aber ich habe das Gefühl, Sie haben nicht nach mir rufen lassen, um zu plaudern?«

Mr Ogato lächelte unbeirrt weiter.

»Es freut mich, dass es mit deiner Karriere gut läuft, mein Freund. Ich hoffe, das bleibt so. Und ich kann mir vorstellen, du möchtest auch gern, dass es gut läuft?«

Über John Hansens kleinen Augen zogen sich die Brauen zusammen.

»Ja«, antwortete er zögernd.

Einen Augenblick lang herrschte Schweigen, bevor der Kenianer den Raum wieder mit seiner tiefen Stimme füllte.

»Das kann ich gut verstehen. Karriere ist für einen Mann wichtig. Was ist ein Mann, wenn er keinen Erfolg bei seiner Arbeit hat? Und weil du mein Freund bist, habe ich eine kleine Information, die ich gern mit dir teilen möchte.«

»Ach so.«

»Eine Information, von der ich glaube, sie wird von Interesse für dich sein, damit du deine große Karriere fortsetzen kannst.«

Er machte eine kurze Kunstpause.

»Eine Frau von Dana Oil hat mich angerufen, nachdem wir beide gestern zusammen gesprochen hatten.«

John Hansen merkte, wie sich seine Nackenhaare aufstellten.

Mr Ogato fuhr fort:

»Kayser war der Name, glaube ich.«

Der Name jagte einen Stoß durch John Hansens dicken Körper, und er musste all seine Selbstbeherrschung aufbringen, um nicht das Glas auf den Tisch vor ihnen zu knallen. Er stellte es so vorsichtig ab, wie es seine zitternde Hand zuließ, und nur ein Tropfen des klaren Drinks schwappte auf den dunkelbraunen Tisch.

»Was wollte sie?«, fragte er, während er darum kämpfte, die Stimme in einer neutralen Tonlage zu halten. Aber Mr Ogato hatte seine Reaktion bemerkt. Er lächelte.

»Na, war das etwa eine schlechte Nachricht?«

John Hansen wusste, es war zu spät zu lügen.

»Was haben Sie zu ihr gesagt? Sie müssen mir genau berichten, was Sie zu ihr gesagt haben!« Auf seiner Stirn zeigten sich Schweißperlen.

»Ruhig, mein Freund, ich habe nicht selbst mit ihr gesprochen, meine Sekretärin hat die Nachricht entgegengenommen. Ich wollte das selbstverständlich erst mit dir besprechen.«

»Ich möchte Sie ausdrücklich bitten, nicht mit ihr zu sprechen.« John Hansen wischte sich über die Stirn.

Mr Ogato lächelte immer noch. Er nahm einen Schluck von seinem Drink und stellte das Glas behutsam zurück auf den Tisch.

»Aber das würde doch überaus unhöflich von mir sein, eine Frau nicht zurückzurufen, meinst du nicht?«

John Hansens Herz klopfte laut, und er merkte, dass die Magensäure durch die Speiseröhre auf dem Weg nach oben war.

»Sie dürfen sie *unter keinen Umständen* anrufen, und Sie dürfen auch den Anruf nicht annehmen, wenn sie sich wieder meldet«, zischte er.

Mr Ogato drehte den Kopf weg und ließ den Blick langsam im Büro herumwandern. Schließlich sah er wieder John Hansen an.

»Und warum soll ich es unterlassen, mit dieser Madam Kayser zu sprechen?«

Der Däne biss die Zähne zusammen. Ein Schweißtropfen lief ihm ins Auge.

»Ich meine, warum sollte es in *meinem* Interesse sein, der süßen Dame nicht von unserer kleinen Vereinbarung zu erzählen«, fuhr Ogato mit einem starren Lächeln fort.

John Hansen atmete schwer aus. Er wusste, was jetzt kam.

»Was wollen Sie haben?«

Mr Ogato sah ihn an und schüttelte den Kopf.

»*Ich* will nichts haben, überhaupt nichts. Wie du wohl sehen kannst, habe ich alles, was ich brauche.« Er wies in den Raum für den Fall, dass sein Gast den Reichtum nicht bemerkt hatte.

»Okay«, antwortete John Hansen abwartend.

»Aber wie du wohl weißt, ist es in Kenia teuer, seine Kinder ausbilden zu lassen. Sehr teuer. Und jetzt, da du fragst, mein Freund, glaube ich wohl, mein Sohn benötigt ein bisschen Unterstützung für seine College-Ausbildung.«

John Hansen schnaubte leise. Sie waren alle gleich, diese scheiß Negerschwänze! Es konnte gut sein, dass einige von ihnen mehr Sterne auf den Schultern hatten als andere, aber sie waren trotzdem alle eine Sammlung opportunistischer Blutegel. Plötzlich hasste er Mr Ogato und sein »mein Freund«-Gerede. Freunde war das Letzte, was sie waren! Warum lief es immer so? Man glaubte, man habe eine Vereinbarung getroffen, ein *gentleman's agreement,* aber sobald die Schwarzen die Chance bekamen, zogen sie die Schraubzwinge an. Wenn sie die Möglichkeit sahen, auch nur einen Dollar mehr in ihre eigene Tasche zu stopfen, schissen sie gern auf frühere Vereinbarungen.

Er schüttelte den Kopf.

Es würde nahezu unmöglich sein, Geld aus dem Budget der Firma in Mr Ogatos Tasche umzudirigieren. Die Buchhalter in Kopenhagen – oder *Controller,* wie sie sich mit ihrem unersättlichen Bedarf an englischen Titeln jetzt nannten – würden misstrauisch werden.

Vielleicht konnte er einen kleinen Betrag finden? Sponsoring war immer ein undurchsichtiger Budgetposten. Oder er konnte selbst ein bisschen beisteuern; das könnte es auf lange Sicht wert sein. Mit dem Gedanken an den Bonus, der am Ende des ölfarbenen Regenbogens lag.

Was sollte er ihm anbieten? Zehntausend Kronen? Zwanzigtausend? Teurer war es sicher nicht, eine Ausbildung in Kenia zu finanzieren. Und in Wirklichkeit drehte es sich nicht um den Sohn. Ogato hatte ohne Zweifel die Mittel, dessen Ausbildung zu bezahlen. Das hier war nur noch eine Möglichkeit, die eigene Brieftasche zu polstern.

John Hansen räusperte sich.

»Und wie viel glauben Sie also, dass … Ihr Sohn … benötigen wird?«

Der Kenianer lehnte sich in dem tiefen Stuhl zurück und lachte. Dann setzte er sich in dem Stuhl wieder nach vorn, griff über den Tisch und klopfte John Hansen auf die Schulter.

»Siehst du, mein Freund, jetzt sprechen wir die gleiche Sprache. Mein Sohn ist nicht gierig, überhaupt nicht. Er hat nur nicht die gleichen Möglichkeiten wie ihr Europäer, und daher ist er gezwungen, um ein wenig Unterstützung zu bitten.«

John Hansen brummte.

»Ich würde glauben«, fuhr Mr Ogato fort, »dass mein Sohn mit einem sehr bescheidenen Betrag zufrieden sein würde.«

»Hm.«

»Und bescheiden muss wohl besonders betont werden, wenn man das im Verhältnis zu all den Millionen sieht, die Dana Oil mit dem Öl verdienen wird. *Kenias* Öl.«

»Hm.«

»Ich glaube«, fuhr der Kenianer fort, »mein Sohn würde zufrieden sein, und das muss ich selbstverständlich mit ihm abstimmen, aber ich möchte *glauben,* er wäre zufrieden mit … fünfzehn Millionen Schilling.«

Vor John Hansens Augen wurde es schwarz. Aller Sauerstoff wurde mit einem Mal aus dem Raum gesaugt.

Fünfzehn Millionen Schilling.

Das war mehr als eine Million dänische Kronen. Das war unmöglich.

»Das … das … das können Sie nicht ernsthaft meinen, Ogato«, stammelte er.

Das Lächeln verschwand von Mr Ogatos Lippen, und seine Stimme wurde kalt.

»Ein Unternehmen wie eures, das Geld mit *unserem* Öl, *unseren* Ressourcen, verdient, hat wohl die Möglichkeit zu zahlen.« Er verschränkte seine Arme vor der Brust.

»Aber ich kann unmöglich so viel Geld aus dem Budget ableiten. Das ist unmöglich, das kann ich nicht.«

»Ein Mann wie du hat über die Jahre hinweg sicher gut verdient.«

John Hansen schüttelte den Kopf. Der Lohnzettel war über die Jahre hinweg anständig gewesen, aber das Gleiche konnte man von der Anzahl an Stunden sagen, die er in Casinos auf der ganzen Welt verbracht hatte.

»Ogato, wir haben eine Vereinbarung! Wir müssen eine Lösung finden können«, stammelte er.

»Wenn du mich nicht im Stich lässt, lasse ich dich auch nicht im Stich.« Mr Ogato sah seinen Gast mit einem kühlen Blick an. »Lässt du mich im Stich?«

John Hansen wischte sich verzweifelt die Schweißperlen von der Stirn.

»Ich lasse Sie nicht im Stich, Ogato, aber es ist unmöglich für mich, fünfzehn Millionen Schilling aufzutreiben. Das kann ich ganz einfach nicht. Wir müssen eine andere Lösung finden.«

»Du hast dir also gedacht, mich im Stich zu lassen«, kommentierte Ogato. »Dann müssen wir schauen, ob diese Madam Kayser freundlicher ist.«

»Nein, das müssen Sie nicht. Wir müssen eine Lösung finden.« John Hansen hörte die Erbärmlichkeit in seiner Stimme.

»Ruf mich an, wenn du zur Vernunft kommst. Jetzt

habe ich leider ein sehr wichtiges Telefongespräch. Auf Wiedersehen.«

Der Hausherr erhob sich, sodass John Hansen das Gleiche tat und aus dem Haus stolperte. Als er die Autotür geschlossen hatte, schlug er mit seinem Kopf auf das Lenkrad.

Das durfte nicht wahr sein. Sie waren jetzt so kurz vor dem Ziel. *Er* war so kurz vor dem Ziel.

Madam Kayser.

Das konnte nur sie sein.

Caroline Kayser.

Wie war sie, verdammt noch mal, auf die Spur von Ogato gekommen? Er hatte doch nie etwas von ihm erzählt. Es war unmöglich, dass sie von der Zusammenarbeit wusste. Es sei denn …

John Hansen richtete sich auf. Er drehte den Autoschlüssel um und trat kräftig aufs Gaspedal.

Vielleicht waren es nicht die Chinesen, die in seinem Büro herumgeschnüffelt hatten.

19

Der Schultag hatte sich so dahingeschleppt, und jetzt waren sie endlich bei der letzten Stunde des Tages angekommen – Englisch.

Normalerweise war das eines von Sallys Lieblingsfächern, weil man sowohl lesen als auch schreiben musste und somit viel auf einmal lernte. Die Lehrerin begann jede Unterrichtsstunde damit zu fragen: »*How are you?*«, und dann antwortete die Klasse laut im Chor: »*We are fine, thank you.*« Sally war immer eine derjenigen, die am lautesten antworteten. Sie wollte gern, dass die Lehrerin hörte, wie gut sie in Englisch war.

Heute antwortete sie überhaupt nicht.

Englisch war jetzt eine hässliche Sprache.

Sie begannen damit, laut aus dem Buch zu lesen, mit dem sie zu Hause geübt hatten. Die Schüler wechselten sich damit ab, von einem kleinen Jungen zu lesen, der in eine große Stadt zog und zum ersten Mal Schnee sah. Während die Klassenkameraden lasen, stellte sich Sally vor, wie es sein würde, in Schnee begraben zu werden. Ob man Luft holen könnte. Sie hatte Bilder von Schnee auf dem Gipfel des Kilimandscharo gesehen und stellte sich vor, wie es sein würde, wenn der ganze Schnee oben auf ihr landen würde, oder der ganze Berg.

»Sally!«

Sie sah verwirrt hoch.

»Du warst ganz weit weg. Du bist dran mit Lesen«, sagte die Lehrerin.

Sally schaute in das Buch. Sie ahnte nicht, bis wohin sie gekommen waren.

»Seite sechzehn in der Mitte. Fang bei ›*Peter made an angel in the snow.*‹ an.«

Sally fuhr mit dem Finger über die Seite und fand die Stelle. Sie öffnete den Mund, um zu lesen, aber es kam kein Wort heraus. Sie dachte an Peter. Daran, wenn ein fremder Mann kam und sich auf ihn drauflegte, während er wie ein Engel im Schnee lag.

»Sally, stimmt etwas nicht?«, fragte die Lehrerin.

Sally biss sich auf die zitternde Unterlippe und schüttelte den Kopf.

»Sieh mich an«, sagte die Lehrerin.

Aber Sally starrte weiter in das Buch und auf Peter, der allein im Schnee lag.

»Sally, ich habe dich gebeten, mich anzusehen.« Die Stimme der Lehrerin klang jetzt streng.

Sally merkte, wie sich die Tränen hinter ihren Augenlidern sammelten, zwang sich aber, den Kopf zu heben und die Lehrerin anzuschauen.

»Ich … mir geht es nicht so gut«, flüsterte sie.

»Das hättest du nur sagen müssen«, antwortete die Lehrerin und schaute Sally einen Augenblick lang an, bevor sie den Blick abwandte. »Ngumo, möchtest du anstelle von Sally lesen?«

Als die Stunde vorüber war, nahmen die Schüler ihre Bücher und Bleistifte und verließen das Klassenzimmer. Sobald sie draußen waren, begannen der Lärm und das Spielen. Als Sally fast an der Tür angelangt war, spürte sie eine Hand auf ihrer Schulter. Sie zuckte zusammen.

»Du musst dich nicht so erschrecken, Sally, ich möchte

nur mit dir sprechen.« Die Lehrerin lächelte. »Geht es dir gut?«

»Entschuldigung«, murmelte Sally.

»Du musst dich nicht entschuldigen, ich möchte nur gern wissen, ob etwas nicht stimmt?«

Sally schüttelte den Kopf.

»Du warst auch gestern nicht hier, wie kann das sein?«

»Ich musste meiner Mutter helfen.« Sally zupfte am Stoff ihres Rockes.

Die Lehrerin drehte ihr den Rücken zu und wühlte in ihrer Tasche. Dann drehte sie sich wieder zurück zu Sally, eine Hand hinter dem Rücken.

»Nun, ich habe auf jeden Fall eine Überraschung, und ich bin mir sicher, die wird dich richtig fröhlich machen.« Sie lächelte.

Sally antwortete nicht. Sie wollte jetzt gern nach Hause.

»Schau!« Die Lehrerin zog ein großes Buch hervor. Auf der Vorderseite war die Zeichnung einer Prinzessin, und das Buch sah nur ein klein bisschen abgenutzt aus. »Ich erinnere mich, wie gern du Märchen magst, und du sollst die Erste sein, die das neue Märchenbuch der Schule ausleiht!«

Normalerweise hätte Sally in die Hände geklatscht und wäre auf und ab gehüpft. Jetzt hingen die Arme reglos am Körper herunter, und sie stand wie versteinert da. Sie starrte auf das Buch, das ihr die Lehrerin entgegenstreckte. Sie wusste, dass sie die Hand heben, das Buch nehmen und danke sagen müsste, aber es passierte nichts.

Die Lehrerin sah sie prüfend an. Dann zuckte sie mit den Schultern.

»Ich lege es hier auf das Pult, so kannst du ein bisschen hineinschauen und es mitnehmen, wenn du gehst.

Wir sehen uns morgen, Sally.« Die Lehrerin drückte ihren Arm, nahm ihre Tasche und ging aus dem Zimmer.

Sally schaute auf das Buch, streckte die Hand aus und blätterte die erste Seite um. Dann klappte sie es zu, drehte sich um und ging. Sie mochte keine Bücher mehr lesen.

Dieses eine Mal musste sie nicht beim Abendessen helfen. Die Mutter hatte selbst angeboten, dass sich Sally drinnen auf die Schlafmatte legen und ausruhen konnte, während sie das Essen zubereitete. Ihrem Rücken ging es sehr viel besser, sagte sie, auch wenn sie sich immer noch seltsam nach vorn beugte.

Sally lauschte dem knisternden Geräusch des Feuers und zählte die Rillen in den Dachblechen der Hütte. Möchte wissen, wo die Mutter Brennholz herbekommen hat ohne Korb? Der Kochtopf schepperte, als er an den Haken über dem Feuer gehängt wurde. Nachdem die Mutter eine Weile in dem Brei gerührt hatte, kam sie in die Hütte und setzte sich neben die Matte.

»Geht es dir besser, Sally?«

Sally antwortete nicht.

»Du musst mir erzählen, was dir passiert ist. Ich bin deine Mutter, ich muss es wissen.«

Sally drehte sich auf die Seite, sodass sie mit dem Rücken zur Mutter lag, und zog die Knie zur Brust hoch. Ihre Mutter legte sich hinter sie. Sally spürte die Wärme des Körpers ihrer Mutter.

»Sally, sag etwas.«

Die Mutter legte den Arm um sie und zog Sally fest an sich. So lagen sie lange da.

»Er hat das da gemacht, Mutter, und das hat so wehgetan«, schluchzte Sally schließlich.

»Das weiß ich, mein kleiner Schatz«, antwortete die

Mutter ruhig. »Erzähl mir alles, dann wird es wieder gut.«

»Ich habe mich nicht getraut zu schreien, weil sie gesagt haben, dann würden sie mich schlagen.«

»Mein kleines Mädchen.«

»Es war auch meine Schuld, weil ich zum Krater hinausgegangen bin, und dann kam das Auto mit den Männern und hat mich mitgenommen.« Sally japste nach Luft. »Entschuldigung, Mutter, ich werde es nie wieder tun.«

»Ja, mein Schatz, ja. Du musst mir jetzt alles erzählen. Wo hat dich das Auto hingefahren?«

»Ich weiß es nicht. Weit weg. Auf guten Straßen.« Sie schluchzte. »Ich weiß es nicht.«

»Wer hat das Auto gefahren, Sally?«

Sally antwortete nicht.

»Wer war es, Sally-Schatz?«

»Das weiß ich nicht, weil sie mir die Augen verbunden haben. Aber sie haben genauso gesprochen wie wir.«

»Alle?«

Sally schniefte.

»Nein.«

»Wer hat nicht genauso gesprochen wie wir, Sally?« Die starken Arme der Mutter pressten sie enger an sich.

»Der eine von ihnen, *er*, hat englisch gesprochen.«

»Kannst du mir etwas über ihn erzählen, Sally?«

»Er hatte die Hand eines weißen Mannes.«

20

Arbeiteten die Afrikaner nie?

Irritiert legte Caroline das Handy auf den Tisch. Gestern Nachmittag hatte Mr Ogato bereits das Büro verlassen, als sie angerufen hatte, und heute wurde das Telefon nicht abgenommen.

Sie versuchte es erneut. Immer noch vergebens.

Mit den Fingern auf den Schreibtisch des Hotelzimmers trommelnd, verfolgte sie ungeduldig den Sekundenzeiger auf ihrer Uhr, bis er sich einmal im Kreis herumbewegt hatte. Dieses Mal nahm die Sekretärin ab. Es war die gleiche Frau, mit der sie gestern gesprochen hatte.

»Ja, guten Tag, Madam Kayser«, zwitscherte sie, als Caroline sich vorgestellt hatte. »Ich wollte Sie gerade anrufen.«

Selbstverständlich wolltest du das, dachte Caroline ironisch.

»Mr Ogato hat auf meine Mail geantwortet und mich gebeten, Ihnen mitzuteilen, dass er im Moment leider keine Möglichkeit hat, mit Ihnen zu sprechen.«

»Warum nicht?«

»Ja, sehen Sie, darüber schreibt er nichts.«

»Okay.«

»Aber er schreibt, er will Sie kontaktieren, sobald es aktuell wird.«

»Und wann kann ich damit rechnen?«

»Ja, das ist schwer zu sagen, aber auf jeden Fall, sobald es aktuell wird«, erklärte die Sekretärin ernst.

Caroline biss sich auf die Lippe.

»In diesem Fall möchte ich gern um eine Mailadresse oder eine Telefonnummer bitten, damit ich ihn direkt kontaktieren kann«, antwortete sie bestimmt.

»Ich habe leider nicht die Erlaubnis, Mr Ogatos Kontaktinformationen weiterzugeben. Dann würde sein Telefon doch nie stillstehen.« Die Sekretärin lachte leise.

Caroline versuchte ein paarmal, die Sekretärin zu überreden, gab letztendlich aber auf und beendete das Gespräch. Sie musste einfach immer wieder anrufen, bis sie ihrer überdrüssig wurde und sie durchstellte.

Ihr BlackBerry piepte zweimal. Eine Mail von Karen Trier und eine von einer alten Studienfreundin waren eingegangen.

Sie klickte auf die Mail von Karen. Die Kollegin bat sie um einen Gefallen. Karen war Projektleiterin für Dana Oils jährlichen CSR-Bericht. Das war ein Report vergleichbar dem üblichen Geschäftsbericht, aber anstatt über Budgets und Schlüsselzahlen des vorangegangenen Jahres zu informieren, beschrieb er, wie es auf den sogenannten weichen Gebieten gelaufen war – wie viel CO_2 Dana Oil ausgestoßen hatte und wie das Unternehmen die Herausforderungen wie Korruption, Kinderarbeit und Menschenrechtsverletzungen meisterte.

Der Bericht enthielt jedes Jahr eine Reihe von Interviews mit »lokalen Partnern«, wie sie genannt wurden. Es waren Interviews mit verschiedenen Leuten aus den Ländern, in denen Dana Oil agierte.

Die Interviews brachten immer Diskussionen mit sich. Auf der einen Seite war es korrekt, wenn die Kritiker sagten, das Unternehmen würde niemals eine vernichtende Kritik über sich selbst publizieren und dass die Interviews damit keinerlei Berechtigung hatten. Auf der anderen Seite – und das hielt Caroline für ein gutes Argument – konnte allein der Umstand, die Leute vor Ort zu interviewen, diese unterstützen, weil sie angehört wurden. Außerdem waren die meisten der Ansicht, dass es interessanter war, ein Interview mit einem Menschen aus Fleisch und Blut zu lesen als lange, trockene Berichte über Chemikalienverbote und Abwasserableitungen.

Und jetzt wollte Karen so ein Interview aus Kenia haben und hören, ob sie Caroline damit locken konnte, sich mit einem kenianischen Unterhändler zu treffen.

Caroline seufzte irritiert.

Gerade jetzt wurde sie in Markvarts Augen ausschließlich daran gemessen, ob sie in der Lage war, die kenianische Kritik an Dana Oil zu unterbinden, nicht daran, ob sie eine halbe Seite für einen CSR-Bericht liefern konnte, der sowieso nur von Insidern gelesen wurde.

Auf der anderen Seite war sie Karen einen Gefallen schuldig. Sie hatte häufig Nutzen aus dem Insiderwissen der Kollegin hinsichtlich des Q-Netzwerkes und anderer Stellen, zu denen Caroline keinen Zugang hatte, gezogen.

Business ist ein Spiel aus Geben und Nehmen, wie ihr Vater zu sagen pflegte. Und es musste ja auch nicht lange dauern. Da er für die Vertragsverhandlungen zuständig war, würde Martin ihr sagen können, mit wem sie sprechen sollte. Caroline schickte ihm umgehend eine Mail.

Die Betreffzeile der Mail der Studienfreundin lautete: »Bald passiert es!«

Es war eine Einladung zu einer *baby shower* für

eine gemeinsame Studienkameradin, die in einem Monat ein Baby bekommen sollte. »Bring etwas Leckeres mit – inkl. eigenen Babys, selbstverständlich«, schloss die Freundin.

Caroline seufzte.

Wer hatte *baby showers* in Dänemark eingeführt? Sie verkraftete bald keine Veranstaltungen mehr in der Art: »Oscar hat jetzt gelernt zu krabbeln« und »Es ist unmöglich, zu existieren, wenn man nicht schlafen kann«. Es war ohnehin selten, dass sie ihre Freundinnen sah, und wenn, dann sollten die Gesprächsthemen wenigstens interessant sein. Im Übrigen begriff sie nicht, warum es notwendig war, so viel über »die Mutterschaft« zu reden.

Vor ein paar Monaten hatte sie bei einer Freundin die Geduld verloren und gesagt, dass es ihr manchmal schlecht wurde von dem Selbstmitleid, das Mütter von Kleinkindern an den Tag legten. Die Freundin, die selbst eine einjährige Tochter hatte, war beleidigt gewesen und hatte geantwortet, dass Caroline keine Ahnung davon hatte, wie hart das war, sie es aber wohl verstehen würde, wenn sie eines Tages ihre Prioritäten in den Griff bekommen würde. Kurz danach war der Café-Besuch beendet gewesen, und mehr hatte es seither nicht gegeben. Hinterher hatte es Caroline bereut. Es war nicht ihre Absicht gewesen, ihre Freundin anzugreifen.

Wieder einmal schlichen sich Gedanken darüber ein, inwieweit sie ihre Prioritäten richtig gesetzt hatte.

Kasper hatte angefangen, von Kindern zu reden, nachdem sie sich ein paar Jahre gekannt hatten.

»Meine Eltern waren Anfang zwanzig, als sie mich bekommen haben. Wir nähern uns der Dreißig«, hatte er argumentiert.

»Das war damals eine andere Zeit. Heute bekommen die Leute später Kinder.«

»Das weiß ich gut. Es ist auch nur, weil ich jetzt wirklich gern Kinder haben möchte. Zusammen mit dir, Caroline.«

Letztendlich waren sie einen Kompromiss eingegangen. Zu diesem Zeitpunkt hatte Caroline die ersten zwei Jahre der Ausbildung zur Assessorin durchlaufen, und es fehlte ihr jetzt nur noch ein Jahr, um ihre Zulassung als Anwältin zu erhalten. In einem halben Jahr wollte sie die Pille absetzen. Würde sie sofort schwanger werden, könnte sie immer noch ihre Lizenz erhalten, bevor sie das Kind bekam.

Drei Monate – und drei Menstruationen – später hatte die Karriere gelockt. Kasper hatte sich verständnisvoll gezeigt. Er konnte gut verstehen, dass sie gerade jetzt nicht schwanger werden wollte.

An dem Tag, an dem die Probezeit bei Dana Oil überstanden war und Caroline fest angestellt wurde, war Kasper mit einer Flasche Champagner nach Hause gekommen. Jetzt konnten sie das Projekt Familienvergrößerung endlich in Angriff nehmen. Das war bei einem Trinkspruch durchgeklungen. Man weiß doch nicht, wann du wieder Alkohol trinken kannst, hatte er ihr zugeflüstert.

In der ersten Zeit hatte sie versucht zu vermeiden, mit ihm zu schlafen, wenn sie zwischen zwei Regelblutungen war. Aber letztendlich hatte sie es ihm mitteilen müssen. Sie konnte es nicht vor sich selbst verantworten, in einem neuen Job anzufangen und sofort schwanger zu werden.

»Es gibt so viele, die das machen, Caroline«, hatte Kasper erwidert. »Ich habe mehrere weibliche Kollegen, die bald nach ihrer Anstellung schwanger geworden sind. Das ist vollkommen normal.«

Ja, aber du bist auch im öffentlichen Sektor angestellt. Ihr wisst nicht, wie es ist, draußen in der wirklichen Welt klarzukommen, hätte Caroline ihm am liebsten ins Gesicht geschrien. Sie hatte es nicht getan, sondern nur versucht zu erklären, dass sie gezwungen sei, ihren Wert in dem Unternehmen zu beweisen, bevor die Rede davon sein konnte, Kinder zu bekommen. Trotz schöner Worte über die Gleichstellung von Frauen in der Führungsebene zeigte jegliche Erfahrung, dass die Leitung von Dana Oil nicht gerade begeistert davon war, Frauen zu befördern, bei denen sie damit rechnete, dass sie in naher Zukunft ein Kind bekommen würden.

Im Übrigen hatte ihr Vater ihr immer geraten, damit zu warten, bis sie die Karriere gut vorangebracht hatte. Er sagte: »Man degradiert Leute in Führungspositionen nicht, aber man kann sie daran hindern, eine zu bekommen. Also sorge dafür, eine dieser Positionen zu erhalten, bevor du Kinder bekommst. Es ist nicht sicher, ob du später noch eine Chance erhalten wirst.« Den gleichen Rat hatte sie bei einem Seminar für die weiblichen Talente des Unternehmens von Dana Oils Frau in der Spitzenleitung, Birgitte Halvorsen, gehört. Halvorsen, die selbst keine Kinder hatte, hatte es nicht so direkt gesagt, sondern darüber gesprochen, dass eine Spitzenkarriere Entbehrungen erforderte. Aber Caroline hatte gewusst, was sie meinte.

Wie es jetzt aussah, war es Caroline in kurzer Zeit gelungen, sich ein Image als eine auf Karriere fokussierte Frau zu verschaffen, für die Kinderkriegen nicht zum Spiel gehörte, und mit diesem Bild war sie sehr zufrieden.

Aber was ist mit uns, Caroline, sind wir nicht wichtiger

als Karriere und Image?, hatte Kasper geschrien. Sie hatte versucht, ihn davon zu überzeugen, dass es nur eine Frage der Zeit war, denn es war klar, dass sie innerhalb der nächsten paar Jahre befördert werden würde. Sie wusste zwar, dass die biologische Uhr tickte, aber es gab viele Frauen, die erst dann Kinder bekamen, wenn sie Ende dreißig waren, und sie war gerade erst dreißig Jahre alt.

Konnte Kasper das nicht verstehen?

Das konnte er nicht. Er meinte, sie hätte ihm versprochen, loszulegen, wenn sie fest angestellt worden war, und schließlich hatten sie beide geschrien und gestritten, bevor Kasper seine Jacke genommen und weinend die Wohnungstür hinter sich zugeknallt hatte.

Spät am Abend war er zurückgekommen, und sie hatten beide geweint und einander versprochen, das Problem zu lösen. Aber die Diskussion hatte sie aufgefressen, und nach einigen Monaten hatte Kasper ihr ein Ultimatum gestellt: Sie war zum letzten Mal in der Apotheke gewesen, um die Pille zu holen, ansonsten würde er gehen. Kinder waren sein größter Wunsch, und er wollte und konnte nicht länger warten.

Caroline war wieder in die Apotheke gegangen, und Kasper hatte einen Umzugswagen bestellt.

Das war jetzt bald ein halbes Jahr her, aber die Leere in ihr, die Kasper hinterlassen hatte, tat weh. Sie versuchte verbissen, ihre Aufmerksamkeit auf das Positive zu richten. Zum Beispiel darauf, dass sie jetzt der irritierenden Frage der Kollegen entging, ob Kasper und sie nicht bald Kinder bekommen wollten. Die Frage wurde in der Regel bei nicht formellen Anlässen gestellt, wenn sie nach einem langen Kurstag in der Bar saßen, oder bei Firmenfesten. Bei diesen Gelegenheiten erzählten einige der Kollegen Dinge, die Caroline nicht einmal im Traum mit ihnen teilen würde. Aber die Erleichterung über die ausbleibenden Fragen der Kollegen konnte die Leere nicht ausfüllen, die Kasper hinterlassen hatte, als er ausgezogen war. Bei Weitem nicht.

Der Klingelton ihres Handys riss sie aus den dunklen Gedanken.

Es war eine lokale Nummer. Vielleicht war es für Mr Ogato bereits »sofern es aktuell wird« geworden.

»Caroline Kayser.«

»Hallo, Caroline, Daniel hier. Von Peoples' Rights.«

»Ah, hallo, Daniel.«

»Störe ich?«

»Nein, nein.« Caroline versuchte, ihre Stimme mit einem Lächeln zu würzen; der Mann hatte trotz allem einen ganzen Tag darauf verwendet, mit ihr zu Lars Tyndskids kenianischer Savanne zu fahren. »Überhaupt nicht. Was kann ich für dich tun?«

»Ich habe mir gedacht, das hier würde dich interessieren.«

»Ja?«

»Mich hat soeben eine Lehrerin aus Asabo angerufen – du weißt, das Dorf, das wir besucht haben.«

»Ja, das vergesse ich nicht so schnell. Gibt es etwas Neues von Mama Lucy?«

»Nein, nicht mehr, als dass der Mord bei der Polizei angezeigt wurde, die die Sache jetzt untersucht.«

»Okay.«

»Aber was ich dir erzählen wollte, ist, dass ich wie gesagt von dort angerufen wurde.«

»Ja?«

»Ja, und allein das, dass sie mich anrufen, sagt doch etwas darüber aus, wie ernst sie es meinen, denn es ist nicht immer einfach, eine Telefonnummer zu finden, wenn man auf dem Land lebt«, fuhr Daniel fort.

»Nein, das ist klar«, antwortete Caroline, so geduldig, wie sie konnte, während sie sich darüber wunderte, warum es einigen Menschen so schwerfiel, zur Sache zu kommen.

Sie erhob sich und ging zum Fenster.

Daniel räusperte sich.

»Es gibt dort ein kleines Mädchen, das vergewaltigt wurde.«

Caroline blieb abrupt stehen.

»Was sagst du da?«

»Das ist das, was die Lehrerin gesagt hat«, antwortete Daniel.

»Warum rufen sie dich an und erzählen dir das?«

»Weil sie wissen, dass ich Kontakt zu euch habe.«

»Und sie glauben, das hat etwas mit uns zu tun?«, fragte Caroline, wohl wissend, dass dies eine überflüssige Frage war.

Daniel bestätigte das.

»Aber sie können nicht mit solchen Anschuldigungen kommen, ohne Beweise zu haben«, protestierte sie und griff nach der blauen Gardine, um die Mittagssonne auszusperren.

»Das Mädchen hat gesagt, der Mann, der das getan hat, hatte die Hand eines weißen Mannes.«

Carolines ausgestreckter Arm erstarrte in der Luft.

»Und die einzigen weißen Menschen, die häufig in diese Gegend kommen, haben eine Verbindung zu deiner Firma«, fuhr Daniel fort.

Sie stand wie versteinert da. Beweise oder nicht, das hier waren Anklagen, die fatale Fußabdrücke in dem Ruf der Firma und damit auch in ihrer Karriere hinterlassen konnten. Jetzt waren es sowohl eine Vergewaltigung mehr als auch der Mord an Mama Lucy, um das sie sich Sorgen machen musste.

Dieses Mal gab es keinen Ausweg. Sie war gezwungen, dorthin zu fahren und sie zum Reden zu bringen.

Sie bemerkte, dass Daniel immer noch sprach.

»... aber ich bin sicher, das verstehst du.«

»Entschuldigung, kannst du das wiederholen, ich glaube, die Verbindung war einen Augenblick lang unterbrochen – wie du weißt, spreche ich von einem Handy aus Dänemark, da kann es aufgrund der Netzdeckung zwischendurch gut zu einigen Ausfällen kommen ...« Sie verstummte.

»Was ich gesagt habe, ist, dass wir von Peoples' Rights sehr gern mit deiner Firma zusammenarbeiten möchten, wir aber auch eine moralische Verpflichtung gegenüber der einheimischen Dorfbevölkerung haben, sie zu unterstützen. Und manchmal machen wir das, indem wir an die Presse gehen. Aber ich bin sicher, das verstehst du.«

Caroline sank in sich zusammen.

Markvart würde ausflippen, wenn die Presse involviert werden würde. Er schlug sich immer noch damit herum, Bojesens Geschichte darüber zu verhindern, dass Asabo Dana Oil beschuldigte, in den Mord an Mama Lucy involviert zu sein. Bojesen hatte anscheinend einen besonders effektiven *deep-throat*. Sie bemühte sich, ihre Gedanken ganz schnell zu ordnen.

»Was, wenn wir erneut nach Asabo fahren? Chauffeur und Auto kann ich organisieren.«

Daniel willigte ein, und sie versprach, sich bezüglich einer Abfahrtszeit zu melden.

Sie hatte gerade das Handy weggelegt, als es erneut klingelte. Noch eine lokale Nummer – vielleicht hatte sie dieses Mal Glück?

Aber es war kein Polizeipräsident am anderen Ende.

Es war Martin, der aus dem Büro anrief. Er wollte gern dabei behilflich sein, ein Interview mit dem Kontaktmann in der Naturressourcen-Verwaltung zu bekommen. Eine Aufgabe, die sie nach Daniels Anruf bereits vergessen hatte.

»Danke, ja, du musst entschuldigen, dass ich dich darum bitte, aber man will seinen Kollegen doch gern helfen, wenn sie dies benötigen.«

»Selbstverständlich.«

»Hast du eine Nummer oder eine Mailadresse, damit ich ihn kontaktieren oder einen Termin abstimmen kann?«

»Ja. Aber ich hatte eigentlich gedacht, dass ich das einfach für dich ausmachen kann.«

»Nein, das musst du nicht.«

»Ich habe nichts dagegen. Vielleicht wäre das sogar das Beste. Die kenianischen Beamten ziehen es meist vor, mit Leuten zu sprechen, die sie bereits kennen. Du kannst mir einfach die Fragen geben, dann kann ich sie ihm stellen.«

Caroline dachte nach. Es war verlockend, die Aufgabe an Martin abzutreten, aber sie kannte Karen und wusste, die Kollegin würde alle möglichen weiterführenden Fragen stellen. Sie vermochte es nicht, sich durch ein Gespräch mit Karen zu lügen oder zu erklären, warum sie das Interview nicht selbst geführt hatte.

»Nein, darum kann ich dich wirklich nicht bitten.«

»Das ist okay, ich habe morgen Abend bereits ein *Geschäftsessen* mit meinem Kontaktmann.«

Sie hatte eine Eingebung.

»Vielleicht könnte ich zu eurem Essen mitgehen?«, fragte sie.

Das würde ihr auch die Chance geben, Martin wiederzusehen. Sie hatte einige Male an ihn gedacht, seit sie sich zuletzt gesehen hatten. Er entzündete etwas in ihr. In ihm konnte sie sehr viel von sich selbst wiedererkennen. Das Ambitionierte, die Entscheidung gegen das traditionelle Familienleben zum Vorteil der Karriere. Das Einflussreiche. Aber gleichzeitig umgab ihn etwas Eigenartiges. Etwas Unerreichbares und Faszinierendes, das ihre Neugierde weckte.

Martin antwortete nicht sofort, und als er es tat, hörte er sich nicht gerade begeistert an.

»Es gibt keinen Grund, dass du deine Zeit dafür verwenden musst, wenn ich dir helfen kann.«

»Das ist vollkommen okay – ich muss sowieso etwas essen«, antwortete Caroline mit einem Lachen, von dem sie hoffte, es würde weniger gekünstelt klingen, als es war.

»Ich glaube nicht, dass wir in einem besonders eleganten Restaurant essen werden.«

»So wählerisch bin ich nicht.«

Langsam wurde es peinlich.

»Nun, okay, dann steht dem wohl nichts im Wege, dass du mitkommen kannst«, antwortete Martin zaghaft.

»Wo werdet ihr euch treffen?«

»Bis jetzt haben wir noch nichts ausgemacht.«

»Vielleicht kannst du mir morgen einfach eine SMS mit Zeit und Ort schicken?«

»Ja.«

»Gut, abgemacht. Wir sehen uns morgen.«

»Ja, bis morgen.«

Caroline legte auf. Ein bisschen anmaßend, aber jetzt

konnten ihre Freundinnen auf keinen Fall sagen, sie hätte kein Leben. Okay, es war kein richtiges Date, aber trotzdem.

Die Zufriedenheit verflog aber schnell, als die Gedanken zu der Herausforderung zurückkehrten, der sie gegenüberstand.

Ein weiteres Mädchen war vergewaltigt worden. Auf jeden Fall gab es eine Anklage.

Es galt, so schnell wie möglich nach Asabo zu kommen und einen Deckel zu finden, den man auf den brodelnden Topf setzen konnte, bevor Bojesen davon Wind bekam.

21

John Hansen lief so schnell, wie es sein nervöser Magen zuließ, den Flur hinunter. Zwei Mitarbeiter drückten sich an die Wand, um einen Zusammenstoß zu vermeiden.

Er stürzte in das Büro, und mit drei Schritten war er um den Schreibtisch herum. Er fummelte den Schlüssel aus der Tasche und steckte ihn mit zitternden Händen in das Schloss der obersten Schublade. Fieberhaft riss er den Bericht des chinesischen Konkurrenten heraus und sah in den Schrank.

Das kleine, schwarze Notizbuch lag immer noch dort.

Er hielt die Luft an, während er es herausnahm. Hektisch blätterte er durch die Seiten.

Dann erstarrte er.

Dort, wo die letzte Seite sein sollte, befand sich ganz dicht am Buchrücken nur ein kleiner, ausgefranster Rest Papier. Die Seite, die nicht mehr dort war, wo sie sein sollte, war die, auf der er Mr Ogatos Kontonummer und auch die Höhe des Betrages notiert hatte.

Wie hatte er so dumm sein können?

Mit immer noch zitternden Händen öffnete John Hansen die mittlere Schublade, kramte die Whiskyflasche hervor und setzte sie an die Lippen. Nach drei großen Schlucken Macallan stellte er die Flasche beiseite. Er hatte das Gefühl, von einem Bumerang getroffen worden zu sein. Hart und direkt ins Genick.

Selbstverständlich wusste er gut, dass das Spiel so lief. Den einen Augenblick profitierte man von der Flexibilität, die ein korruptes Regime bieten konnte, und im nächsten stand man, die Hände auf den Rücken gedreht, da. Aber eine Sache war es, das zu wissen, eine andere, es zu spüren.

Korruption war einer der Eckpfeiler der kenianischen Gesellschaft; eine Spielregel, die man akzeptieren musste, wenn man ein Teil *des Spiels* sein wollte.

In Kenia fand man Korruption auf allen Ebenen, ob es an der Spitze des politischen Systems oder *kito kidogo* – die kleine Korruption – war. Kito Kidogo war es zum Beispiel, wenn die Polizei forderte, die Ausgaben für das Benzin ersetzt zu bekommen, um zum Schauplatz eines Verbrechens fahren zu können, oder wenn der Arzt einen Schilling unter der Hand haben wollte, um dem Patienten in den Hals zu schauen.

Korruption war unter dem legendären Präsidenten Jomo Kenyatta selbstverständlich geworden, er hatte diese – von den englischen Kolonialherren befreit und mit mehr Freiheiten ausgestattet, wenn es darum ging, sich selbst mit Eigentum oder attraktiven Landgebieten zu verwöhnen –, in der Gesellschaft verankert.

Dennoch geschah es erst unter Daniel Arap Moi, Kenyattas Nachfolger und zwischen den 1980er und 1990er Jahren an der Macht, dass Kenia als eine Brutstätte der Korruption weltbekannt wurde. In diesem Zeitraum war es tatsächlich suspekt, wenn man einen einflussreichen Posten bekleidete und diesen *nicht* dazu ausnutzte, sich das Leben zu versüßen. Öffentlich angestellt zu sein, ob als Beamter oder Politiker, bedeutete nicht nur, das Recht zu haben, sondern auch die Pflicht, sich von den Bürgern für seine Leistungen bezahlen zu lassen. Und wenn man einen gewissen Wohlstand zusammengekratzt hatte, wurde erwartet, dass man ihn mit der Familie und mit seinem Stamm und seinem Dorf teilte. Hatte man die Möglichkeit, einem Genossen dabei zu helfen, eine gut bezahlte Stelle zu bekommen, tat man das auch.

Die schlimmste Korruption allerdings fand man bei der Polizei. Der lange Arm des Gesetzes in Kenia war es gewohnt, bestochen zu werden, sodass er es ganz einfach als sein Recht betrachtete. Vor einigen Monaten war die kenianische Polizei sogar zu der korruptesten Institution in ganz Ostafrika gekürt worden. Eine Tatsache, die John Hansen ganz unterhaltsam hätte finden können, würde er sich jetzt nicht selbst in ihren Klauen befinden, ohne eine Möglichkeit zu sehen, sich loszureißen.

Er schraubte den Verschluss von der Whiskyflasche und nahm noch einen Schluck.

Als Erstes galt es, sich Zeit zu erkaufen.

Er griff nach dem Telefon und wählte die Nummer von Ogatos Sekretärin, während er zum Gott weiß wievielten Mal darüber fluchte, dass sich der Mann zu wichtig fühlte, um seine direkte Nummer preiszugeben.

Die Sekretärin teilte mit, dass sich Mr Ogato in einer *sehr* wichtigen Sitzung befand und den Anruf daher nicht entgegennehmen konnte. John Hansen rollte mit den Augen. Ich frage mich, ob das Sitzungslokal nicht 18 Löcher und ein Klubhaus hat, in dem man kühle Drinks serviert, hatte er Lust zu sagen. Aber eigentlich war das sehr gut, denn so vermied er es, Mr Ogato direkt ins Gesicht zu lügen. Nicht dass ihn das belasten würde, aber trotz allem war es praktischer, dies durch andere erledigen zu lassen.

Ob er eine Nachricht hinterlassen wolle?

Ja, danke, wenn die Sekretärin Mr Ogato mitteilen würde, dass Mr Hansen das, worüber sie gesprochen hatten, regeln würde. Ja, Mr Ogato würde wissen, um was es sich handelte.

So. John Hansen nickte. Er spielte das Spiel noch immer besser als die meisten. Jetzt galt es nur, in den nächsten paar Tagen Ogatos Anruf *abzuwehren*. Dann hatte er vermutlich – hoffentlich – in der Zwischenzeit eine dauerhafte Lösung gefunden.

Was seine emsige junge Kollegin betraf, hatte er zwei Möglichkeiten.

Die eine war zu versuchen, sich gut mit ihr zu stellen. Ihr auf die ein oder andere Weise *zu schmeicheln* und sie für sich zu gewinnen. Auf jeden Fall so weit, dass sie die Treibjagd auf ihn beendete.

Aber John Hansen war nie ein Freund der Frauen gewesen; es war einfach nicht seine Art, mit ihnen in einer Weise zu reden, wie es einige Männer vermochten, bei denen die Weiber über alles, was sie sagten, laut lachten. Außerdem hatte er bemerkt, wie Caroline Kayser ihn ansah. In dem Blick lag nicht Interesse, sondern Abscheu.

Die andere Möglichkeit war die einzig realistische.

Er war gezwungen, sie zum Schweigen zu bringen. Das musste möglich sein. Es konnte gut sein, dass sie der Meinung war, über Wasser gehen zu können, aber trotz allem war sie nicht so hartgesotten, wie John Hansen es war. Und auch wenn er gut wusste, dass er beim Vorstand zu Hause in Kopenhagen nicht hoch im Kurs stand, gab es auf jeden Fall ein Vorstandsmitglied, das ihm einen Gefallen schuldete.

Es war an der Zeit, diesen einzufordern.

22

Die Tour nach Asabo erinnerte an die Fahrt, die sie erst vorgestern gemacht hatten.

Der dichte Morgenverkehr in der Stadt, der langsam nachließ und in die staubige Stille der Wildnis verwandelt wurde. Die gleiche holperige Straße. Das gleiche ramponierte Auto. Dieselben drei ungleichen Musketiere.

Caroline schielte nach hinten zu Daniel und nach rechts zu Stanley. In Kenia herrschte Linksverkehr. Aber die Löcher in der Straße brachten die Fahrer regelmäßig dazu, das Lenkrad so weit nach rechts zu drehen, dass sie auf den rechten Seitenstreifen gerieten – und dann dort weiterfuhren.

Der einzige Unterschied zwischen dieser und der letzten Fahrt war, dass Stanley heute etwas mehr sprach. Er erzählte von seiner Kindheit auf dem Land und wie er in die Stadt gekommen war, um Geld zu verdienen.

Die Eltern waren arme Bauern gewesen, wohingegen er selbst genug verdiente, um beide Töchter in eine gute Schule zu schicken – selbstverständlich nicht in so eine, in die die Kinder der Reichen gingen, aber in eine gute, versicherte er Caroline mehrfach. Seine Frau war Friseurin sie verdiente Geld, indem sie den anderen Bewohnern des Slums die Haare schnitt und flocht. Tatsächlich, berichtete er unverkennbar stolz, war sie so beliebt geworden, dass seit dem vergangenen Jahr Kunden aus den wohlhabenderen Vierteln Nairobis zu ihr kamen. Und die Töchter sollten es weit bringen, darin war er sich sicher. Weiter als ihre Eltern. So ging es Generation für Generation, genau wie es sein sollte.

Caroline hörte ihm zu, zuerst mit einem Gefühl von Nachsicht. Die Erzählung war ein bisschen pathetisch. Stanley hatte sich ja nicht gerade aus ärmlichen Verhältnissen hochgearbeitet und würde der nächste Präsident des Landes werden – trotz allem war er nur Chauffeur. Auch wenn das Ganze nach kenianischen Standards ein guter Job war, war es nicht der amerikanische Traum, der ausgelebt wurde.

Aber nach und nach wurde sie von einer Art von ... Neid erfüllt. Es war bemerkenswert, auf diese Weise zufrieden sein zu können. Der Glaube daran, dass das, was man erreicht hatte, eine Leistung war, die Abwesenheit von Furcht davor, dass plötzlich jemand rief: »Was glaubst du, das ist doch nicht gut genug!«

Konnte sie selbst das Gleiche machen, grübelte Caroline, während sie sich Asabo näherten. Konnte sie sich jemals selbst auf die Schulter klopfen, es sei denn, das, was sie erreicht hatte, war ein prestigeträchtiger Posten, bei dem alle sehen konnten, dass es toll war, diesen zu bekommen? Das glaubte sie nicht. Ein richtiger Zukunftstraum war ein großer Traum.

Ihr Traum war es, erfolgreich zu werden.

Tatsächlich war das nicht nur ein Traum, das war ein *Muss*. Auf der anderen Seite des Erfolges hatte sie keine Vorstellung davon, was sie sich vom Leben wünschte.

Viele der Frauen in ihrem Alter, die sie kannte, hatten Träume, die weit in die Zukunft reichten. Partner in einer großen Anwaltskanzlei und Bürochefin im Justizministerium stand bei vielen von denen, mit denen sie zusammen studiert hatte, ganz oben auf der Liste, aber es gab auch andere Träume. Zu reisen und die Welt zu erleben oder seine eigene Boutique für Kinderbekleidung zu eröffnen.

Wenn Caroline selbst nach ihren Träumen gefragt wurde, fühlte sie sich leer und murmelte etwas davon zu schauen, wie weit sie ihre gegenwärtige Karriere bringen würde.

Sie beneidete Christian. Er musste nicht so viele Entscheidungen treffen.

Als Kind hatte sie genau gewusst, was sie wollte.

Damals hatte sie ein alles verschlingendes Interesse: Haie.

Ihr Zimmer war mit Büchern, Bildern und Stofftieren gefüllt gewesen. Als ein Mädchen, das alles über Wale wusste, im Fernsehen auftrat, hatte Caroline gebannt vor dem Bildschirm gesessen und sich vorgestellt, dass sie es war, die dort im Studio saß. Sie hatte ihre Eltern gefragt, ob sie ihr nicht helfen wollten, einen Brief zu schreiben, damit die Fernsehleute sie einladen und ihr Fragen über Haie stellen würden. Die Mutter hatte sie gebeten, den Vater zu fragen, und ihr Vater hatte ihr versprochen, er würde ihr helfen, wenn die große Sache, an der er arbeitete, beendet war. Aber nach dieser Sache war eine neue Sache gekommen. Und noch eine.

Neben den Haien war der Schwertwal ihr Favorit gewesen. Sie liebte die Art, wie er einem lächelnden Kuscheltier und gleichzeitig einem aggressiven Raubtier ähnelte. Wenn jemand sie gefragt hatte, was sie werden wollte, wenn sie groß war, hatte sie geantwortet: Haipflegerin. Oder Anwältin, hatte sie hinzugefügt, wenn ihr Vater anwesend war. Je älter sie geworden war, desto öfter hatte sie nur »Anwältin« geantwortet. Irgendwann hatte sie die Haie gar nicht mehr erwähnt.

Sie näherten sich Asabo, und Caroline richtete ihre Gedanken auf das bevorstehende Treffen. Sie sollten mit der Lehrerin sprechen, die Daniel angerufen hatte, mit der Mutter des belästigten Mädchens oder angeblich belästigten, erinnerte sie sich selbst, mit dem Mädchen selbst und dem Dorfältesten.

Sie freute sich auf keines der Treffen.

In ihrer Zeit in der Anwaltskanzlei hatte sie Hunderten von zänkischen, zurückgewiesenen, vorlauten und widerwärtigen gegnerischen Parteien gegenübergesessen, und wenn sie ihr zu sehr auf den Leib gerückt waren, hatte sie einen Trick gehabt, der dazu führte, dass sie professionell auftreten konnte, ungeachtet dessen, wie unbehaglich die Stimmung wurde.

Sie stellte sich vor, sie würde sich direkt hinter sich selbst befinden. Die Caroline, die der Gegner ansah, beleidigte, bedrohte, war nur eine Hülle. Dann konnte sie selbst einen Schritt dahinterstehen, auf das schauen, was vor sich ging, und dementsprechend handeln. Die einzigen Male, bei denen der Trick versagt hatte, waren die Fälle, in denen der Mandant der Gegenpartei zusammengebrochen war. Das war nicht oft passiert, da die Mandanten in der Regel Geschäftsleute waren, die sich um berufliche Angelegenheiten stritten, und daher in der Lage waren, persönliche Gefühle außen vor zu lassen.

Sie parkten an der gleichen Stelle wie beim letzten Mal. Stanley blieb im Auto sitzen, und Daniel wies ihr den Weg in das Dorf. Die Sonne brannte von einem wolkenlosen Himmel, und Caroline wischte sich zum zehnten Mal innerhalb der letzten fünf Minuten die Hände an der Hose ab. Das erste Mal in ihrem Leben trug sie bei der Arbeit Jeans. Sie waren als Letztes im Koffer gelandet, bevor sie von zu Hause losgefahren war, und sie hatte sich eigentlich nicht vorstellen können, dass sie sie brauchen würde, aber jetzt war sie froh, sie mitgenommen zu haben. Staub und Hitze waren trotz allem einfacher zu meistern, wenn man in Denim anstatt in Wolle gekleidet war.

Sie gingen zwischen den niedrigen Häusern des Dorfes hindurch. Alles war mit einer braunen Schicht aus Staub bedeckt, die Caroline allmählich gut kannte.

»Das muss die Schule sein«, sagte Daniel und zeigte auf ein graues Gebäude, das länger als die umliegenden Häuser war.

Als sie sich näherten, hörte Caroline durch die Fensterlöcher oben in der Mauer des Gebäudes zuerst die Stimme eines Erwachsenen und danach eine Kinderstimme. Sie verstand die Sprache nicht, nahm aber an, es war ein Lehrer, der einen Schüler etwas gefragt hatte. Daniel klopfte an die braune Tür und trat ein. Kurz darauf war er zurück bei Caroline, gefolgt von einer großen, schlanken, schwarzen Frau in einem langen, dunkelblauen Rock und einer kreideweißen Bluse. Die Haare waren im Nacken zusammengebunden, und sie schaute Caroline mit festem Blick an.

»Willkommen.« Sie streckte die Hand zur Begrüßung aus.

»Danke«, antwortete Caroline und ergriff die Hand. Die Lehrerin hatte einen festen Händedruck. »Und danke, dass wir kommen durften.«

Die Lehrerin nickte und bat sie, ihr zu folgen. Sie führte sie hinter das Schulgebäude zu einem kleinen, offenen Platz, der, nach dem einzelnen Fußballtor mit einem löchrigen Netz zu urteilen, der Schulhof der Kinder war. Ein paar Holzbänke standen im Schatten unter dem Dach der Schule an der Hausmauer, und am Rand des Platzes lag noch ein kleines Gebäude, vermutlich ein Schuppen.

Die Lehrerin bemerkte Carolines Blick.

»Ja, wir haben nicht so viel. Uns fehlen ordentliche Räume, uns fehlen Bücher und Arbeitsmittel für die Kinder«, konstatierte sie nüchtern.

Caroline lächelte verlegen.

Die Lehrerin führte sie zu dem kleinen Gebäude am Ende des Platzes und bat sie hinein. Sie gestikulierte in Richtung eines Tisches in der Mitte des Raumes mit vier verschiedenen Stühlen außen herum.

»Warten Sie bitte hier, dann hole ich die anderen«, sagte sie und machte auf dem Absatz kehrt.

Caroline schaute sich um. Von einem großen Fenster ohne Scheibe, das zum Schulhof führte, fiel das Licht in den Raum. An der einen Wand stand ein Schreibtisch, auf dem große Papierstapel lagen. An der Wand über dem braunen Schreibtisch hing ein eingerahmtes Diplom vom Baraton Teachers' Training College und ein Bild von einer Unmenge von Kindern in braunen Schuluniformen.

Daniel zog einen der Stühle hervor und setzte sich, und Caroline nahm auf dem Stuhl neben ihm Platz. Sie holte die Ledermappe mit dem Schreibblock aus der Tasche und legte sie auf den Tisch.

Kurz danach hörten sie draußen Stimmen, und die Lehrerin kam, dicht gefolgt von einem älteren Mann, herein.

Er war sehnig und starrte Caroline mit einem harten

Ausdruck in den dunklen Augen an. Die Haare waren grau und gekräuselt. Er drückte ihre Hand mit einer kurzen, schnellen Bewegung.

Er heiße Ita und sei der Dorfälteste, erklärte er. Caroline stellte sich vor und sagte, sie komme von Dana Oil. Danke, darüber wäre er sich im Klaren.

Die Lehrerin war in der Türöffnung stehen geblieben, um die Tür aufzuhalten, und jetzt trat mit schleppendem Schritt eine gebeugte Frau in den Raum. Um die Hüfte herum trug sie ein groß gemustertes, blaues Tuch, das mehrere Male um ihren Körper gewickelt war. Dicht hinter ihr folgte ein dünnes Mädchen mit kleinen Zöpfen, die die ganze Kopfhaut bedeckten. Caroline hatte keine Ahnung, wie alt das Mädchen war, das Kindesalter war nicht gerade ihr Spezialgebiet, aber sie konnte sehen, dass das ernste Gesicht auch zu einer erwachsenen Frau gehören könnte.

Caroline streckte die Hand aus, und die Mutter erwiderte ihre Geste mit einem schwachen Händedruck. Das Mädchen machte keine Anstalten, die Hand zu ergreifen. Keiner von ihnen schaute Caroline in die Augen.

»Bitte setzen Sie sich«, sagte die Lehrerin, und diese, Daniel und der Mann setzten sich auf drei der vier Stühle am Tisch. Caroline blickte verstohlen auf die Mutter und die schmächtige Tochter, die am Ende des Tisches standen, setzte sich dann aber. Es war wohl so gemeint, dass die beiden stehen sollten.

»Ich kann verstehen, dass Sie um dieses Treffen hier gebeten haben, weil Sie gern *mit uns sprechen möchten*«, sagte der ältere Mann und spuckte die letzten Wörter verächtlich aus.

Caroline nickte.

»Das, worüber wir gern mit Ihnen sprechen möchten …«

»Lassen Sie mich Sie zuerst fragen«, unterbrach der Mann sie zornig, »warum kommt Ihre Firma erst jetzt?«

»Ich war doch vor Kurzem hier oben, aber es wirkte nicht so, als ob Sie Lust hätten zu reden«, antwortete Caroline ruhig.

»Das, wonach ich frage« – der Älteste beugte sich über den Tisch –, »ist, warum ihr uns nicht früher zugehört habt? Wir haben versucht, mit euch in Kontakt zu kommen, haben aber keine Antwort bekommen. Erst jetzt, wo ihr Angst habt, dass euer Ruf Schaden nimmt, wollt ihr zuhören.«

Caroline räusperte sich. Alle Schulweisheit des Geschäftslebens darüber, »sich von Beginn an zusammenzusetzen«, war aus ihrem Kopf wie weggeblasen.

»Das bedauern wir auch sehr. Ich spreche für das gesamte Unternehmen. Leider sind Mama Lucys Briefe zuerst in das falsche Büro gelangt, und wir wissen alle, welch zeitaufwendiges Monster die Bürokratie in einem großen Unternehmen sein kann«, antwortete Caroline und hätte sich im selben Moment am liebsten auf die Zunge gebissen. Woher, in aller Welt, sollten die Leute hier das wissen?

Aber der Älteste hörte ihr anscheinend nicht zu, auf jeden Fall setzte er seine wütenden Vorwürfe unbeirrt fort. Er sagte, es sei die Erde *der Einheimischen* und damit das Öl *der Einheimischen,* mit dem Dana Oil Geld verdienen würde.

Caroline musste an einen bösartigen Stier denken und sah ein, dass sie gezwungen war, etwas zu erwidern, wenn sie es vermeiden wollte, aus dem Rennen geworfen zu werden.

»Wie gesagt bedauern wir das wirklich«, unterbrach sie den Mann und richtete sich auf. »Aber jetzt sind wir hier und wollen sehr gern hören, was Ihrer Meinung nach passiert ist und was Ihrer Ansicht nach nötig ist, damit Dana Oil und Asabo eine gute Nachbarschaft führen können.«

Sie lächelte die Anwesenden an.

Niemand erwiderte das Lächeln.

Der Älteste atmete hörbar ein.

»Wir *meinen* nicht, dass etwas passiert ist, wir *wissen,* was passiert ist.« Er schlug mit der Hand auf den Tisch. »Und ich werde Ihnen sagen, was es ist: Seit Ihre Firma in das Gebiet gekommen ist, ist das Leben hier im Dorf immer schlimmer geworden. Am Anfang konnten unsere Männer Arbeit bei Ihrer Firma bekommen. Sie durften Teile zu den schweren Maschinen schleppen, die Ihre Firma verwenden wollte. Das war keine gute Arbeit, denn sie macht den Körper kaputt, aber es war wenigstens eine Arbeit. Aber jetzt – jetzt sagt ihr plötzlich, dass ihr unsere Männer nicht mehr gebrauchen könnt, dass die Arbeiten, die ihr anzubieten habt, eine Ausbildung erfordern. Was sollen unsere Männer also tun? Wo sollen unsere jungen Männer diese Ausbildung erhalten?«

Er schaute Caroline herausfordernd an.

Sie biss sich auf die Unterlippe. Sie kannte die richtige Antwort: Es war hauptsächlich in den Anfangsphasen der Arbeit bei der Suche nach Öl, in denen Bedarf an ungelernten Arbeitskräften bestand. Wenn etwas geschleppt werden musste, waren Muskeln wichtiger als Intellekt. Aber sobald die ersten Phasen überstanden waren, erforderte die Arbeit in immer höherem Grad eine besondere Ausbildung, ob sie praktisch oder theoretisch war. Und nachdem Dana Oil keine Ausbildungsinstitution war, war es im Interesse des Unternehmens, gelernte Mitarbeiter anzustellen, anstatt selbst Leute ausbilden zu müssen. In einzelnen Ländern, in denen Dana Oil große Mengen Öl produzierte und damit rechnete, über viele Jahrzehnte hinweg Geld zu verdienen, investierte man in die Ausbildung einiger Einheimischer, damit sie längere Zeit für das Unternehmen arbeiteten. Aber das war eher die Ausnahme als die Regel, und Kenia war noch nicht so ein attraktives Land, dass es sich bezahlt machen könnte.

Aber sie konnte ja nicht zu diesem Mann sagen, dass die Kinder seines Dorfes keine Ausbildung wert waren. Sie räusperte sich.

»Eine Ölbohrung geht in vielen Stadien vonstatten«, begann sie. »In einigen Phasen wird eine Art von Arbeitskraft benötigt und in anderen Phasen eine andere. Ihre Männer haben für uns eine wichtige Rolle gespielt, und es wird ganz sicher wieder einen Zeitpunkt geben, an dem wir sie brauchen werden.«

Der Älteste schüttelte den Kopf.

»Das ist Gerede! Und es hört nicht damit auf, dass ihr unsere Männer im Stich lasst. Wenn sich jemand beschwert, bringt ihr ihn um! Mama Lucy starb, weil sie zu laut sprach.«

»Das ist nicht wahr, wir könnten niemals ...«, protestierte Caroline, wurde aber von dem erregten Mann übertönt. Alle im Raum schauten ihn an.

»Und damit nicht genug« – der wütende Mann knallte krachend seine geballte Faust auf den Tisch –, »ihr belästigt auch unsere Mädchen und glaubt, ihr könnt es wiedergutmachen, indem ihr ihnen Schokolade gebt.« Er hat ihr Schokolade gegeben, nachdem er sie vergewaltigt hatte?

Vor Wut zitternd, zeigte er auf das schmächtige Mädchen mit den Zöpfen, das unbeweglich am Ende des Tisches stand.

»Als ob das irgendetwas rechtfertigen würde!« Er machte eine Pause, beugte sich vor und schaute Caroline an.

»Eines der Mädchen«, sagte er, und der Hass blitzte in seinen Augen, »eines der Mädchen wurde im verkehrten Loch geschändet.«

Caroline senkte den Blick. Im Raum war es totenstill.

»Erzähl der Dame, was passiert ist, Sally«, befahl der Älteste dann.

Alle Aufmerksamkeit richtete sich auf das schmächtige Mädchen, aber sie brachte keinen Ton heraus. Caroline versuchte, ihren Blick aufzufangen, aber die Augen des Mädchens waren starr auf einen Punkt auf dem Boden gerichtet.

»Du kannst auf Swahili sprechen, dann werde ich übersetzen«, sagte die Lehrerin leise.

Das Mädchen rührte sich nicht.

Die Mutter legte ihren Arm um sie und sagte etwas, das Caroline nicht verstehen konnte. Das Mädchen, das also Sally hieß, öffnete langsam den Mund, aber es waren keine Worte, die herauskamen. Es waren Laute von Schmerz, die bald alle Fugen in dem baufälligen Raum füllten. Das Mädchen weinte, schluchzte und schnappte nach Luft. Dann brach es zusammen und stöhnte laut.

Caroline, Daniel, der Älteste und die Lehrerin sahen zu, während die Mutter ihre Tochter nahm und nach draußen zog.

Die vier am Tisch saßen schweigend da und hörten dem Weinen des Mädchens zu, das sich immer weiter entfernte. Caroline schaute auf ihren leeren Schreibblock und hatte den dringenden Wunsch, aus dem Raum zu laufen und aus diesem Dorf hier wegzukommen.

Plötzlich erhob sich der Älteste mit einem Ruck, sodass sein Stuhl auf den harten Boden kippte.

»Da könnt ihr sehen, was ihr angerichtet habt!«, schrie er und zeigte mit einem steifen Finger auf Caroline. »Und das lassen wir uns nicht gefallen! Wir werden tun, was wir können, um euch hier wegzubekommen, und es gibt viele, die uns helfen werden. Habe ich nicht recht damit«, fügte er hinzu und wandte sich an Daniel.

Daniel räusperte sich.

»Wie ich das sehe, gilt es, eine Lösung zu finden, mit der alle leben können«, antwortete er ruhig.

»Aber diese Firma zerstört unser Leben!«

»Das Beste würde doch sein, wenn wir eine Lösung finden könnten, die allen von Nutzen ist«, wiederholte Daniel, wurde aber von seinem älteren Landsmann unterbrochen.

»Sie haben dich gekauft! Du hast deine Seele verkauft, du hast deine kenianischen Brüder verkauft, um selbst ein Leben in Luxus in der Stadt führen zu können. Pfui!«

Der Älteste spuckte seine Anklagen dem Aktivisten an den Kopf. Daniel versuchte zu erklären, aber der alte Mann drehte sich wütend um und verschwand, Flüche und Verwünschungen ausstoßend.

Die drei Zurückgebliebenen schauten einander an. Caroline räusperte sich. Sie hatte Lust, sich hinzusetzen und zu heulen, aber sie war gezwungen, sich zusammenzureißen.

»Ich weiß, das hier ist eine delikate Frage«, sagte sie zu der Lehrerin. »Aber ich muss sie dennoch stellen.«

Es gab eine Pause. Die Lehrerin nickte langsam.

»Sie kennen Sally. Sie kennen sie und wissen, wie sie sich normalerweise verhält. Glauben Sie, sie sagt die Wahrheit? Wurde sie vergewaltigt?«

Die Lehrerin sah Caroline ernst an.

»Sally ist eine meiner tüchtigsten Schülerinnen. Sie könnte niemals lügen. Wenn sie also sagt, dass jemand sie vergewaltigt hat, dann stimmt das.« Sie hielt den Augenkontakt, bis Caroline nickte.

Was konnte sie sagen? Dass die Behauptung eines kleinen Mädchens kein Beweis für was auch immer sei? Dass auch Tränen kein Beweis für eine Vergewaltigung waren?

»Und das, dass es ein weißer Mann war ...«

Die Lehrerin sah Caroline mit einem harten Blick an.

»Ja?«

»Glauben Sie das?«

Es verging ein Augenblick, bevor sie antwortete, aber als sie es tat, war es mit fester Stimme.

»Selbstverständlich tue ich das.«

Caroline schaute auf den Block hinunter. Er war immer noch leer. Sie saßen einen Moment schweigend da.

»Es kann auch sein, wir müssen ...« Daniel sah sie fragend an.

»Ja.«

Sie verabschiedeten sich von der Lehrerin und gingen schweigend zum Auto zurück, wo Stanley saß und wartete, die Autotüren auf beiden Seiten geöffnet, um für Durchzug zu sorgen.

Erst als sie sich hineingesetzt hatten, begannen sie, miteinander zu sprechen.

»Das war kein angenehmes Treffen«, sagte Caroline.

»Nein«, bestätigte Daniel.

»Sie wirken alle so resigniert.«

»Ja.«

Als sie eine Weile gefahren waren, räusperte sich Stanley.

»Wenn ich einen Kommentar abgeben darf, Madam?«

Caroline sah ihn an.

»Äh, ja, natürlich.«

»Ich möchte mich ja nicht in Ihre Arbeit einmischen, aber man kann vielleicht nichts dagegen einwenden, dass die Menschen in Asabo unzufrieden sind.«

»Nein, das sicher nicht.«

»Und besonders, wenn man daran denkt, mit wem sie sich vergleichen.«

Sie schaute den Fahrer an.

»Was meinen Sie?«

»Ja, also, sie vergleichen sich wohl mit den Einwohnern von Katari.«

»Was ist Katari?«

»Das ist ein Dorf südlich von hier – auf der anderen Seite der Stelle, an der Dana Oil nach Öl bohrt. Etwa ebenso weit von den Ölbohrungen entfernt wie Asabo, nur in Richtung Süden anstatt Norden.«

Caroline erinnerte sich, dass Mama Lucy in ihren Briefen ein Dorf mit dem Namen Katari erwähnt hatte. Aber auch damals hatte es keinen Sinn ergeben.

»Warum sollte ein anderes Dorf eine so große Bedeutung haben?«

Stanley zögerte, bevor er antwortete.

»Die beiden Dörfer waren schon immer verfeindet. Ich weiß das, weil ich einen Cousin habe, der hier in der Gegend wohnt. Sie haben immer um alles konkurriert – Schulen, Häuser, Mädchen, alles. Und wenn man hört, wie sehr sich Katari entwickelt hat, seit Dana Oil hierhergekommen ist, ist vielleicht nichts dagegen zu sagen, wenn sich die Bürger von Asabo betrogen fühlen …«

Den letzten Satz flüsterte Stanley fast, dann richtete er seine volle Aufmerksamkeit wieder auf die Straße und schien zu befürchten, seine Befugnisse überschritten zu haben.

Caroline drehte sich im Sitz um und sah Daniel an.

»Kennst du dort jemanden? In diesem Katari?«

Daniel schüttelte den Kopf, und sie wandte sich wieder an Stanley.

»Wissen Sie mehr?«

»Nein.« Der Fahrer schüttelte den Kopf. »Nur dass das Dorf ungefähr genauso groß ist wie Asabo, fünfhundert Einwohner oder so. Und wie gesagt, dass es in den vergangenen paar Jahren eine große Entwicklung erlebt hat.«

Sie dachte nach.

»Wir kommen auf dem Weg zurück also fast dort vorbei«, fragte sie.

Sowohl Stanley als auch Daniel knurrten bestätigend als Antwort.

»Dann möchte ich darum bitten, dass wir dorthin fahren und das Dorf anschauen«, sagte sie, an Stanley gewandt.

Er nickte, die Augen starr auf die Straße vor sich gerichtet.

23

»Sally, kannst du kommen und mir helfen?«

Sally antwortete nicht. Sie lag auf der Schlafmatte und starrte in die Luft. Vermochte es nicht zu antworten. Vermochte es nicht einmal, die Rillen in der Decke zu zählen.

Sie wusste, dass sie aufstehen und der Mutter beim Haushalt helfen sollte und dass sie ihre Hausaufgaben machen und in die Schule gehen sollte.

Sie konnte nicht.

Es war, als hätte jemand eine schwere Decke über sie gelegt; eine Decke, die so viel wog, dass es unmöglich war, sie wegzuschieben.

Die Decke hatte dort gelegen, seit sie von dem Treffen mit dem Ältesten und den Ölleuten nach Hause gekommen war.

Vor dem Treffen hatte sie ihre Mutter angefleht, nicht mitgehen zu müssen, aber die Mutter hatte gesagt, sie müsse.

Es war genauso furchtbar gewesen, wie Sally befürchtet hatte.

Normalerweise hatte sie weder vor Erwachsenen noch vor Weißen Angst. Sie hatte zuvor viele *mzungoer* gesehen, als sie mit ihrer Mutter in der Stadt gewesen war, um Kleidung zu kaufen. Die Weißen wohnten in der Stadt. Einige von ihnen wohnten dort auch nicht wirklich, hatte ihre Mutter erzählt, sie waren nur ein paar Tage dort, weil sie herumreisten und sich in Kenia Tiere anschauten. Sally hatte sich darüber gewundert, warum jemand von der anderen Seite der Erde hierherreisen musste, um sich Tiere anzuschauen.

Aber selbst wenn sie weder vor Erwachsenen noch vor Weißen Angst hatte, wurde sie dennoch sehr nervös, als dort vier, fünf mit ihrer Mutter saßen, sie anschauten und darauf warteten, dass sie etwas sagen würde. Besonders wenn zwei von ihnen vollkommen Fremde waren. Am schlimmsten war die Frau von der Ölgesellschaft gewesen. Sie war wahnsinnig hübsch, besonders die Haare waren toll, fast weiß und *ganz* glatt, aber sie hatte Sally auf eine so strenge Weise angestarrt, als ob sie versuchen würde, sie dazu zu zwingen, etwas zu sagen.

Das Schlimmste bei dem Treffen war, als der Älteste gesagt hatte, sie solle erzählen, was passiert war.

Sie hatte es versucht, weil sie wusste, dass man immer das machen musste, was der Älteste sagte, und sie wollte nicht, dass ihre Mutter wütend werden würde, weil sie sich gegen den Ältesten auflehnte. Also hatte sie die Worte im Stillen zu sich selbst gesagt und tatsächlich auch den Mund geöffnet, um sie laut zu sagen. Aber als sie den Mund öffnete, musste sie weinen und konnte nicht wieder aufhören. Letztendlich hatte ihre Mutter sie nach Hause gezogen.

Seither hatte sie hier gelegen. Unter einer unsichtbaren Decke, die sich schwer wie Blei anfühlte und die ihren schmächtigen Körper auf die Matratze drückte. Sally legte den einen Arm über das Gesicht. Sie war nicht sicher, ob sie jemals die Kraft haben würde, die Decke zu entfernen.

24

Bereits bevor sie Katari erreichten, bemerkte Caroline, dass etwas anders war. Stanley hatte damit aufgehört, das Lenkrad hin und her zu reißen. Verwundert schaute sie auf die gut planierte Straße. Auf so einem angenehmen Untergrund waren sie nicht gefahren, seit sie die Zufahrtsstraßen nach Nairobi verlassen hatten.

Sie fuhren weiter in Richtung Dorf.

Katari ähnelte dem Dorf Asabo. Auch in Katari führte die Straße, auf der sie fuhren, in die Mitte des Ortes, und auch hier standen die Häuser kreuz und quer auf beiden Seiten der Straße.

Stanley drosselte das Tempo.

»Soll ich parken, damit Sie aussteigen und zu Fuß gehen können, Madam?«

»Nein danke«, antwortete Caroline schnell. Für den heutigen Tag hatte sie ausreichend Afrika bekommen, und sie konnte den Ort auch gut vom Auto aus sehen.

Weiter vorn entdeckte sie eine Gruppe Frauen. Sie lachten und sahen aus, als hätten sie Spaß miteinander, während sie sich über irgendetwas beugten.

»Was machen sie?«, fragte sie Daniel und zeigte durch die Frontscheibe auf die Frauen.

»Sie holen Wasser aus dem Brunnen.«

Stanley fuhr mit dem Auto näher heran, und als sie die Frauen passierten, nickte Daniel anerkennend.

»Das muss ich schon sagen!«

Caroline schaute ihn im Rückspiegel an.

»Was musst du schon sagen?«

»Hast du die Pumpe gesehen, mit der sie das Wasser nach oben geholt haben?«

»Ähm …« Sie hatte nichts gesehen, was eine Begeisterung wie bei Daniel hervorrufen würde.

»Das war eine elektrische Pumpe, mit der die Frauen das Wasser aus dem Brunnen heraufholen. Das ist in diesen Gegenden sehr extravagant.«

»Okay.«

Sie schaute durch das Seitenfenster nach draußen und ließ den Blick über die Häuser schweifen. Sie sahen anders aus als die, die sie in Asabo gesehen hatte. Die Menschen in Asabo lebten eher in Hütten als in Häusern, die Behausungen hier in Katari konnte man fast als richtige Häuser bezeichnen. Viele von ihnen sahen aus, als seien sie neu gebaut, und viele von ihnen waren aus Backstein.

»Versuche, dorthin zu schauen.« Daniel zeigte auf eines der größeren Häuser, an denen sie vorbeifuhren.

»Sie haben Glas in ihren Fenstern. Das sieht man selten in dieser Gegend.«

Caroline folgte Daniels ausgestrecktem Finger und sah ein Haus mit Fensterscheiben. Es war nicht gerade Velux-Qualität, und ebenso wie bei der Pumpe fiel es ihr schwer, wegen ein paar Fenstern enthusiastisch zu werden. Aber sie wollte ihm insoweit recht geben, dass dieses Dorf hier bemerkenswert aussah. Bemerkenswert reich, um genauer zu sein.

»Und schau dort!«

Daniel zeigte auf ein großes Gebäude direkt vor dem Auto. Eine Gruppe Kinder in dunkelblauen und weißen

Schuluniformen schubsten einander, um als Erstes aus dem Haus hinauszukommen.

Wieder ein Gebäude in deutlich besserem Zustand als die Schule, die Caroline soeben besucht hatte. Die Schule in Asabo war eher baufällig, wohingegen diese Schule weiß getüncht und in gutem Zustand war. Keine Risse in der Wand, keine Tür, die aussah, als würde sie bald aus dem Rahmen brechen. Die Tür in dieser Schule war ebenso stabil wie der Rest des Gebäudes.

»Möchte wissen, wie sie es sich leisten konnten, alles so toll instand zu setzen«, dachte Daniel laut.

»Keine Ahnung«, antwortete Caroline und starrte weiterhin auf das Schulgebäude, während sie vorbeirollten.

»Es kann auf jeden Fall nichts gesagt werden, wenn die Einwohner in Asabo neidisch werden, wenn sie all das hier sehen, was Katari hat.«

Caroline nickte und zuckte dann trotzdem mit den Schultern.

»Auf der anderen Seite – wenn die Leute hier hart gearbeitet hatten, um Geld zu verdienen, ist es wohl angemessen, dass sie sich auch etwas leisten können«, antwortete sie und dachte, dass es fast so war, als würde ihr Vater sprechen.

Daniel schüttelte den Kopf.

»So läuft das in Kenia nicht.«

»Was meinst du?«

»Wir gönnen einander Erfolg nicht in der gleichen Weise, wie ihr Europäer es tut. Wir pflegen zu sagen, wir haben eine *crab economy.*«

»Ihr habt wohl nicht mehr Misswirtschaft als andere Orte in Afrika?«

»Nein nicht *crap* – *crab,* wie die Krabbe. Das Tier.«

»Ich verstehe nicht ganz, was du meinst.«

Daniel fing ihren Blick im Rückspiegel auf.

»Kannst du dich erinnern: Als man klein war und der Vater einen mit an den Strand nahm zu den Fischernetzen aus Bambusstäbchen, und dann fing man Krabben und tat sie in einen Eimer?«

Caroline nickte. Das hatte sie zwar nie zusammen mit ihrem Vater gemacht, ihre Ausflüge hatten in der Regel in das Büro des Vaters geführt, wo sie gesessen und gewartet hatte, bis er mit dem fertig war, was er erledigen musste. Aber sie hatte das Gefühl, es war wichtig für die Geschichte, dass sie versucht hatte, Krabben zu fangen.

Daniel fuhr fort:

»Dann weißt du auch, dass die Krabben gern aus diesem Eimer heraus und zurück ins Meer wollen und daher versuchen, an den Seiten nach oben zu krabbeln. Aber wenn eine von ihnen dabei ist, Erfolg zu haben, ziehen die anderen sie in den Eimer zurück.«

Caroline nickte wieder.

»Hier funktionieren die Dinge in der gleichen Weise wie in dem Krabbeneimer. Die Kenianer gönnen einander keinen Erfolg, wenn sie nicht selbst etwas davon abbekommen.«

»Warum nicht?«

»So ist es einfach. Das Schlimmste ist, wenn der Erfolg einem anderen Stamm oder einem anderen Dorf zufällt. In Kenia ist man eng mit seinem Stamm und seinem Dorf verbunden, und es ist wichtig, dass sowohl der Stamm als auch das Dorf erfolgreich sind und es die anderen nicht sind.« Daniel ließ ein Lächeln erkennen.

»In der Tat verwenden wir ebenso viele Kräfte darauf, den Erfolg anderer zu verhindern, wie darauf, ihn selbst zu erreichen. Und wenn es nicht gelingt, den Fortschritt für andere zu bremsen, wird man sich auf jeden Fall darüber beschweren und es für ungerechtfertigt halten, dass jemand etwas bekommt, das man selbst nicht hat.«

Caroline zog die Augenbrauen hoch und schaute ihn im Rückspiegel an.

»Diese Haltung kann unmöglich besonders fruchtbar sein, wenn man in einem Land Fortschritt schaffen will.«

Daniel zuckte mit den Schultern.

»So ist Kenia. So ist Armut.«

»Du glaubst also, der wirkliche Grund dafür, dass sich die Einwohner von Asabo beschweren, ist, dass sie wütend über all das sind, was die Leute in Katari besitzen?«

»Nein« – Daniel schüttelte den mit einer Schirmmütze bedeckten Kopf –, »ich glaube, sie beschweren sich, weil sie tatsächlich etwas haben, über das sie sich beschweren müssen.«

»Aber hast du nicht gerade gesagt …«

»Das, was ich sage, ist, dass ich nicht glaube, dass sie damit aufhören, sich zu beschweren, solange sie sehen, dass die Leute hier in Katari so viel haben. Nicht, wenn sie selbst nichts haben.«

Jetzt war es Caroline, die den Kopf schüttelte. Wenn das hier Logik war, war es Logik für Kenianer.

»Und nachdem ich das Dorf gesehen habe«, fuhr Daniel fort und gestikulierte aus dem Fenster hinaus, »glaube ich, es wäre eine gute Idee, wenn wir mit jemandem von hier sprechen und uns umhören, woher sie ihren Wohlstand haben und wie ihr Verhältnis zu Asabo ist.«

Caroline fühlte sich unwohl.

»Sollen wir versuchen, jemanden zu finden, mit dem wir jetzt sprechen können?«, fragte Daniel und gab Stanley, der auf dem Weg aus dem Dorf hinaus war, ein Zeichen, das Tempo zu drosseln. Schnell schüttelte Caroline den Kopf.

»Ich habe heute Abend einen Geschäftstermin in Nairobi und glaube, das schaffen wir leider nicht.«

Das Treffen in Asabo hatte sie mitgenommen.

Das herzzerreißende Weinen des schmächtigen Mädchens, der Zorn des alten Mannes, die stille Sorge der Mutter. Sie hatte gerade dem Oberhaupt eines afrikanischen Dorfes gegenübergesessen, der meinte, das Unternehmen, welches sie repräsentierte, zerstöre das Leben seines Volkes, und einem kleinen Mädchen, das von einem erwachsenen Mann vergewaltigt worden war. Einem erwachsenen weißen Mann.

Sie presste die Hände gegen die Stirn. Obwohl sie versuchte, die Gedanken wegzuschieben, ließ das Ganze sie nicht los. Es versetzte ihr einen Stich, wenn sie an das Leben dachte, welches die Menschen hier führten. Ihr Zorn und ihr Schmerz hatten eine empfindliche Stelle in ihrem Inneren getroffen.

Aber sie wusste, es nutzte nichts, sich hinzusetzen, die Hände in den Schoß zu legen und sich wegen ihnen schlecht zu fühlen.

Sie war hier, um ein Problem zu lösen und nicht, um einige kenianische Dorfbewohner zu bemitleiden. Wenn sie beschlossen, sich an die Medien zu wenden und von den Mädchen und dem Mord an Mama Lucy zu erzählen oder ernsthaft ein Thema daraus zu machen, dass sie meinten, Dana Oil sei schuld am Verfall des Dorfes, würde es ihre Verantwortung sein. Sie wäre es, die auf Markvarts schwarzer Liste enden würde.

Caroline war rechtzeitig im Hotel zurück, um vor dem Abendessen mit Martin und seinem Kontaktmann in der Naturressourcen-Verwaltung ein Bad nehmen zu können.

Als sie den Staub des Tages gründlich abgewaschen hatte, nahm sie alle Sachen aus dem Koffer und breitete sie auf dem Bett aus. Sie entschied sich für die weiße Spitzenunterwäsche von Marie Jo, das einzig wirklich schicke Wäscheset, das sie eingepackt hatte. Sie hatte ein schönes Kleid dabei, ein knielanges schwarzes von Max Mara, das sie vor sich hinhielt. Das Kleid flog auf das Bett zurück – es war trotz allem kein Date, zu dem sie gehen würde, es war ein Geschäftsessen, bei dem sie ein Interview für Dana Oils jährlichen CSR-Bericht führen sollte. Mit einem Mann, der nach dem, was Martin sagte, keine besonders große Lust hatte, sie zu treffen, weil es die Kenianer vorzogen, Geschäfte mit Leuten zu machen, die sie bereits kannten.

Sie wollte schön aussehen: der graue Anzug, um einen professionellen Eindruck zu erwecken, und darunter die enge weiße Bluse, um nicht sexy, aber schick auszusehen. Und wenn sie zufällig sexy aussah, machte das doch auch nichts, solange es nicht wirkte, als steckte Absicht dahinter. Sie glättete ihre Haare und schminkte sich. Etwas mehr als normalerweise.

Das Bild von Sally tauchte immer wieder auf, aber jedes Mal schob sie es entschlossen beiseite.

Es war derselbe Wachmann wie an den vorangegangenen Tagen, der am Eingang des Hotels stand. Er schaute Caroline an und öffnete den Mund, schloss ihn aber schnell wieder und grüßte mit einem Nicken.

Caroline schaute sich auf dem Parkplatz um und entdeckte Martin, der ihr durch die Frontscheibe eines anscheinend nagelneuen, schwarzen Wagens mit glänzenden Alufelgen zuwinkte. Sie ging hin und setzte sich auf den Beifahrersitz.

Er hatte eine helle Lederhose und ein lockeres, kurzärmeliges Hemd an. Vielleicht war sie doch ein bisschen overdressed.

»Danke, dass du mich mitnimmst.« Sie lächelte und legte den Sicherheitsgurt an.

»No problem.« Er erwiderte ihr Lächeln und startete den Wagen. »Das hier ist keine Stadt, in der man sich allein bewegen sollte, wenn man sie nicht kennt. Nairobi ist eine gefährliche Stadt, wenn es dunkel geworden ist.«

Sie fuhren vom Parkplatz auf die Straße.

»Das habe ich mittlerweile mehrfach gehört.« Caroline schielte zu Martin. »Aber wenn man sich in einem Auto befindet, ist man wohl auf der sicheren Seite.«

Er schüttelte den Kopf.

»Weit entfernt. Die Täter sind in den letzten Jahren zum *car-jacking* übergegangen. Anstatt eine einzelne Person zu überfallen, überfallen sie ein Auto, zum Beispiel, während es bei Rot an einer Kreuzung hält, und stehlen es.«

»Was passiert dann mit denen, die im Auto sitzen?« Caroline schaute nervös aus dem Fenster.

»Das ist unterschiedlich. Manchmal werden sie einfach nur ausgeraubt und dort zurückgelassen, wo das Auto überfallen wurde. Abhängig von der Gegend ist das nicht unbedingt besonders günstig. Manchmal springen die Täter aber auch ins Auto und halten dir eine Pistole ins Genick, während sie dich zwingen, zu einem bestimmten Ort zu fahren.«

»Aber warum fährt man dann nicht mit verschlossenen Türen, damit sie nicht reinkommen können?«

Martin lächelte, während er routiniert um einen jungen Kerl auf einem Mofa herumsteuerte.

»Man kann gut durch die meisten Autoscheiben schießen. Und wenn dort drei breitschultrige, wütende schwarze Männer vor dem Kühler stehen, sodass man nicht weiterfahren kann, und ein ebenso wütender Kerl draußen vor deiner Seitenscheibe die Pistole gegen deine Schläfe richtet, fügen sich die meisten Leute, auch wenn sich zwischen ihnen und der Pistolenmündung einige Millimeter Glas befinden.«

Caroline biss irritiert die Zähne zusammen. Er musste glauben, sie sei niemals außerhalb Europas gewesen, so naiv, wie sie fragte. Aber sie *hatte* einiges von der Welt gesehen. Die USA, zum Beispiel.

»Ich hoffe, du magst äthiopisch«, sagte Martin, während er das letzte Stück eine Anhöhe hinauffuhr und das Auto auf einen Parkplatz lenkte.

Caroline nickte. Sie wusste es zwar nicht, aber es gab Grund genug, neue Maßstäbe an ihr Image als Afrika-Novizin anzulegen.

Das Restaurant bestand aus einer zweigeteilten Terrasse und einem Haus, das so klein war, dass es aussah, als sei innen nur Platz für die Küche. Die eine der beiden Terrassen lag unter freiem Himmel und war mit den gleichen weißen Plastikstühlen und -tischen möbliert, wie sie dänische Hauseigentümer in den Achtzigern hatten. Der andere Teil der Terrasse war mit braunen Holzmöbeln ausgestattet und von geflochtenen Bambusstangen überdacht. Die beiden Terrassen waren durch eine Lichterkette verbunden. Die blauen, roten und grünen Lampen der Kette blinkten abwechselnd und weckten Erinnerungen an ein dänisches Hafenfest. Das war nicht gerade so ein Ort, den sich Caroline für ihr Essen vorgestellt hatte.

»Mister Martin!«

Ein korpulenter schwarzer Mann erhob sich mühevoll

von einem der Stühle unter dem Bambusdach. Er winkte ihnen mit beiden Armen zu, auch wenn sie nicht mehr als fünfzehn Meter entfernt waren.

»Ich bin hier«, rief der Mann mit einem breiten Lächeln.

Du bist schwer zu übersehen, dachte Caroline und lächelte.

Sie gingen über die Terrasse, und der Kenianer umarmte zuerst Martin und anschließend Caroline. Ihr Körper wurde gegen seinen dicken Bauch gedrückt.

»Ich heiße Charles Kariuki. Willkommen. Es ist schön, euch zu sehen, kommt und setzt euch – was möchtet ihr trinken? Bier? Das passt auf jeden Fall gut zum Essen. Trinken Sie Bier? Ja, selbstverständlich tun Sie das, ihr Dänen trinkt doch alle so viel wie wir Kenianer.« Er grinste herzlich und tätschelte Caroline die Schulter. »Ich bin an vielen Orten dieser Welt in die Schule gegangen, aber ich habe noch immer niemanden getroffen, der so gern Bier mag wie Ihre und meine Landsleute!«

Sie lächelte, überrumpelt von der herzlichen Begrüßung. Charles Kariuki wirkte nicht wie ein Mann, der etwas dagegen hatte, fremde Menschen zu treffen, wie Martin es angedeutet hatte.

»Setzt euch, setzt euch.« Er wies auf die Bank auf der einen Seite des Tisches.

Ein Kellner mit einer straff um die schmalen Hüften gebundenen, schmuddeligen, weißen Schürze kam zu ihrem Tisch herüber.

»Wir hätten gern drei Tusker, bitte«, polterte der Kenianer. »Und euer Luxusgericht für drei Personen.«

Er sprach englisch mit dem Kellner; fließend, ohne diesen Klang afrikanischer Rapmusik. Sicher ein Erfolg der Schulzeit im Ausland.

»Sie möchten vermutlich ein kenianisches Bier probieren«, fragte er Caroline, als der Kellner sie mit der Bestellung verlassen hatte.

Sie atmete tief ein. Es war eine Sache, dass er ihre Getränke bestellte, aber das Essen wollte sie doch gern selbst bestimmen dürfen.

»Ich möchte gern die Speisekarte sehen«, sagte sie, aber der Beamte schüttelte lachend den Kopf.

»Dafür gibt es überhaupt keinen Grund, wir bekommen das Allerbeste, was sie haben!«

Einen Augenblick lang überlegte sie, darauf zu bestehen, erinnerte sich dann aber daran, dass die Sache es nicht wert war, die gute Stimmung zu zerstören. Sie würde einige Antworten von diesem Mann hier brauchen, damit sie den Auftrag von Karen Trier erledigen konnte. Also sollte sie wohl im Gegenzug ein Menü essen, das er ausgewählt hatte. Trotz allem war es das Luxusmenü. Im Übrigen hätte sie an diesem Tag keine weiteren Konfrontationen verkraftet.

Der Kellner kam mit ihrem Bier und stellte es auf die rot-weiß karierte Tischdecke. Charles Kariuki griff nach seiner Flasche und goss den Inhalt langsam in das hohe Glas.

Carolines Blick fiel auf die riesige goldene Uhr an seinem dicken Handgelenk. Eine Patek Philippe. Sie hatte nicht erwartet, so eine Uhr bei einem kenianischen Beamten zu sehen.

»Vitiligo«, sagte er nach einem Augenblick.

Sie wandte schnell den Blick ab.

»Was?«

»Meine Hand, ich habe gesehen, dass Sie sie angeschaut haben.« Er hob den Arm. Die braune Haut war fleckig, sodass sie einem weißen Handschuh mit braunen Flecken ähnelte. »Ich leide an einer Hautkrankheit, Vitiligo, die gleiche Krankheit, die Michael Jackson hatte. Ich kann auch den Moonwalk, aber ich glaube, das erspare ich Ihnen wohl!«

Er blinzelte Caroline zu und nahm einen großen Schluck von seinem Bier.

»Was halten Sie von Kenia?«

Caroline lächelte breit und log noch breiter.

»Ich habe von Martin erfahren, dass Sie gern wissen möchten, was wir in der Naturressourcen-Verwaltung über die Zusammenarbeit mit Dana Oil denken.«

Sie nickte.

»Das will ich Ihnen gern erzählen. Aber zuerst müssen wir anstoßen.«

Sie hoben die schweren, vollen Gläser und schauten einander an. Martin hielt Carolines Blick ein paar Sekunden länger als notwendig fest, und in ihrem Magen breitete sich eine kribbelnde Wärme aus.

»Ah, das hat geholfen.« Der Kenianer seufzte zufrieden, als er das Glas vor sich auf die Tischdecke stellte. »Ich kann Ihnen erzählen, dass wir uns wirklich über die Zusammenarbeit freuen. Dana Oil hört uns zu, und ich kann, glaube ich, gut sagen, dass unsere Verträge auch zur ebenso großen Freude für das kenianische Volk sind, wie sie es für euch sind.«

Er lächelte breit, und auf den runden Wangen tauchten zwei tiefe Lachfalten auf.

»Und können Sie einige konkrete Beispiele dafür benennen, inwiefern es eine gute Zusammenarbeit für Sie ist?«, fragte Caroline.

Er nickte und erzählte mehrere Anekdoten darüber, wie die Naturressourcen-Verwaltung immer hinzugezogen worden war, wenn Dana Oil Entscheidungen treffen sollte.

Der Redefluss endete erst, als das Essen kam.

»Ich werde hinterher noch mehr erzählen«, versicherte er.

»Das ist prima, aber ich glaube, ich habe jetzt genug gehört«, antwortete Caroline und wusste, dass sie mehr als genug gehört hatte. Sie brauchte nur ein Beispiel dafür, dass Dana Oil in Kenia beliebt war, und sie hatte mindestens zehn bekommen.

Der Kellner stellte einen leeren Teller vor jeden von ihnen und platzierte anschließend zwischen ihnen auf dem Tisch eine große Schüssel mit süßlich riechendem Fleisch. Neben die Schüssel stellte er einen Korb mit irgendwelchen großen, flachen Brotfladen, verbeugte sich und verschwand. Ihm folgte ein anderer Kellner mit einer großen grauen Kanne und einer leeren Schüssel. Martin und Charles Kariuki hielten ihre Hände unter den Wasserstrahl, den der Kellner aus der Kanne fließen ließ, und trockneten sie anschließend an der Serviette ab, die ihnen der Mann reichte.

Caroline tat es ihnen gleich.

Sobald sie ihre Hände abgetrocknet hatten, griffen die beiden Männer nach dem Brotkorb. Sie brachen ein Stück von dem Fladen ab, falteten ihn zwischen den Fingern und griffen damit in die Schüssel. Sie nahmen einige der dunklen Fleischstücke heraus und stopfen sie sich in den Mund. Caroline starrte sie an. Nach einem Augenblick begriff Martin ihr Schweigen.

»Das ist Ziege, es schmeckt fantastisch!«

»Aber … aber was ist mit Messer und Gabel?« Vergebens hielt sie auf dem Tisch Ausschau nach Besteck.

»Man nimmt es einfach mit den Fingern. Wir haben

uns doch gerade die Hände gewaschen, wenn es das ist, was dich bekümmert.«

»Ja, und meine Krankheit ist nicht ansteckend, davor müssen Sie auch keine Angst haben. Wenn sie es wäre – Sie sind ja bereits weiß, sodass es kein Problem für Sie ist!«

Charles Kariukis Lachen hallte über den Tisch, und Caroline erwiderte angestrengt das Schmunzeln. Sie vermisste das Hotel und dessen Zimmerservice. Da musste man wenigstens kein Essen zu sich nehmen, in dem andere Menschen ihre Finger dringehabt hatten.

»Was haben Sie gesehen, seit Sie in Kenia sind?«, fragte der wohlgenährte Kenianer.

Das war eine gute Entschuldigung, um nicht zu essen, und Caroline erzählte, was sie in Nairobi gesehen hatte – nicht besonders viel –, und sprach über die Fahrt nach Asabo. Sie erwähnte nichts von dem Mord an Mama Lucy oder von den Mädchen.

»Und dann sind wir auf dem Rückweg an einem Dorf mit dem Namen Katari vorbeigefahren«, endete sie. »Kennen Sie den Ort?«

Charles Kariuki, der soeben ein Stück von dem Fladen genommen hatte, stoppte abrupt in seiner Bewegung. Caroline sah auf die teure Uhr, die den braunen Arm von der weißen Hand trennte. Dann konzentrierte er sich lange darauf, das beste Fleischstück zu finden, bevor er es mit seinem Fladen herausholte. Das Essen wurde gründlich gekaut, dann sah er sie wieder an.

»Katari, sagen Sie … Nein, ich glaube nicht, jemals davon gehört zu haben. Nein, das habe ich ganz sicher nicht.«

Mit Nachdruck schüttelte er den Kopf.

Caroline sah ihn an und wunderte sich.

Einen Augenblick lang herrschte angespanntes Schweigen, bevor der Kenianer die gedrückte Stimmung unterbrach.

»Na, wollen wir überhaupt nicht an die Bar?« Er lächelte Martin an. »Wir müssen doch unserer dänischen Freundin hier zeigen, dass wir in Kenia auch Spaß haben können!«

Mit einer Handbewegung winkte er einem der Kellner. Die Rechnung wurde in einem geflochtenen Korb gebracht, und Martin griff danach.

»Nein, lass mich.« Charles Kariuki hielt Martins Arm fest.

»Ausgeschlossen.«

Martin nahm die Rechnung und bezahlte. Er lächelte Caroline an.

Die Bar lag fünf Minuten mit dem Auto von dem Restaurant entfernt, und Caroline und Martin folgten Charles Kariukis' funkelndem, silberfarbenem BMW X5 dorthin. Eine hohe, weiße Mauer umschloss ein weiß gestrichenes Gebäude mit Palmen entlang der Hausmauer und sanfter Beleuchtung hinter den Fenstern. Der Eingang wurde von zwei breitschultrigen Türstehern bewacht, die sowohl Charles Kariuki als auch Martin herzlich grüßten. Für Caroline hatten sie nur einen misstrauischen Blick, und sie wunderte sich. Sie war anerkennende Blicke von Männern gewohnt, und hier sollte doch ihr helles Haar eine gewisse Wirkung haben.

Als sie hineinkamen, verstand sie die Skepsis der Türsteher: Abgesehen von Charles Kariuki und den Barkeepern, waren alle weißen Gäste Männer und alle schwarzen Frauen. Und wenn Caroline dachte, sie hatte heute Abend etwas aus sich gemacht, war das nichts im Vergleich zu den kenianischen Mitschwestern. Turmhohe

Pfennigabsätze, ultrakurze Röcke und Push-up-BHs, die eine endlose Anzahl dunkelbrauner Jungmädchenbrüste zur freien Betrachtung nach oben pressten.

Charles Kariuki ging durch die überfüllte Bar, als sei er dort zu Hause, und fand einen freien Tisch, zu dem er Caroline und Martin hinüberwinkte. Sie schlängelten sich an einem älteren weißen Mann und einem jungen kenianischen Mädchen vorbei, die an einem der Tische saßen. Das Mädchen bot sich herausfordernd an, und während Caroline vorbeiging, fuhr ihre Hand am Oberschenkel des lächelnden Mannes entlang nach oben und griff ihm in den Schritt. Caroline schaute weg.

»Was möchten Sie trinken?«

Charles Kariuki holte mit den Armen aus.

»Einen Martini. Oder ein Glas Weißwein, wenn sie Chardonnay haben«, antwortete Caroline.

Martin lächelte. »Du bist noch nicht lange genug in der Ölindustrie.«

»Was meinst du?«

»Immer noch auf Martini und Weißwein. Richtige Ölleute trinken Bier.«

Caroline zuckte mit den Schultern.

»Okay.« Martin lächelte. »Gefällt dir die Bar?«

Sie schaute sich um. Die Bar an sich war okay. Aus den Lautsprechern ertönte Lounge-Musik, die Wände waren weiß, und die Decke war hoch. Das Ganze war in einem schlichten und eher einfachen Stil gehalten. Aber die Gäste! Weiße Männer mit roten Nasen und allzu gemusterten Hemden. Und dann die Frauen.

»Es ist ... anders.«

»Das ist eine schöne Art, es auszudrücken.«

»Es ist schön hier, aber die Frauen ... Sie gleichen Prostituierten, oder nicht?«

Martin nickte.

»Das sind einige von ihnen auch.«

Sie ließ den Blick wieder durch die Bar schweifen. Super. Ihr erster Abend in Kenia außerhalb des Hotels, und sie befand sich in einer Nuttenbar.

»Und was ist dann der Rest?«

»Einige Mädchen, die einen weißen Mann finden wollen, der sie aus diesem Land hier herausbringen oder wenigstens ihr Dasein versüßen kann, während sie hier sind. Und dann ist da selbstverständlich ein Teil *in-betweeners.*«

»*In-betweeners?*«

»Ja, diejenigen, die in der Mitte sind. Sie sind keine richtigen Prostituierten – sie gehen mit Männern zu Verabredungen, ins Kino oder zusammen essen, so wie es Paare tun. Manchmal stellen sie sie auch ihren Familien vor. Aber wenn sie zusammen im Bett waren, gibt es die Erwartung, dass die Männer ein bisschen was zurücklassen.«

»In welcher Form?«

»Sie erwarten, dass die Männer ihnen etwas Geld geben, zum Einkaufen zum Beispiel.«

»Und das ist keine Prostitution?« Das konnte sie nur schwer nachvollziehen.

»Sie empfinden es nicht so. Und es ist auch nicht immer so, dass die Männer Geld geben. Ich kenne zum Beispiel einen, der der Familie der Frau einen Flachbildschirm gekauft hat.«

»Ich kann wirklich nicht erkennen, wo sich das von Prostitution unterscheidet.«

»Für die Frauen hier gibt es da einen großen Unterschied.«

Caroline schüttelte den Kopf, während sie daran dachte, was Tim Wright über seine Männer erzählt hatte, die mit den einheimischen Frauen »Umgang pflegten«. Vielleicht gab es auch unter diesen Frauen *in-betweeners*.

Charles Kariuki kam zurück und stellte drei große Flaschen Bier auf den Tisch.

»Ich dachte, Sie könnten eher ein Bier gebrauchen. *Cheers!* Oder ›Skål‹, wie Martin mir beigebracht hat zu sagen.«

Sie stießen mit den drei Flaschen an, und wieder hielt Martin den Augenkontakt viel länger, als nötig gewesen wäre. Er lächelte, und Caroline merkte, wie sich die Wärme in ihrem Magen ausbreitete. Sie musste einräumen, dass sie sich von ihm angezogen fühlte. Nicht dass jemals etwas daraus werden konnte. Er war ihr Kollege, und diesbezüglich hatte sie Prinzipien, aber es passierte sicherlich nichts, wenn man ein bisschen flirtete. Sie erwiderte das Lächeln.

Dann bemerkte sie, dass Charles Kariuki dabei war, ihr etwas zu erzählen.

»... und daher ist das der *vollkommen* richtige Zeitpunkt, in dem ihr dazukommt. Wenn die Produktion beim Turkana-See erst gut angelaufen ist, wird es vor Leuten nur so wimmeln, die ihre Finger in unserem Ölgeschäft haben wollen. Euer Nachbar ist da oben doch bereits gut im Geschäft.«

Caroline schaute ihn verwirrt an.

»Unser Nachbar ...?«

»Ja, das schwedische Ölunternehmen Lundin. Sind Dänemark und Schweden nicht Nachbarn? Das möchte ich wohl meinen. Auf jeden Fall bin ich mir sicher, dass es von Dana Oil gut war, so früh hierherzukommen, wie ihr es getan habt, denn ihr habt die Rechte in dem Gebiet in

Block 12A spottbillig bekommen. Heute würde das Gebiet viel teurer sein, und ich wage nicht, daran zu denken, wie viel es in fünf Jahren kosten wird. Um gar nicht erst von zehn Jahren zu sprechen! Wir haben jeden Tag Besuch von den Chinesen, und das treibt die Preise auch noch nach oben.«

Charles Kariuki schüttelte übertrieben den Kopf, und Caroline nickte, während sie an den Bericht dachte, den sie in John Hansens Schrank gefunden hatte.

»Damit haben Sie wohl recht.«

»Ja, das meine ich auch. Das pflege ich immer zu haben!« Er lachte laut schallend und nahm einen großen Schluck von seinem Bier. »Sechs Millionen Dollar sind selbstverständlich ein beträchtlicher Griff in die Tasche, bis man weiß, was man findet, aber in fünf Jahren hättet ihr es nicht für einen Bonus von unter zehn Millionen Dollar bekommen können.«

Caroline nickte wieder. Verträge waren nicht ihr Spezialgebiet, aber sie wusste wohl, dass er vermutlich recht hatte.

In der Ölbranche war es Brauch, dass die Unternehmen der Regierung des Landes, in dem sie nach Öl bohren wollten, einen sogenannten »Signaturbonus« zahlten. Eine Tüte voll Geld, die bezahlt wurde, um die Erlaubnis zu bekommen, nach Öl zu bohren.

In den letzten Jahren hatte sich eine heftige Debatte über diese Art von Bezahlungen entwickelt. Bei ihrer Arbeit mit der Korruptionsstrategie war Caroline mehrfach auf dieses Dilemma gestoßen. Eine Sache war, dass die Gelder im Grunde genommen ein Geschenk waren, welches die Regierung bekam, ungeachtet dessen, ob das Unternehmen Öl fand oder nicht. Wenn das Öl zu fließen begann, musste das Unternehmen weiterhin einen großen Prozentsatz des Geldes, das es mit dem Öl verdiente, an die betreffende Regierung abführen.

Aber das, was primär kritisiert wurde, war, dass der Signaturbonus in vielen Fällen zur Korruption beitrug, weil der Betrag, den die Gesellschaften als Bonus bezahlten, geheim gehalten wurde. Das bedeutete, der Empfänger – oftmals eine korrupte Regierung – bekam viele Millionen, die er ohne Wissen der Öffentlichkeit nach Gutdünken verwalten konnte.

Um den Beschuldigungen bezüglich Korruption entgegenzuwirken, hatte eine Reihe von Unternehmen damit begonnen, zu veröffentlichen, wie viel sie an Bonus zahlten. *Publish what you pay*, wie die Initiative genannt wurde, sorgte dafür, dass alle prüfen konnten, wie viel Geld auf das Konto der Regierung geflossen war und so kontrollieren konnten, ob die Machthaber das Geld auf eine legitime Weise verwendeten oder ob zufällig ein ähnlicher Betrag auf ein überseeisches Konto auf einer Insel im Ärmelkanal transferiert wurde.

Dana Oil hatte, nach massivem Druck von anderen Unternehmen in der Branche, auch damit begonnen, zu veröffentlichen, was sie den Regierungen in den ölreichen Ländern bezahlten; etwas, an dem Caroline in Form der Strategiearbeit beteiligt und worauf sie stolz war.

Sie blieben sitzen und tranken das Bier aus, während Charles Kariuki weiter von den Glückseligkeiten sprach, die Kenia erwarteten, wenn die Ölgelder bald auf das Konto zu fließen begannen. Als die Flaschen leer waren, erhob sich Martin.

»Ich glaube, ich werde mich auf den Heimweg machen. Möchtest du eine Mitfahrgelegenheit, Caroline?«

»Ja, danke.«

»Ja, ich muss wohl auch. Ich war in den vergangenen Tagen viel unterwegs, ich muss also auch nach Hause und mich ausruhen.« Charles Kariuki erhob sich und folgte seinen beiden dänischen Gästen nach draußen zum Auto, wo sie sich verabschiedeten.

Auf dem Weg zum Hotel plauderten sie über den Abend und lachten gemeinsam über Carolines Entsetzen, Fleisch mit den Fingern zu essen.

»Danke für den Abend, es war mir ein Vergnügen«, sagte Martin, als er vor den vielen Fenstern des Hilton anhielt.

»Ebenfalls danke. Das war es wirklich.«

»Ja.«

»Wir sehen uns.«

»Das hoffe ich.«

Caroline schwieg einen Augenblick, aber als Martin nicht versuchte, die Abschiedsszene auszudehnen, öffnete sie die Autotür und stieg aus. Vergnügt grüßte sie den Wachmann, als er die Tür für sie aufhielt.

25

Draußen war die Dunkelheit bereits hereingebrochen, und das Büro wurde von dem grellen Schein der Leuchtstoffröhre an der Decke erhellt.

John Hansen saß hinter seinem Schreibtisch und starrte auf den Bildschirm. Als ehemaliger Pokerspieler wusste er, es galt, so lange wie möglich auf dem Gold sitzen zu bleiben. Die Trumpfkarte sollte erst gespielt werden, wenn es unbedingt notwendig wurde. Für den Anfang wollte er es mit moderaten Methoden probieren. Die müssten auch genügen. So viel waren sie ihm schuldig.

Er fand die Mailadresse von Direktionsmitglied Allan Steenberg, gab sie in das Empfängerfeld der Mail ein und schrieb:

Allan,
ich hoffe, du wirst diese Mail mit dem Ernst lesen, den sie erfordert.
Ich schreibe dir, um dich darauf aufmerksam zu machen, dass wir ein Problem haben.
Wie du weißt, kommen wir mit den Probebohrungen hier in Kenia gut voran, und alles weist darauf hin, dass wir mit unseren Aktivitäten hier im Land bald gut verdienen werden. Zur Unterstützung dieser Aussage hänge ich die letzte Einschätzung des Potenzials für einen kommerziellen Fund an.

Indessen ist ein Problem entstanden.
L. Markvart hat eine seiner Mitarbeiterinnen, Caroline Kayser, hier runtergeschickt, und mit ihrer unangemessenen Art, sich in unsere Arbeit einzumischen, ist sie dabei, die ansonsten ausgezeichneten Beziehungen, die ich und meine Mitarbeiter zu der einheimischen Bevölkerung aufgebaut haben, zu zerstören.
Mit ihrer Anwesenheit hier im Land wird es für uns unmöglich sein, unsere Arbeit fortzuführen, und daher möchte ich dich bitten, mit L. Markvart eine Lösung zu finden derart, dass wir frei von weiteren Einmischungen bleiben.

Freundliche Grüße
John Hansen

John Hansen überflog die Mail, hängte die Berechnungen an und klickte auf »senden«. Es sollte doch wohl gelingen, die Zicke aus dem Land zu bekommen, bevor sie zu viel kaputt gemacht hatte. Kein Direktor missachtete den Verlust von Profit.

Zufrieden erhob er sich und ging in Dana Oils heruntergekommene Küche. Der Kühlschrank brummte so laut, dass die Mitarbeiterin, die im Büro gegenüber der Küche saß, einen Zettel an die Tür geheftet hatte, auf dem sie alle bat, die Tür zur Küche zu schließen, ansonsten könne sie sich nicht konzentrieren. John Hansen ließ sie immer offen stehen. Er goss teerschwarzen Kaffee in eine angeschlagene Tasse. Der Arzt hatte versucht, ihn dazu zu bringen, den Kaffee wegen der Magensäure wegzulassen, und als er eingesehen hatte, welche *mission impossible* er damit eingeleitet hatte, hatte er darauf gedrängt, dass

John Hansen in seinen täglichen Schuss Koffein wenigstens reichlich Milch gießen sollte.

Aber die erzählten weiß Gott so viel, diese Ärzte.

Mit der Tasse in der Hand ging er zurück zu seinem Büro und sah, dass Allan Steenberg bereits geantwortet hatte. Der Direktor arbeitete offensichtlich auch noch spätabends – und hatte den Ernst der Sache begriffen.

John Hansen öffnete die Mail.

John,
du weißt ebenso gut wie ich, dass wir uns vonseiten der Direktion nicht in die Dispositionen der einzelnen Chefs einmischen, solange keine Beweise dafür vorliegen, dass diese Dispositionen dem Geschäft schaden.
Im Übrigen hat LM ausschließlich gute Resultate vorzuweisen, weshalb ich keinen Grund sehe, seine Wahl anzuzweifeln.

A. S.

Verdammt! Dann hatte der Lackaffe von Markvart es auch vermocht, sich bei Steenberg lieb Kind zu machen.

John Hansen legte die Finger auf die Tastatur.

Allan,
ich glaube, du hast nicht genau verstanden, wie schädlich es für das Geschäft ist, C. Kayser in Kenia herumrennen zu lassen, da sie Asabo und auch Katari besucht hat. Sie bringt sowohl sich als auch das Geschäft in Gefahr – wir reden von potenziellen großen und langwierigen Verlusten.

Außerdem möchte ich daran erinnern, dass ich mehr als 30 Jahre bei Dana Oil verbracht habe, was, wie ich meine, meinen Worten ein besonderes Gewicht verleiht.
Ferner möchte ich dich darauf aufmerksam machen, dass ich über alle Jahre hinweg dem Unternehmen gegenüber loyal gewesen bin. Eine Loyalität, die sowohl L. Markvart wie auch seine Mitarbeiter noch beweisen müssen.

JH

Der Direktor antwortete umgehend.

John,
ich bin mir im Klaren darüber, dass du schon sehr lange in der Firma bist, aber das ändert nichts daran, dass wir vonseiten der Direktion es im weitestmöglichen Umfang vermeiden, uns in die Dispositionen der Stabschefs einzumischen.
Dass LM/CK nicht so lange dabei sind wie du, macht in diesem Zusammenhang keinen Unterschied.
Lass uns die Diskussion hier beenden.

A. S.

John Hansen schnaubte, als er die letzte Zeile las. Als ob er nur eine Fliege wäre, die man nach Gutdünken wegwedeln konnte. Als ob der Umstand, dass man dreißig, bald vierzig Jahre seines Lebens einer Firma gewidmet hatte, überhaupt nichts bedeutete. Nichts änderte, seinen Argumenten kein besonderes Gewicht verlieh. Selbstverständlich tat es das. So sollte es auf jeden Fall sein.

Eigentlich hatte er sich ein bisschen unwohl dabei gefühlt, die Trumpfkarte auszuspielen, denn das war nicht gerade die Art, Loyalität gegenüber seinen Chefs zu zeigen, aber dieser Hochmut seitens des Direktors machte es etwas leichter. Tatsächlich ließ ihm Allan Steenberg, soweit John Hansen es erkennen konnte, keine andere Möglichkeit, da er nicht zur Vernunft kommen wollte.

Es war ein Trumpf, den John Hansen in der Hinterhand gehalten hatte, bereit, ihn auszuspielen, wenn dies eines Tages notwendig werden würde.

Der Tag war gekommen.

Allan,
vielleicht kann ich dich am besten dazu bewegen, den Ernst meiner Anfrage zu verstehen, wenn ich dir sage, dass ich von deinem Besuch bei einer gewissen »Mama Black Mamba« während einem deiner Aufenthalte hier in Kenia weiß. Und dass ich, solltest du dich dieser Sache nicht annehmen, nicht ausschließen kann, dass auch andere davon erfahren werden.

Dieses Mal kam keine schnelle Antwort.

John Hansen las seine eigene Mail erneut. Sie war genau an der Grenze. Auf der anderen Seite war es doch nicht nur seinetwegen, dass er seinen Willen haben wollte. Er war überzeugt davon, je eher Caroline Kayser in einem Flugzeug in Richtung Europa saß, desto besser für Dana Oil.

Allan Steenberg war verheiratet und hatte Kinder. Das hatte John Hansen in einem der Berufsporträts gelesen, die er zwischendurch im Netz überflog. Es war allmählich fast eine Voraussetzung dafür, um Topchef zu werden, dass man im zwanzigsten Jahr glücklich mit einer Hausfrau verheiratet war und drei bis vier Kinder hatte, für die man Zeit fand, um mit ihnen zusammen sowohl Fußball zu spielen als auch zu den Pfadfindern zu gehen.

Die Ehe war als lang und glücklich beschrieben gewesen, aber John Hansen zweifelte dennoch daran, dass die Direktorenfrau Verständnis für die alternativen Befriedigungen der geschlechtlichen Gelüste ihres Mannes aufbringen würde.

Mittlerweile waren einige Jahre vergangen, seit eine Delegation aus dem Hauptquartier auf Besuch in Kenia gewesen war.

Die Gruppe, die neben Allan Steenberg aus zwei anderen Chefs und ein paar Laufburschen bestanden hatte, war auf einer wochenlangen Tour durch *Sub-Saharan Africa* gewesen. Das war die Bezeichnung für alle armen afrikanischen Länder südlich der großen Saharawüste, mit Südafrika als einzige Ausnahme. Die Delegation hatte die Länder besucht, in denen das Unternehmen aktiv war oder in denen es auf lange Sicht interessant werden konnte, nach Öl zu suchen. Es waren Kurzbesuche gewesen – einen Tag hier, zwei Tage dort –, um Flagge zu zeigen und zu signalisieren, »euer Land ist wichtig für uns«, anstatt etwas über die Länder und deren Potenzial zu lernen. Das überließ man den einzelnen Landeschefs, was John Hansen recht war.

Der Besuch in Kenia war ein zweitägiger Aufenthalt gewesen – ein Tag draußen auf dem Land, um sich potenzielle Bohrgebiete anzuschauen, und ein Tag in Nairobi für offizielle Treffen.

Tag zwei war mit einem Restaurantbesuch beendet worden. Als das Essen vorbei war, wollte die Gruppe, zu der auch einige von John Hansens Mitarbeitern sowie der Leiter der Bohrteams, Tim Wright, gehörten, in den Nachtclub, bis sie am nächsten Morgen nach Uganda fliegen sollten.

Nur Allan Steenberg und John Hansen verabschiedeten sich für den Abend. John Hansen hasste die noblen Nachtclubs. Das Einzige, was bei dieser Art von Clubs zählte, war, jung, gut aussehend und reich zu sein. Männer mit diesen Qualitäten saugten die gesamte weibliche Aufmerksamkeit auf und hinterließen nichts für Männer wie John Hansen. Allan Steenberg, der ein attraktiver Mann war, soweit John Hansen das einschätzen konnte, hatte gesagt, er sei müde und wolle gern zurück ins Hotel.

John Hansen hatte angeboten, ihn zu fahren. Das war eine seltene Möglichkeit gewesen, einen der höchstplatzierten Chefs unter vier Augen zu sprechen, aber das Angebot war abgelehnt worden. Er wollte ein Taxi nehmen. John Hansen hatte den Vorschlag mehrfach wiederholt, war aber jedes Mal abgewiesen worden.

Es war Zufall gewesen, dass er auf dem Weg nach Hause hinter Allan Steenbergs Taxi fuhr. Er hatte nicht vorgehabt, ihm zu folgen, bevor der Wagen die Abfahrt passiert hatte, die ihn direkt zum Hilton gebracht hätte, in dem die Delegation wohnte.

Da war John Hansen neugierig geworden. Wenn Allan Steenberg andere Pläne für die Nacht hatte, war seine Ablehnung von John Hansens Angebot nicht persönlich gemeint.

Er hielt etwa hundert Meter Abstand zu dem Taxi; und aus dieser Entfernung hatte er das weiße Auto gut im Blick, als es vor einem Gebäude mit einem diskreten, hellroten Schild im Fenster parkte.

Das Taxi war stehen geblieben, und das Gleiche hatte

John Hansen in gebührendem Abstand in den knapp vierzig Minuten getan, die vergingen, bevor Allan Steenberg wieder auf die Straße trat. Das weiße Hemd war noch immer faltenfrei, der dunkelblaue Anzug saß noch immer korrekt, und der Direktor hatte den gleichen seriösen Gesichtsausdruck wie beim Hineingehen. Der einzige Unterschied war die Krawatte, die jetzt locker auf seiner Brust herabhing.

Steenberg hatte ein einziges Mal über die Schulter geschaut und sich dann in das wartende Auto gesetzt, das zurück in Richtung Zentrum fuhr. Als das Taxi weg war, war John Hansen so nah an das Haus herangefahren, dass er lesen konnte, was auf dem hellroten Schild stand. *»Mama Black Mamba«*, hatte er auf einer zerknüllten Quittung notiert und sie in das Handschuhfach geworfen. Hier hatte sie seither gelegen.

Eine Stunde später traf eine Mail ein.

Ich werde sehen, was ich tun kann. Und erwarte im Gegenzug, dass diese Sache nie wieder erwähnt wird.

A. S.

Über John Hansens runden Wangen breitete sich ein Lächeln aus. Der Trumpf hatte seine Arbeit getan.

Im Laufe eines Tages würde Caroline Kayser von dieser Sache abgezogen werden, und Ogatos Druckmittel würde nicht mehr so stark sein.

Das Ganze würde gelingen.

26

Caroline schob ihre Sachen auf die eine Seite des Bettes und warf sich auf die freie Hälfte.

Sie sah sich im Zimmer um. Sie wohnte jetzt seit einer Woche im Hilton-Hotel und hatte sich allmählich daran gewöhnt, dass es aussah, als sei sie bei einem passionierten Brøndby-Fan eingezogen.

Ihre Gedanken kreisten um das Abendessen, besonders um eine Situation: Charles Kariukis Reaktion, als sie Katari erwähnt hatte. Sie konnte sich nicht damit brüsten, jemand zu sein, der andere Menschen durchschaute, aber in diesem Fall war sie sich sicher, Charles Kariuki kannte Katari. Die Luft war mit einem Mal so mit Geheimnissen aufgeladen gewesen, dass man sehr ignorant sein musste, das nicht zu bemerken.

Warum er nicht zu seinem Wissen stehen wollte, wusste sie hingegen nicht. Aber die Sache war es wert, wie Daniel vorgeschlagen hatte, die Zähne zusammenzubeißen und sich noch einen Tag den staubigen kenianischen Landstraßen auszusetzen, um sich Katari näher anzuschauen.

Sie griff nach ihrem Handy und schickte Daniel eine SMS und fragte, ob er die Möglichkeit habe, mitzukommen, wenn sie für morgen ein Auto organisierte. Die Antwort kam umgehend: Die würde er haben.

Das war eines der Dinge, die sie in Kenia überraschten – dass im Großen und Ganzen alle Leute in Nairobi mit einem Mobiltelefon am Ohr herumliefen. Sie wusste nicht genau, was sie sich vorgestellt hatte, aber auf jeden Fall kein Land voller schicker Mobiltelefone. Das passte nicht in das Bild, welches sie von Afrika hatte.

Sie überlegte, Stanley anzurufen, um die Fahrt für den nächsten Tag zu arrangieren, entschloss sich aber zu warten. Es war dreiundzwanzig Uhr, und er hatte zwei Töchter, die in die Schule mussten.

Am nächsten Morgen stand sie zeitig auf und rief Stanley an, der sofort abnahm.

»Haben Sie die Möglichkeit, heute für mich nach Katari zu fahren?«, fragte sie, nachdem sie ihn begrüßt hatte.

Am anderen Ende der Leitung wurde es still.

»Ich kann Sie nicht mehr fahren, Madam«, antwortete Stanley.

»Was ist dann mit morgen?«

»Ich kann Sie leider nicht mehr fahren, überhaupt nicht.«

»Wie meinen Sie das?«

Stanley schwieg, bevor er mit leiser und entschuldigender Stimme erklärte:

»Ich habe nicht mehr die Erlaubnis, für Sie zu fahren.«

»Wurde Ihnen gekündigt?«

»Nein.«

Caroline, die bis jetzt im Zimmer herumgegangen war, blieb stehen.

»Aber Sie dürfen für andere fahren?«

»Ja.«

»Nur für mich nicht?«

»Das ist korrekt.«

»Hat John Hansen das festgelegt?« Sie spürte die Wut in ihrer Brust brodeln.

Stanley antwortete nicht, und sie nahm das als Bestätigung ihrer Frage.

»Es tut mir wirklich leid, Madam, aber ich werde gefeuert, wenn ich für Sie fahre. Und das kann ich mir nicht leisten, denn ich muss dafür sorgen, dass meine Töchter in die Schule kommen.«

»Okay, ich finde eine andere Lösung«, antwortete Caroline. Die Kinderkarte war unmöglich zu schlagen.

»Ich wünsche Ihnen viel Glück.«

»Danke.«

Sie legte zähneknirschend auf. Was bildete sich dieser Mann ein? Er konnte doch Stanley, *Dana Oils* Chauffeur, nicht verbieten, für sie zu fahren. Es mochte so sein, dass John Hansen der Chef in Kenia war, aber sie war ebenso sehr wie er in diesem Unternehmen angestellt.

Sie überlegte, ihn anzurufen und ihren Ärger an ihm auszulassen. Aber zum einen würde das kaum etwas ändern, und zum anderen hatte sie Lust, ihn zu bestrafen. Ein Verweis von einem der Chefs würde einen Mann wie John Hansen weit mehr schmerzen, als ihre Wut es tun würde.

Das Beste würde es sein, Markvart anzurufen und ihn zu bitten, sich der Sache anzunehmen. Er konnte John Hansens Chef dazu bringen, seinen Mitarbeiter auf seinen Platz zu verweisen. Caroline lächelte bei dem Gedanken an die Ermahnung, die den Nairobi-Chef erwartete, und wünschte, im Raum sein zu können und seine Demütigung mitzuerleben, wenn er den Anschiss bekam.

Sie wollte aber noch eine Stunde mit dem Anruf bei

Markvart warten. In Dänemark war es jetzt sieben Uhr, und auch wenn er ganz sicher ans Telefon gehen würde, hatte die Erfahrung gezeigt, dass der Chef um acht Uhr ein offeneres Ohr für die Qualen der Mitarbeiter hatte, nachdem die Kinder abgeliefert waren und die Sekretärin die erste Tasse Kaffee geholt hatte. Es gab keinen Grund, wegen einer einzigen Stunde seine eigenen Chancen zu verringern – erst recht nicht, wenn man beim Chef ohnehin keinen Stein im Brett hatte.

Stattdessen rief sie Daniel an, der versprach, ein Auto und einen Fahrer zu besorgen. Solange Dana Oil bezahlen würde, müsste es sich machen lassen, beides bei einem von Nairobis unzähligen Anbietern von Safari-Touren zu mieten, meinte er. Die Anzahl der Touristen hatte während der Finanzkrise nachgelassen, sodass sie froh sein würden, etwas zu tun zu bekommen.

Eine Stunde später rief sie bei Markvart an.

»Ich wollte dich tatsächlich gerade anrufen«, sagte er, bevor Caroline dazu kam, etwas zu sagen.

»Okay, was gibt es?«

»Das hier geht einfach nicht, Caroline.«

Sie schwieg verwirrt.

»Was geht nicht?«

»Jetzt bin ich zum dritten Mal von Bojesen angerufen worden. Er hat wieder Gerüchte aus Kenia gehört – dieses Mal, dass noch ein Mädchen vergewaltigt wurde, und etwas mit einem weißen Mann.«

Jedes Wort des Chefs rammte Caroline ins Zwerchfell. Alle Luft wurde aus ihr herausgepresst.

»Ich …«, begann sie, wurde aber unterbrochen.

»Ich kann nur schwer verstehen, warum wir dieses Gespräch noch einmal führen müssen. Wie ich auch bereits zu einem früheren Zeitpunkt gesagt habe, habe ich volles Verständnis dafür, dass es eine schwere Aufgabe ist, die du da hast.«

Der Knoten im Magen wuchs, während Markvart fortfuhr:

»Aber es ist für mich ganz einfach unbegreiflich, wie Bojesen, ein mittelmäßiger Journalist, der hinter seinem Schreibtisch in Kopenhagen sitzt, etwas über Kenia wissen kann, über Beschuldigungen gegen *uns* in Kenia, ohne dass wir es zuerst erfahren. Kannst du mir erklären, wie das zusammenhängt?«

Caroline biss sich fest auf die Unterlippe. Zum Teufel auch. Wenn sie sich nur beeilt hätte, Markvart anzurufen, als sie Asabo besucht und Sally getroffen hatte, hätte sie jetzt nicht wie ein Idiot dagestanden.

Das war quasi wie mit Untreue. In der Regel war es für alle das Beste, wenn niemand etwas darüber erfuhr. Aber wenn es doch herauswollte, tat man gut daran, es selbst zu erzählen, anstatt es den Partner von anderer Seite hören zu lassen. Auf diese Weise stand man vielleicht als ein Arsch da, aber wenigstens als ein Arsch mit Gewissen, und man hatte gleichzeitig die Möglichkeit, die bestmögliche Version der Wahrheit zu liefern.

Jetzt hatte Markvart sie mit heruntergelassenen Hosen erwischt, und er forderte eine Erklärung. Sie hatte zwei Möglichkeiten: Sie konnte lügen, auf die Gefahr hin, später entdeckt zu werden, oder sie konnte gestehen und die bestmögliche Version der Wahrheit präsentieren und hoffen, diese war gut genug, um das Erbarmen des Chefs zu wecken.

Sie wusste, sie war gezwungen, sich für die letzte der beiden Möglichkeiten zu entscheiden. Das war eine der Grundregeln, die ihr ihr Vater beigebacht hatte, um im Geschäftsleben erfolgreich zu sein: »Du darfst niemals eine glatte Lüge erzählen, Caroline. So etwas wird immer aufgedeckt und kann deine Karriere zerstören. Präsentiere stattdessen die bestmögliche Version der Wahrheit – deine Version, die dich ins beste Licht stellt.«

Vermeide, verdrehe, übertreibe – aber lüge niemals.

Sie atmete tief ein.

»Ich habe dieses Gerücht gehört, Markvart.«

»Was? Warum, wenn ich fragen darf, hast du mir das nicht erzählt?«

»Ich wollte dich nicht unnötig beunruhigen, bevor ich untersucht habe, ob die Anklagen stimmen. Also bin ich gestern dorthin gefahren, um zu untersuchen, ob …«

»Du bist dorthin gefahren?!« Caroline konnte hören, wie der Chef für eine Millisekunde lang das rote Feld traf. Ihre Erklärung ertrank in Markvarts Gebrüll.

»Du hast Anschuldigungen gehört, Dana Oil sei weiterhin in den Missbrauch kleiner Mädchen verwickelt, und wir zwei haben eine Absprache darüber, dass du mir alles berichten sollst, ALLES. Und dann machst du dich auf den Weg und lässt mich durch einen Journalisten von den Anklagen erfahren! Das ist vollkommen inakzeptabel, Caroline! Wie hast du dir vorgestellt, soll ich diese Abteilung hier leiten können, wenn ich mich nicht darauf verlassen kann, dass meine Angestellten mir die Informationen übermitteln, die sie haben?«

Markvart holte Luft, und Caroline nutzte die Chance, um wieder das Wort zu ergreifen.

»Meiner Einschätzung nach war es das Beste, was ich tun konnte, zu untersuchen, ob die Anschuldigungen zutreffen oder nicht.«

»Zu beurteilen, welche Informationen ich haben muss, ist nicht dein Job!«, schrie er.

Caroline dachte an die vielen Male, als der Chef bei

den wöchentlichen Abteilungssitzungen betont hatte, dass ihn die Mitarbeiter nicht mit Kleinigkeiten belästigen sollten. Er wollte nicht mit Details behelligt werden, denn dann könnte er nichts anderes machen als dazusitzen und sich mit Belanglosigkeiten zu beschäftigen. Sie mussten selbst Verantwortung übernehmen, und er vertraute darauf, dass sie ihre Arbeit gut machten.

Aber jetzt war nicht der richtige Zeitpunkt, ihn daran zu erinnern.

»Es tut mir leid, wenn du der Ansicht bist, dass ich die Situation falsch eingeschätzt habe«, antwortete sie. Noch einer der Tipps ihres Vaters: Wenn du einen Fehler gemacht hast, erkenne an, dass andere glauben, du hast einen Fehler gemacht, aber räume nicht ein, dass du selbst das auch glaubst.

»Gott weiß, das tue ich«, antwortete Markvart, dieses Mal jedoch ohne zu schreien.

Einen Augenblick lang herrschte Schweigen.

»Aber wie ist deine Einschätzung – sind die Anschuldigungen korrekt?«

Caroline wägte ihre Möglichkeiten ab. Sie war gezwungen, Markvart gegenüber zu signalisieren, dass sie die Situation im Griff hatte, die beste Antwort würde also sein, alle Anklagen vom Tisch zu wischen. Zu sagen, Sallys Bericht habe einstudiert gewirkt und die Anschuldigungen seien deutlich ein Versuch, Geld aus Dana Oil herauszupressen. Das Ganze sei pure Erfindung. Aber diese Strategie war zu gefährlich. Wenn dann eines Tages handfeste Beweise auftauchten, würde sie einem Idioten gleichen.

»Meine Einschätzung ist«, begann sie langsam, »dass sie übertreiben. Ich glaube nicht, dass so schlimme Dinge passiert sind, wie sie sagen.«

Sie dachte an das herzzerreißende Weinen des Mädchens und den Zorn des alten Mannes. Aber ihre Darstellung war eine Verzerrung, keine direkte Lüge. Eine Lüge war etwas, bei dem man ertappt werden konnte.

»Das ist insgesamt sehr schön, Caroline«, brummte Markvart. Er war immer noch wütend. »Aber das ändert nichts daran, dass es Anklagen sind, die Dana Oils Ruf schaden, und dass ich Bojesen jetzt so lange hingehalten habe, wie es sich machen ließ. Er wird in den nächsten paar Tagen einige Überstunden abbummeln, aber wenn er zurückkommt, schreibt er einen Artikel darüber, dass es in Kenia Beschwerden über Dana Oil gibt.«

»Was soll ich tun?«

»Du sollst das machen, worum ich dich die ganze Zeit über gebeten habe: Bring sie dazu, die Anklagen gegen uns zurückzuziehen, und sorge dafür, dass es keine weiteren mehr gibt. Nie wieder.«

»Ich tue alles, was ich kann, Markvart«, sagte Caroline und ahnte die Verzweiflung in ihrer eigenen Stimme.

Markvart seufzte.

»Das weiß ich, und es tut mir auch leid, sagen zu müssen, was ich jetzt sage, aber das hier ist deine letzte Chance. Wenn ich mehr Krawall aus Kenia höre, ungeachtet dessen, von wem er kommt, bin ich gezwungen, jemand anderen zu schicken. Ich brauche Ergebnisse, Caroline.«

In ihre Augen traten Tränen der Frustration und Angst. Du darfst jetzt nicht anfangen zu heulen, befahl sie sich selbst. Sie atmete tief ein.

»Ich verspreche, es werden keine weiteren Klagen kommen«, antwortete sie und hörte ihre eigene Stimme wie ein Echo.

»Das hoffe ich wirklich. Sowohl meinet- als auch deinetwegen«, sagte Markvart.

Sie schwiegen beide.

»Übrigens gibt es noch eine Sache, die ich dich fragen muss.« Markvart sprach langsam, als sei er unsicher, welche Worte er wählen sollte.

»Ja?«

»Hast du mit dem Vorarbeiter gesprochen?«

»Vorarbeiter?«

»Ja, für das Bohrteam.«

»Wenn du Tim Wright meinst, dann ja. Wir haben uns vor Kurzem getroffen. Warum?«

»Wie … wie wirkte er?«

»Wirkte?«

»Ja, hat er etwas Besonderes erzählt?«

Caroline runzelte die Stirn.

»Ich verstehe nicht, was du meinst, Markvart.«

Der Chef seufzte.

»Hat er etwas von irgendwelchen Festen erwähnt?«

Sie schwieg. Sie hatte Tim Wright versprochen, ihr Gespräch nicht nach oben weiterzugeben, aber umgekehrt hatte sie auch nicht daran gedacht, ihren Chef anzulügen. Erst recht nicht zum Vorteil eines Subunternehmers.

»Jetzt, wo du es erwähnst: Er hat tatsächlich von einigen Festen berichtet.« Sie machte eine Pause. »Aber ich glaube nicht, dass er selbst dabei gewesen ist – er meinte, als Chef sollte man das nicht tun.«

Markvart antwortete nicht.

»Und wenn du mich fragst, wie er wirkte, würde ich sagen, er wirkte auf mich wie ein Familienvater, der seine Kinder vermisst.«

Es herrschte langes Schweigen in der Leitung.

»Okay«, antwortete Markvart schließlich.

»Warum?«

»Nichts.« Seine Stimme war abweisend, und sie beendeten das Gespräch.

Caroline setzte sich aufs Bett.

Das war nicht das Gespräch, das sie geplant hatte.

Sie hatte es nicht geschafft, ihm von John Hansens Fahrverbot zu erzählen, hatte es vollständig vergessen, weil Markvarts Beschuldigungen sie auf dem verkehrten Fuß erwischt hatten. Jetzt würde es lächerlich wirken, wieder anzurufen und ihm davon zu erzählen. Wie ein Kind, dem in den Sinn gekommen war, dass auch ein anderer Süßigkeiten gestohlen hatte.

Kurz darauf rief Daniel an. Er hatte sowohl Auto als auch Fahrer besorgt – einen Tourguide von einem der lokalen Safari-Veranstalter –, und sie würden sie in einer Stunde am Hotel abholen.

Caroline freute sich, handeln zu können. Daniel agierte angemessen effektiv. Das war nur nicht das Bild, das sie von NGO-Mitarbeitern hatte. Oder von Afrikanern überhaupt.

Eine Stunde später saß Caroline auf dem Beifahrersitz eines zerschrammten Range Rover, Daniel auf dem Rücksitz. Hinter dem Lenkrad saß ein energischer Guide, der sich zu seiner eigenen Belustigung als *The Black Bond* vorgestellt hatte. Als Caroline nicht lächelte, hatte er leicht enttäuscht hinzugefügt, sie könne ihn einfach James nennen. Das tat auch seine Mutter.

Als der Rover durch Nairobi und auf die Umgehungsstraße fuhr, die Caroline allmählich gut kannte, fragte der Guide:

»Na, worüber möchten Sie gern etwas hören?«

Sie sah ihn verwirrt an.

»Worüber hören?«

»Ja, ich soll euch doch nach Katari fahren, und da ist genug Zeit, unterwegs etwas zu erzählen. Ich weiß viel über unsere Geschichte, unsere Kultur und unser Tierreich. Sie müssen nur wählen!«

»Darüber müssen Sie sich keine Gedanken machen. Sie müssen sich doch auch auf das Fahren konzentrieren«, antwortete Caroline, eifrig darauf bedacht, die Fahrt im Schutz ihrer eigenen Gedanken zu verbringen.

»Das ist überhaupt kein Problem, ich kann gut beides gleichzeitig machen!« Er rutschte auf dem Sitz herum.

»Das ist wirklich nicht notwendig.«

»Selbstverständlich ist es das! Sie müssen doch etwas über das Land lernen, jetzt, wo Sie hier sind. Also, was wollen Sie hören – unsere Geschichte?«

Caroline nickte.

Der Guide räusperte sich.

»Kenia ist ein sehr altes Land«, begann er. »Ein Teil der Wiege der Zivilisation. Führende Forscher sind der Meinung, es war hier, wo vor fünfundzwanzig Millionen Jahren die Menschheit entstanden ist. Aber das wird wohl ein langer Tag, wenn ich so weit zurück beginne. Was halten Sie also davon, wenn ich einige Millionen Jahre überspringe?«

Er lachte, und Caroline dachte, dass exakt dieses Lachen tausendfach bei exakt dieser Stelle seiner Erzählung eingesetzt worden war. Es könnte interessant sein zu sehen, wie er reagierte, wenn ihn eines Tages tatsächlich jemand bat, Kenias Geschichte von damals bis heute zu erzählen. Ob er dann den Teil der Geschichte kennen würde. Caroline vermutete: nein, vermochte es aber nicht, die Versuchsperson in diesem Experiment zu sein, also nickte sie.

»Gut, dann springe ich ein wenig nach vorn.«

Ein weiteres einstudiertes Lächeln.

»Afrikas Ostküste wurde über viele Jahrhunderte hinweg von den Arabern regiert. Zwischendurch versuchten die Portugiesen, die Macht an der Ostküste zu erlangen, aber das schafften sie nie. Denn die Araber waren richtige Krieger, die sowohl das hier« – der Guide tippte sich vielsagend mit dem Zeigefinger an die Schläfe – »als auch die hier gebrauchen konnten.« Der schwarze Bond löste die linke Hand vom Lenkrad und winkelte den Arm an, sodass der definierte Bizeps sichtbar wurde.

Caroline lächelte pflichtschuldig.

»Aber dann im neunzehnten Jahrhundert kamen die Engländer und die Deutschen, und die konnten sowohl denken als auch kämpfen, und sie übernahmen die Macht. Zu dieser Zeit war Ostafrika ein großes Gebiet, aber Ende des neunzehnten Jahrhunderts teilten die Engländer und die Deutschen das Gebiet unter sich auf, sodass das, was wir heute als Kenia und Uganda kennen, an die Briten, und das, was heute Tanzania heißt, an die Deutschen ging.«

Der Guide schielte zu Caroline hinüber.

»Und was glauben Sie also, wie lange die Engländer hier im Land an der Macht waren?«

Sie zuckte mit den Schultern, aber die Energiebombe hinter dem Lenkrad war bereits dabei, auf seine eigene rhetorische Frage zu antworten.

»Fast hundert Jahre, Madam, fast hundert Jahre!«

Sprachlos schüttelte er den Kopf.

»Aber dann kamen der große Staatsmann Kenyatta und die Mau-Mau-Revolution, wovon Sie ganz sicher gehört haben.«

Weder Kenyatta noch Mau Mau sagten Caroline etwas. Sie nickte.

»Das dachte ich mir, das haben die meisten. Unser großer Kenyatta machte Kenia zu einem freien Land, sodass wir seit 1963 eine selbstständige Nation sind. Zur großen Freude aller. Kenia ist heute eines der erfolgreichsten Länder in Afrika, und für viele Leute ist es spannend, unser Land zu besuchen und unsere schöne Natur zu sehen.«

Caroline schaute ihn an. »Es ist doch nicht nur gut gegangen«, bemerkte sie trocken. Sie hatte genug von der nationalen Selbstverherrlichung.

Der Guide hob verwundert die Augenbrauen.

»Doch.«

»Das können Sie nicht ernst meinen.«

»Selbstverständlich gab es kleinere Probleme, aber so ist es doch in allen Ländern.«

»Kleinere Probleme?«

»Ja, aber die haben wir jetzt im Griff.«

»Bezeichnen Sie den Aufruhr nach der Wahl 2007 als ein kleineres Problem?« Sie schaute ihn herausfordernd an.

Daniel räusperte sich beklommen.

Der Guide sank im Sitz zurück und sprach zum ersten Mal in einem normalen Tonfall.

»Nein, der Aufruhr war natürlich kein kleineres Problem. Tausende unserer kenianischen Brüder und Schwestern wurden getötet, und ich will nicht bestreiten, dass Kenia vor einigen ... Herausforderungen ... steht im Verhältnis zwischen den verschiedenen Stämmen. Aber das ist nichts, über das wir gern sprechen«, antwortete er und fügte kleinlaut hinzu: »Wenn man zu viel darüber redet, kann er wieder ausbrechen.«

Es wurde still im Auto, und Caroline bereute es, dass sie nachgehakt hatte. Sie konnte zwar nicht erkennen, wie das Problem vergrößert wurde, wenn man darüber sprach, aber es war spürbar, dass die beiden Männer im Auto jetzt ein ungutes Gefühl hatten.

Sie fragte sich, ob sie vom gleichen Stamm waren und woran man das erkennen konnte. Vielleicht auf die gleiche Weise, wie man die Hutus und die Tutsi in Ruanda unterscheiden konnte – die Hutus hatten breitere Nasen und die Tutsi schmalere. Das war eines der Dinge, an die sie sich noch immer aus dem entsetzlichen Ruanda-Film erinnerte.

In ihren Augen sahen Daniels und James' Nasen jedoch ziemlich gleich aus.

Sie versuchte, etwas zu finden, das sie sagen konnte, aber alles, was ihr einfiel, wirkte banal, so gab sie es letztendlich auf und schwieg ebenso wie die Männer.

Bevor sie losgefahren waren, hatte Daniel versucht, ein Treffen mit dem Ortsvorsitzenden von Katari zustande zu bringen, aber es war ihm nicht gelungen, das Dorfoberhaupt zu erreichen.

Als der Wagen einige Stunden später nach Katari hineinfuhr, hatten sie keinen Termin.

Der Guide parkte im Schatten unter einem Baum und sprang aus dem Auto, bereit, seine ungleichen Safaritouristen – der eine gekleidet in löchrigen Jeans und verwaschenem T-Shirt, die andere in eng sitzender Jeans und einer frisch gebügelten, auf Figur geschnittenen Bluse – im Dorf herumzuführen.

Caroline stieg aus und ging um das Auto herum auf ihn zu.

»Sie müssen nicht mitkommen«, sagte sie.

»Das mache ich sehr gern«, bot der Guide an.

»Wir möchten gern allein gehen.«

»Ja, aber ich kann euch unterwegs einige spannende Dinge erzählen.«

»Nein«, antwortete Caroline, dieses Mal mit fester Stimme, was den Guide davon abhielt, weiter zu drängeln.

Du wirst dein Trinkgeld schon bekommen, auch wenn du uns für eine Stunde aus den Augen lässt, dachte sie irritiert.

Sie und Daniel waren nicht mehr als zehn Meter gegangen, als zwei kleine Kinder, ein Junge in kurzer Hose und ein Mädchen in einem gelben Faltenkleid, hinter ihnen hergelaufen kamen.

»Mzungo, mzungo«, riefen sie Caroline lächelnd und winkend zu.

Sie winkte unsicher zurück.

»Das bedeutet ›weißer Mann‹«, erklärte Daniel.

Die Kinder liefen zu ihnen und machten vor Caroline halt, die deshalb auch stehen blieb. Das Mädchen streckte kichernd ihre Hand vor.

Typisch.

»Ich – habe – kein – Geld«, sagte Caroline mit lauter Stimme in deutlichem Englisch.

Daniel lächelte.

»Sie will kein Geld haben, sie will dich nur anfassen.« Er sagte etwas zu dem Mädchen, das nickte und weiterhin den Arm zu Caroline ausstreckte.

»Ja, es ist nur das, was sie will. Es ist spannend für sie, einen weißen Menschen zu sehen.«

Caroline schaute verstohlen zu dem Mädchen. Auf ihrer ausgestreckten Hand befand sich Schmutz. Es war unmöglich zu wissen, welche Bakterien darauf saßen.

Aber das Mädchen blieb stehen und sah sie mit großen, erwartungsvollen Augen an. Nach einigen langen

Sekunden streckte Caroline zögernd eine ihrer Hände aus. Das kleine Mädchen ergriff sie und schenkte ihr ein breites Lächeln.

Sie ließ nicht wieder los.

Daniel sagte wieder etwas auf Swahili zu den Kindern, und der Junge, der aussah, als wäre er etwas älter als das Mädchen, nickte und ging los.

»Komm, er bringt uns zum Haus des Ortsvorsitzenden.«

Der Junge führte sie durch das Dorf. Es roch nach altem, trockenem Holz wie damals, als Carolines Vater nach dem Sommer den Kamin oben im Ødegård wieder angeheizt hatte. Sie wurden zu dem Haus mit den Glasfenstern geführt, welches Daniel bewundert hatte, als sie gestern durch die Stadt gefahren waren.

Neben dem Haus wuchs ein kleiner Baum, und unter dem Baum saß ein Mann auf einem weißen Plastikstuhl.

»*Jambo*«, sagte der Junge vorsichtig.

Der Mann, dessen Kopf von einem großen, weißen Sonnenhut bedeckt war, blickte auf und schaute verstohlen unter der Krempe des Hutes hervor. Er sah die Fremden an. Der Blick war vielleicht nicht direkt feindlich, aber freundlich war er auch nicht. Die Nase war schmal und gebogen wie der Schnabel eines Adlers. Es war das erste Mal, dass Caroline so eine Nase bei einem Afrikaner sah. Er stand auf und trat den Angekommenen entgegen. Er trug ein kurzärmeliges, hellbraunes Hemd an einem Körper, der aussah, als könnte er immer noch schwere Holzstämme heben.

»Was wollen Sie?«, fragte er mit tiefer Stimme, während er den Blick zwischen Daniel und Caroline hin und her gleiten ließ.

»Mit Ihnen sprechen, wenn Sie der Vorsitzende von Katari sind«, antwortete Daniel.

»Über was wollt ihr mit mir sprechen?« Er ließ die Augen auf Caroline ruhen.

»Über Ihr Dorf«, antwortete Caroline, während sie diskret versuchte, ihre Hand aus dem entschlossenen Griff des Mädchens zu befreien. Aber das Mädchen ließ nicht los.

»Was möchtet ihr gern wissen?«, fragte der Mann, den Blick immer noch auf Caroline gerichtet.

»Also, das ist doch alles sehr schön hier in Katari«, begann sie. »Auf jeden Fall nach kenianischen Standards – ich meine, im Verhältnis zu dem, was man erwarten könnte. Also nicht, dass man nicht erwarten könnte, dass es schön ist, denn selbstverständlich kann man das, ihr habt doch auch schöne Orte hier in Kenia, hier ist es vielleicht nur etwas schöner als in den anderen Dörfern.«

Sie verstummte. Sie hätte ebenso gut sagen können, dass es unglaublich war, dass solche Versager etwas Schönes schaffen konnten. So hatte sie ihre Einleitung nicht vorbereitet.

Der Dorfvorsitzende schaute sie abwartend an. Daniel sagte nichts. Sie versuchte es erneut.

»Wir kommen, oder das heißt, ich komme von Dana Oil, das Sie vielleicht kennen.«

Er nickte abwartend.

»Und ja, also, ich bin hier, um in dem Gebiet hier ein paar Recherchen zu machen, und als wir an Ihrem Dorf vorbeigekommen sind, haben wir bemerkt, wie reizend es hier ist.« Sie schaute sich um. Reizend war ein Euphemismus, aber es war wichtig, dem Dorfvorsitzenden zu schmeicheln. Unter allen Umständen war es hier viel schöner als in dem anderen Dorf, welches sie besucht hatte.

Er nickte wieder, ohne den Blick von ihr abzuwenden.

»Was mich interessiert, ist, wie es Ihnen gelungen ist, so einen guten Standard zu erreichen?«

Sie hielt inne und wartete. Bekam wieder den Geruch von trockenem Brennholz in die Nase.

Der Mann vor ihr hob die Augenbrauen.

»Was meinen Sie?«

»Ja, also, wie ihr euch das hier alles leisten konntet?«

Sie hörte ihre eigene Frage und konnte spüren, wie es brannte, als ihr NAIV auf die Stirn gedrückt wurde.

»Wir haben hart gearbeitet«, antwortete der Mann mit der Adlernase abweisend.

Die Gruppe hatte sich zu einem Anziehungspunkt entwickelt. Mehr Kinder waren dazugekommen und stritten sich jetzt darum, Caroline an der Hand zu halten. Aber das kleine Mädchen in dem gelben Kleid wich keinen Zentimeter und hielt ihre Eroberung mit siegessicherer Miene fest. Caroline hielt die andere Hand so hoch, dass die Kinder sie nicht erreichen konnten.

Drei Männer des Dorfes hatten hinter dem Vorsitzenden Aufstellung genommen. Zwei von ihnen waren groß und breit. Sie starrten Caroline schweigend und verbissen an. Der dritte Mann war dünn wie ein Besenstiel und lachte laut und herzlich über alles, was sie sagte. Sie biss die Zähne zusammen. Er sah nicht aus, als hätte er alle Sinne beisammen, und machte es ihr schwer, sich zu konzentrieren.

»Wie habt ihr euch das erarbeitet?«, fragte sie, wieder zur großen Belustigung des Mannes.

»Wir haben unsere Arbeit gemacht und gespart«, antwortete der Dorfvorsitzende kurz.

Caroline schielte zu Daniel, der damit beschäftigt war,

mit seiner Schuhspitze in der Erde herumzukratzen. So kam sie nicht weiter. Sie war gezwungen, direkter zu werden.

»Habt ihr in irgendeiner Weise mit Dana Oil zusammengearbeitet?«

Der Vorsitzende schüttelte den Kopf.

»Nein, das haben wir nicht«, antwortete er. »Und jetzt haben wir leider keine Zeit mehr. Wir haben sehr wichtige Arbeit, die wartet.«

Er zog die Hose hoch und machte sich bereit zum Aufbruch.

»Wie ist euer Verhältnis zu Asabo?«, fragte Caroline schnell. Ihre Audienz näherte sich unverkennbar ihrem Ende.

Der grinsende Mann brach in schallendes Gelächter aus, bevor er die Hand auf seine Lippen presste und sich nach vorn beugte. Der Dorfvorsteher antwortete nicht, sondern nickte den Männern zu. Es war Zeit zu gehen.

»Was ist mit Charles Kariuki von der Naturressourcen-Verwaltung, kennen Sie ihn?«, bohrte Caroline weiter.

Der Vorsitzende schüttelte den Kopf, woraufhin der dünne Mann lauthals losprustete.

»Selbstverständlich kennen wir Charles«, krächzte er und klopfte dem spitznäsigen Dorfvorsitzenden auf die Schulter.

Caroline schaute den Vorsitzenden verwundert an, der die Zähne fest zusammenbiss.

»Ich glaubte, Sie meinen, ob wir ihn persönlich kennen«, knurrte er. Er zischte den beiden Männern etwas zu, und diese griffen nach den Armen des Mannes und zogen ihn weg.

Der Vorsitzende sah Caroline verbissen an. »Jetzt sind wir gezwungen zu gehen, und das Gleiche gilt für euch.« Er drehte sich auf dem Absatz um und folgte den Männern.

Caroline wandte sich langsam Daniel zu.

»Ich wusste es!«

»Was wusstest du?« Daniel sah auf.

»Ich wusste, da war etwas mit Charles Kariuki!«

»Wer ist Charles Kariuki?«

»Einer aus der Naturressourcen-Verwaltung, mit dem ich gestern Abend gegessen habe.«

»Okay …«

»Ich habe ihn zusammen mit einem Kollegen getroffen, er ist Dana Oils Kontaktmann in der Verwaltung. Er sagte, er habe nie von Katari gehört, aber es war unverkennbar, dass er log.«

Caroline starrte nachdenklich den beiden Männern hinterher, die den immer noch lachenden Mann wegschleppten. Sie verschwanden um eine Hausecke.

Dann wurde sie wieder auf die Kinder um sich herum und das Mädchen aufmerksam, das immer noch ihre Hand festhielt. Sie riss sie irritiert los und ging zusammen mit Daniel zum Auto zurück, dicht gefolgt von Kindern, die ihnen in einem gemeinsamen *mzungo*-Chor hinterherjubelten.

»Dann eben ein anderes Mal …« Daniel sah verstohlen zu ihr hinüber.

»Ja?«

»Das ist nicht gerade die Art und Weise, wie wir es in Kenia gewohnt sind, die Dinge anzugehen«, sagte er leise.

»Was meinst du?« Caroline hörte, wie ihre Stimme spitz wurde.

»So … so direkt. Wir pflegen zuerst ein wenig zu plaudern und so.«

Sie biss verärgert die Zähne zusammen und lief schneller. Sie wusste, er hatte recht, aber war es wirklich notwendig, es laut auszusprechen?

Und eine Sache hatte sie auf jeden Fall begriffen. Sie hatte recht gehabt mit der Annahme, dass es eine Verbindung zwischen Charles Kariuki und Katari gab. Die Frage war nur, welche.

27

Sally drehte sich auf der harten Schlafmatte um. Sie kratzte an ihren nackten Beinen, aber sie hatte nicht die Kraft, das von Motten zerfressene, graue Tuch, das die Matte bedecken sollte, zu richten.

Sie lag in der Hütte und hörte den Klassenkameraden zu, die auf dem Weg in die Schule waren. Es war der dritte Tag in Folge, an dem Sally nicht in die Schule ging. Die Lehrerin war gestern vorbeigekommen, als der Schultag zu Ende gewesen war. Sie hatte Sally erzählt, wie sehr ihre Mitschüler sie vermissten, und sie daran erinnert, wie glücklich sie bisher darüber war, in die Schule gehen zu können. Sie hatte ein Buch dabeigehabt. Es lag immer noch unberührt auf dem kleinen, schiefen Tisch neben der Tür.

Sally wollte nicht mehr in die Schule. Nie mehr. Es war so peinlich gewesen, als sie in der Klasse laut vorlesen sollte und nicht gewusst hatte, wo sie waren.

Als keine Kinder mehr vorbeikamen, lag sie da und lauschte der Stille. Es dauerte einige Minuten, bevor diese unterbrochen wurde. Von einer Männerstimme. Sally wusste, sie hatte die Stimme schon einmal gehört, aber sie konnte sich nicht daran erinnern, wo.

»Sie liegt hier drinnen«, hörte sie ihre Mutter sagen.

Sally rückte ganz dicht an die Wand und spannte alle Muskeln im Körper an.

Die Mutter kam in die Hütte, und hinter ihr folgte ein großer, dünner Mann mit krummem Rücken. Sally blinzelte in das Licht, das durch die offene Tür hereinfiel. Dann entspannte sie sich.

Es war der Bruder der Mutter, Sallys Onkel Julius.

»Mein kleines Sally-Mädchen«, brach es aus Onkel Julius heraus, und er ging zu ihr. Ein paar Schritte entfernt hockte er sich hin.

Sally blieb dicht an die Wand gedrängt.

»Wie geht es dir, mein Mädchen?«

Sie antwortete nicht.

»Wie ich höre, gehst du nicht mehr in die Schule.«

Er schaute sie prüfend an, und sie zuckte mit den Schultern.

Dann schüttelte er den Kopf.

»Ach, ich kann sehen, es ist schlimm. Was glaubst du, können wir da machen?«, sagte er und schaute zu Sallys Mutter hinauf.

Sie zwinkerten einander zu. Sally konnte sehen, dass es der Mutter schwerfiel, nicht zu lächeln.

Onkel Julius drehte sich wieder zu Sally um.

»Nun ja! Ich habe übrigens eine Überraschung, die dich sicher aufmuntern wird«, sagte er und lächelte.

Onkel Julius' Zähne waren gleichmäßig und weiß, und Sally ging davon aus, dass alle Zahnärzte solche Zähne hatten.

»Deine Mutter hat mir erzählt, wie gern du in die Schule gehst.« Onkel Julius machte eine Pause. »Daher möchte ich dir anbieten, dafür zu bezahlen, dass du in diesem Jahr auf die Sommerschule gehen kannst!«

Das Lächeln um Onkel Julius' Mund wurde breiter, und die Mutter schlug begeistert die Hände vor der Brust zusammen.

»Was sagst du, Sally, ist das nicht toll von deinem Onkel Julius?«

Sally hatte immer davon geträumt, in die Sommerschule zu gehen. Sie hatte davon sowohl von der Lehrerin als auch von einigen der älteren Kinder gehört, die das Glück gehabt hatten, daran teilzunehmen. Es hatte sich wie das Paradies angehört. Mindestens hundertmal hatte sie sich vorgestellt, wie fantastisch es sein müsste, die Erlaubnis zu bekommen, zwei Wochen des Sommers dafür zu verwenden, in einer Schule zu wohnen und nur zu lesen. Kein Brennholz holen, nicht fegen, nicht auf kleine Geschwister aufpassen – nur lesen und lernen.

Jetzt wusste sie nicht, was sie sagen sollte.

Der Onkel wartete einen Augenblick, um zu sehen, ob von Sally eine Reaktion kam. Dann erhob er sich und schaute auf sie herab. Durch die Brille mit dem Goldgestell konnte Sally seine schmalen Augen sehen; jetzt blickten sie streng.

»Aber das setzt natürlich voraus, dass du die Prüfungen gut machst«, sagte er. »Deine Mutter sagt, sie beginnen in der nächsten Woche, und ich will kein B oder C sehen. Nur A.«

Prüfungen.

Die hatte Sally vollkommen vergessen.

»Ich … ich glaube nicht, dass ich das kann, Onkel Julius«, flüsterte sie.

Die Mutter zog die Augenbrauen hoch, und Sally wusste, dass sie zu undankbar war, aber der Onkel lächelte wieder breit.

»Du hast ja die Sprache doch nicht verloren! Und selbstverständlich kannst du das, mein Mädchen, deine Mutter hat mir erzählt, wie fleißig du in der Schule bist. Das freut mich zu hören. Wenn du weiterhin so gut bist, kann es sein, dass du die erste Frau in unserer Familie wirst, die zur Universität geht.« Onkel Julius blinzelte erneut der Mutter zu. »Aber das besprechen wir dann zu gegebener Zeit«, fügte er hinzu.

Sally zwang sich dazu zu lächeln, weil sie wusste, dass man dankbar sein sollte, wenn jemand etwas für einen tun wollte. Besonders, wenn man sowohl ein Mädchen als auch arm war. Aber sie konnte nicht erkennen, wie das gelingen sollte. In den Tagen, in denen sie nicht in der Schule gewesen war, war sie mit den Aufgaben weit hinter den Klassenkameraden zurückgefallen.

Und ungeachtet dessen, was ihre Mutter sagte, war sie sich sicher, dass die Lehrerin sie nicht mehr wirklich gut leiden konnte.

28

Der gestrige *Sundowner* hatte den letzten Funken von schlechtem Gewissen weggespült, das John Hansen gegenüber Direktor Allan Steenberg empfunden hatte. Zum ersten Mal seit langer Zeit hatte er eine ganze Nacht durchgeschlafen.

Gewöhnlich gab er sich nicht mit schlechtem Gewissen ab, aber gewisse moralische Standpunkte vertrat er doch. Dass ein Mann ungestört seine Sexualität ausleben konnte, war einer davon.

Jetzt wunderte er sich.

So viel gab es da doch nicht falsch zu verstehen. Aber vielleicht hatte der Direktor dennoch nicht den Ernst seiner Botschaft verstanden?

Fakt war auf jeden Fall, diese Kayser war noch immer hier.

John Hansen hatte soeben mit Stanley gesprochen, den er gebeten hatte, umgehend Bericht zu erstatten, wenn die Prinzessin ihn bezüglich einer Fahrgelegenheit kontaktierte. Er bemerkte, dass Stanley nicht viel von dieser Form von Berichterstattung hielt, aber man beißt nicht in die Hand, die einen füttert – das wusste der Chauffeur –, und daher hielt Stanley John Hansen auf dem aktuellen Stand über das Treiben der Zicke.

Sie hatte am Morgen den Fahrer angerufen, auch wenn

John Hansen sich gedacht hatte, Steenberg habe sich bereits gestern Abend der Sache angenommen, als ihr Mailwechsel beendet war. Okay, es konnte wohl sein, dass die Kayservotze Kenia noch nicht verlassen würde, aber den Bescheid darüber, dass Schluss damit war, sich in John Hansens Angelegenheiten einzumischen, müsste sie bekommen haben.

Er war augenscheinlich gezwungen, härter vorzugehen.

29

Der selbsternannte Agent 007 war auf der Heimfahrt von Katari bemerkenswert still. Es war Schluss mit historischen Fakten und Erzählungen, was Caroline sehr schätzte.

Die Gedanken kreisten in ihrem Kopf herum, und sie musste Ordnung in das Wirrwarr an Informationen bringen, die sich darin tummelten und damit drohten, ihr Gehirn kurzzuschließen. In der vergangenen Woche hatte sie viele Menschen getroffen, viele Anschuldigungen gehört und viele Lügen erzählt bekommen, sodass sie sie kaum mehr auseinanderhalten konnte.

Sie nahm die Mappe aus der Tasche und öffnete sie. Der Schreibblock, der an der einen Seite der Mappe befestigt war, lag vor ihr. Sie befreite den Kugelschreiber aus seiner schmalen, länglichen Tasche. In der Hoffnung, sich einen Überblick zu verschaffen, begann sie, eine Liste über all die Personen und Orte zu notieren, die in der letzten Woche aufgetaucht waren:

1) Mama Lucy

Sie war vom Hauptbüro in Kopenhagen nach Kenia geschickt worden, weil Mama Lucy – eine Frau aus dem Dorf Asabo – sich über Dana Oil beschwert hatte. Mama Lucy war der Ansicht, Dana Oil zerstöre mit seinen Ölbohrungen das Leben der Bewohner des Dorfes. Sie hatte mehrere Briefe an das Hauptbüro des Unternehmens geschickt, in denen sie die Auswirkungen und den Verdacht, jemand wolle sie umbringen, beschrieben hatte.

In dem letzten Brief hatte sie zudem geschrieben, dass weiße Männer kleine Mädchen aus Asabo entführten und missbrauchten.

Jetzt war Mama Lucy umgebracht worden. Die Polizei war dabei zu untersuchen, von wem.

2) John Hansen

Caroline sah von dem Block auf und schaute über die Landschaft, während sie sich den Nairobi-Chef mit den kleinen Schweinsäuglein vorstellte.

Sie hatte sich noch nie bei jemandem so unerwünscht gefühlt, wie es bei John Hansen der Fall war. Bereits bevor sie in Kenia angekommen war, war seine Abneigung spürbar gewesen, und im Laufe ihres Aufenthaltes war sie größer geworden. Bei ihrem ersten und bisher einzigen persönlichen Treffen hatte er damit gedroht, sie würde es bereuen, wenn sie nach Asabo fahren würde, und zuletzt hatte er Stanley verboten, sie zu fahren. Deshalb saß sie jetzt hier neben einem Fahrer, der der Ansicht war, er sei *The Black Bond*.

Es war vollkommen unmöglich zu glauben, dass John Hansen nichts zu verbergen hatte. Und nach dem Aufwand zu urteilen, den er betrieb, um ihre Arbeit zu behindern, musste es etwas Wichtiges sein.

Der Verdacht hinsichtlich John Hansen wurde weiterhin durch zwei Dinge bestärkt. Das eine war, dass die Polizisten, die sie bei der ersten Tour nach Asabo in der Nähe von Dana Oils Ölbohrungen gestoppt hatten, einen Mr Hansen von Dana Oil kannten. Sie nahm an, dieser Mr Hansen war John Hansen. Die Bekanntschaft war verdächtig, nachdem Dana Oil eine klare Politik hatte, die die Zusammenarbeit mit bewaffneten Wachmännern, darunter auch der Polizei, verbot. Das war ein sofortiger Kündigungsgrund, es sei denn, es lag eine besondere Genehmigung vor – und so eine hatte das Büro in Kenia nicht.

Die andere Sache, die den Verdacht gegen John Hansen verstärkte, waren seine eigenen Notizen. In dem Buch, welches sie in seinem Schrank gefunden hatte, war ein Betrag notiert, den der Nairobi-Chef entweder an einen Ogato bezahlen sollte oder bezahlt hatte. Der kenianische Polizeipräsident hieß Ogato. Sie hatte versucht, den Polizeipräsidenten anzurufen, aber er weigerte sich augenscheinlich, mit ihr zu sprechen. Das änderte indessen nichts daran, dass sie noch immer an den Gedanken glaubte, den sie gegenüber Markvart geäußert hatte: dass John Hansen die Polizei bestochen habe, um Mama Lucy umzubringen, und dass das die Erklärung dafür war, warum sich die Polizei gerade an diesem Tag in der Nähe von Asabo aufhielt.

3) *Die Mädchen*

In ihrem letzten Brief an Dana Oil hatte Mama Lucy geschrieben, dass ein weißer Mann kleine Mädchen aus Asabo stahl und ihnen schlimme Dinge antat. Daniel hatte mehrfach unterstrichen, dass die einzigen weißen Männer, die in das Gebiet kamen, eine Verbindung zu Dana Oil hatten.

Gestern hatte sie das kleine Mädchen Sally aus Asabo getroffen. Es gab keine greifbaren Beweise dafür, dass sie vergewaltigt worden war. Sally hatte es nicht einmal selbst gesagt; es waren die Erwachsenen, die das Wort geführt hatten, und John Hansen würde sie sicher als gierige Dorfbewohner darstellen, die Geschichten erfanden, um Dana Oil Geld aus der Tasche zu ziehen.

Aber nach dem Treffen in Asabo war Caroline sicher, dass er falsch lag. Oder dass er log, weil er versuchte, etwas zu vertuschen.

Sie hatte Sallys verängstigte Augen gesehen und ihr Weinen gehört. Der Schmerz, den das kleine Mädchen in sich trug, war nicht Teil eines Komplotts.

4) Charles Kariuki/Katari

Charles Kariuki war Dana Oils Kontaktmann in Kenias Naturressourcen-Verwaltung. Die Verwaltung stand für die Verhandlung über und die Erteilung von Konzessionen an ausländische Unternehmen, die nach Öl suchen wollten.

Der Kenianer hatte behauptet, niemals von dem Dorf Katari gehört zu haben, aber die Antwort war so zögernd gekommen, dass sie sicher war, er log. Der Verdacht war bestärkt worden, als der adlernasige Dorfvorsitzende von Katari nachdrücklich daran festgehalten hatte, dass auch sie Charles Kariuki nicht kannten, woraufhin der grinsende Mann gesagt hatte, dass sie das doch taten. Daraufhin hatte der Dorfvorsitzende eingeräumt, ihn zu kennen. Nur nicht persönlich.

Caroline schaute auf den Block und überlegte einen Augenblick, Katari von der Liste zu streichen. Auch wenn an der Geheimniskrämerei etwas faul war, war schwer zu erkennen, was Dana Oils Probleme in Asabo mit Katari zu tun hatten. Sowohl Daniel, ihr aktivistischer Guide durch diesen Kenia-Albtraum, als auch Stanley waren der Meinung, dass, solange Katari über so viel Reichtum verfügte und Asabo über so wenig, Asabo immer etwas haben würde, worüber es sich beschweren konnte. Der

Zusammenhang wirkte auf Caroline unlogisch, um nicht zu sagen, pathetisch, aber was wusste sie schon?

Schließlich Markvart. Sie schrieb ihn als Punkt Nummer fünf auf. Ihr Chef erwartete, dass aus Kenia keine weiteren Klagen über Dana Oil kamen. Wenn sie auch nur noch einen Fehler machte oder weitere Klagen über missbrauchte Mädchen kamen, würde sie nach Hause abberufen werden und Markvart würde sich bestätigt sehen: dass sie in der wirklichen Welt nicht klarkam.

Caroline ging die Punkte einen nach dem anderen durch und überlegte, Tim Wright als Nummer sechs aufzuschreiben, wusste aber nicht, was sie zu ihm notieren sollte. Stattdessen schloss sie die Augen und döste ein.

»Hm, hm.«

James Bond räusperte sich neben ihr und weckte sie auf.

»Ja?«

»Ja, wir sind da.«

Caroline schaute aus dem Fenster und sah, wie sich vor dem Auto das wohlbekannte Hilton-Hotel in Richtung Himmel erhob. Verwirrt kramte sie in der Tasche nach ihrem Portemonnaie und bezahlte James den Betrag, den die Tour nach Aussagen von Daniel kosten würde.

Der Fahrer schaute sie abwartend an.

Caroline erwiderte den Blick.

Nun ja! Sie griff nach einem 1000-Schilling-Schein extra und reichte ihm den.

»Es war mir ein Vergnügen, Madam.«

»Ja«, antwortete Caroline und lächelte bemüht.

Sie drehte sich zu Daniel um.

»Ich weiß nicht … Wir müssen uns sprechen, um …«

Daniel nickte. In dem schwarzen Gesicht lag großer Ernst.

»Ja, ich glaube, das ist das Beste.«

Sie stieg aus dem Auto aus und knallte die Tür hinter sich zu. Benommen lief sie zum Eingang, wo der Portier nickte, als sie auf dem Weg in die Lobby an ihm vorbeiging.

»Madam Kayser!«

Caroline drehte sich in die Richtung, aus der gerufen wurde, und sah hinter der Rezeption einen Mitarbeiter des Empfangs mit einem weißen Umschlag winken. Sie überquerte die gemusterten Fliesen der Lobby.

»Willkommen zu Hause, Madam Kayser, wir haben eine Nachricht für Sie entgegengenommen.« Der Rezeptionist überreichte ihr feierlich den kleinen weißen Umschlag.

»Genießen Sie ansonsten Ihren Aufenthalt?«

Caroline lächelte erneut bemüht.

»Sicher, ja danke, das tue ich.«

»Das freut uns zu hören. Sagen Sie Bescheid, wenn wir dazu beitragen können, Ihren Aufenthalt noch angenehmer zu machen.«

Die Aufmerksamkeit bereits auf den Umschlag gerichtet, nickte sie abwesend. In der einen Ecke stand die Klappe ab, sodass sie die Spitze des kleinen Fingers hineinschieben und den Umschlag aufreißen konnte. Innen steckte, zweimal zusammengefaltet, ein Bogen A4-Papier. Caroline nahm den Bogen aus dem Umschlag und faltete ihn auseinander.

Sie starrte auf den mit Maschine geschriebenen Text und griff dann nach dem Empfangstresen, den sie so fest umklammerte, dass ihre Handknöchel weiß wurden.

»Alles in Ordnung, Madam? Sie sehen plötzlich so

blass aus.« Der Rezeptionist schaute sie besorgt an, aber Caroline antwortete nicht.

Sie knüllte den Brief in der Hand zusammen und lief zum Fahrstuhl.

Im Zimmer warf sie ihre Tasche und den Brief auf den Boden und stürzte zu der Toilettenschüssel. Eine Sekunde länger, und der Inhalt ihres Magens wäre auf dem Boden gelandet.

30

Es wunderte John Hansen, dass er in den vergangenen Tagen nichts von Ogato gehört hatte. Das konnte selbstverständlich ein Zeichen dafür sein, dass sich der Polizeipräsident auf die Nachricht darüber, dass John Hansen das Ganze in den Griff bekommen würde, verließ. Oder auch dafür, dass Ogato ein ebenso durchtriebener Spieler war wie er selbst und versuchte, ihn in falscher Sicherheit zu wiegen, um seine hässliche, lächelnde Fratze zu zeigen, wenn man es am wenigsten erwartete.

Letzteres traf zu. Der Frieden war jetzt zu Ende.

John Hansen drehte verwirrt das Telefon um, damit er vermeiden konnte, die Nummer von Ogatos Büro im Display blinken zu sehen. Ein Schweißtropfen perlte von der Augenbraue, er wischte sich über die Stirn.

Die große Frage war, was er Mr Ogato anzubieten hatte. Das ein oder andere war er gezwungen, ihm zu geben, das wusste er sicher.

Für sein Schweigen wollte der Mann über eine Million Dänische Kronen haben. Ein unerhört hoher Betrag, selbst in diesem Teil der Welt.

Sponsoring, Spenden und andere Schmiermittel waren eine wohlbekannte und mehr oder weniger akzeptierte Art und Weise für Unternehmen, sich in den Entwicklungsländern Wohlwollen zu erkaufen. Aber zum einen gab es einen großen Unterschied zwischen einer Spende von zehntausend und einer von einer Million Kronen.

Und zum anderen würde das Unternehmen ganz sicher genau verfolgen, wie die Gelder verwendet wurden.

Es passierte ab und zu, dass Dana Oil einen größeren Geldbetrag für die Errichtung einer Dorfschule spendete, aber in diesen Fällen überprüfte das Unternehmen stets die Verwendung der Spenden. Nach und nach war es Brauch geworden, Bilder und kleine, dumme Geschichten über diese Art von Projekten in die Jahresberichte und Personalzeitschriften des Unternehmens zu setzen, damit alle Mitarbeiter sehen konnten, für welch sozial verantwortliche Firma sie arbeiteten.

Im Übrigen musste für diese Art von Spenden immer eine ausführliche Abrechnung vorgelegt werden, und John Hansen wusste, dass die Buchhaltung die Dispositionen, die er vornahm, gründlich überprüfte. Zu einem früheren Zeitpunkt hatten sie bemerkt, dass es zu viele Budgetposten gab, die nicht ausreichend spezifiziert waren, und sich große Beträge fanden, für die John Hansen keine Belege hatte. Bis jetzt war er gut dabei weggekommen, aber so würde es nicht weitergehen, das hatte die Buchhaltung deutlich gemacht.

John Hansen überlegte, ob Mr Ogato an Mädchen interessiert war. Also, das war er ganz sicher, aber die Frage war, ob er ausreichend interessiert war oder ob ein Mann in Ogatos Position alles bekam, was er in dieser Hinsicht wollte, sodass John Hansen nichts würde beschaffen können, was Ogato nicht sowieso schon hatte. Das war John Hansens Befürchtung.

Als das Handy aufhörte zu leuchten, verging ein Augenblick. Dann klingelte das Telefon auf dem Schreibtisch. John Hansen packte seine Sachen zusammen.

31

Ihr Magen pumpte Flüssigkeit und Nahrungsreste mit einer Kraft nach oben, wie es Caroline nie zuvor erlebt hatte. Ihr ganzer Körper verkrampfte sich. Sie schnappte nach Luft.

Als der Magen leer war, saß sie erschöpft vor der Toilette, spuckte die letzten Reste von Erbrochenem und Schleim aus und wischte sich dann mit dem gelben Handtuch den Mund ab.

Sie hob den Brief vom Boden auf und las ihn erneut. Er war in formvollendetem Englisch mit Maschine geschrieben worden.

An Caroline Kayser.
Halte dich von Katari fern. Grabe nicht weiter in dem, in dem du es gerade tust. Dein Leben wird ein jähes Ende nehmen, wenn du diesem Rat trotzt.

Caroline stand auf und steuerte direkt auf die Minibar zu, die wieder aufgefüllt worden war. Sie griff nach der Tafel Schokolade und biss eine große Ecke ab. Tränen liefen ihr über die Wangen. Sie stopfte den Mund mit Schokolade voll und begann zu schluchzen.

Dann warf sie sich aufs Bett. Wer war es, der ihr Böses wollte?, überlegte sie.

Als keine Tränen mehr übrig waren, lag Caroline still

auf dem Bett und starrte in die Luft. Innerlich war sie leer. Leer im Magen, leer im Herzen, leer im Kopf.

Nur langsam begannen die Gedanken und Bilder wieder den Weg zurück zu ihr zu finden.

Sie dachte daran, wer hinter ihr her war. Wer hasste sie so sehr, um sie zu bedrohen? Was hatte sie getan, um diese Drohung zu verdienen?

Caroline zog die Bettdecke hoch, krümmte sich zusammen, verschränkte die Arme über den Knien, und begann zu überlegen, wer ihr nach dem Leben trachtete.

Das erste Bild, das vor ihrem inneren Auge auftauchte, war das von John Hansen. Sie sah die kleinen Schweinsäuglein und die fleischigen Wangen vor sich und rief sich den drohenden Ton ins Gedächtnis, als er sie bei ihrem ersten Treffen angefaucht hatte, sie würde es bereuen, wenn sie nach Asabo fahren würde.

Sie war überzeugt davon, John Hansen würde weit gehen, um sein Geheimnis zu bewahren. Es war nicht ausgeschlossen, dass er auf die Idee kommen könnte, ihr eine Todesdrohung zu schicken.

Ein anderer, der sie zweifellos von Katari fernhalten wollte, war der Vorsitzende des Dorfes. Er hatte ihren und Daniels Besuch ganz offensichtlich als äußerst unangenehm empfunden, und Caroline zweifelte nicht eine Sekunde daran, dass er ein Mann war, der härtere Methoden anwenden würde, um seinen Willen zu bekommen.

Außerdem war da Charles Kariuki. Der Mann, der es angeblich nicht mochte, sich mit fremden Menschen zu treffen, der sie aber mit offenen Armen empfangen hatte. Auf jeden Fall war er unkompliziert gewesen, bis sie ihn gefragt hatte, ob er Katari kennen würde. Sie wusste, dass er log, als er sagte, er habe niemals von dem Dorf gehört. Die Frage war nur, warum?

Caroline setzte sich im Bett auf, und dachte darüber nach, wer sonst noch von ihrem Besuch in Katari wusste. Stanley, selbstverständlich, aber es war schwer vorstellbar, warum er ihr so einen Brief schicken sollte. Dann war da Daniel, der kenianische NGO-Mitarbeiter. Er war zweimal mit ihr in Katari gewesen. Es war deutlich, dass ihr zweiter Besuch in dem Dorf, der Besuch, bei dem sie den Dorfvorsitzenden getroffen hatten, ihm peinlich gewesen war. Vielleicht bereute er es, einer Zusammenarbeit mit Dana Oil zugestimmt zu haben. Es wäre nicht das erste Mal, dass eine NGO in der Zusammenarbeit mit einem Unternehmen Möglichkeiten sah, das schmale Budget aufzubessern, es aber hinterher bereute, weil die Zusammenarbeit ihre ethischen Grundsätze kompromittierte. Konnte der Brief Daniels Weg sein, die Zusammenarbeit zu beenden?

Die übrigen Personen, die von ihrem Katari-Besuch wussten, waren der Agent-007-Chauffeur und Martin. Und Markvart, selbstverständlich. Hatte sie seither mit Tim Wright gesprochen? Daran erinnerte sie sich nicht. Aber sein Motiv, einen Drohbrief zu schicken, war schwer zu erkennen, und das Gleiche galt für die anderen.

Das Handy klingelte, und Caroline griff danach. Markvarts Nummer leuchtete im Display auf. Sie räusperte sich und hoffte, ihre Stimme würde nicht allzu belegt klingen. Würde sie Markvart von dem Brief erzählen, müsste sie mit dem nächsten Flugzeug nach Hause fliegen.

Ihr Chef begann bereits zu sprechen, bevor sie Hallo sagen konnte.

»Ich weiß, du magst John Hansen nicht.«

»In diesem Punkt bin ich wohl nicht die Einzige«, antwortete Caroline, überrascht von der Einleitung ihres Chefs.

»Aber in einem Unternehmen wie Dana Oil sind wir gezwungen, professionell zu sein«, antwortete Markvart.

»Natürlich.«

»Wir müssen in der Lage sein, mit Leuten, ungeachtet unserer persönlichen Einstellung ihnen gegenüber, zusammenzuarbeiten.«

»Das versteht sich von selbst«, antwortete Caroline und spürte, wie der Knoten im Magen zu wachsen begann.

»Anscheinend versteht sich das nicht von selbst, Caroline. Ich habe Beschwerden über deine Arbeit erhalten.«

Ihr Magen zog sich mit voller Kraft zusammen.

»Von wem?«

»John Hansen hat sich bei Allan Steenberg über dich beschwert. Er sagt, du willst nicht mit den Leuten des Lokalbüros zusammenarbeiten und seist dabei, ihre Arbeit da unten zu zerstören.«

»Das stimmt nicht!« Caroline hörte ihre eigene Stimme um mehrere Dezibel ansteigen. »Er ist es, John Hansen, der nicht mit mir zusammenarbeiten will!«

»Ich bin mir im Klaren darüber, dass du das so siehst, Caroline, aber manchmal ist man gezwungen, nach dem Balken in seinem eigenen Auge anstatt dem Splitter in dem Auge des anderen zu suchen.«

»Ganz ehrlich, Markvart, du weißt, wie er ist! Wir haben darüber gesprochen, bevor ich hierhergeflogen bin. John Hansen wollte nicht, dass ich komme. Es ist unmöglich, mit ihm zusammenzuarbeiten.«

»Aber wir haben auch darüber gesprochen, dass du es trotzdem tun sollst.«

»Ich habe alles getan, was ich konnte.«

»Vielleicht ist alles, was du konntest, nicht genug gewesen. Und ungeachtet dessen, sitzt Allan Steenberg in der Direktion und nimmt die Mitteilung von John Hansen sehr ernst.«

Caroline holte tief Luft. Ich werde dir, verdammt noch mal, einen Pfahl an einer ganz bestimmten Stelle verpassen, dachte sie.

»Allan Steenberg hat mich darum gebeten – mir tatsächlich befohlen –, dich aus Kenia abzuziehen.«

Der Knoten im Magen wurde hart wie ein Stein.

»Aber bevor ich diesen Entschluss fasse, möchte ich dich um eine ehrliche Antwort bitten.«

»Ja?«

»Steenberg sagt, deine Arbeit bringt sowohl dich als auch das Unternehmen in Gefahr. Ist das wahr?«

Carolines Mund wurde trocken, und sie war außerstande zu antworten.

Wie konnte er das wissen?

Sie wusste, zu lügen war ausgeschlossen. Wer auch immer den Brief geschrieben hatte, der auf dem Badezimmerboden lag, würde ganz einfach einen neuen verfassen, der aufdeckte, dass sie eine Warnung erhalten hatte, und dann wäre sie fertig in der Firma. Eine Lüge von diesem Kaliber würde Markvart nicht durchgehen lassen.

»Es stimmt, ich habe eine anonyme Drohung erhalten.«

»Was? Warum, in aller Welt, hast du mir davon nichts erzählt?«

»Ich habe sie erst heute Abend bekommen.« Caroline biss sich fest auf die Unterlippe.

»Wie lautet diese Drohung?«

Sie berichtete, was in dem Brief stand und wie sie ihn bekommen hatte. Als sie schwieg, räusperte sich Markvart.

»Das entscheidet die Sache. Du kommst nach Hause. Sofort.«

»Aber es kann doch sonst jemand sein, der den Brief geschickt hat. Er bedeutet vielleicht überhaupt nichts, und ich bin gerade dabei, eine Richtung in …«

»Caroline, stopp. Ich weiß gut, du hättest die Aufgabe gern gelöst, aber sie ist anscheinend zu groß für dich, und jetzt ist Schluss. Ich bin dein Chef, und ich sage, du kommst nach Hause. *Ende der Diskussion.*«

»Ich bin so nah dran, Markvart.«

»Nein, das bist du nicht. Du bewegst dich auf Glatteis, wir beide wissen das, und jetzt ist Schluss damit.«

»Aber …«

»Wenn ich sage, es ist vorbei, dann ist es vorbei, Caroline. Dein Auftrag in Kenia endet sofort.«

Sie versuchte zu protestieren, aber die Einwände erstickten unter Markvarts Befehlen. Als er ihr ein letztes Mal gesagt hatte, sie müsse sofort nach Hause kommen, legte er auf.

Caroline warf das Handy so schwungvoll auf die Matratze, dass es zweimal hochhüpfte, bevor es auf der gelben Bettdecke liegen blieb. Dann warf sie sich auf das Bett und schlug mit geballten Fäusten auf das Kissen.

Zum Teufel mit dem Ganzen!

Das Handy klingelte. Sie ging ran.

»Ja?« Sie konnte hören, dass ihre Stimme wütend klang.

»Daniel hier.«

»Hallo.«

»Meine Kollegin Angelica hat gerade angerufen.«

»Ja?«

Das war eine interessante Information, dachte sie gereizt.

»Sie hat soeben mit der Polizei gesprochen.«

»Ja.«

»Sie haben den Mord an Mama Lucy aufgeklärt.«

Mit einem Mal war Caroline vollkommen aufmerksam. Das Handy ans Ohr gepresst, setzte sie sich im Bett auf.

»Was haben sie herausgefunden?«

»Es waren zwei Männer, die es getan haben; zwei junge Männer.«

»Ja?«

Sie konnte hören, wie Daniel tief einatmete.

»Sie kommen aus Katari.«

»Was sagst du?«

»Die, die sie umgebracht haben, waren zwei Männer aus Katari.«

»Weißt du mehr?«

»Nein, das war es, was meine Kollegin erfahren hat.«

»Okay. Danke, dass du mich angerufen und mir das erzählt hast.«

»Ich dachte, du würdest das gern wissen wollen.«

»Das wollte ich auch gern.«

»Gut, dann werde ich weitermachen.«

»Auf Wiederhören – und danke.«

»Gleichfalls danke.«

Caroline legte das Handy weg.

Mama Lucys Mörder waren aus Katari. Daniel und Stanley hatten recht gehabt – es *war* etwas mit diesem Dorf.

Ein Gefühl von Hoffnung machte sich in ihr breit. Es *war* also nicht Dana Oil, das hinter dem Mord steckte. Hier ging es um etwas anderes. Um Feindschaft unter Nachbarn wahrscheinlich. Sie stand auf. Das war ihr Einstieg.

Sie griff nach dem Handy und rief Markvart an.

»Ja?«

»Caroline hier.«

»Hallo, Caroline.« Die Stimme ihres Chefs klang zurückhaltend.

»Sie haben Mama Lucys Mörder gefunden.«

Es war still in der Leitung, bevor Markvart fragte:

»Wer ist es?«

»Sie sind aus Katari – zwei junge Männer aus Katari.«

»Okay …«

»Wenn ich mich jetzt noch einmal mit den Leuten aus Asabo treffen und ihnen erzählen würde, dass Mama Lucys Mörder gefunden sind und diese nichts mit Dana Oil zu tun haben, dann können wir die Angelegenheit abschließen.«

»Das haben wir gerade diskutiert, Caroline.«

»Aber das hier ist eine neue Situation.«

»Es bleibt dabei.«

»Es ist nur ein Besuch. Ich fahre nicht nach Katari, das verspreche ich.«

Markvart schwieg.

Sie konnte spüren, dass er die Situation abwägte, und sie drängelte weiter.

»Es wäre gut für Dana Oils Image, wenn wir diese Sache hier ordentlich abschließen könnten. Gut für unsere Abteilung.«

Und für dich, wollte sie hinzufügen, aber sie wusste, das war nicht notwendig.

»Ich bitte Birthe, ein Flugticket für dich für Sonntagabend zu buchen«, sagte er schließlich. »Du hast achtundvierzig Stunden, und dann geht es nach Hause. Wenn du nicht in diesem Flugzeug sitzt, ist Schluss. Dann bist du nicht mehr länger bei Dana Oil angestellt.«

Caroline spürte die Erleichterung, aber auch den Druck. Sie bekam eine Extrachance. Aber sie wusste, Markvart meinte es, wenn er sagte, sie müsse in diesem Flieger sitzen.

»Danke, Markvart.«

»Okay. Aber du passt auf dich auf, und ich will unter keinen – KEINEN – Umständen hören, dass du dich Katari genähert hast.«

»Selbstverständlich nicht.«

»Prima, dann sehen wir uns Montagmorgen im Büro.«

Das würde ihr zwischen Sonntag und Montag ganz genau null Stunden zum Schlafen lassen, abgesehen von dem Nickerchen, das sie vielleicht während des Fluges machen konnte. Aber sie befand sich nicht in einer starken Verhandlungsposition.

»Ja, wir sehen uns am Montag.«

»Gut. Und jetzt muss ich mich beeilen. Ich habe den Kindern versprochen, dass wir heute Abend zusammen die Disney-Show anschauen werden.«

»Okay.«

»Aber wir sehen uns Montagmorgen.«

»Ja.«

»Und du passt auf dich auf?«

»Das verspreche ich.«

»Gut. Auf Wiederhören.«

»Auf Wiederhören, Markvart.«

Caroline hielt das Handy fest in der Hand. Das hier war ihre letzte und einzige Chance, mit einem Erfolg nach Hause zurückzukommen. Sie sah sich in dem Zimmer um. Sie hatte wirklich Bedarf, mit jemandem zu sprechen. Also rief sie eine Nummer auf, die sie im Schlaf kannte.

Der Anrufbeantworter.

»Du hast Kasper angerufen – hinterlass eine Nachricht.« Sie legte auf.

Viktor antwortete auch nicht.

Nach einem Augenblick des Zögerns fand sie eine

Nummer, die sie weniger gut kannte, und wählte sie. Als sie auflegte, war der Trost in seinem schwarzen Mercedes mit Alufelgen auf dem Weg.

Caroline und Martin setzten sich in die Hotelbar und bestellten jeder einen Gin Tonic.

»Ohne Eis«, teilte Caroline dem Kellner mit.

»Du siehst ganz schön angeschlagen aus«, sagte Martin und schaute Caroline mit schräg gelegtem Kopf an.

»Danke.« Caroline lächelte ironisch.

»Du weißt, was ich meine. Das muss ein schöner Schreck gewesen sein. Wer, glaubst du, kann diesen Brief geschickt haben?«

»Ich habe keine Ahnung, ich habe wirklich keine Ahnung. Jemand, der etwas sehr Ernstes zu verbergen hat.«

Martin nickte.

»Und was willst du jetzt tun?«

»Mit meiner Arbeit weitermachen«, antwortete Caroline entschlossen und nahm einen Schluck des Drinks, den der Kellner vor sie gestellt hatte. Uh, das brannte im Magen, sie hätte wohl erst etwas essen sollen.

»Das hört sich nach einer sehr gefährlichen Entscheidung an.«

»Das ist es vielleicht auch. Aber …«

»Aber was?«

»Ich habe keine andere Wahl.«

»Was meinst du?«

»Die Absprache mit meinem Chef lautet, dass ich dafür sorgen soll, dass von den Einheimischen hier in Kenia keine weiteren Klagen über Dana Oil kommen. Wenn ich das kann, bleibe ich von der großen Kündigungsrunde mit großer Sicherheit verschont, wenn ich es aber nicht kann …«

Sie ließ den Blick durch die Hotelbar wandern, die voller Männer in Anzügen und Frauen mit schweren Perlenhalsketten war.

»Was dann?«

»Dann heißt es Lebewohl, Dana Oil, was mich betrifft.«

Martin hob fragend die Augenbrauen.

»Und eine Kündigung würde so entsetzlich sein, dass du bereit bist, dein Leben aufs Spiel zu setzen, um sie zu vermeiden?«

Caroline nickte zögerlich.

»Das würde sie wohl ... Ja, das würde sie.«

»Warum?«

»Das würde sie einfach.« Sie starrte auf ihren Drink.

»*Komm schon,* Caroline.«

»Es gibt etwas, das ich geraderücken muss.«

»Ja, das spürt man deutlich. Was kann so schlimm gewesen sein, das es wert ist, sein Leben dafür zu riskieren?«

Caroline hob den Kopf und schaute Martin lange an. Sie studierte die Linie, die die Sonnenbrille um die Augen herum und auf den sonnengebräunten Wangen hinterlassen hatte.

Das Gespräch endete immer hier.

Niemand bekam das Recht, näher in ihr privates, gedemütigtes Universum vorzudringen. Auch nicht ein Mann wie Martin, der das Ganze anscheinend im Griff hatte. Aber heute stand die Tür einen Spalt offen; aufgeschoben von der Angst, dem Erbrochenen, der Einsamkeit.

»Mir wurde schon ein Mal gekündigt.«

»Menschen haben Schlimmeres überlebt.«

»Von meinem Vater.«

»Autsch.«

Caroline nickte, und dann begann sie zu erzählen.

Als die drei Jahre Bachelor-Ausbildung des Jurastudiums überstanden waren und es an der Zeit war, mit dem zweijährigen Aufbaustudium zu beginnen, hatte der Vater eine Sitzung in seinem Büro einberufen. Ohne weitere Einleitung hatte er Caroline einen Platz als Assessorin in seiner Firma angeboten, vorausgesetzt natürlich, sie schaffte das Aufbaustudium mit zufriedenstellenden Noten.

Caroline hatte akzeptiert und tatsächlich nicht überlegt, ob es andere Möglichkeiten gab, die besser für sie gewesen wären. Die wenigsten neu ausgebildeten Juristen sagten nein zu einer Stelle in Dänemarks renommiertester Rechtsanwaltskanzlei, und noch weniger sagten nein zu ihrem Vater.

Das erste Jahr in der Firma war gut verlaufen. Nicht hervorragend, aber gut genug. Sie hatte die kameradschaftliche Atmosphäre bei den jungen Assessoren genossen. Zwischendurch war mal eine Bemerkung über ihren Status als Tochter des Chefs gefallen, aber im Alltag hatte das keine Rolle gespielt. Sie war ebenso fleißig, ebenso engagiert und ein ebenso emsiger Gast in der Freitagsbar wie ihre Kollegen gewesen.

Das Einzige, was sie nicht war, war ebenso schnell.

Ihr Vater hatte deutlich gemacht, dass die Firma eine sehr niedrige Toleranz gegenüber Fehlern hatte und dass dies, was sie betraf, eher eine Nulltoleranz bedeutete. Es wäre für die übrigen Angestellten ein schlechtes Beispiel, wenn die Tochter des Chefs Fehler beging. Daher hatte sie Stunde um Stunde darauf verwendet, ihre Briefe und Antwortschreiben durchzugehen und sie von Zweideutigkeiten, Fehlern, falschen Kommas, was auch immer, zu bereinigen.

Im ersten Jahr wurde das akzeptiert. Die Erwartungen daran, wie viel sie pro Mandant verdienen sollte, waren nicht hoch. Im zweiten Jahr hatte ihr Vater ein paarmal den niedrigen Betrag kommentiert. Im dritten Jahr war sie zum Gespräch in das Büro des Vaters gerufen worden. Er hatte sie mit gerunzelter Stirn empfangen, und sie hatte sofort gewusst, dass etwas nicht stimmte.

»Das hier geht nicht, Caroline«, hatte er angefangen, sobald sich jeder von ihnen auf seine Seite des schweren Schreibtisches gesetzt hatte. »Du arbeitest langsamer als alle deine Kollegen oder Konkurrenten, was sie wohl eher sind. Die anderen Partner haben begonnen, mir Fragen hinsichtlich deiner mangelnden Leistung zu stellen.«

Sie hatte versucht zu erklären. Hatte hervorgehoben, dass sie sehr wenig Fehler machte und ihre Mandanten froh darüber waren, mit ihr zusammenzuarbeiten. Aber das war gerade das Problem, hatte der Vater gesagt: Die Mandanten sollten natürlich zufrieden sein, aber sie sollten nicht das Gefühl haben, mehr zu bekommen als das, wofür sie bezahlten.

Sie hatten lange diskutiert, aber zum Schluss hatte der Vater das Gespräch wie folgt beendet:

»Bis zum Jahresende musst du deine Effektivität um zwanzig Prozent steigern. Das hat die Gruppe der Partner beschlossen.«

Nach diesem Treffen hatte die stressigste Zeit in Carolines Leben begonnen. Sie hatte härter und schneller als jemals zuvor geackert. Nacht für Nacht hatte sie im Büro verbracht, an vielen Tagen hatte sie es am Morgen gerade nach Hause geschafft, um ein Bad zu nehmen und die Kleider zu wechseln, damit niemand bemerkte, dass sie sich die ganze Nacht über im Büro aufgehalten hatte. Sie war gezwungen, es aussehen zu lassen, als würde sie die Arbeit schneller erledigen, als sie es tatsächlich tat.

Jeden Tag, der verging, war Kasper frustrierter geworden. Er bat sie, das Tempo zu drosseln, ihre Beziehung würde das nicht aushalten, wenn sie in dieser Weise weitermachen würde.

Caroline hatte auch bemerkt, dass ihr und Kaspers Sexleben ins Stocken geraten war, dass ihre Gespräche zum Austausch einsilbiger Worte geworden waren, dass ihr die Haare in Büscheln ausfielen, wenn sie sie wusch, und dass die Hosenanzüge immer lockerer saßen. Aber sie hatte keine Wahl gehabt. Ihren Vater zu enttäuschen und zu demütigen, war keine Alternative.

Ein paar Monate später hatte ihr Vater sie wieder in sein Büro gerufen. Caroline war mit zerrütteten Nerven und vollgepumpt mit Koffein zu dem Gespräch gegangen. Es war mittlerweile viel Kaffee nötig, bevor irgendein Effekt spürbar wurde.

»Meine kleine Ansage war offensichtlich das, was nötig war.« Der Vater hatte breit gelächelt. »Du hast dich wirklich verbessert, Caroline.«

Caroline hatte dankbar genickt.

»Die Gruppe der Partner ist mit deinem gegenwärtigen Einsatz sehr zufrieden, und daher haben wir beschlossen, dass du deine Kräfte an einer wichtigen Sache ausprobieren darfst, die wir gerade bekommen haben.«

Ein guter Kunde des Unternehmens wurde verklagt und hatte sich Toft, Kring & Kayser als Verteidiger gewünscht. Ein Partner würde sie beraten, aber der Fall würde ihrer sein. Sie sollte die Verhandlungen führen, den Kontakt zum Mandanten wahrnehmen und dafür sorgen, dass alle Dokumente zum richtigen Zeitpunkt bei den richtigen Instanzen abgeliefert würden. Das war eine große Verantwortung, aber ihr Vater war der Ansicht, sie war bereit dafür.

An die Zeit danach erinnerte sie sich nur bruchstückhaft. Die deutlichste Erinnerung war die an Kasper. Zuvor war er über die Veränderungen, zu denen Carolines Arbeit in ihrer Beziehung geführt hatte, frustriert gewesen, jetzt hatte er Angst.

»Du wirst ganz einfach gezwungen sein, zurückzuschalten, Caroline, oder du endest damit, dich selbst umzubringen, wenn du so weitermachst. Kein Job ist so wichtig«, hatte er wieder und wieder gesagt. Sie hatte ihn kaum noch wahrgenommen. Hatte nur bemerkt, dass es ihr schwerer und schwerer fiel, sich zu erinnern, dass die Gespräche mit dem Mandanten immer unzusammenhängender wurden und dass der Partner, mit dem sie zusammenarbeitete, sie immer öfter korrigierte.

Schließlich war der Zeitpunkt gekommen, an dem der Mandant auf die Klage reagieren sollte.

Caroline schuftete zwei Tage, ohne zu schlafen, um die überzeugendste Erwiderung aufzusetzen, die die dänische Anwaltschaft bisher gesehen hatte, und eine Nacht vor dem Tag, an dem die Klageerwiderung eingereicht werden sollte, war endlich alles fertig. Um fünf Uhr am Morgen, erschöpft vom Stress und der Schlaflosigkeit, hatte sie den Text ausgedruckt und ein Taxi bestellt, um nach Hause zu fahren und saubere Sachen zu holen. Den Schriftsatz wollte sie am nächsten Tag persönlich abliefern.

Das Taxi kam. Das war das Letzte, woran sie sich erinnerte. Dass sie beim Verlassen des Taxis ohnmächtig geworden war und Kasper sie nach oben in die Wohnung tragen musste, berichtete er ihr später.

Am Nachmittag des nächsten Tages war sie neben Kasper, der ihr übers Haar strich, aufgewacht. Sie hatte versucht, sich im Bett aufzusetzen, aber ihr Körper hatte ihr nicht gehorcht. Alle Kraft hatte ihn verlassen.

Weit entfernt hatte sie registriert, dass Kasper ihr Handy ausschaltete. Sie hatte protestieren wollen, aber es wurde nur zu einem Flüstern, bevor sie wieder die Augen geschlossen hatte und zurück in einen schweren, tiefen Schlaf gefallen war.

Die kommenden Tage hatte Caroline im Bett verbracht, zu erschöpft, um etwas anderes zu tun, als Wasser zu trinken, das Kasper auf den Nachttisch stellte. Das erste Mal, als sie zur Toilette wollte, knickten ihre Beine ein, und Kasper musste sie auf die Toilette und zurück ins Bett tragen.

Erst am dritten Tag hatte sie genug Kraft, um zu essen. Am vierten Tag, um zu reden. Kasper hatte gefragt, was in dieser Nacht im Büro passiert war. Caroline erinnerte sich an nichts.

In den nächsten Tagen hatte ihr Körper langsam seine Kräfte zurückgewonnen, und Montagmorgen, nach einer Woche im Bett, war sie zur Arbeit gekommen, so ausgeruht, wie sie es seit Jahren nicht gewesen war.

Sie hatte gerade die erste Tasse Kaffee des Tages geholt, als das Telefon auf ihrem Schreibtisch klingelte. Es war ihr Vater, der sie in seinem Büro sehen wollte. Sofort.

Er hatte schweigend hinter dem Mahagonitisch gesessen, als sie hereingekommen war. Im Büro war auch der Partner, der Caroline beraten hatte. Die Stille im Raum und der Ernst in ihren Gesichtern hatten den Knoten in ihrem Magen in wenigen Sekunden anwachsen lassen.

»Caroline, wir waren uns einig darüber, dass du die Verantwortung für den Fall hier hast, ist das korrekt?« Ihr Vater hatte mit dem Finger auf eine Dokumentenmappe mit dem Namen des Mandanten geklopft.

»Ja.«

»Warum«, hatte ihr Vater gefragt und ihr ein Stück Papier gereicht, »haben wir dann das hier bekommen?«

Sie hatte das Papier entgegengenommen und musste nur die ersten Zeilen lesen, um die Falten im Gesicht des Vaters zu verstehen.

»Dein Mandant tobt. Er wurde dazu verurteilt, fünf Millionen Kronen zu zahlen, ohne eine Chance gehabt zu haben, sich zu verteidigen.«

Sie hatte die Gedanken eine Woche zurückgleiten lassen. Sie hatte doch eine Klageerwiderung aufgesetzt, eine gute noch dazu, warum also hatte der Mandant dafür ein Urteil wegen Nichterscheinens bekommen? Weil er das Schreiben nicht eingereicht hatte?

Plötzlich konnte sie sich daran erinnern, auf »drucken« gedrückt zu haben. Aber hatte sie den Schriftsatz jemals abgeliefert? Hatte sie ihn überhaupt aus dem Drucker geholt? Jetzt, wo sie darüber nachdachte, konnte sie sich nicht daran erinnern, den Text in den Händen gehalten zu haben, geschweige denn, ihn in einen Umschlag gesteckt und irgendwo hingefahren zu haben.

»Ich ... ich ... glaube, vielleicht habe ich vergessen, den Schriftsatz abzuliefern.«

Ihr Vater hatte sie, ohne ein Wort zu sagen, angesehen.

Dann hatte er sich an den Partner gewandt, der auf dem Stuhl neben Caroline saß.

»Würdest du so nett sein und uns einen Augenblick geben, um unter vier Augen zu sprechen, Stig?«

Der Partner hatte genickt und schnell das Büro verlassen.

»Caroline, ich will mich nicht ereifern. Aber so etwas ist bei Toft, Kring & Kayser ganz einfach inakzeptabel. Wir leben von unserem guten Namen, und das hier ist einer unserer ganz großen Kunden.«

Caroline hatte genickt.

»Wir müssen herausfinden, was wir später den anderen sagen, aber jetzt würde ich vorschlagen, du packst deine Sachen.«

»Aber …«

»Wir haben beide von Anfang an gewusst, dass du nicht anders als die anderen Angestellten behandelt werden sollst, weil du meine Tochter bist.«

»Aber ich kann doch die Wiederaufnahme des Falls beantragen. Es sollte möglich sein, eine Wiederaufnahme zu erreichen.«

Caroline hatte ihre eigene Stimme gehört. Sie war ohne Leben.

Der Vater hatte den Kopf geschüttelt.

»Du hast deine Chance bereits bekommen. Von vielen Bevollmächtigten hätten wir uns getrennt, ohne ihnen eine Extrachance zu geben, wenn sie den gleichen niedrigen Deckungsbetrag erzielt hätten wie du vor einigen Monaten.«

»Aber ich habe es danach doch besser gemacht.«

»Ja, aber das, was ich sage, ist, dass du deine Chance bekommen *hast*. Es ist unmöglich für mich, dir weitere Chancen zu geben. Der kleinste Verdacht auf Vetternwirtschaft würde meine Glaubwürdigkeit im Kreis der Partner ernsthaft schwächen.«

Caroline hatte geschwiegen. Sie hatte gewusst, es gab nichts mehr zu sagen.

»Das macht mich wirklich traurig, Caroline.«

Ihr Vater hatte sie traurig angeschaut, und sie hatte gewusst, er meinte, was er sagte. Er war traurig darüber, sowohl ihretwegen als auch seinetwegen. Es tat jedem Vater weh, seine Tochter leiden zu sehen, und es war für jeden großen Mann schwer, seine Nachkommenschaft versagen zu sehen. Aber sie hatte gewusst, dass es keine anderen Möglichkeiten gab, als sie wie jeden anderen Angestellten zu behandeln. Vielleicht sogar noch etwas härter.

Sie hatten sich ein paar Tage später wieder getroffen und waren sich einig darüber geworden, wie sie ihren Ausstieg dem Rest der Kanzlei mitteilen wollten. Das war ein Treffen mit sehr wenig Augenkontakt.

Die Partner und der Mandant bekamen die wahre Version zu hören und den Hinweis, dichtzuhalten, während die übrigen Angestellten und Personen außerhalb des Unternehmens die Information erhielten, Caroline habe beschlossen, das Leben als Rechtsanwältin sei doch nichts für sie. Und da sei es besser aufzuhören, wenn das Spiel gut ist, wie ihr Vater sich beeilte hinzuzufügen, sofern jemand bezüglich Carolines plötzlichem Ausscheiden nachgefragt hatte.

Wenn sie sich danach bei Familienzusammenkünften getroffen hatten, vermieden sie es beide, *darüber* zu sprechen. Ihr Vater nahm die Attitüde des großen Mannes ein, aber Caroline wusste, dass sich hinter dem Siegerlächeln und dem gut sitzenden Anzug ein enttäuschter Mann verbarg. Ebenso enttäuscht wie sie selbst.

Wenn sie in der Zeit danach über Leute las, die entlassen worden waren und erzählten, wie die Kündigung ihrem Selbstwert zugesetzt hatte, schüttelte sie den Kopf.

Sie wussten nichts von Demütigung, bevor sie nicht von ihrem eigenen Vater gefeuert worden waren.

Einige Monate später hatte sie den Job bei Dana Oil bekommen. Der Bereich der sozialen Verantwortung von Unternehmen war nicht etwas, über das sie früher nachgedacht hatte, aber sie hatte ein großes Bedürfnis, so weit wie möglich von der dänischen Rechtsanwaltswelt wegzukommen, sodass sie sich um die Stelle beworben und sie bekommen hatte.

Während ihrer Erzählung hatte Caroline auf den Bartisch gestarrt. Jetzt hob sie langsam den Kopf und sah Martin an.

Sie schauten einander tief in die Augen.

»Das war eine heftige Geschichte«, sagte er schließlich. »Und jetzt soll das Ganze also geradegerückt werden?«

Caroline nickte zaghaft.

»Und was hast du dir gedacht zu unternehmen?«

»Ich bin gezwungen, erneut nach Asabo zu fahren. Ich will ihnen persönlich mitteilen, dass Mama Lucys Mörder aus Katari stammen. Dann werden die Beschwerden über uns aufhören, da bin ich mir sicher. Aber ich habe nur achtundvierzig Stunden Zeit, sodass ich es jetzt tun muss.« Sie zögerte, bevor sie fortfuhr:

»Tatsächlich habe ich daran gedacht, ob du Lust haben könntest, mit mir dorthin zu fahren?«

»Ich?« Martin riss die Augen auf.

»Ja. Ich weiß nicht mehr, wem ich vertrauen kann. Ich möchte möglichst unauffällig bleiben.«

Martin zog die Augenbrauen zusammen und sah sie mit einem skeptischen Blick an.

»Ich glaube nicht, dass sich das nach einer guten Idee anhört.«

»Ich bin dazu gezwungen.«

Er schüttelte den Kopf.

»Nein, das bist du nicht. Im Übrigen glaube ich auch nicht, dass John es mögen wird, wenn ich mitfahre.«

»Es wäre Samstagmorgen, und wir könnten es doch inoffiziell machen? Ohne dass er etwas davon erfährt, meine ich.« Caroline schaute ihn mit einem flehenden Blick an.

»Davon halte ich nicht viel«, sagte Martin nach einer längeren Pause. »Und es ist auch eine dumme Idee, dass du dorthin fährst. Das ist gefährlich für dich.«

Caroline dachte nach, und als sie antwortete, klang sie entschlossen: »Ich fahre, unabhängig davon, ob du mitkommst oder nicht.«

Martin saß lange mit gerunzelter Stirn da. Ein unergründlicher Ausdruck breitete sich auf seinem Gesicht aus. Er schaute sich in der Bar um. Der Barkeeper hinter dem Tresen war dabei, Minzblätter für einen Mojito zu schneiden. Es gluckerte in der Rumflasche, als er eingoss. Schließlich nickte Martin.

»Gut. Ich komme mit.«

»Danke.«

»Aber das wird ein kurzer Besuch.«

»Das ist in Ordnung.«

Caroline stützte die Ellenbogen auf den Tresen der Bar. Der Schock wegen des Briefs und der Alkohol begannen sich langsam bemerkbar zu machen. Ihr Kopf wurde schwer. Als sie eine Weile so dagesessen hatte, bemerkte sie eine Hand auf ihrer Schulter.

Sie schaute auf. Martin lächelte sie an.

Eine kribbelnde Wärme breitete sich wieder in ihr aus. Sie erwiderte das Lächeln.

»Ich muss auch heim.«

»Jetzt?« Ihre Mundwinkel sanken nach unten.

»Es ist spät geworden.«

Sie zögerte. Sie war zu erschöpft für das, was er vielleicht erwarten würde, wenn sie ihn bat zu bleiben, aber sie hatte keine Lust, heute Nacht allein im Hotelzimmer zu bleiben.

»Hast du Lust … also … hast du Lust zu bleiben …?«

»Es ist nicht empfehlenswert, durch Nairobi zu fahren, wenn es viel später wird, als es jetzt ist.«

»Ich meinte hier im Hotel. Heute Nacht.«

Sie sprach in ihren Drink hinein, ohne Martin anzuschauen.

»Bei dir?«

»Mm. Also, du musst selbstverständlich nicht, wenn du keine Lust hast, es ist nur, weil ... ja ... ich habe vielleicht auch nicht so viel Lust, allein zu sein ...«

Er dachte einen Augenblick lang nach. Dann lächelte er.

»Selbstverständlich.«

»Danke.«

Sie baten den Kellner, ihre Drinks auf Carolines Zimmer zu schreiben, und nahmen zusammen den Fahrstuhl nach oben. Keiner von ihnen sagte etwas, als sie die Tür aufschloss.

Martin zog sich aus, bis er nur noch die Boxershorts anhatte, und Caroline, bis nur noch Slip und T-Shirt übrig waren. Sie ärgerte sich darüber, die sexy Marie-Jo-Garnitur an einem der vorhergehenden Abende umsonst getragen zu haben. Sie stand in der Mitte des Zimmers und lächelte unsicher. Martin kroch unter die gelbe Bettdecke und hob sie hoch, damit sie sich zu ihm legen konnte. Sie krabbelte ins Bett, und nach einer Weile legte er den Arm um sie.

»Was für ein Tag, was?«, flüsterte er.

»Ja.«

»Du brauchst nur etwas Abstand von dem Ganzen. Glaubst du, du kannst schlafen?«

»Müde genug bin ich auf jeden Fall. Ich muss nur die Bilder dazu bringen aufzuhören, in meinem Kopf herumzukreisen.«

Sie lagen eine Weile still da.

»Was für Bilder«, fragte Martin in ihr Haar hinein.

»Von dem kleinen Mädchen, das vergewaltigt wurde.«

»Oh.«

»Es war höchstens zwölf Jahre alt.«

»Armes Mädchen.«

»Und sie ist nicht die Einzige, es sind mehrere.«

»Die armen Kinder.«

Sie lagen eine Weile da, ohne etwas zu sagen, und dann konnte sie an Martins Atemzügen hören, dass er eingeschlafen war.

Bevor er am Abend angekommen war, hatte sie den anonymen Drohbrief zusammengefaltet und in die Seitentasche ihrer Computertasche gelegt. Den Reißverschluss der Tasche hatte sie zugezogen und die Tasche anschließend unter den Schreibtisch geschoben und mit einem Handtuch zugedeckt.

Zugezogene Taschen und Handtücher waren indessen nicht genug, jetzt, wo sie hier in einem dunklen Hotelzimmer mit einem schlafenden Mann neben sich lag. Mehrere Male hielt sie den Atem an, überzeugt davon, sie höre etwas an der Zimmertür. Einmal kam das Geräusch aus dem Badezimmer. Sie rutschte langsam, ganz langsam, um Martin nicht zu wecken, zur Bettkante hin, streckte den Arm aus, steckte die Hand in den Koffer, der auf dem Boden lag, und zog vorsichtig das Messer mit der langen Klinge heraus.

Sie legte es auf den Nachttisch neben dem Bett und schloss die Hand um den kurzen Griff. Schließlich schlief sie ein.

Als sie am nächsten Morgen aufwachte, war ihr ganzer Körper warm und entspannt. Ob es die Sicherheit wegen des Messers oder die Wärme von Martins Körper war, wusste sie nicht, aber das war der beste Schlaf, seit sie hier in Kenia war.

Sie konnte Martin neben sich schwer atmen hören. Sie sah ihn an. Die dunklen Haare, die ausgeprägten Augenbrauen und der durchtrainierte Oberkörper. Die Wärme breitete sich in ihrem Körper aus; dieses Mal auch bis zum Unterleib.

Vorsichtig ließ sie eine Hand über seinen Brustkorb und über die Bauchmuskeln gleiten. Er öffnete ein Auge.

»Guten Morgen.«

»Guten Morgen.«

»Siehst du mich schon lange an?«

»Nicht *so* lange.« Sie lächelte und fuhr mit ihrem linken Zeigefinger über den Bund der Boxershorts.

Er erwiderte das Lächeln, und Caroline stützte sich auf dem Ellenbogen auf. Langsam beugte sie sich über ihn. Einen Augenblick lang hielt sie inne. Das hier war nicht etwas, was sie auf Geschäftsreisen zu tun pflegte; das war tatsächlich nicht etwas, das sie jemals auf einer Geschäftsreise getan hatte. *Geschäft* war *Geschäft* und *Vergnügen* war *Vergnügen*. Aber das war auch keine gewöhnliche Geschäftsreise, dachte sie, bevor sie ihn küsste.

Martin schaute sie an, ohne zu reagieren. Ohne die Lippen zu bewegen.

Sie überlegte, ob sie sein Verhalten falsch interpretiert hatte. Vielleicht hatte er eine Freundin.

Aber ihr Verlangen war geweckt, und sie hatte sich selbst so weit vorgewagt, dass es keinen Weg zurück gab, der nicht peinlich wäre. Hatte ihm gezeigt, was sie wollte. Sie küsste ihn wieder. Noch immer keine Reaktion.

Also ließ sie den Finger unter den Bund der Boxershorts gleiten, und jetzt konnte sie erkennen, dass er reagierte. Sie ließ den Finger ein paar Mal vor und zurück gleiten, bevor sie die ganze Hand unter die Shorts schob. Seine Begeisterung wuchs schnell.

Sie beugte sich über ihn und leckte an seinen Lippen, dann schob sie die Zunge in seinen Mund. Jetzt stieß Martin seine Zunge gegen ihre. Der Kuss wurde wilder, gieriger.

Caroline flocht ihre Finger in seine, aber er befreite seine Hände und umfasste stattdessen ihr Handgelenk mit einem festen Griff. Mit einer schnellen, kraftvollen Bewegung drehte er sie auf den Bauch und zog sie nach oben, sodass sie auf dem Bett kniete. Sie merkte, wie er mit beiden Händen nach ihrem Slip griff und ihn bis zu ihren Knien nach unten schob. Danach zog er seine Boxershorts aus und spreizte ihre Oberschenkel so weit, dass er in sie eindringen konnte. Er legte seine Hände auf ihre Hüften und schob mit einem entschlossenen Stoß seinen Penis in sie.

Caroline stöhnte.

Er begann, sich zu bewegen. Vorsichtig. Stieß langsam und tief in sie hinein.

Sie biss sich auf die Unterlippe und krallte sich in das Laken. Sie bewegten sich gemeinsam in einem ruhigen Rhythmus, und sie genoss es, ihn tief in sich zu spüren. Genoss das Gefühl, wie er sich herauszog und wieder eindrang.

Nach und nach wurden die Stöße heftiger, und Martin begann zu keuchen. Sie bewegten sich schneller und schneller. Caroline stöhnte, wenn er hart in sie stieß. Als sie hören konnte, dass er kurz davor war zu kommen, griff sie nach unten zwischen ihre Beine und rieb sich selbst, bis sie mit einem Schrei zusammen kamen.

Es verging ein Augenblick, dann zog er sich zurück und ließ sie los. Sie rollte auf den Rücken.

Ein Gefühl von Erlösung breitete sich in ihr aus. Als ob ihrem Körper klar geworden war, was er gebraucht hatte.

Sie schaute Martin an.

»Das war es, was ich gebraucht habe.«

Martin lächelte schief und wischte sich mit der Hand den Schweiß von der Stirn.

»Ja, das war eine *anständige* Art und Weise, den Tag zu beginnen.«

Sich ihrer Nacktheit wieder bewusst, zog sie die Bettdecke hoch.

»Wir sollten wohl besser …«

»Yep.« Martin stand auf und schlüpfte in seine Sachen. »Ich muss nach Hause und etwas holen, dann komme ich zurück. Es sei denn, du hast es dir anders überlegt?«

Caroline schüttelte den Kopf.

»Ich werde fahren, mit dir oder ohne dich.«

»Okay.« Martin beugte sich nach unten und küsste sie auf die Stirn. »Wir sehen uns in einer Stunde. Ich hole dich um neun am Eingang ab.«

32

Sallys Onkel war gestern ein paar Stunden lang im Dorf geblieben. Die Mutter hatte ihm etwas zu essen gekocht, und er hatte vor der Hütte gesessen, gegessen und erzählt.

Sally hatte drinnen in der dunklen Hütte auf der Schlafmatte gelegen und dem Onkel zugehört, während sie die Rillen in den Dachblechen zählte.

Er hatte vom Leben in Nairobi erzählt. Darüber, wie er viel Geld verdiente, indem er die Zähne der Leute schön machte, und wie er das Geld genau für das verwenden konnte, was er wollte. Er hatte ein großes und schönes Haus, das wusste Sally, denn das hatte ihr die Mutter erzählt. Mit Wasser und Licht. Aber es war nicht das Haus, von dem Onkel Julius erzählt hatte. Es waren die Restaurants, in denen er manchmal aß. Sally war ein paarmal mit ihrer Mutter im Restaurant gewesen, als sie in der Stadt waren, um Kleidung zu kaufen. Das mochte sie gern. Dann saßen sie dort auf einem Plastikstuhl mit Armlehnen und sagten zu einem Mann oder einer Frau, was sie zu essen haben wollten, und nach einer Weile kam jemand mit dem Essen, ohne dass man selbst etwas tun musste.

Aber die Restaurants des Onkels waren anders. Er hatte von Kellnern erzählt, die zum Tisch kamen und Wein in die Gläser schenkten, und dass man häufig mehrere Gerichte an einem Abend aß. Erst ein kleines Gericht, dann ein großes und zum Schluss ein süßes. Sally dachte, es müsse viel Geld kosten, so viel zu verzehren. Wenn sie und die Mutter im Restaurant waren, aßen sie immer nur ein Gericht – und es gab niemanden, der die ganze Zeit über kam und ihre Gläser wieder füllte.

Sie würde gern in einem der Restaurants essen, in denen Onkel Julius verkehrte.

Besonders nach dem, was er von dem letzten Gericht erzählt hatte, dem süßen.

Zu einem Zeitpunkt war Sally aus der Hütte hinausgegangen, und als er sie sah, hatte er sie zu sich gerufen.

»Das hier musst du hören, Sally, ich wollte deiner Mutter gerade von einem Dessert erzählen, das ich oft esse – es heißt Bananasplit.«

Sally hatte den Onkel verwundert angesehen. Eine zerspaltene Banane?

»Schau, Sally, es ist überhaupt nicht so, wie es sich anhört – es ist viel mehr als eine Banane: Man nimmt eine Banane und schneidet sie längs durch.« Der Onkel hatte so getan, als würde er ein Messer in der einen und eine Banane in der anderen halten. »Dann legt man die Banane auf einen Teller, und zwischen die beiden Bananenhälften füllt man Eis und Sahne. Und, wenn man richtig Glück hat, Schokoladensoße!«

Der Onkel hatte breit gelächelt.

Sally hatte ihn mit großen Augen angesehen.

»Wenn du gut genug bist, um auf die Sommerschule zu kommen, werden wir zwei das mit einem Bananasplit feiern«, hatte er gesagt und ihr zugeblinzelt.

Sie hatte genickt.

»Das wäre herrlich, Onkel Julius.«

»Das ist gut zu hören, mein Mädchen. Ich glaube, du musst wieder in die Schule gehen, damit du deinen Klassenkameraden gegenüber nicht so weit zurückfällst. Du erinnerst dich: Ich werde nur für deine Sommerschule bezahlen, wenn du alle Prüfungen mit A schaffst. Kein B oder C. Ich hoffe, das habe ich deutlich gemacht.«

Sally hatte wieder genickt und war in die Hütte zurückgegangen.

Sie hatte auf die braune Schuluniform geschaut, die auf ihrem Bügel in der Ecke der Hütte hing. Dort hing sie immer, damit sie nicht so zerknitterte und schmutzig wurde, als läge sie bei den anderen Sachen unten in der Kiste. So brauchte sie nur in den Ferien gewaschen zu werden.

Sie hatte die Hand ausgestreckt und den kurzen Rock berührt. Der Stoff fühlte sich zwischen den Fingern rau an, aber es war dennoch angenehm, ihn anzufassen. Morgen würde sie wieder in die Schule gehen. Sie *wollte* auf die Sommerschule, und sie wollte richtig gern die Bananen probieren, von denen Onkel Julius erzählt hatte.

Als der Onkel gegangen war, hatte ihre Mutter gesagt, dass jetzt, wo Sally wieder gesund war, sie auch wieder bei den Aufgaben zu Hause helfen musste. Sally hatte versucht zu sagen, dass sie viele Seiten lesen musste, aber sie hatte sich nicht getraut, das besonders laut zu sagen, weil sie wusste, dass die Mutter recht hatte. Es war ihre Pflicht, im Haushalt zu helfen.

Glücklicherweise war am Abend Zeit gewesen, damit sie sich an den kleinen Tisch an der Tür setzen und die Seiten lesen konnte, die die anderen im Englischbuch gelesen hatten, während sie nicht da war.

Die Stunden waren dahingeflogen, und plötzlich war es Schlafenszeit gewesen. Die Familie hatte sich für die Nacht fertig gemacht und die Mutter Sally gebeten, die kleine Kerze auszupusten, die sie angezündet und auf den Tisch gestellt hatte, als das Tageslicht verschwunden war.

Aber Sally konnte jetzt nicht aufhören, also hatte sie die Kerze nach draußen getragen und sich, mit dem Rücken gegen die Hütte gelehnt, auf die Erde gesetzt.

Die Wörter in dem Buch hatten sich in eine fantastische Geschichte verwandelt, und mit jeder Seite, die sie umblätterte, wurde sie mehr in das wortreiche Universum hineingezogen. Die Erde, auf der sie saß, wurde kalt, aber sie bemerkte es nicht.

Schließlich war sie müde geworden und hatte beschlossen, am nächsten Tag früh aufzustehen und die letzten Seiten zu lesen, bis sie der Mutter mit dem Frühstück helfen musste. Dann hatte sie die Kerze ausgeblasen und war in die Hütte gegangen.

Als sie sich neben ihre kleine Schwester auf die Matte legte, war sie das erste Mal seit vielen Tagen ein bisschen fröhlich gewesen. Vielleicht konnte sie die Prüfungen gut schaffen.

Das Letzte, an das Sally gedacht hatte, bevor sie einschlief, war, wie es sein würde, auf die Sommerschule zu kommen, und in der Nacht träumte sie von Bananen mit allen möglichen Sorten Eis darauf.

Am Morgen stand Sally früh auf und half ihrer Mutter, Brei für das Frühstück zu kochen. David und der Vater verließen die Hütte, sobald sie mit dem Essen fertig waren. Mit einigen der anderen Männer des Dorfes wollten sie nach Arbeit suchen. Nur bis die Ölfirma uns wieder gebrauchen kann – und das kann nicht mehr lange dauern, sagte der große Bruder zu Sally, als sie fragte, wo sie hingingen.

Als sie den Breitopf abgewaschen und um die Feuerstelle herum gefegt hatte, war es an der Zeit, in die Schule zu gehen. Sie hatte es nicht geschafft zu lesen. Sally ging in die Hütte, nahm die Schuluniform vom Bügel und zog sie an. Sie konnte hören, dass einige der anderen Kinder auf dem Weg waren, also sammelte sie ihre Bücher, ihr Heft und ihren Bleistift ein, nahm alles unter den Arm und lief los.

Bereits bevor sie die Schule erreichte, konnte sie die anderen im Klassenzimmer lärmen hören. Sie redeten und lachten. Sally blieb stehen. Es waren nicht die anderen Kinder, die sie nervös machten. Wenn sie ins Klassenzimmer ging, würde es nicht lange dauern, bis die Lehrerin kam, und Sally hatte Angst, die Lehrerin würde sauer auf sie sein. Sie war mehrere Tage hintereinander nicht in der Schule gewesen. Das war noch niemals zuvor passiert. Vielleicht würde sie nie wieder die Erlaubnis bekommen, laut vorzulesen oder Bücher nach Hause auszuleihen.

»Hallo, Sally! Du bist zurück!«

Sally spürte, wie ein paar dünne Arme sie von hinten umschlangen, und konnte sofort riechen, dass es Makena war. Das Kokosöl, welches ihre Mutter auf die flachen Zöpfe schmierte, roch sehr stark.

Sie befreite sich aus ihren Armen, es fühlte sich nicht gut an, so eng umschlungen zu werden, aber sie erwiderte trotzdem das Lächeln, das ein paar Zentimeter vor ihrem Gesicht aufleuchtete. Makena begann zu reden, und Sally vergaß vollkommen, Angst zu haben, während die beiden Mädchen zusammen ins Klassenzimmer gingen.

Punkt acht Uhr trat die Lehrerin durch die Tür, und die Schüler erhoben sich von ihren Pulten.

»How are you?«, fragte die Lehrerin laut.

»We are fine, thank you«, antwortete die Klasse wie aus einem Mund.

Sally flüsterte.

Die Lehrerin lächelte und schaute sich im Zimmer um.

Als sie Sally erblickte, ließ sie den Blick auf ihr ruhen. Sally hielt die Luft an.

»Willkommen zurück, Sally«, sagte sie, und Sally bekam rote Wangen, und es wurde ihr warm. Es war peinlich, vor der ganzen Klasse angesprochen zu werden, aber sie freute sich sehr darüber, dass die Lehrerin sie begrüßt hatte. Dann war sie vielleicht doch nicht verärgert.

Die Lehrerin schaute sich wieder in der Klasse um.

»Es ist viel, was wir heute schaffen wollen. Wie ihr wisst, sind in der nächsten Woche Prüfungen, also fangen wir besser an. Wenn ihr in euren Büchern die Seite dreißig aufschlagt.«

Sally öffnete das Buch. Die anderen waren in den Tagen, in denen sie nicht in der Schule gewesen war, weiter gekommen, als sie gedacht hatte, und das war wohl auch in den anderen Fächern so. Es würde schwer werden, sie einzuholen, aber sie wollte es versuchen.

33

Caroline lächelte sich selbst im Badezimmerspiegel an, während sie mit dem Glätteisen ihre Haare richtete.

Dass sie das getan hatte. Mit ihm. Es kribbelte in ihrem Unterleib, sobald sie sich an das morgendliche *Tête-à-Tête* erinnerte. Sie konnte noch immer den festen Griff seiner Hände um ihre Hüften spüren.

Es war eine Weile her seit Kasper, und Martin entfachte etwas in ihr, das sie lange Zeit nicht gespürt hatte. Er war ein richtiger Mann.

Als ihr Haar saß, legte sie das warme Glätteisen beiseite und ging ins Zimmer, wo sie in ihren Koffer schaute.

Sie hatte sich nicht besonders wohlgefühlt, die ersten Male, als sie das Dorf besucht hatte. Vor allem, wie sie zugeben musste, hatte sie ihre Kleidung beim ersten Besuch in Asabo falsch ausgewählt. Anzug und Pumps gehörten nicht in die Savanne. Beim zweiten Besuch hatte sie sich nicht so gewaltig geirrt – aber die hochhackigen Pumps waren immer noch ein Problem.

Allerdings konnte sie auch nicht deformierte Kleider und ausgediente Flip Flops anziehen, nur weil es anscheinend die Art war, in der sich die Frauen auf dem Land in Kenia vorzugsweise kleideten.

Heute auf jeden Fall erst recht nicht. Sie dachte an Martin und lächelte vor sich hin. Der Großteil des Tages würde damit vergehen, zusammen mit ihm im Auto zu sitzen, also war es wichtiger, dass die Kleidung zur Fahrt als zum Besuch im Dorf passte. Im Übrigen hatte das Auto eine Klimaanlage, die im Gegensatz zu der in Stanleys Auto funktionierte, also würde es während der Fahrt nicht zu warm werden, egal, was sie anzog. Auf der anderen Seite wollte sie nicht noch einmal durch das Dorf laufen und sich wie jemand fühlen, der nicht wusste, wie man sich in Afrika anzog.

Sie verließ fünf Minuten vor neun das Zimmer, bekleidet mit einer auf Figur geschnittenen Bluse, Jeans und Pumps, aber in der Tasche hatte sie die Turnschuhe, die sie von zu Hause mitgenommen hatte, in der Hoffnung, es in den Fitnessraum des Hotels zu schaffen. Darunter trug sie ein Tanktop, so konnte sie die Bluse ausziehen oder auf jeden Fall aufmachen, wenn es zu warm wurde. Im Büro zu Hause würde es als sehr unprofessionell betrachtet werden, im Tanktop aufzukreuzen, aber hier müsste es okay sein. Dresscode war hier nicht gerade ein *Modewort.*

Martin stand wie versprochen auf dem Parkplatz bereit. Als sich Caroline ins Auto setzte, wurde sie unsicher, wie sie einander begrüßen sollten. Sollte sie ihn auf die Wange küssen, wie sie es gemacht hatten, als sie sich gestern Abend getroffen hatten? Oder sollten sie dort fortfahren, wo sie heute Morgen aufgehört hatten – mit einem richtigen Kuss? Sie schielte unsicher zu Martin, aber er lächelte nur, sodass Caroline lediglich das Lächeln erwiderte.

Sie fuhren durch Nairobi. Der Verkehr lief flüssig, anders als an den anderen Tagen. Außerhalb der werktäglichen Hauptverkehrszeit war so viel Platz auf den Straßen, dass man fast damit aufhörte, um seine Gesundheit zu fürchten.

»Wie geht es dir?«, fragte Martin nach einigen Minuten des Schweigens.

Caroline schaute ihn verwirrt an – es war doch nicht das erste Mal, dass sie sich heute sahen. Dann wurde ihr klar, dass er den Drohbrief meinte.

»Besser, danke. Ich habe mich gestern bestimmt nur ein bisschen erschrocken«, antwortete sie ausweichend. Sie hatte keine Lust, beim Vorabend zu verweilen. Sie war eine erwachsene Frau, sie hätte das allein meistern müssen.

»Dann gibt es dazu nichts mehr zu sagen! Ich finde es verrückt, dass du nicht mit dem ersten Flieger nach Hause geflogen bist. Alle würden es verstehen können, wenn du nach so einem Schrecken direkt nach Hause geflogen wärst.«

Caroline schüttelte den Kopf.

»Das kann ich nicht. Ich bin gezwungen, das hier zu tun.«

»Das bist du nicht. Ich werde dich allerdings sehr gern zum Flughafen fahren.«

»Martin, ich muss dorthin, mit dir oder ohne dich.«

Martin nickte.

»Alles klar.« Er steuerte um ein Auto herum, das am Straßenrand hielt, um von einem Straßenverkäufer Obst zu kaufen. »Ich habe übrigens über das nachgedacht, was du gestern erzählt hast: von deinem Vater gefeuert worden zu sein.«

Caroline krümmte sich zusammen. Sie wünschte sich, sie hätte ihm die Geschichte niemals erzählt. Es gab keinen Grund, seine Misserfolge auf diese Weise zu präsentieren. Jetzt wusste Martin etwas über sie, das er zu jeder Zeit gegen sie verwenden konnte. Auch wenn sie sich keine Situation vorstellen konnte, in der das aktuell werden würde, war allein der Umstand, dass er im Besitz dieses Wissens war, schlimm genug.

»Das ist doch oft so«, fuhr Martin fort, »dass Väter Angst davor haben, dass ihre Kinder cleverer als sie werden. In der Regel sind es Väter und Söhne, die konkurrieren, aber vielleicht konkurriert dein Vater stattdessen mit dir, weil er keinen Sohn hat, der eine Bedrohung für ihn darstellt.«

Sie hatte ihren Bruder erwähnt, als sie das letzte Mal zusammen zu Mittag gegessen hatten.

»Ich glaube nicht, dass mein Vater Bedarf an einem Wettrennen mit mir hat«, antwortete Caroline. »Er liegt doch hunderte Kilometer weiter vorn.«

»Denk an das Tierreich – die Löwen zum Beispiel, hier in Kenia. Zu einem Zeitpunkt sind die jungen Löwenmännchen stark genug, um den Löwenkönig herauszufordern. Sie wollen ihn aus dem Sattel heben, und einer von ihnen wird seinen Platz an der Spitze der Hierarchie übernehmen. Für den Löwenkönig gilt es nur, das Unausweichliche so lange wie möglich aufzuschieben. Eine der Möglichkeiten, wie er das tun kann, ist die jungen Löwenmännchen zu unterdrücken und sich auf ihre Kosten nach vorn zu schieben. Das Gleiche passiert bei Menschen, mal raffinierter, mal nicht.«

»Dann ist mein Vater also der Löwenkönig, und ich bin einer der jungen Löwen, die darauf warten, ihn aus der Savanne zu verjagen?«

»Das ist nicht ganz unwahrscheinlich. Du bist anscheinend clever, warum sollte er also keine Angst davor haben, neben dir zu einem alten Schwächling zu werden?«

Caroline lehnte sich im Sitz zurück, während sie über Martins Analyse nachdachte. Sie wusste, ihre Kündigung war mehr in ihrem Fehltritt begründet als in der Angst des Vaters vor Entthronung. Aber es war nett von Martin zu versuchen, sie aufzumuntern.

Je weiter sie sich von der Stadt wegbewegten, desto mehr wurde ihr bewusst, was das für eine Tour war, auf die sie sich begeben hatte. In ihrem Eifer, etwas zu schaffen, setzte sie nun ernsthaft ihr Leben aufs Spiel. Der Drohbrief hatte sie aber nur davor gewarnt, nach Katari zu fahren, es wäre dennoch weitaus sicherer gewesen, in Nairobi zu bleiben.

Das Gefühl, dass jemand sie beobachtete, wurde mit jedem Kilometer, den sie fuhren, stärker. Um von den Gedanken abzulenken, fragte sie nach Martins Jahren in Asien, und er erzählte von einigen der Haie, die er bei seinen Tauchgängen da draußen gesehen hatte. Bei einem Tauchgang hatte er auf dem Meeresboden gelegen, während eine Gruppe von mindestens zwanzig Hammerhaien um ihn herumgekreist war. Die Anekdoten halfen Caroline dabei zu entspannen.

Auf halbem Weg hielten sie an, um zu tanken. Kurz darauf schlief sie ein.

Der gestrige Schrecken musste sie mehr mitgenommen haben, als sie geglaubt hatte, dachte Caroline, als sie eine Stunde später verwirrt die Augen aufschlug. Ansonsten wäre es unmöglich gewesen, auf dieser holperigen Straße zu schlafen. Sie fuhr sich mit der einen Hand über das Kinn, um sicherzugehen, dass sie nicht gesabbert hatte, und schaute auf die Uhr. Es war fast eins. Sie mussten bald da sein.

»Ist es schwer gewesen, den Weg zu finden?«, fragte sie schlaftrunken.

»Sehr.« Martin lächelte, klopfte dann aber mit einem Finger auf das GPS an der Windschutzscheibe.

Sie dachte, dass es vielleicht geschickt gewesen wäre, Daniel zu bitten, mit hierherzufahren anstelle von Martin – falls sie mit jemandem reden müsste, der kein Englisch sprach. Martin konnte ein bisschen Swahili, hatte er bei ihrem ersten Mittagessen erzählt, aber selbstverständlich sprach er es nicht so gut wie Daniel.

Gestern Abend war es einfach richtig gewesen, Martin zu fragen.

Im Übrigen sollte es der alte Mann, der Dorfälteste, sein, mit dem sie sprechen wollte, und der sprach fließend Englisch. Caroline zog ihre Mappe aus der Tasche und schlug sie auf. Die wichtigste Botschaft war, dass es junge Männer aus Katari waren, die Mama Lucy umgebracht hatten, und dass Dana Oil somit von dem Verdacht befreit war. Dana Oil hatte nichts mit dem Mord zu tun. Das notierte sie und setzte ein Ausrufezeichen dahinter. Hoffentlich würden die Dorfbewohner daraufhin den Gedanken, Dana Oil habe etwas mit den Vergewaltigungen zu tun, fallenlassen. Das Bild der dünnen Sally, die mitten in dem Lehrerzimmer weinend zusammenbrach, drängte sich ihr auf, aber Caroline schob es entschlossen beiseite.

Kurz darauf erhoben sich Asabos Hütten aus der staubigen Erde der Savanne wie kleine Pilze. Sie parkten an der gleichen Stelle am Rand des Dorfes, an der Stanley bei Carolines vorhergehenden zwei Besuchen in dem Dorf geparkt hatte.

Sie streifte die schwarzen Pumps ab und zog die Turnschuhe aus der Tasche. Martin lächelte.

»Du bist dabei, es zu lernen«, bemerkte er.

Sie lächelte ihn ironisch an.

»Sollen wir?«

Caroline schob ihr Handy in die Hosentasche, sprang aus dem Auto und warf die Tür hinter sich zu. Es gab einen lauten Knall. Es bedurfte anscheinend weniger Muskelkraft, die Türen zu schließen als bei Stanleys Auto. Sie nahm ihre Uhr ab und steckte sie in die Hosentasche. Ihre Tasche hatte sie im Auto gelassen. Es gab keinen Grund, sich in einem Dorf, in dem ein Einkaufsnetz etwas Besonderes war, mit einer Mulberry blicken zu lassen. Sie gingen los, und Caroline bemerkte den Staub, der sich augenblicklich auf ihren Schuhen sammelte.

Wieder hörte sie ein Kind weinen, aber ansonsten war es still in dem Dorf, und keine spielenden Kinder waren auf der Straße. Dadurch lag etwas Gespenstisches über diesem Ort.

Sie passierten die ersten Hütten. Ein schwerer Geruch von Schweiß mischte sich mit dem Staub. Vor einer der Hütten saß eine alte Frau, die den Kopf hob, als sie vorbeigingen. Die Haut ihres Gesichtes zeigte Falten, die sich von der Stirn bis zur Kinnspitze erstreckten. Die Ohrläppchen waren von den großen, runden, schweren Ohrringen lang und schlaff geworden. Sie sah sie mit einem leeren Blick an, und Caroline zwang sich dazu, sie anzulächeln und nicht wegzuschauen. Die alte Frau richtete ihren Blick zu Boden.

Weiter unten auf der Straße kamen zwei junge Männer angeschlendert. Caroline schätzte sie auf etwa fünfzehn Jahre. Der eine hatte knielange Surfershorts an, die – wäre es nicht der Flecken und der Tatsache wegen, dass sie so abgenutzt und dünn wie Papier waren – bei dänischen Jugendlichen in Mode hätten sein können. Der andere trug einen Jogginganzug, der nirgendwo in Mode sein konnte. Als sie sich näherten, atmete Caroline tief ein und trat vor sie hin. Ungeniert musterten die Jungen sie.

»Do you speak English«, fragte sie, laut, deutlich und langsam.

Die beiden Jungs tauschten einen Blick, bevor der in den Shorts antwortete.

»Selbstverständlich sprechen wir Englisch.«

Das konnte man doch, verdammt noch mal, nicht wissen, dachte Caroline und errötete.

»Würdet ihr so freundlich sein und mir sagen, wo der Dorfälteste wohnt?«

Der im Jogginganzug trat gegen den Boden, aber der Shorts-Träger nickte.

»Kannst du die Hütte mit den Löchern im Dach da drüben sehen?«, fragte er und zeigte auf eine Hütte mit einem löchrigen Blechdach rund hundert Meter entfernt.

»Ja.«

»Dort wohnt er, er sitzt sicher hinter dem Haus.«

»Danke für die Hilfe«, sagte Caroline und überlegte, ob sie die Hand zum Abschied ausstrecken sollte, unterließ es aber. Die Leute hier waren nicht so formell. Sie wollte weitergehen, als der Shorts-Typ sie aufhielt.

»Kommt ihr von der Ölfirma?«

Caroline zögerte. Martin, der während des Gespräches schweigend neben ihr gestanden hatte, sagte noch immer nichts.

»Ja«, antwortete sie. »Warum?«

»Könnt ihr nicht dafür sorgen, dass wir wieder Arbeit bekommen?«

»Also ... die Rekrutierung von Personal ist nicht mein Verantwortungsbereich.«

»Aber du arbeitest in der Firma, nicht?«

»Ja, das tue ich, aber ...«

»Dann kannst du doch sagen, dass du uns getroffen hast und dass sie uns Arbeit geben sollen, nicht? Ich heiße David, und das hier ist mein Freund Uru.«

Der Jogging-Typ hob kurz den Blick vom Boden und bestätigte mit einem Nicken, dass er der war, für den ihn sein Freund ausgab.

»Unsere Rekrutierungsprozesse laufen nicht in dieser Weise ab«, begann Caroline und seufzte. »Aber ich will sehen, was ich tun kann.«

Der Junge, der David hieß, lächelte.

»Soll ich dir unsere Namen aufschreiben?« Er begann, in den Taschen seiner Shorts zu wühlen.

»Das ist nicht nötig, an die kann ich mich gut erinnern. David und Uru.«

Sie nickten beide.

»Gut, abgemacht, danke nochmals für die Hilfe«, sagte sie, jetzt daran interessiert weiterzukommen.

Sie trennten sich mit dem Versprechen bezüglich der Hilfe, und Martin und Caroline setzten ihren Weg in Richtung des löchrigen Blechdaches fort.

Das Haus befand sich in schlechterer Verfassung als das, welches sie bei dem Dorfvorsitzenden in Katari gesehen hatten, stellte Caroline fest, als sie sich der Hütte näherten. Sie war quadratisch und erinnerte Caroline an Ritter-Sport-Schokolade. Quadratisch, praktisch, aber nicht besonders gut. Das Dach sah aus, als würde es herunterrutschen, und die Mauer des Hauses hatte tiefe Risse.

Sie gingen um die Hütte herum. Bevor sie um die letzte Ecke bogen, atmete Caroline tief ein und klopfte dann an die lehmfarbene Wand. Auch wenn es weder eine Klingel noch einen Türklopfer gab, konnte man seine Ankunft auf ordentliche Weise ankündigen.

Sie wartete einen Augenblick. Keine Antwort.

»Hallo«, rief sie laut, bevor sie um die Ecke bog und es knapp verhinderte, mit dem alten Mann zusammenstoßen, der auf einem dreibeinigen Schemel, mit dem Rücken an die Hausmauer gelehnt, dasaß.

Er blickte erstaunt auf, und Caroline starrte ihn an. Es war, als seien die Falten in seinem Gesicht doppelt so tief geworden seit dem ersten Mal, als sie sich getroffen hatten. Als er nach einigen Sekunden seinen Gast identifiziert hatte, wurde sein abgemagertes Gesicht hart.

»Sie wieder.«

»Ich bin es wieder«, bestätigte Caroline und lächelte, was, wie sie hoffte, sowohl gewinnend als auch vertrauenerweckend war.

»Und dieses Mal haben Sie einen neuen Mitläufer mitgebracht«, sagte der Älteste und schaute Martin mit einem mürrischen Blick an.

Offensichtlich war das Lächeln nicht gewinnend und vertrauenerweckend genug.

»Das ist mein Kollege, Martin. Er wohnt seit mehreren Jahren in Kenia und kennt Ihr Land sehr gut.«

Martin nickte zur Begrüßung, aber das Kopfnicken wurde nicht erwidert.

»Das ist ein schönes Plätzchen, das Sie hier haben.« Sie lächelte und hoffte, das war diese Art von allgemeinem Gespräch, die Daniel meinte.

Der Mann vor ihr auf dem Schemel sagte nichts.

»Ich meine, mit Schatten und allem Möglichen«, fuhr sie fort und hörte selbst, wie pathetisch das klang.

Sie seufzte. *Small Talk* war nicht ihre Art.

»Aber wie Sie sich vorstellen können, bin ich nicht zurückgekommen, um über Belanglosigkeiten zu sprechen, ich bin gekommen, um mit Ihnen über etwas zu sprechen, das für uns beide eine große Bedeutung hat.«

»Wir haben nichts mehr zu besprechen«, konstatierte der alte Mann und wandte sich ab.

Caroline räusperte sich.

»Doch, wir haben eine sehr wichtige Sache zu besprechen, und ich möchte Sie darum bitten, sich anzuhören, was ich zu sagen habe.«

Er schwieg, und Caroline nahm dies als ein Zeichen, dass er zuhören würde, während sie sprach. Und schweigen.

»Ich komme mit einer Neuigkeit«, begann sie. Der Mann schaute direkt durch sie hindurch. »Der Mord an Mama Lucy wurde aufgeklärt.«

Jetzt erwiderte er ihren Blick.

»Es waren zwei junge Männer aus Katari, die es getan haben.«

Caroline machte eine Pause und schaute den alten Mann an. In dem harten Gesicht war keine Regung zu erkennen, und es war unmöglich abzulesen, was sich hinter den abweisenden braunen Augen abspielte.

»Das bedeutet also«, fuhr sie fort, als von dem Mann keine Reaktion kam, »dass Dana Oil nichts mit dem Mord zu tun hat. Also, das macht selbstverständlich euren Verlust von Mama Lucy nicht weniger schwer, aber ich dachte, es ist wichtig für euch zu wissen, dass Dana Oil nicht involviert ist, sodass wir diesen Konflikt beenden und weiterkommen können.«

Der alte Mann starrte erneut direkt durch sie hindurch.

»Warum sollten wir das glauben?«, fragte er.

Caroline zog die Augenbrauen zusammen.

»Weil die Polizei die Sache untersucht und aufgeklärt hat.«

»Die Polizei kann bestochen werden.«

»Ach, wissen Sie, was …«, begann Caroline.

»Jeder in Kenia kann bestochen werden«, unterbrach

der Älteste sie. »Und die Polizei einfacher als die meisten anderen. Wie können wir wissen, dass Ihr Unternehmen nicht einigen Polizisten Satellitenempfänger versprochen hat, damit sie amerikanische Kanäle schauen können, als Bezahlung dafür, dass sie Katari für den Mord beschuldigen?«

Caroline schüttelte wütend den Kopf.

»Dana Oil besticht niemanden, und wir haben der kenianischen Polizei auch nicht irgendwas gegeben – weder Geld noch Satellitenempfänger. Die Polizei hat den Mord an Mama Lucy aus eigener Kraft und ohne unsere Einmischung aufgeklärt, und Dana Oil ist unschuldig. Unschuldig!«

Die letzten Worte schrie sie fast.

Der alte Mann schnaubte höhnisch und betrachtete seine schmutzigen Fingernägel.

»Ihr seid alle zusammen gleich«, murmelte er. »Was also, wenn ihr es nicht wart? Das macht für uns keinen Unterschied. Ihr habt unser Leben trotzdem zerstört. Ihr habt unseren Männern Arbeit versprochen, aber sobald sie angefangen hatten, für euch zu arbeiten, habt ihr sie wieder rausgeworfen und die Arbeit den Männern in Katari gegeben. Unser Dorf verfällt. Wir haben allmählich nichts mehr.« Er zog die Schultern hoch und hielt die Hände mit den Handflächen nach oben vor den Körper.

»Nichts«, wiederholte er.

Caroline betrachtete den alten Mann. Die Augen blickten starr. Die einzige Mimik waren die Bewegungen des Mundes.

»Ich verstehe Ihre Frustration gut.« Sie nickte einfühlend. »Das tue ich wirklich. Aber ich verstehe nicht, wie Sie so sicher sein können, dass es Dana Oil ist, das an eurem … Elend, wenn man so sagen will, schuld ist.«

Der Älteste zeigte mit einem steifen, knochigen Finger auf sie.

»Das Ganze hat begonnen, als ihr hierhergekommen seid. Glauben Sie, es ist ein Zufall, dass, seit Ihr Unternehmen hier ist, mehrere unserer kleinen Mädchen gefangen genommen und missbraucht wurden? Bevor ihr gekommen seid, haben wir ein gutes Leben gelebt. Ein einfaches, aber ein gutes und friedliches Leben. Aber jetzt habt ihr uns zerstört.«

»Ich verstehe, wie gesagt, gut, dass Sie frustriert sind.« Caroline zupfte an einem der Knöpfe ihrer Bluse. »Aber ich … ich vermisse Beweise dafür, dass das alles wirklich etwas mit uns zu tun hat.«

Der Älteste sah sie an und schüttelte den Kopf.

»Ihr habt unser Leben zerstört«, wiederholte er mit leiser Stimme.

Sie sah zu Martin, der sich still verhielt. Er zuckte mit den Schultern. Dann kam ihr eine Idee.

»Hören Sie zu. Es ist deutlich, dass Asabo viel zu bieten hat. Man kann spüren, dass das hier ein Dorf mit Potenzial ist, auch wenn ihr gerade eine schwere Zeit durchmacht.«

Der alte Mann reagierte nicht, also fuhr Caroline fort.

»Wenn man durch das Dorf geht, kann man spüren, dass Sie ein guter Leiter sind«, log sie weiter.

Jetzt schaute der Älteste auf.

»Und von Dana Oils Seite aus wollen wir euch sehr gern wieder auf die Beine helfen. Damit ihr wieder stolz auf euer Dorf sein könnt und Sie wieder der starke Leiter sein können, der Sie offensichtlich sind.«

Der Mann auf dem wackligen Schemel sah sie mit einem Blick voller Misstrauen, aber auch Neugierde an.

»Wie wollt ihr uns helfen?«

Caroline lächelte. »Als Leiter des Dorfes, so stelle ich es mir vor, ist es Ihr größter Wunsch, der jungen Generation zu helfen. Das erfordert eine gute Schule, und daher will ich dafür sorgen, dass ihr all das bekommt, was ihr benötigt, um die Schule zu verbessern. Bücher, in denen die Kinder lesen können, neue Hefte, Kugelschreiber, Bleistifte. Alles, was ihr benötigt.«

So etwas musste verhältnismäßig leicht zu beschaffen sein, dachte sie, während sie sprach. Es gab immer eine NGO oder eine Grundschulklasse, die einem afrikanischen Dorf helfen wollten. Der alte Mann schaute sie zweifelnd an, unverkennbar noch nicht zufrieden.

»Und darüber hinaus«, fuhr sie fort, »möchte ich persönlich Ihnen versprechen, alles in meiner Macht Stehende zu tun, um Dana Oil dazu zu bringen, eine elektrische Pumpe für euren Brunnen zu bewilligen. Das wird Sie bei den Frauen des Dorfes sehr beliebt machen.«

Sie hatte keine Vollmacht, diese Art von Investitionen ohne Markvarts Genehmigung zu versprechen, aber jetzt war nicht der Zeitpunkt, sich an Details aufzuhängen. Den Kampf mit Markvart musste sie aufnehmen, wenn sie nach Hause kam. Und als sie sah, wie das Wort »beliebt« für eine kurze Sekunde Licht in die leblosen Augen des alten Mannes brachte, wusste sie, sie hatte ins Schwarze getroffen.

»Und was wollt ihr im Gegenzug dafür haben?«, fragte er.

Caroline lächelte ihr versöhnlichstes Lächeln. Wind raschelte in den Blättern des kleinen Baumes, der neben der Hütte des Ältesten stand.

»Wir möchten um nichts anderes bitten«, sagte sie mit sanfter Stimme, »als dass die Beschwerden über Dana Oil aufhören. Sofort.«

Er sah sie an. Dann schüttelte er den Kopf.

»Aber die Anklagen sind falsch!« Caroline ballte die Hände. Sie war nahe dran, die Geduld zu verlieren. »Wir haben Mama Lucy nicht umgebracht! Wir vergewaltigen nicht eure Mädchen! Wir möchten euch nur gern helfen und eine gute Nachbarschaft mit euch haben.«

Der alte Mann saß einen Augenblick lang schweigend da und balancierte auf seinem Schemel.

»Was ist mit Arbeit für unsere Männer?«, fragte er dann.

Sie zog die Mundwinkel zu einem Lächeln nach oben.

»Ich werde tun, was ich kann, damit eure Männer Arbeit bei uns bekommen können. Es werden garantiert Zeiten kommen, in denen wir die guten Männer, die Asabo bieten kann, gebrauchen werden können. Ihre guten Männer.«

Der alte Mann nickte und richtete sich auf.

»Ich werde sehen, was ich tun kann«, sagte er dann.

»Nein.« Caroline schüttelte den Kopf. »Ich brauche Ihr Wort, dass die Anklagen aufhören. Ich bin sicher, Sie als Leiter des Dorfes haben Ihre Leute so gut im Griff, dass Sie mir Ihr Wort geben können.«

Er zögerte, nickte dann aber. Zwischen den drei Anwesenden wurde es still.

»Nun ... wir müssen auch ...« Caroline machte mit dem Kopf eine Bewegung in Richtung des Weges, auf dem sie gekommen waren, zögerte dann aber. War sie jetzt bei dem, was Daniel als »zu dänisch« kommentiert hatte – direkt zur Sache kommen, den Handel abschließen und dann wieder weg?

Aber der Älteste nickte nur.

»Auf Wiedersehen«, sagte er und lehnte sich wieder zurück an die Mauer.

Sie bogen um die Ecke des Hauses und gingen den Weg zurück, den sie gekommen waren.

»Beeindruckend«, sagte Martin.

»Danke.«

»Du hast ihn fast dazu gebracht, eine komplette Kehrtwende zu machen.«

»Ich habe an das gedacht, was du gesagt hast.«

»Was?«

»Das über meinen Vater. Über den Löwenkönig, der gezwungen ist, das stärkste Tier in der Herde zu sein, um nicht aus dem Sattel gehoben zu werden. Er ist hier sicher einmal der stärkste Mann des Dorfes gewesen, aber jetzt ist er alt, frustriert vom Verfall des Dorfes und von seinen eigenen nicht ausreichenden Fähigkeiten, den Rückschritt zu verhindern. Diesem *Zusammenbruch* möchte er natürlich gern entkommen.«

»Clever.«

»Ja, wenn es wirkt und er hält, was er verspricht.«

Aber warum sollte er das nicht tun? Es war in seinem eigenen Interesse, Asabo wieder zu einem stolzen Dorf aufzubauen, und dabei konnte Caroline ihm helfen.

Sie straffte sich.

Das *war* tatsächlich richtig gut gelaufen! Sie hatte sich nicht beirren lassen und daran festgehalten, ins Dorf zurückzukehren, genau wie es gutes *stakeholder engagement* erforderte, und es hatte etwas gebracht.

Okay, sie hatte immer noch einige Kämpfe mit Markvart auszufechten, wenn sie ins Büro zurückkam. Das Geld für die Pumpe sollte sich irgendwo auftreiben lassen, ebenfalls das Material für die Schule. Es war auch einfacher, Jobs zu versprechen, als sie zu beschaffen. Aber sie hatte nicht gelogen. Sie glaubte daran, das Ganze schaffen zu können.

Nur eine Sache nagte immer noch an ihr. Als sie aus dem Dorf hinausgingen, fanden die Bilder des kleinen Mädchens wieder den Weg in Carolines Gedanken. Sie konnte das verzweifelte Schluchzen und das verzerrte Gesicht des Mädchens, als es zusammengebrochen war, nicht vergessen.

»Wir müssen noch eine weitere Sache erledigen«, sagte sie zu Martin.

»Was, jetzt?«

»Komm mit.«

Sie machte kehrt und ging zurück zum Haus des Ältesten. Martin folgte ihr.

Der Älteste saß dort, wo sie ihn zurückgelassen hatten.

»Entschuldigung, wir stören noch einmal«, sagte Caroline, und der alte Mann schaute auf. »Aber können Sie mir sagen, wo wir das Mädchen finden, Sally, das ich vor Kurzem getroffen habe.«

Er sah sie lange an, erhob sich dann aber mühevoll von seinem Schemel.

»Folgen Sie mir.«

Sie folgten ihm zwischen den niedrigen Hütten des Dorfes hindurch. Die Sonne brannte, und es schien, als ob der Geruch von Verfall durch die Wärme verstärkt wurde. Der alte Mann ging langsam, und Caroline konzentrierte sich darauf, nicht durch die Fensterlöcher in die Hütten hineinzuschauen, an denen sie vorbeigingen. Man konnte das Bedürfnis nach Privatleben haben, auch wenn man sich keine Gardinen leisten konnte.

Nachdem er ein paar hundert Meter auf dem unebenen Fußweg gegangen war, bog der Mann nach links ab, zwischen zwei Hütten, und blieb vor der einen Hütte stehen. Er sagte etwas auf Swahili, und Caroline konnte sehen, mit wem er sprach. Auf einer Schilfmatte auf der Erde saß

Sally und wiegte das Baby in den Armen, während die Mutter, die auch bei dem Treffen im Lehrerzimmer dabei gewesen war, tief gebeugt über einer Feuerstelle stand und langsam in einem großen, verbeulten Topf herumrührte. Die Mutter hatte das gleiche ausgeblichene, blau gemusterte Tuch um die Taille gewickelt.

Der alte Mann sagte etwas, machte eine Handbewegung in Richtung Caroline und schwieg.

Caroline trat nach vorn, hockte sich vor Sally und räusperte sich.

»Hello again, Sally.«

Das schmächtige Mädchen sah sie mit großen Augen verschüchtert an.

»Hello«, antwortete sie vorsichtig.

»Ich habe an dich gedacht, seit wir uns getroffen haben.«

Sally sagte nichts.

»Ich habe daran gedacht, ob es etwas gibt, was du dir wünschst?«

Das Mädchen vor ihr bekam eine Falte auf der Stirn, blieb aber stumm.

»Also, ob es etwas gibt, was du dir zum Beispiel kaufen möchtest, denn dann könnte ich dir dabei vielleicht helfen. Mit dem Geld, meine ich.«

Sally schaute zu ihrer Mutter, die mit den Schultern zuckte. Dann sah sie wieder zu Caroline.

»Ich möchte mir so einen Bananasplit kaufen, von dem mein Onkel Julius erzählt hat«, antwortete sie leise.

Caroline unterdrückte ein Grinsen.

»Gibt es nichts anderes, was du lieber haben möchtest?«

Ein Bananasplit war beinahe zu armselig. Aber Sally schüttelte den Kopf.

»Aber weißt du, was, ich glaube, das können wir gut hinbekommen. Wenn du einen Augenblick hier wartest, komme ich mit Geld zurück, und dann kannst du Bananasplit für deine ganze Familie kaufen.« Caroline machte eine Pause. »Aber bevor ich gehe, möchte ich gern die Erlaubnis haben, dich eine einzige Sache fragen zu dürfen«, begann sie und schaute verstohlen zu der Mutter hinüber.

Sally nickte.

»Mein Freund Daniel, der mit hier oben war, hat gesagt, du hast ihm erzählt, der Mann, der schlimme Dinge mit dir gemacht hat, hatte die Hand eines weißen Mannes.«

Schwarze Wolken zogen über das Gesicht des Mädchens, sie beugte den Kopf und schaute zu Boden. Aus dem Augenwinkel nahm Caroline wahr, wie die Mutter aufhörte zu rühren und sich aufrichtete.

»Ich habe überlegt, ob dir inzwischen mehr eingefallen ist. Vielleicht war es doch keine weiße Hand, die du gesehen hast, jetzt, wo du etwas Zeit hattest, darüber nachzudenken?«

Ein bitterer Geschmack machte sich in Carolines Mund breit. Aber sie war gezwungen, es zu versuchen. Wenn sie die Vorstellungen darüber, dass ein weißer Mann involviert war, fallenlassen könnten, würde Dana Oil von jeglichem Verdacht befreit sein.

Sally saß wie versteinert da, starrte weiter zu Boden und zeigte nicht, dass sie Carolines Frage verstanden hatte. Das einzige Geräusch kam von dem Topf über dem Feuer, in dem der Inhalt laut blubbernd kochte.

»Meine Tochter lügt nicht.«

Es war die Mutter, die die Stille unterbrach.

»Selbstverständlich lügt sie nicht, das ist überhaupt nicht das, was ich meine.« Caroline drehte sich um und schaute die Mutter an, die immer noch neben der Feuerstelle stand. »Ich habe nur gedacht, ihr könnte etwas Neues eingefallen sein, da ein wenig Zeit vergangen ist.«

Die Mutter schüttelte zornig den Kopf.

»Es war ein weißer Mann, der das getan hat.«

»Das war auch nur ein Gedanke«, sagte Caroline besänftigend. »Und jetzt will ich zum Auto zurückgehen und Geld holen, damit Sally ihre Bananasplits kaufen kann.«

Sie ging zu Martin, der hinter dem Ältesten stand.

»Kann ich den Autoschlüssel bekommen«, fragte sie und streckte die Hand aus.

»Ich kann auch zurücklaufen«, bot er an.

»Nein, das mache ich selbst.« Sie hasste den Gedanken, jemand anderes würde in ihrer Tasche herumwühlen.

Martin zögerte, gab ihr dann aber den Schlüssel.

»Sie hat tatsächlich etwas gesagt«, sagte die Mutter so leise, dass es fast ein Flüstern war, als Caroline gehen wollte.

Caroline blieb stehen, drehte sich um und schaute die Mutter an, die zu Boden sah.

»Ja?«

»Dort war ein Mann, der die ganze Zeit sehr laut gelacht hat.«

»Okay.«

Ein lachender Mann war nicht gerade ein Beweis für irgendetwas, aber Caroline nickte der Mutter aufmunternd zu. Einen Augenblick lang war es still.

»Und dann war da das mit dem Wasser«, flüsterte die Mutter, den Blick immer noch auf die braune Erde gerichtet.

»Was mit dem Wasser?«

Die Mutter zögerte.

»Sie konnte Wasser hören, das sich anhörte, als komme es von etwas Elektrischem. Es hatte sich wie eine Art Brunnen ohne das pfeifende Geräusch der Handpumpe angehört. Es hatte sich merkwürdig angehört. Sehr merkwürdig.«

»Was hat sie sonst noch gesagt?«

»Nichts weiter. Nur, dass sie Wasser hören konnte und einige elektrische Geräusche. Doch, eine Sache noch, einen Teil der Zeit fuhren sie auf einer Straße, auf der das Auto nicht ruckelte.«

Caroline überlegte schnell. Diese Beschreibung hörte sich äußerst bekannt an.

»Ich hole jetzt das Geld«, sagte sie, machte auf dem Absatz kehrt und lief zum Auto zurück.

Als Caroline gegangen war, stand Martin still da und schaute die Kenianer an. Der Älteste stützte sich an der Hausmauer ab, die Mutter starrte in die Luft, bis ihr die Feuerstelle in den Sinn kam und sie begann, mit einem verbeulten Topfdeckel Leben in die schwindende Glut zu fächeln. Das Baby, das auf der Erde lag, begann zu quengeln, aber die große Schwester reagierte nicht. Sally saß immer noch da wie eine Säule, eine Statue, die von der Erde der Savanne geformt und vor der Hütte der Familie als ein Denkmal für die Tochter, die sie einst hatten, platziert worden war.

Der Älteste brach die Stille.

»Wann, glauben Sie, können meine Männer Arbeit bei euch bekommen?«, fragte er und drehte den Kopf in Martins Richtung.

Martin schüttelte bedauernd den Kopf.

»Das weiß ich leider nicht.«

»Ohne Arbeit für unsere Männer können wir nicht zurechtkommen. Ohne Arbeit verdienen sie kein Geld und fangen an zu trinken und ihre Frauen zu schlagen. Sie müssen eine Arbeit haben«, sagte der Älteste und fuhr fort: »Und was ist mit der Pumpe, wann kann ich meinem Volk sagen, dass sie sie holen können? Das wird ein großer Fortschritt für unser Dorf, eine elektrische Pumpe. Die Frauen benötigen viel Zeit und Kraft, um Wasser aus dem Brunnen heraufzupumpen. Wenn wir eine elektrische Pumpe bekommen, ebenso wie Katari, werden sie mehr Zeit für all die anderen Dinge haben, die sie machen müssen. Vielleicht können sie den Kindern noch mit den Hausaufgaben helfen. Wann können wir damit rechnen, dass sie kommt?«

»Sie kommt so bald, wie es sich machen lässt«, antwortete Martin und schaute weg.

Der alte Mann schüttelte wütend den Kopf und stieß sich von der Mauer ab.

»Sie müssen doch etwas darüber sagen können, wann wir die Dinge erwarten können, die euer Unternehmen uns jetzt als Gegenleistung für unsere Zusammenarbeit versprochen hat.« Der Älteste schnaubte. »Oder soll das Ganze wieder an die triumphierenden Dreckskerle in Katari gehen? Denn damit werden wir uns nicht abfinden, die haben jetzt genug bekommen! Es ist nicht fair, dass sie so viel haben, wenn wir nichts haben.«

Martin streckte abwehrend eine Hand aus.

»Das ist nicht meine Sache. Ich kann Ihnen bei diesen Fragen leider nicht helfen. Darüber müssen Sie mit Caroline sprechen, wenn sie zurückkommt.«

Der Kenianer wollte antworten, als die Erwachsenen plötzlich bemerkten, dass die Statue angefangen hatte zu zittern. Zuerst waren es kleine Erschütterungen wie ein

Erdbeben, das sich nicht entschließen konnte, ob es beginnen wollte oder nicht. Dann zitterte der dünne Oberkörper, und schließlich kam der Laut.

Die Mutter warf den Topfdeckel auf die Erde und hockte sich neben die Tochter.

»Sally, was ist – warum weinst du?«

Von der schluchzenden Statue kam keine Antwort. Die Mutter schaute verzweifelt zu den beiden Männern hoch, während sich ihre Tochter noch stärker zusammenkrümmte. Beide Männer zögerten. Dann machte Martin fünf große Schritte hinüber zu der Stelle, wo die Frauen saßen. Er beugte sich nach unten, während er eine Hand auf die Schulter der Mutter legte.

»Sie werden sehen, es ist überhaupt nichts. Manchmal sind Kinder einfach nur traurig, es passiert so vieles in diesem Alter. Es kann sein, dass sie heute Nacht schlecht geträumt hat und sich jetzt daran erinnert.«

Die Mutter sah Martin dankbar an, der die andere Hand nach vorn streckte und Sally über die Zöpfe streichelte.

»Stimmt das nicht, Sally, manchmal kann man schlechte Träume haben, und dann ist es schwer zu wissen, was Traum und was Wirklichkeit ist?«

Es verging ein langer Augenblick, dann richtete sich die zusammengekrümmte Sally mit einer heftigen Bewegung auf. Sie starrte wild um sich und stieß einen Schrei aus, der für den schmächtigen Körper viel zu kraftvoll war. In der Sekunde darauf fiel sie nach hinten, ohnmächtig, bewusstlos und ohne aufzuwachen, als ihr Hinterkopf auf die Erde traf.

Die Mutter schrie. Der Älteste schlug beide Hände vor den Mund. In dem Moment kam Caroline zurück.

»Was ist passiert?«, fragte sie erstaunt.

»Wir müssen jetzt gehen«, sagte Martin auf Dänisch und erhob sich schnell.

»Was ist passiert?«

»Sally geht es nicht gut, und sie möchten gern allein sein.«

Die Mutter saß wie versteinert da, und der Älteste begann laut zu rufen, aber Caroline verstand nicht, was er sagte.

»Ich muss ihr noch das Geld geben und mich ordentlich verabschieden.«

»Wir müssen gehen, Caroline, das hier ist nichts, in das wir uns einmischen sollten. Leg das Geld einfach auf die Erde, das macht man hier in Kenia so, das bedeutet Glück, und lass uns dann verschwinden.«

Es wirkte, als würde sie wieder davonlaufen, aber Martin kannte die Kultur besser als sie. Sie legte das Geld auf die Erde und wollte sich bücken, um der Mutter auf Wiedersehen zu sagen, als Martin sie an der Schulter packte.

»Jetzt, Caroline, wir müssen jetzt gehen.«

Sie gingen mit schnellen Schritten weg. Caroline schaute über die Schulter zurück und sah Sally, die sich aufrichtete, bevor der Weg zurück zum Auto eine Biegung machte und sie die drei Menschen, die sie zurückgelassen hatten, nicht mehr sehen konnten. Das Mädchen war zumindest wieder bei Bewusstsein, tröstete sie sich.

34

Sonnabend bedeutete Waffenruhe. Das hoffte er auf jeden Fall.

Ganz sicher arbeiteten die Kenianer öfter am Samstag als die Dänen, aber John Hansen fiel es schwer, sich Ogato als einen der hart arbeitenden Bürger der Stadt vorzustellen. Der Polizeipräsident verbrachte die Wochenenden vermutlich in einem von Nairobis vielen Klubs. Der Golfklub, aber auch der Tennisklub war eine Möglichkeit – der Mann sah aus, als sei er gut in Form.

Er stellte sich Ogato mit seiner Frau im *gemischten Doppel* gegen eines der anderen unzähligen kenianischen Paare vor, die glaubten, sie seien jemand, weil sie zu Geld gekommen waren. Während des Spiels würden die Männer gutmütig über die Fehler des anderen lachen. Alles würde in einem jovialen Ton ablaufen, und die Männer würden ihr Bestes tun, um es so aussehen zu lassen, als spielten sie des Spieles wegen, während sie in Wirklichkeit Lust hatten, das Schienbein des Gegners zu treffen. Nach dem Match würden sie sich unter einen der Sonnenschirme des Klubs in den Schatten setzen und Drinks bestellen, der Verlierer bezahlte, während sie den Kampf fortsetzten.

John Hansen war nie ein Sportler gewesen. Schnaubend erhob er sich vom Schreibtisch. Normalerweise war er samstags nicht im Büro, aber gestern war es unmöglich gewesen, sich zu konzentrieren, so wie das Telefon geglüht hatte, und er hatte einiges, was erledigt werden musste.

Er ging in Dana Oils Küche, um eine neue Tasse Kaffee zu holen. Als er nach der Kaffeekanne griff, vibrierte es am Gürtel. Das Handy zeigte eine anonyme Nummer an, und John Hansen ließ es klingeln. Eine halbe Minute später piepte das Handy. Es wartete eine Nachricht auf dem Anrufbeantworter.

Bereits als der Betreffende seinen Namen sagte, erkannte er die Stimme wieder. Sonnabend bedeutete offenbar nicht Waffenruhe.

»Mein Freund, Ogato hier. Wie geht's? Ich sitze im Klub zusammen mit meinem Sohn. Wir sprechen über seine Zukunft, die Ausbildung und solche Dinge. Und als ein wahrer Gentleman möchte ich dir doch eine Chance geben, meinen Sohn ein bisschen dabei zu unterstützen, bevor ich einen anderen Anruf beantworte. Du weißt, an welchen ich denke. Ich glaube, es wird in deinem Interesse sein abzunehmen, wenn ich das nächste Mal anrufe. Hab weiterhin einen schönen Tag, mein Freund. Wir sprechen uns – bald.«

John Hansen ließ das Handy sinken.

Die Sanduhr mit Ogatos Geduld würde nicht noch einmal umgedreht werden.

Seine Handflächen wurden feucht, und die Schweißperlen sammelten sich auf der Stirn. Er war ganz sicher, dass die Prinzessin das Land noch nicht verlassen hatte, Steenberg würde ihm diese Nachricht sofort überbringen, bevor John Hansen Ernst machen und die Öffentlichkeit in das *Mama-Black-Mamba*-Abenteuer einweihen würde. Doch der Direktor hatte keinen Laut von sich gegeben.

Er versuchte, Martin anzurufen. Vielleicht wusste sein Stellvertreter etwas; er und Caroline kamen anscheinend sehr gut miteinander aus. Aber Martin ging nicht an sein Telefon.

John Hansen lief zurück zu seinem Büro, öffnete die mittlere Schreibtischschublade und griff nach seinem Freund Macallan.

Er dachte an das, was Ogato sagte, als er ihn besucht hatte. Dass ein Mann nichts war ohne eine Karriere. Das stimmte. Er wusste gut, dass junge Männer heutzutage andere Prioritäten hatten. Dass sie der Ansicht waren, es sei wichtig, Zeit zu haben, um auf die Kinder aufzupassen und sie aus dem Kindergarten abzuholen. Es gab sogar einige Männer – auch bei Dana Oil –, die bei der Entbindung dabei sein wollten. Bei der Entbindung! Gott bewahre uns vor solchen eierlosen Schwulenärschen. John Hansen wusste, sie würden es bereuen, wenn sie älter wurden. Wenn sie so alt waren wie er, würden sie in der Lage sein zu erkennen, wie jämmerlich es war, wenn das Einzige, was sie in ihrem Leben erreicht hatten, Brötchen backen und Angeltouren mit den Kindern waren.

Es galt, ein Ziel zu erreichen, das vorgezeigt werden konnte. Medaillen, Titel, Beförderungen. All das weiche Halali geriet in Vergessenheit, wirkliche Ergebnisse aber nicht. Und die Frauen würden immer einen richtigen Mann einem Weichei vorziehen. Es konnte gut sein, dass sie das nicht einräumen wollten, aber John Hansen wusste, dass es so war. Die weichen, karrierelosen Männer waren jämmerlich.

Das Einzige, was noch jämmerlicher war, war ein Mann, der direkt vor der Ziellinie einen Fehler machte.

John Hansen konnte die Ziellinie von dort, wo er stand, sehen. Das hier war der Endspurt, die letzte Runde, bevor er sich feiern ließ, um sich danach mit einem Gin Tonic in der Hand in den Schatten zurechtzusetzen und seinen Ruhestand zu genießen.

Er trocknete die schweißfeuchten Handflächen an den Hosenbeinen ab. Ein aufgeblasener Neger sollte nicht das Recht bekommen, ihm jetzt ein Bein zu stellen. Er goss einen Extraschluck aus der Flasche in den Kaffee und setzte die Tasse an den Mund.

35

Martin öffnete die Fahrertür mit einem Ruck und setzte sich hinein. Der Motor fauchte, als er ihn startete. Verwirrt kletterte Caroline auf das Trittbrett und glitt auf den Beifahrersitz. Sie fuhren los.

Als sie ein Stück vom Dorf entfernt waren, bewertete sie den Besuch. Abgesehen von dem jähen Ende, war er ganz okay verlaufen.

»Ich glaube tatsächlich daran, dass wir eine gute Nachbarschaft mit Asabo erreichen können«, kommentierte sie nach einer Weile.

Martin nickte abwesend, sagte aber nichts.

»Man kann selbstverständlich nie genau wissen, ob mündliche Vereinbarungen eingehalten werden, aber ich glaube wirklich, der Älteste meinte, er wird die Klagen über uns einstellen.«

Martin schaltete das Radio ein und suchte nach einem Sender. Es gelang ihm – ein Kanal mit Hits der Achtzigerjahre.

»Das müssen wir wohl hoffen«, antwortete er schließlich, während Guns'n'Roses das Auto mit *November Rain* füllten.

Caroline starrte auf die staubige Landschaft. Sie hoffte und glaubte, dass die Klagen über Dana Oil jetzt aufhörten. Eine Sache nagte indessen immer noch an ihr. Das reiche Dorf. Sie war sicher, dass die Mutter Katari beschrieben hatte. Das Dorf tauchte immer wieder auf. Hier. Bei Charles Kariuki. In dem Brief.

»Du musst mit mir nach Katari fahren, Martin«, sagte sie nach einer Weile.

Mit einem Ruck drehte Martin den Kopf und sah sie an.

»Du bist wahnsinnig!«

»Vielleicht, aber du musst.«

Mit einem Mal begriff sie: Um diese Angelegenheit hier dauerhaft abschließen zu können, war sie gezwungen, Kataris Rolle aufzudecken. Andernfalls war es nur eine Frage der Zeit, bevor die Sache wieder aufflammte und ihre Karriere von den Flammen geschluckt würde.

»Das kannst du nicht, Caroline. Es sind keine vierundzwanzig Stunden vergangen, seit du einen Brief bekommen hast, in dem damit gedroht wurde, dich umzubringen, wenn du dorthin fährst.«

»Ja, und mir bleiben nur noch etwas über vierundzwanzig Stunden, um herauszufinden, was hier passiert. Ich bin gezwungen, dieser Sache hier auf den Grund zu gehen. Sallys Beschreibung erinnert mich sehr stark an Katari, und ich muss wissen, ob sie Besuch von einem weißen Mann hatten.«

Es gab keinen anderen Weg. Sie musste erneut mit dem Vorsitzenden des reichen Dorfes sprechen. Wenn sie nicht herausfand, was dort vor sich ging, würde das hier niemals aufhören. Die Klagen würden sich fortsetzen, und sie würde keine weitere Chance bekommen. Im Übrigen konnte sie nicht erkennen, wie jemand herausfinden sollte, dass sie in Katari waren; sie fuhren doch sowieso direkt daran vorbei.

»Ich weigere mich ganz einfach, dich dorthin zu fahren.« Martin schaute sie entsetzt an. »Denk nur, wenn dir etwas passiert!«

»Es ist nicht deine Verantwortung, ob mir etwas passiert.«

»Wenn ich dich fahre, dann ja.«

»Nein. Und wenn du mich nicht fahren willst, steige ich aus und komme auf eigene Faust dorthin.«

»Caroline, das ist Wahnsinn. Du musst nicht nach Katari.«

»Doch, das muss ich.«

»Das musst du nicht. Du kannst umgebracht werden.«

»Ich muss dorthin«, wiederholte sie.

»Und wie hast du dir gedacht, soll das gelingen?«

»Das finde ich heraus. Wenn du mich nicht fahren willst, kannst du mich hier absetzen, und dann fahre ich per Anhalter.«

»Du kannst von hier aus unmöglich trampen.«

»Das kann ich wohl. Ansonsten finde ich einen Chauffeur, der mich dorthin fahren kann, wenn wir nach Nairobi zurückkommen.«

Mit wütenden Bewegungen begann sie, ihre Sachen auf dem Boden des Autos zusammenzusammeln.

»*Komm schon,* das meinst du nicht wirklich.«

»Doch, das tue ich. Ich komme nach Katari, ob du mich hinfährst oder nicht.«

Sie fuhren einige hundert Meter schweigend weiter. Martins Mundwinkel waren nach unten gezogen, und die Anklage in seiner Stimme war deutlich, als er wieder sprach.

»Ich finde, es steht dir nicht zu, mich darum zu bitten. Du hast mich gebeten, dich nach Asabo zu fahren, was ich getan habe, und jetzt willst du plötzlich, dass ich dich nach Katari fahre.«

»Das liegt doch direkt auf dem Weg.«

»Es war aber nicht Teil der Abmachung.«

»Das kann gut sein, aber ich muss dorthin. Du kannst einfach an der Seite anhalten und mich absetzen, wenn das so eine große Sache für dich ist.« Sie schaute wütend zu Martin.

Er starrte schweigend durch die Frontscheibe, mit dem gleichen unergründlichen Ausdruck im Gesicht wie gestern Abend in der Bar, als sie ihn darum gebeten hatte, zu der Tour in den Norden mitzukommen.

»Wir machen es kurz«, teilte er dann mit.

Schweigend setzten sie ihre Fahrt auf dem staubigen Kiesweg fort. Caroline lehnte sich wieder im Sitz zurück. Sie bemerkte ihre Verstimmung darüber, Martin so zu erleben. Aber wenn er sauer sein sollte, dann sollte er sauer sein. Es gab jetzt wichtigere Dinge, um die sie sich kümmern musste.

Nach einer halben Stunde bog Martin auf die Straße ein, die sie das letzte Stück in Richtung Katari führte. Er parkte das Auto, Caroline stieg aus. Martin machte keine Anstalten, das Auto zu verlassen.

»Kommst du nicht mit?«

»Ich warte hier«, antwortete er abweisend.

Einen Augenblick lang blieb sie, die Hand am Griff der Autotür, stehen und zögerte. Die Irritation über Martin war plötzlich verpufft, stattdessen erfasste eine Unruhe Caroline, die alle Winkel ihres Körpers erreichte. Sie hatte keine Lust, sich allein in dem Dorf zu bewegen. Selbst wenn sich Martin hier nicht auskannte, würde sie sich sicherer fühlen, wenn er mitgehen würde. Trotz allem war es besser, zu zweit zu sein.

Sie war gezwungen, ihren Stolz zu überwinden.

»Ich würde es wirklich schätzen, wenn du mitgehen würdest.«

»Ich halte es für wahnsinnig, dass wir hier sind.«

»Das weiß ich, aber das ist meine letzte Chance.«

»Caroline, das hier bringt dir überhaupt nichts.«

»Das weißt du nicht.«

»Lass uns jetzt einfach nach Nairobi zurückfahren.«

Caroline schüttelte den Kopf. Sie war so dicht dran und weigerte sich, jetzt aufzugeben.

»Nein.«

Martin sah sie mit schmalen Augen an.

»Ich finde wirklich, es steht dir nicht zu, Caroline. Du hast mich unter falschen Voraussetzungen hier heraufgelockt.«

»Das stimmt nicht, Martin. Ich konnte doch nicht wissen, dass mich die Spur hierherführen würde.«

»Ich finde immer noch, es steht dir nicht zu, mich in diese Situation zu bringen.«

»Das war doch nichts, was ich geplant hatte.« Sie schaute auf ihre Schuhspitzen und sah dann zu ihm hoch. »Willst du nicht einfach mitgehen?«

»Und was hast du dir gedacht, das dir dieser Dorfvorsitzende hier erzählen kann?«, fragte Martin, noch immer aggressiv.

»Ich habe mir gedacht, danach zu fragen, ob sie Besuch von einem weißen Mann hatten – und wenn ja, wie er aussah.«

Ob er einem dicken, hässlichen Mann mit Schweinsäuglein ähnelte, den wir beide kennen, wollte sie hinzufügen, ließ es aber sein.

»Das kannst du sie doch nicht fragen.«

»Das kann ich wohl.«

»Und was stellst du dir dann vor: dass sie jede weiße Person beschreiben sollen, die jemals in das Dorf gekommen ist? Das ist doch lächerlich!« Er schnaubte höhnisch.

Caroline zuckte mit den Schultern. Die Enttäuschung über Martin breitete sich in ihrem Körper aus. Es war, als sei er ein komplett anderer Mann als der, mit dem sie hierhergefahren war. Ein anderer Mann als der, neben dem sie heute Morgen aufgewacht war.

»Trotzdem ist es das, was ich fragen will.«

An den senkrechten Furchen zwischen Martins Augenbrauen konnte sie sehen, dass er über die Situation nachdachte.

»Gut«, sagte er nach langem Schweigen. »Dann gehe ich mit. Aber wir machen es kurz.«

»Gut.«

»Ganz kurz.«

»Gut!«

Ohne einander anzuschauen, gingen sie mit schnellen Schritten zum Haus des Dorfvorsitzenden. Caroline kannte den Weg noch vom letzten Besuch.

Sie schaute sich um. Der Zweifel begann an ihr zu nagen. War es Wahnsinn, hierherzukommen?

»Mzungo, how are you?«, erklang es plötzlich hinter ihnen.

Caroline fuhr zusammen. Sie drehte sich um und sah zwei kleine Jungs in Shorts und mit nackten Oberkörpern hinter ihnen herlaufen.

»Schh«, zischte sie und legte einen Finger auf ihre Lippen. Es gab, verdammt noch mal, keinen Grund, auf diese Weise hier Aufmerksamkeit hervorzurufen.

Die beiden Jungs schauten sie unsicher an.

»Mzungo, how are you?«, flüsterte der eine von ihnen, und der andere stimmte ein.

Sie seufzte irritiert und ging, die Jungen im Schlepptau, weiter. Sie konnte das Gefühl nicht abschütteln, dass jemand sie beobachtete.

»Ha ha!«

Caroline zuckte zusammen. Vor ihr tauchte der verrückte Mann auf.

»Ich habe euch kommen sehen! Ich habe euch kommen sehen!«

Sie trat einen Schritt zurück und versuchte, Luft zu holen. Martin blieb stehen.

»Schon wieder zurück?« Der Mann lachte sie breit an. Caroline kämpfte darum, ihre Atmung unter Kontrolle zu bringen, und antwortete.

»Na! Auf diese Weise.« Der Mann grinste und klopfte ihr auf die Schulter. Sie trat zurück. »Auf diese Weise! Ha ha! Auf diese Weise!«

Der dünne, schwarze Mann schüttelte den Kopf und lachte. Dann ging er zwischen den beiden Häusern hindurch, und sie konnten noch lange sein Lachen hören.

Martin schüttelte den Kopf. »Spinner.«

»Ja. Ich habe ihn getroffen, als ich das letzte Mal hier war. Er ist sicher der lokale Dorftrottel.«

»So hat es auf jeden Fall gewirkt.«

Als sie das Haus des Vorsitzenden erreichten, blieb Caroline stehen, atmete tief ein und straffte die Schultern. Wenn er es war, der ihr ans Leben wollte, hatte er jetzt alle Möglichkeiten. Auch deshalb war es wichtig, Martin dabeizuhaben. Das Risiko, dass ihr etwas passierte, wäre geringer, wenn es Zeugen gab. Plötzlich kam ihr der Gedanke, dass sie Martin vielleicht einer Gefahr aussetzte, als sie ihn gebeten hatte mitzugehen.

Sie umrundeten die Ecke des Hauses. Davor stand der weiße Plastikstuhl, in dem der Dorfvorsitzende gesessen hatte. Caroline schaute sich um. Plötzlich hörte sie drinnen im Haus ein Geräusch. Weinen.

Langsam ging sie zur Türöffnung und steckte den Kopf prüfend durch die angelehnte Tür. In dem Haus war es dunkel, und anfänglich konnte sie nichts erkennen. Als sich aber ihre Augen an die Dunkelheit gewöhnt hatten, sah sie den Dorfvorsitzenden an einem Tisch sitzen, den Kopf auf die Unterarme gelegt. Einen Augenblick lang stand sie still da, unschlüssig. Dann drehte sie sich zu Martin um.

»Was soll ich machen?«, flüsterte sie.

»Lass uns wieder fahren.«

Martin machte Zeichen, aber Caroline blieb stehen. Sie schüttelte den Kopf. Es nützte nichts, jetzt aufzugeben. Sie schob die Tür ganz auf und klopfte vorsichtig an den Türrahmen. Die zusammengesunkene Gestalt hob den Kopf. Der Dorfvorsitzende blinzelte in das Licht und schaute sie mit geschwollenen Augen an.

»Sie wieder«, sagte er böse und erhob sich. Er drehte ihr den Rücken zu und griff nach einem Taschentuch, mit dem er sich sein verweintes Gesicht abwischte. Dann wandte er sich wieder Caroline zu.

»Was wollen Sie dieses Mal?«

Caroline senkte den Blick. Erwachsene Männer, die weinten, war sie nicht gewohnt, und jetzt wusste sie nicht, wie sie anfangen sollte. Sie hatte versuchen wollen, ein wenig über das Wetter und die Wärme zu sprechen, aber das wirkte vollkommen verkehrt gegenüber einem Mann, der völlig außer sich war.

»Ich ... wir ... ich bin gekommen, um mit Ihnen zu sprechen.«

Sie wartete die Reaktion des Dorfvorsitzenden ab, aber es kam keine.

»Ich weiß gut, dass ich nicht hier sein dürfte, und ich verschwinde auch bald wieder.« Caroline zwang sich, den Blick zu heben und den Mann anzuschauen. Er starrte sie mit glänzenden Augen an. »Ich brauche eine Antwort«, fügte sie leise hinzu.

»Ich habe keine Antwort.« Der Dorfvorsitzende schüttelte den Kopf und schniefte. »Erst recht nicht für Sie«, fügte er verbissen hinzu.

Caroline nahm all ihre Kräfte zusammen.

»Sie werden gezwungen sein, mir zuzuhören«, begann sie, bemerkte dann aber, wie sich die Augen des Vorsitzenden erneut mit Tränen füllten. Sie betete, dass er nicht wieder anfangen würde zu weinen.

»Ich habe keine Antwort«, wiederholte er, während die Tränen seine Wangen hinunterliefen. »Ich weiß nicht, wie es so enden konnte. Warum er? Warum gerade er?«

Caroline zog die Augenbrauen zusammen. Er?

»Ich bin nicht ganz sicher, ob ich verstehe …«

»Mein Sohn«, brach es laut aus dem Dorfvorsitzenden heraus. »Mein eigener Sohn.«

»Ähm … was ist mit Ihrem Sohn?«

»Mein Sohn, Theodor, sitzt jetzt im Gefängnis von Nairobi.«

»Was hat er getan?«

»Mein Sohn war es!«, schrie er. »Mein eigenes Fleisch und Blut, der sie umgebracht hat! Ich habe einen Mörder großgezogen!«

Caroline starrte den Dorfvorsitzenden an.

»Sie? … Mama Lucy?«

Der Dorfvorsitzende nickte. Im gleichen Moment trat Martin ein, ging direkt auf den weinenden Kenianer zu und streckte die Hand aus.

»Vielleicht können wir helfen. Ich heiße Martin und arbeite ebenso wie Caroline für Dana Oil«, sagte er auf Englisch. Anschließend folgte ein schneller Satz auf Swahili, den Caroline nicht verstand. Der Blick des Dorfvorsitzenden wechselte zwischen ihr und Martin hin und her, er war augenscheinlich verwirrt über Martins plötzliches Auftauchen.

»Wie Caroline gesagt hat, wollen wir sehr gern helfen, und wenn es irgendetwas gibt, das wir tun können, müssen Sie es sagen. Wir müssen einander doch helfen.«

Er legte seine sonnengebräunte Hand auf die Schulter des Kenianers. Der Dorfvorsitzende schüttelte den Kopf.

»Nein ... nein ... ich glaube, es gibt nichts, was ihr tun könnt.«

Einen Augenblick lang war es still. Dann räusperte sich Caroline. Sie war gezwungen, es hinter sich zu bringen.

»Ich bin gekommen, um Sie etwas zu fragen, und ich möchte Sie bitten, gut zu überlegen, bevor Sie antworten. Wenn Sie uns helfen, können wir, wie Martin sagte, auch Ihnen helfen.«

Beide Männer schauten Caroline an. Sie räusperte sich. Jetzt war es so weit.

»Hat Katari Besuch von einem Mann gehabt, der für Dana Oil arbeitet?« Sie sah John Hansens vor Schweiß glänzendes Gesicht vor sich.

Die beiden Männer starrten sie an, beide schweigend. Der Blick des Dorfvorsitzenden begann wieder zu flackern. Caroline wartete, sah aber ein, dass keine Antwort kommen würde. Es war Zeit, alles auf eine Karte zu setzen.

»Habt ihr«, fragte sie und machte einen Schritt nach vorn, »habt ihr Besuch von einem weißen Mann gehabt, der an kleinen Mädchen interessiert ist?«

Sie trat so nah an den Dorfvorsitzenden heran, dass zwischen ihren Nasen nur noch eine Handbreit Platz war.

Sie waren gleich groß und starrten einander in die Augen, bis er wegschaute. Eines seiner Augen zuckte.

»Nein, Madam, nein, das hatten wir nicht«, sagte er.

»Ich glaube, das hattet ihr.« Sie erhöhte den Druck. Die Angst davor, dass der Dorfvorsitzende es war, der ihr nach dem Leben trachtete, war wie weggeblasen von der Wut, die in ihr brodelte.

Er schaute ihr mit einem intensiven Blick in die Augen, sagte aber nichts. Martin ließ den Kenianer los und legte stattdessen die Hand auf Carolines Schulter.

»Caroline, wir müssen dem glauben, was er sagt. Das hier ist sehr unhöflich.«

Aber dieses Mal hatte Caroline kein Interesse an Höflichkeit. Sie konnten ihr alle zusammen den Buckel herunterrutschen mit ihrem Respekt vor kulturellen Unterschieden und ihren schlechten Entschuldigungen dafür, nicht ehrlich zu antworten.

»Ich glaube, Sie sagen nicht die Wahrheit. Ich glaube, Sie verheimlichen etwas, weil Sie Angst haben.«

Der Dorfvorsitzende schaute sie weiterhin starr an.

»Junge Mädchen werden missbraucht!«, schrie sie ihm ins Gesicht. »Ganz junge Mädchen, Kinder, leiden, weil weder Sie noch einer der anderen, die ich getroffen habe, ehrlich auf einfache Fragen antworten!«

Im gleichen Moment packte Martin sie am Handgelenk.

»Caroline, jetzt hörst du auf!«

Caroline schwieg, blieb stehen und starrte dem Dorfvorsitzenden in die Augen. Er starrte zurück.

»Wir müssen jetzt gehen, Caroline.« Martin zog an ihrem Arm, aber sie riss sich los.

»Lass mich los«, zischte sie, ohne die Augen von dem Kenianer abzuwenden. Aber Martin packte wieder zu, dieses Mal fester.

»Du führst dich auf wie eine Wahnsinnige. Der Vorsitzende hat gesagt, dass niemand hier war. Du kannst dir nicht erlauben, das zu bezweifeln.« Martin war jetzt zornig.

Caroline starrte den Dorfvorsitzenden böse an. Er senkte den Kopf, hielt aber den Augenkontakt. Der Blick war hart, und die Zuckungen bei dem einen Auge waren stärker geworden. Aber plötzlich bemerkte Caroline etwas anderes in seinem Blick. Es war, als würde er versuchen, ihr etwas zu sagen.

Martin zog fester, und sie musste ihm mit schnellen Schritten folgen, um nicht umgerissen zu werden. In der Türöffnung drehte sie den Kopf und schaute den Dorfvorsitzenden an, der sie immer noch anstarrte. Mit den Lippen formte er lautlos drei Wörter, aber Caroline konnte sie nicht deuten. Fragend zog sie die Augenbrauen hoch, aber bevor er die drei Wörter noch einmal sagen konnte, zerrte Martin sie aus der Tür.

36

Etwas Kaltes berührte ihre Lippen.

Sally öffnete die Augen, hob den Kopf und schluckte das Wasser, das in ihren Mund gefüllt wurde.

Sie sah ihre Mutter vor der Matte hockend. Ihre Augen glänzten. Sie hatte ein staubiges, schwarzes Tuch um den Kopf gewickelt. Der Tragegurt, der über den krummen Schultern hing, war aus dem gleichen Stoff gefertigt. Die kleine Schwester darin schrie.

Der Tisch an der Türöffnung knackte. Sally sah hinüber. Dort saß David. Abwesend fummelte er an der Tasche seiner Shorts herum.

Draußen tuschelte eine Gruppe von Menschen miteinander. Die Wörter flossen in Sallys Kopf zusammen.

Sie wünschte, sie würden ihres Weges gehen. Alle zusammen.

Die Mutter hob den Krug wieder hoch, aber Sally drehte den Kopf zur Wand. Das Baby schrie immer noch.

Jetzt schluchzte auch ihre Mutter.

Sally schloss die Augen.

37

Caroline folgte Martin wütend von dem Haus des Dorfvorsitzenden bis zum Auto. Er war, verdammt noch mal, unverschämt, sie in dieser Weise aus der Tür zu ziehen. So als würde er über sie bestimmen.

Martin schloss das Auto auf und setzte sich schnell auf den Fahrersitz. Selbstverständlich hatte sie ihn gebeten mitzukommen und musste respektieren, dass er das tat, was er für richtig hielt. Aber es gab weiß Gott Grenzen!

Verbissen ging sie zur Beifahrerseite hinüber.

Die Reifen hinterließen Spuren im Kies, und um das Auto herum stieg Staub auf und verursachte eine hellbraune Wolke hinter ihnen, als sie vom Straßenrand auf den asphaltierten Weg fuhren.

Sie fuhren schnell, schneller, als es Caroline lieb war. Als ein entgegenkommendes Auto vorbeikam, konnte sie den Luftdruck spüren. Sie holten einen ramponierten Jeep ein, der in hohem Tempo von der einen zur anderen Seite der Straße schlingerte. Der Fahrer des Jeeps bemerkte sie anscheinend nicht, denn er wechselte ständig die Straßenseite, um den Löchern auszuweichen, obwohl sie direkt hinter ihm waren.

Martin fuhr in die Mitte der Straße, und als sich der Jeep auf der linken Fahrbahn befand, trat er aufs Gaspedal. Als sich die beiden Autos nebeneinander befanden, zog der Jeep schnell wieder nach rechts, direkt auf ihr Auto zu. Caroline stieß einen Schrei aus und streckte die Arme nach vorn, um den Aufprall abzufangen, zu dem es kommen würde, wenn die Autos kollidierten.

Aber im nächsten Augenblick war ein Zischen zu hören, und sie hatten den Jeep überholt.

Caroline schnappte nach Luft.

»Zum Teufel!«

Martin sagte nichts, atmete schwer.

Als sie wieder Luft bekam, schaute sie ihn verstohlen an. Er starrte durch die Frontscheibe. Die Augen waren von einer dunklen Sonnenbrille verdeckt. Hinter dem Brillengestell konnte sie kleine Fältchen in der hellen Haut an den Augenwinkeln ausmachen, da Martin die Augen zusammenkniff.

An seinem linken Mundwinkel bemerkte sie ein Zucken. Es sah aus, als würde er lächeln. Langsam fuhr er mit einer Hand über das zurückgegelte Haar, als ob er sichergehen wollte, dass es saß. Aus dem Radio dröhnte Metallicas *Enter Sandman,* die schweren Trommeln brachten die Lautsprecher zum Vibrieren. Caroline legte die Stirn in Falten, die Trommeln bereiteten ihr Kopfschmerzen. Martin drehte die Musik lauter.

Als das Lied zu Ende war, übernahmen Queen mit *Bohemian Rhapsody,* und Martin drehte die Musik leiser. Schweigend fuhren sie weiter.

Das Zucken war noch da, war stärker geworden.

»Stimmt etwas nicht?«, fragte Caroline, nachdem sie lange gefahren waren, ohne etwas zu sagen, und ihre Irritation allmählich nachließ.

»Nein.«

Sie fuhren auf der staubigen Straße weiter. Schweigend.

Plötzlich bog Martin von der Landstraße auf einen kleinen Nebenweg ab. Er war nicht asphaltiert, und Caroline hörte den Schotter unter den Reifen knirschen. Sie schaute sich um. Dort war keine Tankstelle, kein Kiosk, kein Mensch. Nur öde Landschaft.

»Was machen wir?«

Martin antwortete nicht.

»Was machen wir, warum biegen wir hier ab?«

»Es dauert nur eine Minute.«

»Ja, aber was machen wir hier?«, drängelte sie.

»Ich muss mal, okay? Und ich möchte nicht auf der großen Straße von einem betrunkenen Autofahrer überrollt werden.« Martin bremste scharf und sprang aus dem Auto.

Die Stimmung wurde allmählich besser, und als sie sich Nairobi näherten, schien alles wieder in Ordnung zu sein. Caroline gähnte und streckte sich. Sie freute sich, ins Hotel zurückzukommen und ein Bad zu nehmen.

»Bist du eigentlich oft auf dem Land?«, fragte sie, nur um etwas zu fragen. Es würde angenehm sein, den Tag in einer einigermaßen guten Stimmung zu beenden.

Martin schielte zu ihr hinüber.

»Nein, nicht oft. Warum?«

»Nur so.« Sie schüttelte den Kopf. »Ich dachte nur, es muss anstrengend sein, allzu oft zu dieser Art von Expeditionen zu müssen. Das ist doch eine andere Welt dort draußen.«

Martin nickte, und es schien, als würde er etwas lockerer werden.

»Ja, das ist es. Aber nach und nach gewöhnt man sich daran, nicht alles, was sie sagen, auf die Goldwaage zu legen.«

»Was meinst du damit?«

»Ich möchte nicht rassistisch klingen, aber die Leute hier würden alles tun, was in ihrer Macht steht, um ihre Schäfchen ins Trockene zu bringen. Zum Beispiel Dinge erzählen, die glatte Lügen sind. Man gewöhnt sich daran, aber es kann eine Weile dauern, bevor man lernt, das zu durchschauen.«

Caroline spürte seinen prüfenden Blick hinter den dunklen Gläsern der Sonnenbrille. Sie nickte. Das konnte gut sein.

»Aber das muss doch auch schwer für sie sein, sich sowohl mit Armut als auch mit Arbeitslosigkeit herumzuschlagen – und dann das mit den Mädchen«, fügte sie hinzu.

»Wenn das wahr ist, das wissen wir ja nicht.«

»Du glaubst nicht daran?«

Sie schaute Martin an.

»Ich kann nicht erkennen, warum man das glauben sollte. Ich finde, es hört sich ziemlich unrealistisch an.«

Er schüttelte abweisend den Kopf und trat auf das Gaspedal. Der Motor heulte auf.

»Warum, meinst du, hört sich das unrealistisch an?«

»Sie haben großes Interesse daran, als Opfer dazustehen.«

»Aber das macht sie nicht automatisch zu Lügnern.«

»Nein, aber es ist schwierig, all ihre Geschichten zu glauben, nicht? Ich meine, wer gibt Mädchen Schokolade, nachdem er sie vergewaltigt hat?«

Caroline nickte.

»Ja, das ist krank«, bestätigte sie, während sie durch die Frontscheibe blickte.

Sie näherten sich dem Zentrum, und die Hochhäuser schlossen sich immer dichter um sie herum. Aus dem

Augenwinkel bemerkte sie, wie Martin die Sonnenbrille nach oben auf die Stirn schob und zu ihr herüberschielte.

Sie überholten ein *Matatu,* das so voll war, dass die Passagiere gegen die Seitenfenster gequetscht wurden. Caroline bekam flüchtig Augenkontakt mit einem kleinen Jungen, dessen Wange flach gegen die Scheibe gedrückt wurde. Er schaute ihr nach, als sie einscherten.

Plötzlich gefror alles in ihr zu Eis. Für eine Sekunde erstarrte ihr Körper, und Caroline saß wie versteinert da.

Niemand hatte während dieses Besuchs die Schokolade erwähnt, und sie wusste, sie selbst hatte Martin nicht davon erzählt.

Ihr Hals schnürte sich zusammen, und es war, als würde jegliche Sauerstoffzufuhr zum Gehirn unterbrochen.

Ihre Kopfhaut kribbelte vor Angst.

38

Martin ging nicht an sein Telefon.

Erreichbarkeit war ansonsten eine der Sachen, auf die John Hansen bei seinen Untergebenen Wert legte, und sein Stellvertreter antwortete immer, ungeachtet dessen, wo er sich befand, und ungeachtet der Tageszeit, zu der man anrief. So war es mit den örtlichen Mitarbeitern nicht. Sie vergaßen, ihr Handy aufzuladen, oder ließen es im Auto liegen, oder was für dumme Entschuldigungen ihnen auch einfielen, um nicht zu antworten, wenn der Chef sich meldete.

Es war nicht, weil John Hansen oft zu unpassenden Zeitpunkten des Tages anrief; er hatte, verdammt noch mal, auch keine Lust, ununterbrochen zu schuften. Aber wenn er seine Leute brauchte, mussten sie da sein, und jetzt hatte er mehrere Stunden lang versucht, Martin zu erreichen, ohne dass der Anruf entgegengenommen wurde.

Sie arbeiteten seit etwa zwei Jahren zusammen, Martin und er. Eigentlich hätte es John Hansen vorgezogen, die Show allein zu managen, aber als es nach und nach mehr Mitarbeiter und mehr Vertragsverhandlungen zu führen gab, musste er erkennen, dass eine rechte Hand notwendig war.

Martin war eine gute Wahl gewesen. Ein schlauer Kerl, der die meisten Beamten zu nehmen wusste.

John Hansen hatte diese Eigenschaft bereits während des Vorstellungsgesprächs bemerkt, wofür er sich in regelmäßigen Abständen selbst lobte. Vielleicht war er doch ein Menschenkenner, auch wenn seine Schwester das Gegenteil behauptete. Auf jeden Fall hatte er bereits bei seinem ersten Treffen mit Martin gespürt, dass hier ein Mann war, der einen ganzen Raum voller Leute bezaubern konnte, und diese Eigenschaft war nützlich. John Hansen selbst hatte andere Qualitäten.

Es war nicht viel, was er über Martins Vergangenheit wusste. Sein Stellvertreter war ein bisschen wie ein Klumpen Gelee, den man niemals ganz zu fassen bekam. Er teilte mit niemandem irgendwelche privaten Geschichten und vermochte es, das Gespräch immer so zu führen, dass es um den anderen ging.

Nicht, dass John Hansen ein großes Bedürfnis nach Privatem hatte. Das Wichtigste war, dass sein Stellvertreter in der Welt unterwegs gewesen war. Wenn er sich richtig erinnerte, kam er direkt von Indonesien nach Kenia. Oder waren es die Philippinen? Er war sicher an beiden Orten gewesen und hatte einige hochrangige Positionen innegehabt. Es war etwas damit, dass er an dem einen Ort einige Jahre und an dem anderen nur kurz gewesen war. War Indonesien der kurze Aufenthalt? Nun, scheiß drauf. Er hatte auf jeden Fall Erde unter den Nägeln und war nicht so ein verwöhnter Kopenhagener Trottel.

John Hansen ging bei der Arbeit seines Stellvertreters nicht ins Detail, es war wie eine unausgesprochene Übereinkunft, dass jeder für seinen Bereich verantwortlich war. Martin nahm sich der Vertragsverhandlungen an und allem, was mit Lobbyarbeit oder der

Zusammenarbeit mit kenianischen Institutionen zu tun hatte, während John Hansen den Kontakt nach Hause pflegte.

Also wusste er nicht genau, wie Martin seinen Laden führte, aber er hatte eine klare Auffassung darüber, dass er die Gefühle zu Hause ließ, wenn er zur Arbeit ging. Dass er akzeptierte, dass man zwischenzeitlich gezwungen war, Methoden anzuwenden, die die Kronprinzen zu Hause im Glaskäfig dazu bringen könnten, ihre gepuderten Nasen zu rümpfen.

Außerdem war Martin bereit, sich der übrigen Mitarbeiter anzunehmen, und so blieb es Hansen erspart, es selbst tun zu müssen. Die meisten Mitarbeiter konnten seinen Stellvertreter gut leiden; das war auf seinen Charme und die Fähigkeit, sich mit allen Leuten unterhalten zu können, zurückzuführen. Und im Gegensatz zu vielen der anderen Chefs, mit denen John Hansen über die Jahre hinweg zusammengearbeitet hatte, traute sich Martin, konsequent zu sein. Wenn er der Ansicht war, es bestehe Bedarf für eine Kündigung, lag nicht viel Zeit zwischen Wort und Tat.

Hansen konnte es nicht ausstehen, Leute zu feuern. Ab und an war es jedoch notwendig, aber all das Mitgefühl, das man gezwungen war *vorzutäuschen,* ermüdete ihn. Also war es angenehm, so jemanden wie Martin zu haben. Wenn er ehrlich sein sollte, verstand er nicht immer, warum die betreffenden Mitarbeiter von der Lohnliste gestrichen werden sollten, aber er vertraute darauf, dass Martin seine Gründe hatte.

Hansen wählte erneut, aber der Anruf wurde noch immer nicht entgegengenommen. Irritiert biss John Hansen die Zähne zusammen. Er musste wissen, ob Caroline Kayser das Land verlassen hatte. Nach Angaben des Hotels hatte sie nicht ausgecheckt, aber das konnte sie ja vergessen haben. Sein Stellvertreter war sein bester Informant, um eine Antwort zu bekommen.

39

Im Auto war alles in dem stillschweigenden, alles durchdringenden Grauen erstarrt.

Carolines Herz hämmerte. Sie kämpfte, um ihre Atmung unter Kontrolle zu bekommen, während sie an Nairobis Vorstadtvierteln vorbeifuhren. Sie musste ruhig bleiben und rational handeln. So meisterte man diese Art von Situationen, nicht, indem man in Panik verfiel.

Ein Schild kündigte die Abfahrt zum Zentrum und somit zum Hilton-Silo an.

Die Abfahrt näherte sich, aber Martin nahm den Fuß nicht vom Gaspedal. Caroline atmete tief ein.

»Hier müssen wir raus.« Sie zeigte auf das Schild über der Fahrbahn.

Der Fuß blieb auf dem Gaspedal.

»Gleich hier bei der Abfahrt, die dort kommt.« Sie hörte den schrillen Klang in ihrer Stimme.

Martin zog auf die äußere Fahrspur hinüber und fuhr in hohem Tempo Richtung Süden auf die mehrspurige Mombasa Road zu. Auch an der nächsten Abfahrt brauste er vorbei.

»Martin«, sagte Caroline, wusste aber nicht, was sie noch sagen konnte.

Sie merkte, wie ihre Hände schweißnass wurden. Die Bluse klebte ihr am Rücken.

»Du kannst mich auch einfach irgendwo absetzen,

dann kann ich ein Taxi zum Hotel nehmen.« Die Verzweiflung in ihrer Stimme war deutlich zu hören.

Martin reagierte nicht. Sie passierten die dritte Abfahrt, ohne dass er Anstalten machte abzubiegen. Da wusste sie mit Sicherheit, dass sie zu weit gefahren waren und sich auf dem Weg zu einem anderen Ort als ihrem Hotel befanden.

In ihr wuchs die Panik, und sie merkte, wie die Tränen ihr in die Augen traten.

»Martin, ich will jetzt aussteigen.«

Sie sah ihn an, konnte aber hinter den schwarzen Brillengläsern keine Reaktion ausmachen.

»Martin, hörst du, was ich sage?! Ich will aussteigen!«

Aber Martin fuhr weiter in Richtung Süden.

Er manövrierte das Auto zwischen den übrigen Wagen hindurch, als wären sie zweidimensionale Konkurrenten in einem Videospiel, und trat das Gaspedal bis zum Anschlag durch, sobald auch nur fünfzig Meter der Straße vor ihnen frei waren.

Ein heftiger Ruck warf Caroline nach rechts, und sie blieb nur deshalb auf dem Sitz, weil der Sicherheitsgurt sie festhielt. Als sie es geschafft hatte, sich wieder aufzurichten, entdeckte sie, dass Martin die Mombasa Road verlassen hatte und nach links auf eine neue Straße abgebogen war. Sie mussten jetzt im südlichen Teil Nairobis sein, auf dem Weg Richtung Osten. Sie versuchte, sich zu orientieren, und schaffte es, auf einem Straßenschild »Eastleigh« zu lesen, bevor sie daran vorbeirasten. Waren sie auf dem Weg dorthin? Martin hatte bei einer ihrer Touren von Eastleigh gesprochen – einem Ghetto für eingewanderte Somalier mit hoher Kriminalitätsrate.

»Martin«, versuchte sie es wieder, »Martin, sag mir, wo wir hinfahren!«

»Wie müssen nur an einen Ort, an dem wir in Ruhe miteinander reden können.«

Caroline sah ihn an. Sie starrte auf ein versteinertes Gesicht.

Einen Augenblick lang hoffte sie, aus dem Albtraum aufzuwachen, in dem sie sich befand. Aber sie wusste, das hier war Wirklichkeit und dass es in ihrer eigenen Verantwortung lag zu entkommen.

Er würde sie nicht gehen lassen.

Weiter vorn war eine Ampelkreuzung. Als sie kurz vor der Ampel waren, wechselte sie von Grün auf Gelb. Martin war gezwungen zu bremsen, und Caroline erkannte ihre Chance. Die einzige Möglichkeit, die sie bekommen würde.

Sie befanden sich auf der Außenspur, und es gab zwei Spuren auf der Innenseite, auf denen die Autos fuhren. Langsam legte sie die rechte Hand auf die Schnalle des Sicherheitsgurtes. Die Ampel wechselte auf Rot, kurz bevor sie die Kreuzung erreichten, und Martin trat kräftig auf die Bremse. Die Reifen quietschten. Als das Auto stand, öffnete Caroline den Sicherheitsgurt, während sie mit der linken Hand die Autotür aufstieß.

Der Fahrer des Autos, das auf der mittleren Fahrspur angefahren kam, drückte auf die Hupe, als sie heraussprang, schaffte es aber zu bremsen, ohne sie anzufahren. Schützend hielt Caroline eine Hand hoch und rannte über die beiden inneren Fahrspuren. Als sie den Randstreifen erreichte, hörte sie hinter sich eine Autotür knallen, gefolgt von dem Geräusch mehrerer Autos, die stark abbremsten, und sie wusste, Martin war hinter ihr her.

Entlang des Randstreifens erstreckte sich ein großer, flacher Platz. Das erste Stück des Platzes war von rissigem, grauem Beton bedeckt, und danach folgte Schotter. Caroline lief, so schnell sie nur konnte, über den offenen Platz. Ein Stück weiter weg stand ein alter Traktor, und am Ende des Platzes erstreckte sich eine Anhöhe. Ansonsten war der Platz leer.

Hinter sich konnte sie Martins Schritte hören. Auch er hatte jetzt die Stelle erreicht, und seine Schritte näherten sich schnell. Caroline versuchte, sich daran zu erinnern, was sie damals, als sie gelaufen war, getan hatte, um zu gewinnen. Es galt, einen Punkt am Horizont zu finden und sich darauf zu fokussieren. Sie entschied sich für die Kuppe der Anhöhe. Das Einzige, was zählte, war, zuerst dort oben hinzukommen. Sie konzentrierte sich auf ihr Ziel und lief los.

Sie hörte, wie das Geräusch der Schritte hinter ihr leiser wurde. Zentimeter für Zentimeter zog sie davon.

Als sie sich der Anhöhe am Ende des Schotterplatzes näherte, stieg ein übler Geruch auf. Am Fuß der großen Erhebung erkannte sie, warum.

Der Berg vor ihr bestand nicht aus Schotter, sondern aus alten Verpackungen, toten Tieren und Plastiktüten mit etwas, das Menschenkacke sein konnte. Es war eine Müllkippe.

Sie zögerte eine Sekunde, hörte dann aber, wie sich Martins Schritte von hinten näherten. Sie lief weiter nach oben.

Es war schwierig, auf dem Abfall festen Fuß zu fassen. Caroline rutschte aus und musste die Hände zu Hilfe nehmen, um nicht zu fallen. Eine der Plastiktüten ging kaputt, und als sie sich wieder aufrichtete, war ihre Hand voll dünner, klebriger und körniger Scheiße.

Ein Blick über die Schulter bestätigte ihr, dass auch Martin auf dem Weg den Berg hinauf war. Sie lief weiter in Richtung Kuppe.

Auf halbem Weg nach oben passierte es.

Sie merkte es bereits, bevor sie fiel.

Der rechte Knöchel, der Knöchel, der seinerzeit ihre Sportlerkarriere beendet hatte, gab nach, und sie fiel mit dem Kopf voraus in den Abfall. Sie versuchte, wieder auf die Beine zu kommen, schaffte es aber nicht, bevor sich Martin über sie werfen konnte. Alle Luft wurde aus ihrem Körper gepresst. Martin griff nach ihrem Handgelenk.

»Das war dumm, Caroline, das war sehr dumm«, keuchte er.

Sie rang nach Luft.

»Lass mich los«, zischte sie, während sie darum kämpfte, ihre Arme aus Martins Griff zu befreien. Aber er war stark, stärker als sie, und drückte noch fester zu, während sein Körper sie auf den Abfall presste. Seine eine Hand packte sie am Nacken und drückte ihr Gesicht auf einen harten Gegenstand.

Er atmete schwer.

»Du hast geglaubt, du könntest davonlaufen, was? Du hast geglaubt, du hast das Ganze im Griff und könntest dich auf meine Kosten profilieren. Aber so etwas läuft nicht mit mir!«

Sie versuchte zu antworten, aber Martin presste ihr Gesicht fester gegen den Plastikkanister, auf dem sie lag. Die Kante des Kanisters schnitt sich in ihre Wange. Sie stöhnte.

»Warum hast du es nicht einfach unterlassen können, dorthin zu fahren? Ich habe dich doch, verdammt noch mal, darum gebeten, es zu lassen. Aber du musst deine Nase unbedingt in Dinge stecken, die dich nichts angehen. Miststück!«

Er presste ihren Körper in den Müll, und der Gestank von Kacke war überwältigend. Caroline sammelte alle Kräfte, die sie hatte, und riss den Kopf nach hinten, um ihm mit dem Hinterkopf einen Stoß zu versetzen. Aber Martin drehte seinen Kopf rechtzeitig weg.

»Du kleine Milbe«, zischte er und packte auch mit der anderen Hand Carolines Kopf.

Caroline biss mit aller Kraft in seinen Unterarm. Es war zwar nicht fest genug, damit Martin seinen Griff löste, aber er war für einen kurzen Moment abgelenkt.

Sie stieß sich ab, Martin rutschte zur Seite, und Caroline trat mit ihrem linken Bein nach hinten und nach oben. Er stieß einen Schrei aus, als ihr Fuß ihn zwischen den Beinen traf. Der Griff um ihr Handgelenk löste sich, und sie schwang ihren linken Ellenbogen gegen Martins Schläfe.

Caroline riss sich los, kam auf die Beine und kämpfte sich die Anhöhe hinauf. Als sie endlich die Kuppe erreicht hatte, schaute sie sich verzweifelt um.

Vor ihr erstreckte sich, so weit das Auge reichte, ein graues Gebiet. Sie starrte in die Dämmerung und sah, dass an einzelnen Stellen Licht zu erkennen war.

Es verging ein Augenblick, bevor sie verstand, dass die graue Fläche unter ihr aus Tausenden von kleinen Blechdächern bestand. Dächer auf schiefen, baufälligen Hütten, die dicht nebeneinanderstanden. Es war fast unmöglich, zwischen den Häusern Wege auszumachen.

Erschrocken starrte Caroline auf die Hütten.

Ein Slum, so weit das Auge reichte.

Hinter sich konnte sie etwas hören. Martin war auf die

Beine gekommen. Schnell wählte sie einen neuen Fokus – eine der ersten Hütten – und stürzte sich den Abfallberg hinunter. Schmerz schoss durch den rechten Knöchel und verminderte ihr Tempo. Nach wenigen Sekunden hörte sie die Schritte hinter sich und Martins heisere Stimme.

»Du entkommst mir nicht.«

Caroline konzentrierte sich auf die Hütte. Vielleicht war sie dort in Sicherheit.

Als sie sich näherte, sah sie, dass die Hütte verlassen war. Die eine Seite war zur Hälfte niedergebrannt, und die Hütte öffnete sich wie ein großer, schwarzer Mund. Sie bog scharf nach rechts auf den kleinen Pfad vor der Hütte ein. Die schweren Schritte dröhnten hinter ihr, und sie wusste, sie durfte keinen Fehler machen; sie konnte es sich nicht leisten, den falschen Weg zu wählen oder wieder umzudrehen, denn dann würde Martin sie einholen. Sie schaute über die Schulter zurück. Zwischen ihnen lagen fünfzig Meter.

Der Pfad war schmal, knapp einen Meter breit. Von beiden Seiten lehnten sich baufällige Hütten drohend über den Weg und verschluckten das bisschen Licht, das vom Tag übrig war. Die Erde fühlte sich unter ihren Füßen wie hart gestampfter Lehm an. Eine dreißig Zentimeter tiefe Rille zog sich über den Pfad, und sie war gezwungen, während sie lief, nach unten zu schauen. Würde sie hineintreten, würde sie die Balance verlieren, und dann wäre es vorbei.

Flüchtig überlegte sie, um Hilfe zu rufen, aber es würde kostbare Sekunden kosten, und mit dem schmerzenden Knöchel konnte sie es sich nicht leisten, Zeit zu verlieren. Bevor jemand zu Hilfe kam, wenn überhaupt jemand käme, konnte es zu spät sein. Martin holte auf, und Caroline war gezwungen, irgendwo in Sicherheit zu gelangen.

Beim nächsten Haus führte ein Pfad nach links, und sie bog darauf ein. Nur mit Mühe und Not vermied sie es, über einen kleinen Jungen zu fallen, der mitten auf dem Weg hockte und pinkelte.

Er schaute mit großen Augen zu ihr hoch.

»*Mzungo*«, rief er überrascht, Caroline rannte weiter.

Hinter sich hörte sie Martins strauchelnde Schritte, gefolgt von einer Reihe von Flüchen, als er über den pinkelnden Jungen stolperte.

Sie umrundete eine weitere Ecke. Einige Meter auf dem Weg nach unten war eine Tür angelehnt. Caroline fasste einen schnellen Entschluss. Sie konnte hören, dass Martin noch nicht um die Ecke gekommen war, also rannte sie dorthin und schob sich durch die schiefe Tür in die Hütte. Sie schaffte es, in dem Fenster des Hauses gegenüber ein Pappschild zu lesen. *Pumwani Nails* stand dort mit großen, kantigen Buchstaben.

Sie war in Pumwani.

In dem niedrigen Raum war es dunkel und roch stark nach nassem Hund und Verwesung. In der Dunkelheit sah sie den Umriss eines Etagenbettes mit zwei Kojen. Links von dem Etagenbett stand ein Sofa, bei dem die Füllung aus den vielen Rissen und Löchern herausquoll. An der Wand neben dem Sofa hing ein Vorhang, und davor fungierten zwei Holzkisten als Tisch. Auf der einen stand eine schmierige Petroleumlampe.

Plötzlich hörte Caroline, wie sich in der unteren Koje etwas bewegte. Sie entdeckte ein zusammengerolltes Bündel, das die Augen öffnete: eine Frau, dünn und abgemagert. Sie krümmte sich zusammen und zog die Decke enger um sich, als würde sie frieren. Sie schaute Caroline mit verschleiertem Blick an.

Caroline legte den Zeigefinger auf ihre Lippen und sah die Frau mit flehenden Augen an.

»Ich verstecke mich«, flüsterte sie und hoffte, die Frau würde Englisch verstehen.

Die ausdruckslosen Augen starrten Caroline an, aber es kam keine Antwort. Im gleichen Moment hörte sie Martin draußen vor der dünnen Hausmauer vorbeilaufen. Sie hielt die Luft an. Als sie Martin nicht mehr hören konnte, sank sie in die Hocke, stützte die Ellenbogen auf die Knie und ließ den Kopf in die Hände sinken. Die Angst fühlte sich wie ein Gürtel an, der mit jeder Sekunde enger und enger um ihren Kopf gezogen wurde.

Die Frau in dem Etagenbett sagte noch immer nichts, starrte Caroline aber weiterhin an. Nach einer Weile hörte Caroline die schweren Schritte zurückkommen. Martin musste umgekehrt sein, denn er näherte sich jetzt der Hütte und der einzigen Tür des einzigen Raumes.

Neben dem Sofa schimmerte ein schwaches Licht, und Caroline entdeckte, dass der von Motten zerfressene Vorhang, der an der Wand hing, ein Fenster bedeckte. Auf Zehenspitzen schlich sie zu dem Fenster hinüber, zog den Vorhang einen Spaltbreit auf. Das Fenster befand sich weit oben, aber es gab weder ein Gitter noch Glas, und es führte auf den Pfad hinter dem Haus hinaus. Sie drehte sich um und griff nach einer der Holzkisten.

»Nein!«

Erschrocken schaute sie die Frau an und legte den Finger auf die Lippen.

»Bitte, nicht«, sagte die Frau laut.

Caroline schüttelte den Kopf, in einem Versuch, die Frau zu beruhigen. Sie musste still sein, sonst würde Martin sie hören. Sie stellte die Holzkiste vor dem Fenster auf die Erde.

»Nein! Nichts stehlen! Wir haben nichts!« Jetzt schrie die Frau, und Caroline sprang zu dem Bett hinüber, in dem die Frau lag.

»Halt die Klappe!«, zischte sie leise. »Dort ist ein Mann, der mich sucht und der mich umbringen will.«

»Aber ich habe nichts. Stehlen Sie mir nichts«, jammerte die Frau. Caroline drückte eine Hand auf das vor Schweiß glänzende Gesicht, sodass sie sowohl den Mund als auch die Nase bedeckte. Erschrocken riss die Frau die dunklen Augen auf.

»Halt jetzt die Klappe, oder ich werde dich umbringen.« Caroline starrte die Frau, die darum kämpfte, Luft zu bekommen, kalt an. Dann stopfte sie ihr die Ecke der Decke in den Mund. Verzweifelt warf die entkräftete Frau ihren Kopf von einer Seite auf die andere, aber Caroline hielt sie fest.

»Arghh!« Ein gurgelnder, halb erstickter Schrei stieg aus der Kehle der Frau auf. Der schmächtige braune Körper wand sich, die Augen waren ängstlich aufgerissen.

Caroline packte die Nase mit Daumen und Zeigefinger und drückte sie zu.

»Ich meine es ernst, halt jetzt die Klappe!«

Dann ließ sie los und drehte sich um. Die Frau schnappte nach Luft. Es konnte nicht mehr lange dauern, bis Martin sie fand. Sie musste verschwinden. Auf Zehenspitzen lief sie zum Fenster zurück und setzte den einen Fuß auf die Holzkiste. Es knackte unter ihr. Sie griff nach dem Fensterrahmen und trat auf die Kiste. Sie knackte laut, und Caroline wusste, sie hatte nicht viel Zeit, bevor die Kiste zusammenbrechen würde. Sie klammerte sich an den Fensterrahmen, aber als sie sich abstieß, brach die Kiste lautstark zusammen.

Die Schritte draußen stoppten, und Sekunden später wurde die Tür mit solch einer Kraft aufgerissen, dass das obere Scharnier abfiel und die Blechtür, die jetzt an einem einzelnen Beschlag hing, unter ihrem eigenen Gewicht ächzte.

Vom Bett her erklang ein Gurgeln. Martin warf einen schnellen Blick auf das Bündel und drehte sich dann zur Wand, wo es Caroline gelungen war, das eine Bein und den Oberkörper durch die Fensteröffnung zu schieben. Sie merkte, wie sich eine starke Hand um ihren rechten Knöchel schloss.

»Lass mich los!«, schrie sie, während sie versuchte, das Bein aus dem Griff zu befreien. Aber Martin hielt fest.

Sie trat nach hinten, so fest sie konnte, aber er wich dem Tritt aus und bekam ihr Bein mit beiden Händen zu fassen. Er zog daran, und Caroline spürte, wie sie zurück in die Hütte rutschte. Sie versuchte, sich an dem Fensterrahmen festzuhalten, aber Martin war zu stark. Er bekam ihre Haare zu fassen und zog sie, die eine Hand in den Haaren und die andere um ihren Knöchel, in die Hütte zurück.

Sie fiel auf den Boden und schaffte es nicht, Luft zu holen, bevor sich Martin auf sie kniete. Das knackende Geräusch, als ihr rechtes Schlüsselbein brach, erinnerte an das Geräusch eines dicken Zweiges, über den ein Auto fährt.

Ihr wurde schwarz vor Augen.

Martin blieb auf ihr sitzen.

»Du konntest dich einfach nicht raushalten, was?«, knurrte er.

Sie stöhnte vor Schmerzen.

»Zumindest hättest du dir, verdammt noch mal, ausrechnen können, dass du, wenn ich mit dir zu den Scheißnegern fahre, nicht damit anfangen solltest, sie nach allen möglichen Dingen auszufragen«, fuhr Martin fort.

Caroline kämpfte darum, bei Bewusstsein zu bleiben. Der alles überdeckende Schmerz in ihrer Schulter machte dies schwierig, aber sie wusste, würde sie ohnmächtig werden, wäre Schluss.

Martin blinzelte.

»Aber es war günstig, dass ich mit dir zu den lächerlichen Idioten gefahren bin, damit ich dich im Auge behalten konnte, du geiles Stück.« Er beugte sich zu ihr hinunter. »Wie du heute Morgen gestöhnt hast, was?« Dann richtete er sich auf und sah sie an. »Du hättest nie nach Kenia kommen sollen. Es ist deine Schuld. Wir waren viele, die Freude an der Vereinbarung hatten, bevor du gekommen bist und dich eingemischt hast.«

Aus dem Augenwinkel heraus konnte Caroline die Holzkiste erahnen, die noch immer vor dem Sofa stand, einen halben Meter von ihrer linken Hand entfernt. Sie streckte vorsichtig den Arm aus. Ihre Fingerspitzen berührten die Kiste, aber sie war zu weit davon entfernt. Sie versuchte es erneut. Schob sich ein wenig nach links. Aber wieder waren es nur die Fingerspitzen, die die Kiste berührten.

»Du Luder«, zischte Martin.

Caroline bemühte sich erneut, und dieses Mal gelang es. Sie bekam die Kiste zu fassen und zog sie zu sich, Zentimeter für Zentimeter, bis sie endlich die Hand um den Rand der Kiste legen konnte.

Sie hatte nur einen Versuch. Sie zählte bis drei.

Dann spannte sie ihre Muskeln an und schwang die Kiste nach oben. Es gab ein splitterndes Geräusch, als die Petroleumlampe, die auf der Holzkiste gestanden hatte, auf dem Boden zerbrach, und ein Knall, als die Holzkiste Martin an der Seite des Kopfes traf. Er rollte von ihr herunter.

Caroline kämpfte sich auf die Beine. Vor Schmerzen tanzten schwarze Flecken vor ihren Augen. Sie wollte loslaufen, aber im gleichen Moment packte Martin ihr Hosenbein. Sie riss das Bein zurück, aber wieder war er der Stärkere und zerrte sie zu Boden. Er richtete sich auf und rollte über sie, bis er wieder rittlings auf ihr saß. Dieses Mal drückte er seine Knie auf ihre Oberarme.

»Du kannst ebenso gut aufgeben, Miststück«, knurrte er. »Du entkommst mir nicht.«

Er steckte die Hand in eine seiner Hosentaschen, zog sie langsam wieder heraus, und Caroline sah einen silbergrauen Gegenstand, der in seiner Hand schimmerte. Tränen stiegen ihr in die Augen. In ihrem Kopf überschlugen sich die Gedanken. War es jetzt zu Ende? Würde man sie jemals hier finden? Wie konnte sie sich in Martin so geirrt haben? Sie hasste sich selbst dafür, die Tränen nicht zurückhalten zu können. Dieses Schwein sollte sie nicht schwach sehen. Sie schniefte.

»Ja, weine nur. Ich bin sicher, das wirkt bei vielen Männern. Zufällig bin ich keiner von ihnen.« Martin ließ das Springmesser aufschnappen und hielt es an Carolines Hals.

Er presste das Messer auf ihre Kehle und beugte sich zu ihr hinunter.

»So geht es, wenn man mit den Falschen spielt, Caroline.«

»Du Schwein!«, zischte sie erschöpft.

»Du hättest einfach auf dich aufpassen sollen. So ein paar Negergören bedeuten doch nichts. Hättest du das verstanden, würde ich das nicht tun müssen, wozu ich jetzt gezwungen bin«, erwiderte Martin.

Caroline schniefte. Dann spürte sie etwas Nasses an ihrer linken Hand, etwas Warmes. Sie bewegte die Hand und ertastete eine Glasscherbe. Die zerbrochene Lampe. Vorsichtig schloss sie die Hand um die Scherbe. Dann zählte sie bis drei, und mit der letzten Kraft, die sie aufbringen konnte, stieß sie die Glasscherbe in Martins rechte Pobacke.

Er schrie auf, lockerte seinen Griff, und sie befreite ihren Arm so weit, dass sie erneut zustoßen konnte, dieses Mal unter die Rippen. Martin stöhnte und krümmte sich zusammen. Ein dunkler Fleck breitete sich schnell auf seinem weißen T-Shirt aus. Die gleiche dunkle Flüssigkeit, die über ihr Handgelenk lief. Beide Hände auf den dunklen Fleck gepresst, beugte er sich nach vorn, und Caroline wusste, jetzt war der Zeitpunkt gekommen.

Sie konzentrierte sich auf seine rechte Schläfe und stieß zu. Martin sank langsam auf sie herab.

Sie wand sich unter ihm heraus und verließ die Hütte. Auf dem schmalen Pfad draußen konnte sie erkennen, wie in der Dunkelheit zwei Männer auf sie zugelaufen kamen, dann fiel sie um, und alles wurde schwarz.

40

Noch bevor sie die Augen öffnete, spürte sie, dass andere Leute im Raum waren.

»Mama, sie ist wach«, rief ein Mädchen, als Caroline die Augen aufschlug.

Sie schaute sich um.

Sie lag auf einem mit hellroter Wäsche bezogenen Bett. Der Raum um sie herum wurde nur von einer einzelnen Lampe erleuchtet. Am Fußende saß ein Mädchen mit großen, dunklen Augen und einer Unmenge kleiner Zöpfe.

»Mama«, rief das Mädchen wieder, ohne ihren Blick von Caroline abzuwenden. Eine Frau mittleren Alters zog einen Vorhang zur Seite und trat in den Raum. Sie stellte sich neben das Bett. Zwei lange Narben verliefen über ihre rechte Wange.

»Wie geht es Ihnen, Madam?«, fragte sie sanft.

Caroline schaute an sich herunter. Jemand hatte ihr ein viel zu großes, weißes T-Shirt angezogen und ihre linke Hand in eine Mullbinde gewickelt. Hoffentlich hatten sie vorher die Hinterlassenschaften von der Müllkippe von der Hand abgewaschen.

»Wo bin ich?«

»Zwei der Einheimischen haben Sie hierhergebracht. Sie sagten, Sie kennen meinen Mann.«

Caroline schaute sich verwirrt um.

»Ihren Mann?«

»Stanley.«

Sie schloss die Augen. Hässliche Bilder begannen vor ihrem inneren Auge aufzutauchen. Sie nickte.

»Stanley«, wiederholte sie.

»Papa!«, rief das Mädchen mit den ernsten Augen. »Papa, die weiße Frau will mit dir sprechen!«

»Schhh!« Die Mutter bat die Tochter zu schweigen. »Unser Gast braucht Ruhe. Geh raus, und hole ihn, anstatt zu rufen.«

Die Zöpfe tanzten, als das Mädchen vom Stuhl herabsprang und hinter dem Vorhang nach draußen verschwand.

Die Frau beugte sich über Caroline, hob die verbundene Hand an und untersuchte den Verband. Caroline stöhnte leise. Die Frau hieß Wilma und war Stanleys Ehefrau. Caroline befand sich in ihrem Haus in Pumwani. Eine Krankenschwester, die Wilma aus dem Friseursalon kannte, war da gewesen, um nach ihr zu sehen. Sie hatte die Wunde in der Hand gereinigt, den Verband angelegt und einige schmerzstillende Tabletten dagelassen.

Caroline nickte und schaute sich um. Das Zimmer war schön, auf jeden Fall schöner, als sie es sich vorgestellt hatte, wie eine Hütte in einem Slumviertel aussehen könnte. Das Bett, auf dem sie lag, war ein richtiges Bett mit Kopfende, vor den Fenstern hingen Spitzengardinen, und auf dem Nachttisch stand ein kleiner Strauß Plastikblumen.

Der Widerschein eines Fernsehers, der im Nebenraum lief, fiel in das Zimmer, als der Vorhang beiseitegeschoben wurde. Stanley trat ein. Caroline starrte ihn an. Die Erlebnisse der letzten Tage brachen über ihr herein.

Der weinende Dorfvorsitzende in Katari, Sally, die in

Ohnmacht fiel, die Autofahrt mit Martin. Die Flucht vor ihm. Sie wusste nicht, wo sie anfangen sollte.

»Wie ... wer ... wie bin ich hierher ...«, stammelte sie, schaffte es aber nicht, mehr zu sagen, bevor sie zu schluchzen begann.

Stanley starrte verlegen auf seine Schuhspitzen.

»Zwei der Bewohner haben Sie gefunden, Madam. Sie sind vor ihnen umgekippt, als Sie aus der Hütte herausgelaufen waren. Sie waren verletzt, und die Männer wollten Sie nicht dort liegen lassen, denn es ist sehr schlecht, eine blutende weiße Frau vor seinem Haus liegen zu haben.« Stanley schaute sie an. »Madam, Sie haben ihnen erzählt, dass Sie mich kennen, und die Männer wussten, wer ich bin – wegen meines Autos kennen mich alle –, also haben sie Sie hierhergetragen.«

Stanleys Frau, die den Raum für einen kurzen Augenblick verlassen hatte, kam mit einem Glas Wasser zurück und reichte es Caroline.

Mit Mühe gelang es Caroline, sich auf einem Ellenbogen aufzurichten und einen Schluck zu trinken. Sie reichte das Glas an Wilma zurück, die es auf den Tisch neben dem Bett stellte.

Schwach erinnerte sie sich an die beiden Männer. Eine Frage drängte sich auf, aber sie hatte keine Lust, die Antwort zu hören. Doch sie wusste, sie musste fragen.

»Was ist mit Martin?«, flüsterte sie schließlich.

Stanley sah sie lange an.

»Er liegt im Krankenhaus.«

»Ist er ...«

»Er war bewusstlos, als der Krankenwagen ihn mitgenommen hat.«

Caroline sank aufs Bett zurück.

»Wie haben sie ihn gefunden?«

»Die beiden Männer, die Madam hierhergetragen haben, hatten in der Hütte Geräusche gehört und sind hingelaufen, um zu sehen, was dort passiert. Erst glaubten sie, es sei eine gewöhnliche Schlägerei, aber als sie Sie sahen, konnten sie sich ausrechnen, dass es etwas anderes war. Also sind sie in die Hütte hineingegangen, wo sie Martin gefunden haben.«

»Und … wird er es … also … schafft er …?«

Der Vorhang bewegte sich, und die Tochter kam in den Raum zurück. Bevor Caroline mehr sagen konnte, unterbrach Stanleys Frau sie.

»Darüber könnt ihr zu einem anderen Zeitpunkt sprechen.« Sie nickte in Richtung ihrer Tochter und blickte Stanley warnend an.

»Möchten Sie gern in Ihr Hotel zurück? Stanley fährt Sie natürlich, wenn Sie wollen.« Wilma sah Caroline fragend an.

Es musste spät am Abend sein. Der Gedanke an eine Nacht im Slum war nicht verlockend, aber der Gedanke an eine Nacht ganz allein in dem Zimmer im Glassilo war schlimmer. Hier waren zumindest andere Menschen. Caroline schüttelte den Kopf.

»Gut, dann bleiben Sie einfach liegen. Stanley und ich schlafen heute Nacht im Wohnzimmer«, entschied Wilma und scheuchte die Familie nach draußen.

Caroline nickte dankbar und ließ sich zurück auf das Kissen sinken. Sie starrte in die Dunkelheit, während sie darauf wartete, dass sie einschlafen würde. Aber die Gedanken an die Aufgabe, die sie am nächsten Tag erwartete, kreisten in ihrem Kopf herum. Der Körper schrie, dass es an der Zeit war aufzugeben, doch sie wusste, sie konnte nicht nach Hause fahren, ohne zu verstehen, warum das Ganze so geendet hatte.

41

John Hansen ließ den Kopf auf das Kissen zurückfallen. Er starrte das Handy an, das er in der Hand hielt, schloss die Augen, öffnete sie wieder und schaute noch einmal auf das Display. Es *hatte* geklingelt. Gerade *hatte* er mit Stanley gesprochen, der die irrsinnigste Geschichte erzählte, die er jemals gehört hatte.

Einen Augenblick lang hatte er überlegt, ob Stanley betrunken war. Das wäre die einzig logische Erklärung für diese Geschichte gewesen, die der Fahrer erzählt hatte. Aber Stanley hatte lediglich auf seine eigentümliche, leise Art mitgeteilt, dass Martin im Krankenhaus lag und sich in Lebensgefahr befand. Martin war im Begriff gewesen, Caroline umzubringen, und Caroline hatte sich verteidigt.

Caroline war okay. Physisch auf jeden Fall. Aber, hatte Stanley hinzugefügt, sie sollte Mr Hansen die ganze Geschichte besser selbst erzählen. Das Einzige, was er sagen wollte, war, dass Caroline herausgefunden hatte, dass Martin sich an den Mädchen aus Asabo vergriffen hatte.

John Hansen starrte in die Luft. Gedankenverloren legte er das Handy vor sich auf den Nachttisch und stand vom Bett auf. Die Hose und das kurzärmelige Hemd, die er gestern getragen hatten, lagen auf dem Boden. Er zog die Sachen an, steckte das Handy in das Etui am Gürtel und lief wie ein Zombie durchs Haus. In der Küche machte er sich eine Tasse Kaffee und ging dann auf die Terrasse hinaus. Er schaute in den Garten und hörte den Kindern des Nachbarn zu, die wie immer früh wach waren und auf der anderen Seite des Bretterzauns spielten.

Seine Gedanken sprangen von einem zum anderen. Caroline – Martin – Stanley – Dana Oil. Vor seinem inneren Auge tauchte ein Bild von Martin auf.

John Hansen war kein sentimentaler Mensch, aber selbst in Kenia war Vergewaltigung keine Alltäglichkeit. Er würde seinen Stellvertreter vielleicht nie wiedersehen. Das war nicht deshalb traurig, weil sie Freunde gewesen waren, aber Martin war derjenige, der hier in diesem gottverlassenen Land einem Freund am nächsten kam. Sie unterhielten sich immer gut miteinander, und ein paarmal hatten sie nach der Arbeit auch ein Bier zusammen getrunken, was John Hansen genossen hatte. Aber damit war jetzt Schluss; ungeachtet dessen, ob Martin überlebte oder nicht.

Er dachte an seine Schwester. Vielleicht hatte sie doch recht, wenn sie sagte, er sei kein Menschenkenner. Was Martin anging, hatte er sich auf jeden Fall geirrt. Hatte gedacht, seine dunkle Seite wäre auf die Geschäftsmethoden begrenzt.

Und Stanley? Er wollte wissen, wie er in das alles hineingezogen worden war. Wenn er es richtig verstanden hatte, befand sich Caroline in diesem Moment bei dem Fahrer. Er stellte sich die Prinzessin aus Kopenhagen draußen im Slum vor. Mit ihren schönen Sachen und den frisch geglätteten Haaren. Wäre die Situation nicht so tragisch, hätte er über dieses Bild lauthals gelacht.

Der Nairobi-Chef dachte an Dana Oil. Es war zu unübersichtlich, um Vermutungen darüber anzustellen, was jetzt mit dem Büro in Kenia passieren würde. Für sich selbst beschloss er zu hoffen, dass diese Situation keine Bedeutung dafür hätte, ob sie wie bisher weitermachen konnten oder nicht. Rationell betrachtet wäre es Wahnsinn, die Aktivitäten jetzt zu stoppen; das Unternehmen hatte viele Millionen investiert. Aber er wusste, der Gedanke war naiv. Wenn die Geschichte an die Öffentlichkeit gelangte – und das taten solche Geschichten immer –, würde das ein ernstes Problem für die Glaubwürdigkeit des Unternehmens werden. Ein Problem mit Konsequenzen.

Er erhob sich und ging ins Wohnzimmer, wo auf dem dunkelbraunen Barschrank ein sauberes Glas stand. Es gluckerte, als er den Whisky eingoss. Er hob das Glas an und starrte auf die goldbraune Flüssigkeit.

42

Caroline stöhnte vor Schmerzen. Die Schulter tat weh, egal, wie vorsichtig sie versuchte, sich im Bett umzudrehen, und es fühlte sich an, als würde jemand in ihrem Kopf herumtrampeln. Sie ließ den Blick zwischen den Plastikblumen, den Gardinen und der hellroten Bettwäsche umhergleiten.

Caroline Kayser, Anwaltstochter aus Søllerød, Karrierefrau aus Kopenhagen, lag in einem Bett in einem der schlimmsten Slums der Welt, mit Schmerzen in der Schulter und einem Verband um die Hand, weil sie von einem – als was sollte man ihn bezeichnen? Pädophilen? Vergewaltiger? – gejagt worden war. Einem Kriminellen, der jetzt im Krankenhaus lag, bewusstlos, nach einem Schlag gegen den Kopf. Ausgeführt von ihr.

Sie war entsetzt. Schockiert. Beschämt. Sie dachte an die Frau, die schutzlos in dem Etagenbett gelegen hatte, als Caroline und Martin in ihr Zuhause eingebrochen waren. Wie sie in ihrer Verzweiflung, ihr eigenes Leben zu retten, bereit gewesen war, das der Frau zu opfern. Hoffentlich hatten die Männer, die Martin in der Hütte gefunden hatten, ihr geholfen. Aber das rechtfertigte noch immer nicht Carolines Verhalten. Sie hatte die Frau erschreckt und ihren Tisch und die Lampe, die darauf gestanden hatte, zerschmettert. Beides war für diese Frau garantiert viel Geld wert gewesen.

Das stärkste Gefühl, das alle Winkel ihres Körpers erfüllte, war Ekel. Ekel vor Martin. Vor dem Gedanken daran, was er den kleinen Mädchen angetan hatte. Davor, in einem Unternehmen zu arbeiten, das solche Menschen angestellt hatte. Hätte Markvart sie nach Hause berufen, hätte Martin weiterhin vergewaltigen können. Aber am meisten ekelte sie sich vor sich selbst. Vor ihrem Körper. Sie wollte die Haut von den Stellen abschälen, an denen Martin sie berührt hatte, und sie verbrennen.

Wenn es nur Sex gewesen wäre. Aber sie hatte sich von ihm angezogen gefühlt. Sie hatte mit ihm geflirtet, mit ihm gefrühstückt und sich so gekleidet, dass er sie attraktiv finden würde. Das zu erkennen tat fast physisch weh. Und am schlimmsten von allem: Sie hatte ihm die Tür zu ihrem Leben geöffnet. Hatte ihm von dem Rausschmiss erzählt – sich ihm anvertraut, weil sie gedacht hatte, dass eine besondere Verbindung zwischen ihnen bestand.

Das sollte nie wieder passieren.

Caroline setzte sich im Bett auf und stöhnte vor Schmerzen. Es war Sonntagmorgen, und sie hatte noch einen halben Tag, bis sie Kenia verlassen sollte. Ihr Körper flehte sie an, diesen halben Tag im Bett zu verbringen, aber sie wusste, sie war gezwungen, die letzten Teile in diesem verdammten Puzzle zu finden.

Martins Worte hallten wie ein Echo in ihrem Kopf wider. »Wir waren viele, die durch diese Vereinbarung Freude hatten, bevor du gekommen bist und dich eingemischt hast.«

Welche Vereinbarung war es, über die er gesprochen hatte? Es hatte etwas mit Katari zu tun, da war sie sich sicher. Es gab etwas mit Martin und diesem Dorf. Die Angst und die Warnung in dem Blick, den ihr der Dorfvorsitzende zugeworfen hatte, bestätigte sie in dieser Überzeugung, ebenso die drei Wörter, die der Dorfvorsitzende geformt hatte: *Er ist es.*

Außerdem war sie sich sicher, dass es einen Zusammenhang mit dem Mord an Mama Lucy gab. Sie konnte sich nicht denken, welchen, aber sie hatte eine Idee, wo sie nach der Antwort suchen konnte. Caroline erhob sich von dem Bett. Der Knöchel tat noch immer weh, also humpelte sie zum Vorhang und schob ihn zur Seite. Dahinter saß die Familie um einen kleinen, viereckigen Esstisch herum, jeder über seinen Teller mit Brei gebeugt.

»Guten Morgen«, sagte sie leise.

Die Familie sah auf.

»Oh, ich hoffe, wir haben Sie nicht geweckt«, sagte Wilma und legte den Löffel beiseite.

»Nein, überhaupt nicht.«

»Gut. Möchten Sie frühstücken?« Wilma gab der ältesten der Töchter ein Zeichen aufzustehen und eine Schüssel für Caroline zu holen.

Caroline schüttelte den Kopf.

»Nein, aber vielen Dank. Ich wollte eigentlich fragen, ob Sie mich wohin fahren würden, Stanley?«

Stanley nickte.

»Selbstverständlich, Madam.«

»Danke.«

»Wo müssen wir hin?«

Caroline schaute die beiden Töchter an und zögerte.

»In ... in das Gefängnis von Nairobi«, antwortete sie leise. Es gab kaum Orte, zu denen sie weniger Lust hatte hinzufahren, aber sie musste es tun. Sie war es Sally und den anderen Mädchen schuldig, das ganze Rätsel zu lösen. Sie war es Mama Lucy schuldig. Sie war es sich selbst schuldig.

»Ja«, antwortete Stanley.

»Nein«, brach es aus Wilma heraus. »Sie müssen nicht in ein Gefängnis, Sie müssen sich ausruhen, und dann müssen Sie nach Hause zu Ihrer Familie! Stanley, du darfst unseren Gast nicht zu einem Gefängnis fahren«, befahl sie und starrte ihren Mann mit einem strengen Blick an.

»Wilma«, antwortete Stanley bestimmt, »wenn Madam Caroline mich darum bittet, sie zu einem Gefängnis zu fahren, dann deshalb, weil sie einen guten Grund dafür hat. Und dann tue ich das.«

Die Eheleute starrten einander an. Wilma seufzte. Sie sah aus, als sei sie es nicht gewohnt, von ihrem Mann Widerworte zu hören.

»Okay, aber du bleibst bei ihr und sorgst dafür, dass ihr nichts passiert?«

Stanley nickte, und Caroline lächelte ihn dankbar an.

Dann fiel ihr ein, dass sie keine Sachen zum Anziehen hatte, das Tanktop war mit Blut befleckt und die Bluse durch die Tour über die Müllkippe mit Menschenkacke verschmiert.

»Wegen der Kleidung …«, begann sie.

Die Familie sah sie an.

»Es ist Blut … und alles mögliche andere … auf meiner Bluse, und ich überlege, ob ich dieses T-Shirt hier anbehalten kann?«

Stanley und Wilma tauschten einen Blick aus.

»Tja …«, begann Stanley, wurde aber von seiner Frau unterbrochen.

»Sie werden so nett sein, es uns zurückzuschicken, wenn Sie nach Hause kommen? Das ist ein neues T-Shirt, und wir wären traurig, wenn es wegkommen würde.«

Caroline nickte verlegen, weil sie das nicht selbst vorgeschlagen hatte. Dann fiel es ihr ein.

»Das Hotel! Ich habe alle meine Sachen im Hotel! Können Sie mich dort hinfahren, wenn wir im Gefängnis gewesen sind? Dann kann ich mich umziehen.«

Stanley nickte.

»Du hast schöne Haare. Sie sind so glatt«, sagte die jüngste Tochter plötzlich. Sie lächelte Caroline an, während sie nach einem ihrer Zöpfe griff. Caroline fuhr sich mit einer Hand über die hellen Haare, die weniger glatt waren als normal. Dann lächelte sie das Mädchen an.

»Vielen Dank.«

Nach zahlreichen Wünschen für eine gute Besserung und Ermahnungen, im Gefängnis aufzupassen, verließen Stanley und Caroline das Haus der Familie. Die beiden Mädchen standen in der Tür und schauten ihnen nach. Sie wünschte, sie hätte etwas gehabt, das sie ihnen hätte geben können, irgendwelchen Schmuck vielleicht. In der Hosentasche steckte immer noch das Bündel Geldscheine, das sie gestern in die Tasche gestopft hatte, als sie Geld für Sallys Bananasplit geholt hatte. Als sie sich von Wilma verabschiedet hatte, hatte sie überlegt, ihr etwas von dem Geld zu geben, aber für Gastlichkeit zu bezahlen, würde das Gleiche sein, wie direkt zu sagen, dass sie arm waren. Es war eine Sache, dies zu denken, eine andere, es laut auszusprechen.

»Alles in Ordnung, Madam?« Stanley schaute sie fragend an.

Caroline nickte und versuchte, die Schmerzen zu ignorieren. Die Schnittwunde in ihrer Hand brannte, und jedes Mal, wenn sie einen Schritt machte, jagten Schmerzen durch den Knöchel und die Schulter. Sie schaute sich um, konnte aber nichts wiedererkennen. Sie musste den ganzen Weg von der Stelle, an der die Männer sie gefunden hatten, bis zu Stanleys Haus bewusstlos gewesen sein.

Sie gingen den staubigen Weg hinunter. Caroline blickte über ihre Schulter zurück zu Stanleys Haus. Es war aus Backstein gebaut. Ohne Zweifel ein Gebäude, das in einem sehr guten Zustand war.

»Es gibt große Unterschiede, wie die Menschen hier leben. Ihr Haus ist schön«, sagte sie.

Stanley nickte stolz, hob die Hand und grüßte zwei Männer, die vor einer der Hütten auf ein paar wackligen Campingstühlen saßen. Die Männer schauten ihnen neugierig nach, als sie vorbeigingen.

»Es kommt darauf an, wie viel Geld man verdient und wem das Haus gehört, in dem man wohnt.«

»Wie das?«

»Einige der Häuser in Pumwani sind sehr teuer. Es sind Leute aus den besseren Vierteln, denen sie gehören, und die erhöhen die Miete, wann es ihnen passt. Sie wissen, dass die Menschen, die im Slum wohnen, weder die Kontakte noch die finanziellen Mittel für juristische Auseinandersetzungen haben, und das nutzen sie aus, um die Preise nach oben zu treiben, auch wenn es ungesetzlich ist.«

Caroline betrachtete die Hütten um sich herum. Es war schwer zu erkennen, wie jemand es rechtfertigen konnte, dafür eine hohe Miete zu verlangen.

Sie liefen weiter den staubigen Weg entlang.

Über den Weg waren Leinen gespannt, die von zerlumpter Wäsche nach unten gezogen wurden, und an einigen Stellen mussten sie sich bücken, um darunter hindurchzukommen. Nach einigen hundert Metern erreichten sie einen kleinen, offenen Platz, auf dem Stanleys Auto stand. In der Mitte des Platzes spielten vier Jungs mit einem neongelben Plastikball Fußball. Ihre Oberkörper waren nackt, und ihre T-Shirts fungierten an jedem Ende des staubigen Platzes als Torpfosten. Caroline wartete auf die gewohnten *mzungo*- und »*how are you*«-Rufe, aber die Jungs waren zu beschäftigt, um sie zu bemerken.

Sie setzten sich ins Auto, und Stanley fuhr rückwärts von dem Platz. Er schaltete und schaute sie an.

»Wie … wie geht es Ihnen, Madam? Nach gestern, meine ich.«

Seine traurigen Augen sahen sie ernst an. Sie antwortete nicht.

»Manchmal hat man keine Zeit, um über etwas nachzudenken, Madam. In einigen Situationen muss man einfach handeln, ohne über die Konsequenzen nachzudenken. Gestern war einer dieser Tage.«

Caroline nickte.

Das stimmte. Hätte sie nicht gehandelt, wäre ihr Leben auf dem Boden einer Hütte in einem kenianischen Slum zu Ende gewesen.

»Was ist mit der Polizei?«, fragte sie.

»Sie sind in der Nacht gekommen, nachdem der Krankenwagen da gewesen war und Martin abgeholt hatte.«

»Was haben sie gesagt?«

»Sie haben gefragt, was passiert ist.«

»Und sie haben Ihnen geglaubt?«

»Als sie Sie gesehen haben, ja.«

Caroline zögerte.

»Sie mussten sie nicht bestechen?« Allmählich hatte sie ein Gefühl dafür, wie das hier unten funktionierte.

»Doch.«

»Es tut mir leid, dass Sie das hier wegen mir mitmachen müssen.«

»Mm … Ich habe auch daran gedacht … oder das

heißt, Wilma und ich haben darüber gesprochen, Sie könnten vielleicht …«

Stanley schwieg verlegen.

»Selbstverständlich! Wie viel haben Sie ihnen bezahlt?«

»Zweitausend Schilling.«

Caroline griff in ihre rechte Hosentasche und holte das Bündel Geldscheine hervor. Sie zählte viertausend Schilling ab und legte sie auf das Armaturenbrett.

»Bitte! Behalten Sie alles.«

Stanley schaute auf das Geldbündel und sah aus, als wollte er protestieren. Dann nickte er und richtete den Blick wieder auf die Straße.

Sie verließen Pumwani und fuhren durch ein großes Industriegebiet. Viereckige Gebäude – einige fertig, andere im Bau befindlich – erhoben sich auf beiden Seiten der breiten Straße. Der graue Beton verlieh der Umgebung eine trostlose Atmosphäre. Nach einigen Minuten bog Stanley von der großen Straße in eine kleinere ab und verringerte das Tempo.

Vor ihnen erhob sich eine schwere Betonmauer. Der einzige Durchgang in der mehrere Meter hohen Mauer wurde von einem schweren Gittertor und einem kleinen Pförtnerhäuschen ausgefüllt. Meterweise dicker Stacheldraht oben auf der Mauer erinnerte daran, dass man diesen Ort nicht verließ, wie es einem passte. Langsam fuhr Stanley zu einem leeren Platz.

Als sie parkten, wurde Caroline bewusst, dass sie keine Ahnung hatte, wie sie in das Gefängnis hineinkommen sollte.

»Wissen Sie, wie man hineinkommt?«, fragte sie Stanley.

Er schüttelte den Kopf.

»Das Einzige, was ich weiß, ist, dass es nicht einfach wird, ohne den Wachmännern einen guten Grund zu geben, uns hineinzulassen.«

So viel hatte sie erraten. Sie dachte nach.

»Ich bin Juristin – ich kann sagen, ich sei seine Anwältin. Als seine Anwältin muss ich das Recht haben, ihn zu sehen.«

»Die Wachmänner werden wohl dennoch etwas erwarten.«

»Wie viel?«

Stanley zuckte mit den Schultern.

»Sie lassen uns sicher nicht unter sechstausend hinein, Madam.«

Caroline rechnete. Vierhundert Kronen, um einen »Mandanten« zu sprechen. Es gab nichts dazu zu sagen, dass es die kenianische Gesellschaft schwerhatte, ein gut funktionierender Rechtsstaat zu werden. Aber jetzt war ihr das egal. Sie griff in die Hosentasche und zog den Rest der Scheine heraus. Es waren genau sechstausend Schilling. Sie hoffte, es würde reichen.

»Sie müssen nicht mitgehen«, sagte sie.

»Wilma bringt mich um, wenn ich das nicht tue.«

»Okay.«

Sie stiegen aus dem Auto aus und gingen zu dem Pförtnerhäuschen, in dem ein Wachmann saß und Zeitung las. Als sie näher kamen, ließ er die Zeitung langsam sinken, und Caroline sah, dass nur eines seiner Augen geöffnet war. Das andere war geschlossen, geschwollen wie ein halber, brauner Tennisball mitten im Gesicht.

Der Wachmann kniff das geöffnete Auge zusammen.

»Ja?« Seine Stimme war tief.

Caroline streckte den Rücken, so gut sie dies bei den

Schmerzen konnte, durch. Das hier würde in Bluse und Kostüm leichter sein, aber sie musste es mit aufrechter Haltung und fester Stimme schaffen.

»Wir sind gekommen, um mit meinem Mandanten, Theodor, zu sprechen. Er stammt aus Katari.«

»Habt ihr einen Termin?«

»Ja«, log sie.

»Und wie ist der Name?« Der Mann hinter dem Fenster sah von Caroline zu Stanley.

»Caroline Kayser.«

Bedächtig faltete der Wachmann die Zeitung zusammen und legte sie neben einer Tasse ab, bevor er langsam mit seinem dicken Zeigefinger über eine Seite des großen Buches glitt, das aufgeschlagen vor ihm auf dem Tisch lag.

»Dort steht niemand mit dem Namen.« Er sah zu ihr auf.

»Das muss ein Fehler sein. Würden Sie freundlicherweise noch einmal nachsehen«, befahl Caroline bestimmt, während sie versuchte zu überlegen, was der nächste Schritt wäre.

Der Wachmann seufzte und ließ den Finger noch einmal wandern.

»Nein.«

»Nun, aber wir sind gekommen, um mit meinem Mandanten zu sprechen, und ich möchte Sie bitten, uns hineinzulassen.«

»Das kann ich nicht, wenn ihr keinen Termin habt.«

»Aber wir *haben* einen Termin ausgemacht. Offensichtlich ist irgendetwas schiefgelaufen, wenn er nicht ins Protokoll aufgenommen wurde.«

»Der Termin steht nicht im Buch, und das ist es, auf was ich mich beziehe«, gab der Wachmann in einem Tonfall bekannt, der anzeigte, dass das Gespräch beendet war.

Caroline schob ihre Hand in die Hosentasche und nahm die Scheine heraus.

»Ich würde es *wirklich* schätzen, wenn ich die Erlaubnis bekommen könnte, meinen Mandanten zu sehen«, sagte sie und schob das Geld durch das Fenster.

Der Wachmann schielte auf das Geld und sah mit Abscheu im Blick Caroline an.

»Ich weiß gut, ihr glaubt, man kann sich hier in Kenia Zugang zu allem erkaufen, aber wir sind tatsächlich hier, um unsere Arbeit ordentlich zu erledigen«, sagte er, ohne Anstalten zu machen, das Geld entgegenzunehmen.

»Aber …«

»Und wenn Sie mich entschuldigen würden, ich habe zu tun.« Er griff nach seiner Zeitung.

Caroline starrte ihn an und dann Stanley, der bedauernd mit den Schultern zuckte. Dann kam ihr eine Idee.

»Das bin nicht nur ich, die der Ansicht ist, es ist wichtig, dass ich mit meinem Mandanten spreche«, sagte sie und lehnte sich vor.

Der Wachmann schaute mit einem uninteressierten Blick zu ihr auf.

»Ja dann.«

»Diese Auffassung teile ich mit Ihrem Polizeipräsidenten, Mr Ogato.«

Der Wachmann zog die Augenbrauen nach oben. Das geschlossene Auge öffnete sich einen Spalt.

»Ich habe heute Morgen mit ihm gesprochen, und er bat mich, persönlich von ihm zu grüßen und mitzuteilen, dass er es schätzen würde, wenn ihr mir helfen würdet.«

Es war still, während der Mann nachdachte.

»Warum sollte ich glauben, dass Sie mit ihm gesprochen haben?«, fragte er und kniff erneut das eine Auge zusammen.

»Weil ich es sage. Wir können ihn sofort anrufen, wenn Sie es von ihm selbst hören möchten. Aber ich glaube nicht, dass er erfreut sein wird, erneut gestört zu werden.« Caroline nahm ihr Handy und tippte eine Nummer ein. Als sie auf sieben Tasten gedrückt hatte, winkte der Wachmann abwehrend mit der Hand.

»Gehen Sie da rüber«, kommandierte er und zeigte auf eine Stahlbank, die ein paar Meter entfernt an der langen Gefängnismauer stand.

Caroline und Stanley taten, wie befohlen, und beobachteten, wie der Wachmann den Telefonhörer abnahm und ein kurzes Gespräch führte.

»Kommen Sie her«, befahl er. »Gleich kommt ein Wachmann und holt Sie ab«, teilte er Caroline mit. »Aber nur Sie.«

Sie nickte. Sie hatte keine Lust, ohne Stanley in das Gebäude hinter der Betonmauer hineinzugehen, aber sie spürte, dass es ein sehr schlechter Zeitpunkt war, Forderungen zu stellen.

»Vielen Dank.«

Der Wachmann brummte irgendetwas und wandte seine Aufmerksamkeit wieder der Zeitung zu. Als Caroline auf den Fensterrahmen schaute, war das Geld verschwunden.

»Werden Sie auf mich warten«, fragte sie Stanley, als sie sich wieder auf die Bank gesetzt hatten.

»Selbstverständlich, Madam.« Er nickte. »Ich bin genau hier, wenn Sie herauskommen.«

Im gleichen Moment ertönte ein Knirschen. Das Gefängnistor wurde geöffnet, und ein in Uniform gekleideter Wachmann trat heraus. Er grüßte den Wachmann im Pförtnerhäuschen, der auf Caroline zeigte.

»Hier entlang, Madam.«

Mit nervösen Schritten ging Caroline zu dem Gittertor.

Der Wachmann trug eine hellbraune Uniform mit leuchtenden Emblemen auf den Schultern. Am Gürtel hing ein schwerer Schlüsselbund, und die Glatze war teilweise von einem dunkelgrünen Barett bedeckt. An den Füßen trug er hohe, schwarze Stiefel, die unterhalb der Knie geschnürt waren.

Sie gingen durch das Tor und über ein fünf Meter breites Stück trockener Erde, das sich wie ein Keil zwischen der Betonmauer und dem Gefängnis erstreckte. An dem Gefängnisgebäude klopfte der Wachmann an eine kleine Luke neben einem soliden, grünen Eisentor. Die Luke wurde zur Seite geschoben, und ein müdes Gesicht schaute heraus. Kurz darauf ging die Tür auf.

Als sie eintraten, standen sie am Anfang eines langen Ganges. Der Wachmann lief los, und Caroline folgte ihm. Der Gang war schmal und dunkel, und die feuchten Wände rochen widerlich. Am Ende des Ganges führte eine Eisentreppe in den ersten Stock. Der Gefängniswärter lief, zwei Stufen auf einmal nehmend, hinauf, und es klirrte, wenn der Schlüsselbund sein Bein traf. Caroline hielt Schritt, so gut es ihr verletzter Knöchel und das schmerzende Schlüsselbein zuließen.

Oben an der Treppe befand sich ein langer Gang, der sowohl schmaler als auch dunkler war als der, den sie gekommen waren. Caroline ging dicht hinter dem Wachmann. Vor der letzten Tür des Ganges blieb er stehen, fummelte einen großen Schlüssel aus dem Schlüsselbund heraus, schob ihn in das Schlüsselloch unter dem Türgriff und drehte ihn zweimal um. Es erklang ein Klicken. Danach suchte er einen kleineren Schlüssel, steckte ihn in ein weiteres Schloss in Augenhöhe und drehte ihn um.

Dann öffnete er die Tür.

»Treten Sie ein.« Er machte Caroline ein Zeichen.

Sie tat, wie ihr gesagt wurde.

»Warten Sie hier.« Der Wachmann schloss die Tür hinter sich, als er ging.

Sie sah sich in dem Raum um. Eine kalte, graue Mauer umgab ihn auf allen Seiten, und von der Decke baumelte eine nackte Birne an einer staubigen Leitung. Die einzigen Möbel in dem Raum waren ein kleiner Tisch und zwei schmale Holzstühle, die jeweils auf einer Seite des Tisches platziert waren. In der Mitte der einen Wand ließ ein kleines Fenster einen Streifen Licht in das Zimmer. Caroline ging dorthin und schaute durch die Gitterstäbe.

Unter ihr lag ein großer Hof. Er war von der gleichen grauen Betonmauer mit Stacheldraht obendrauf umgeben, die sie vor dem Gefängnis gesehen hatte. Der Hof war voller schwarzer Männer, die in kleinen Gruppen zusammensaßen, einige auf Bänken, andere auf der Erde. Die meisten von ihnen waren in grau-weiß gestreifte Gefängnisanzüge gekleidet. Ihre Gesichter waren leer und mutlos. Als ob sie warten würden und schon lange gewartet hatten.

Caroline ging zu dem Tisch zurück und zog einen der Stühle hervor. Ihr Knöchel tat jetzt so weh, dass sie gezwungen war, sich hinzusetzen.

Während sie wartete, verstärkte die Angst den Griff um ihren Nacken. Mit jeder Minute wurde Caroline nervöser. Kam der Wachmann bald zurück? Was sollte sie machen, wenn er sie vergaß? Wie konnte sie wissen, dass er nicht etwas Schlimmes mit ihr machen würde? Der Wachmann könnte jetzt bereits auf dem Rückweg sein. Vielleicht war das der Grund gewesen, warum Stanley nicht die Erlaubnis bekommen hatte mitzugehen?

Draußen auf dem Gang ertönten Schritte, und Caroline spannte ihre Muskeln an. Was, verdammt noch mal, sollte sie tun? Hier war niemand, der sie hören würde, und selbst wenn, wären ihm ihre Hilferufe sicher egal. Verzweifelt suchte sie in ihrer Tasche nach ihrem Handy, aber in diesem Augenblick wurde die Türklinke nach unten gedrückt. Sie hielt die Luft an.

Der Gefängniswärter trat als Erstes ins Zimmer. Caroline starrte auf die Tür und ballte unter dem Tisch ihre Hände zu Fäusten.

Aber es kamen keine weiteren Männer. Herein trat stattdessen ein junger Mann mit verheulten Augen. Sie schaute auf seine schmale, gebogene Nase und wusste, dass er es war. Der Mann vor ihr war der Sohn des Dorfvorsitzenden Theodor aus Katari.

»Ihr habt zehn Minuten«, gab der Wachmann bekannt, schaute auf seine Uhr und verließ den Raum. Er schloss die Tür hinter sich, und Caroline hörte, wie sich der schwere Schlüssel zweimal in dem Schloss drehte. Theodor schaute sie mit geröteten Augen an.

»Wer bist du?«

»Mein Name ist Caroline, und ich komme von Dana Oil.«

Ein scharfer Geruch aus Urin und Schweiß breitete sich in dem Raum aus, sodass es ihr fast den Magen umdrehte. Sie musste all ihre Willensstärke aufbringen, um die Hand zur Begrüßung auszustrecken. Glücklicherweise setzte er sich einfach auf den Stuhl, ohne ihre Geste zu erwidern.

»Was willst du?«

Caroline dachte kurz nach. Zehn Minuten waren nicht viel Zeit. Dieses Mal war sie gezwungen, direkt zur Sache zu kommen.

»Ich brauche von dir Antworten auf ein paar Fragen.«

Der Sohn des Vorsitzenden sah sie lange an, ohne etwas zu sagen.

»Du und ein anderer, ihr habt Mama Lucy umgebracht. Warum?«

Er antwortete nicht.

»Warum?«, wiederholte Caroline.

»Warum sollte ich darauf antworten?«, fragte er schließlich mit belegter Stimme.

»Weil ich dir helfen kann. Ich kann mir nicht vorstellen, dass du Lust hast, länger hier drin zu sein als unbedingt notwendig.«

Sie wies in Richtung Gefängnishof.

Theodor wischte sich die Nase am Ärmel der grau gestreiften Gefängnisjacke ab.

»Wir waren gezwungen, es zu tun.«

Caroline schaute ihn verwundert an.

»Dazu gezwungen? Wie kann man dazu gezwungen werden, jemanden umzubringen?«

»Wir waren gezwungen, sie zum Schweigen zu bringen.«

»Warum wart ihr das?«

»Sie hat zu viel Lärm gemacht.«

»Aber das konnte euch doch wohl egal sein? Sie wohnte doch nicht in Katari.«

»Wenn sie weiter Radau gemacht hätte, hätte mein Vater seinen Status verloren.«

»Status – was hat Status mit dem hier zu tun?«

Caroline zog die Augenbrauen zusammen.

»Katari ist es gut gegangen, nachdem dein Unternehmen gekommen ist, und mein Vater ist wieder ein großer Mann geworden.«

Sie schüttelte den Kopf. Die Erklärung ergab keinen Sinn.

»Wir hatten versucht, Mama Lucy auf andere Weise zum Schweigen zu bringen. Aber sie hat nicht aufgehört, und letztendlich waren wir gezwungen, etwas zu unternehmen.«

»Aber warum?« Sie schielte auf die Uhr des Mobiltelefons, das auf dem Tisch lag. Zwei Minuten waren bereits vergangen.

»Wir hatten gehört, dass dein Unternehmen ihrer überdrüssig war, und hatten Angst davor, ihr würdet verschwinden, wenn sie weiter nörgeln würde. An einen anderen Ort gehen, wo es nicht so viel Ärger gibt.«

»Und das wäre entsetzlich für euch gewesen?«

Theodor nickte.

»Mein Vater ist wieder ein großer Mann geworden«, wiederholte er. »Nachdem ihr gekommen seid, haben wir sowohl Geld als auch Arbeit bekommen, und wenn ihr plötzlich verschwinden würdet, wäre die Vereinbarung hinfällig. Dann würden wir wieder ein armes Dorf werden, und mein Vater würde seinen Status verlieren.«

Caroline dachte einen Augenblick lang nach.

»Ihr habt also Mama Lucy umgebracht, damit wir in dem Gebiet bleiben?«

Der Katari-Sohn nickte leicht.

»Wenn sie uns in Frieden unseren Erfolg gelassen hätte, wären wir nicht dazu gezwungen gewesen. Aber sie nörgelte weiter. Zuerst beschwerte sie sich nur im Dorf, aber als sie anfing, Briefe an euch zu schreiben, mussten wir etwas unternehmen. Und als wir hörten, dass jemand hier herunterkommt, um mit ihr zu sprechen, war es an der Zeit.«

»Wie habt ihr das erfahren?«

»So etwas weiß man in Afrika. Wenn jemand etwas weiß, dauert es nicht lange, bis es alle anderen auch wissen.«

Caroline nickte. Ein einzelnes Steinchen war in dem Puzzle an seinen Platz gefallen, aber es fehlten immer noch einige.

»Was ist das für eine Vereinbarung, auf die du anspielst?«

Der Mann auf der anderen Seite des Tisches antwortete nicht, und Caroline rutschte unruhig auf dem Stuhl herum. Es fiel ihr schwer, den Gestank noch sehr viel länger zu ertragen.

»Ich kann dir nicht helfen, wenn du mir nicht die ganze Wahrheit erzählst.« Sie erhöhte den Druck.

Es herrschte immer noch Schweigen.

»Hör zu« – sie hob das Handy hoch und schaute auf die Uhr –, »wir haben jetzt noch vier Minuten, in denen du mir genug Informationen geben kannst, damit ich meinen Chef dazu überreden kann, dass wir dir aus dem Gefängnis heraushelfen. Ich kann mir nicht vorstellen, dass das hier ein Ort ist, an dem du gern bist?«

Er schüttelte den Kopf, schwieg aber weiter.

Erst als Caroline Anstalten machte aufzustehen, begann er zu reden. Sein Blick war auf den Tisch gerichtet, und nicht ein einziges Mal während seines Berichts sah er sie an.

»Es gibt einen Mann in der Naturressourcen-Verwaltung, er heißt Charles Kariuki, und er kommt aus unserem Dorf. Er ist es, der mit deinem Unternehmen darüber verhandelt hat, wo ihr bohren dürft und was ihr bezahlen müsst, um die Erlaubnis zu bekommen, in Kenia nach Öl zu bohren.«

Caroline nickte. So viel hatte sie sich zusammengereimt.

»Die Stelle, an der ihr jetzt bohrt, liegt genau in der Mitte zwischen Katari und Asabo. Daher meinte der aus deiner Firma, dass es beiden Dörfern zugutekommen sollte, wenn ihr die Bohrlizenz bekommen würdet. Männer aus beiden Orten sollten Arbeit erhalten, und wenn ihr Geld verteilen würdet, sollte das Geld an beide Dörfer gehen.«

»Das ist fair«, kommentierte Caroline, aber Theodor schüttelte den Kopf.

»Das fand Charles nicht. Sein Job war es, uns zu helfen.«

»Sein Job ist es, Kenias Naturressourcen bestmöglich zu verwalten!«

»Und uns zu helfen. Es ist ebenso wichtig, seinem Dorf zu helfen.«

»Wohl nicht, wenn man für etwas anderes angestellt ist?«

»In Kenia hilft man seinem Dorf. Es ist schwer, in Kenia gut klarzukommen, und deshalb muss man einander helfen, wenn man kann.«

»Aber sein Job war es, die Ressourcen *des ganzen Landes* zu verwalten; nicht, euch besondere Vorteile zu verschaffen, weil ihr zufällig aus dem gleichen Dorf kommt.«

»Doch. Wir wären sehr enttäuscht gewesen, wenn er nicht gut für uns gesorgt hätte. Wir haben erwartet, dass er das tut, jetzt, wo er so einen hohen Posten bekommen hat. Wenn er das nicht getan hätte, hätten wir ihn schief angesehen, und er wäre nicht willkommen gewesen, wenn er eines Tages aus der lärmenden Stadt weg und zurück zu uns ins Dorf gewollt hätte.«

»Aber …« Caroline bremste sich selbst. Es war keine Zeit, in eine längere Diskussion einzusteigen. Sie musste einfach anerkennen, dass die Solidarität mit seinem Dorf Vetternwirtschaft in einem Ausmaß bedingte, wie sie es nie zuvor erlebt hatte. »Was ist dann passiert?«

»Dann sagte Charles Kariuki zu deinem Unternehmen, dass ihr nur dann eine Bohrlizenz bekommen würdet, wenn sowohl die Arbeitsplätze als auch das Geld, welches ihr in dem Gebiet investieren wolltet, an Katari fallen würden. Nicht an Asabo.«

»Und das haben sie gemacht?«

»Nicht gleich zu Beginn. Um anzufangen, bekamen auch die Männer aus Asabo Arbeit, aber das war vor allem, damit es nicht so viel Ärger geben sollte. Damit sie nicht sauer darüber werden, dass wir etwas bekamen und sie nicht.«

Sie nickte. Davon hatte Daniel gesprochen, als er von Kenias *crab economy* berichtete, bei der die Krabben unten im Eimer ebenso viele Kräfte darauf verwendeten, die anderen Krabben nach unten zu ziehen, wie darauf, selbst nach oben und in Freiheit zu gelangen.

»Aber nach einer Weile habt ihr die Vorteile genossen?«

Der Mann auf der anderen Seite des Tisches nickte schwer.

»Und so habt ihr eine neue Straße bekommen? Und das Dorf instand gesetzt bekommen?«

Er nickte wieder.

»Aber woher hat Charles Kariuki all das Geld bekommen?« Caroline schaute ihn fragend an. Sie wusste, Dana Oil würde niemals einen Betrag in einer Höhe zur Verfügung stellen, der sowohl für den Bau neuer Straßen als auch für die Renovierung der Schule und von Häusern in einem ganzen Dorf, geschweige denn für einen BMW X5 und eine Patek-Philippe-Uhr ausreichte. War es diese Art, wie Charles Kariuki dazu gekommen war, sich seine luxuriösen Habseligkeiten leisten zu können?

Theodor zuckte mit den Schultern.

»Komm schon!«

»Aber ich weiß es wirklich nicht.« Er sah sie bedauernd an.

Caroline schielte auf das Handy und gab es auf, diese Spur zu verfolgen. Es blieben ihr jetzt noch zwei Minuten.

»Was ist mit den Mädchen aus Asabo, den kleinen Mädchen. Was hattet ihr mit denen zu tun?«

Der Mann auf der anderen Seite des Tisches ballte die Hände so fest zu Fäusten, dass die Knöchel ihre Farbe von dunkelbraun zu hellbraun wechselten. Aber er sagte nichts.

»Du musst mir die ganze Wahrheit erzählen. Theodor, ich habe gesagt, ich kann dir nicht helfen, wenn du mir nicht alles erzählst.«

Er schüttelte den Kopf, und Caroline spürte die Verzweiflung, weil nur noch eine Minute Zeit war, bevor der Wächter den Schlüssel wieder in das Schloss stecken würde.

»Komm schon!«, schrie sie und schlug mit der Faust auf den Tisch. Ihr Schlüsselbein fühlte sich an, als würde es erneut brechen. »Erzähl mir, was passiert ist!«

Theodor hob den Kopf und sah sie an. In seinen Augen standen die Tränen.

»Wir haben sie geholt«, fing er an, aber mehr schaffte er nicht zu sagen, bevor er weinend zusammenbrach.

Er ließ sich auf den Tisch sinken und schluchzte. Caroline wusste nicht, was sie machen sollte. Sie wusste nur, sie war gezwungen, einige Antworten zu bekommen – jetzt.

»Warum habt ihr sie geholt?«, drängte sie.

Schluchzend hob er den Kopf.

»Wir mussten es tun. Ansonsten wäre die Vereinbarung beendet gewesen«, schniefte er.

»Was meinst du?«

»Der Mann von deiner Firma, der mit Charles verhandelt hat …«

»Martin«, unterbrach Caroline. »Er heißt Martin, nicht wahr?«

Theodor schluchzte wieder. Dann nickte er und fuhr fort:

»Ja. Mr Martin ist oben gewesen und hatte Katari besucht. Als er das nächste Mal zurückkam, sagte er zu meinem Vater, dass er ein Mädchen gesehen habe, das er gern haben wollte. Nur für eine Nacht. Mein Vater weigerte sich zuerst, weil wir unsere Mädchen nicht weggeben. Aber Mr Martin sagte, wenn er sie nicht bekommen würde, würden wir auch von euch nichts mehr bekommen. Dass es nur fair sei. Mein Vater wagte nicht, sich die Chance entgehen zu lassen, also gab er ihm das Mädchen und glaubte, alles sei in Ordnung. Aber nach einem Monat kam Mr Martin wieder und sagte, er wolle noch eines haben, und dieses Mal solle sie jünger sein. Das wollte mein Vater ihm nicht geben, aber dann drohte Mr Martin wieder damit, dass die gute Vereinbarung enden würde. Aber mein Vater konnte sich nicht dazu bringen, weitere Mädchen des Dorfes wegzugeben, denn es ist seine Aufgabe, sie zu beschützen. Und dann hat er mich um Hilfe gebeten.«

»Du solltest Mädchen aus Asabo holen«, kommentierte Caroline, die den widerwärtigen Zusammenhang verstand.

»Wir haben versucht, nett zu den Mädchen zu sein.« Er weinte. »Wir haben ihnen etwas zu trinken gegeben und dafür gesorgt, dass sie wieder nach Hause gefahren wurden.«

Caroline merkte, wie die Wut in ihr brodelte.

»Und daher meinst du, ist es in Ordnung, kleine Mädchen der Vergewaltigung auszusetzen?«

»Nein, aber wir waren dazu gezwungen. Wir waren dazu gezwungen!«

Er weinte heftiger.

Caroline hörte, wie sich der Schlüssel im Schloss drehte. Der Wachmann trat ein.

»Die Zeit ist vorbei.«

Sie erhob sich abrupt. Sie musste hier raus.

Sie schaute den Mann an, der schluchzend vor ihr saß.

»You are a fucking bastard!«

Mit diesen Worten stürmte sie an dem Gefängniswärter vorbei auf den Gang hinaus. Der Wachmann rief ihr hinterher, dass sie warten solle, er müsse sie nach draußen begleiten, aber sie beachtete ihn nicht. Am Ende des dunklen Ganges nahm sie die Treppe und lief den anderen Gang entlang auf das Tor zu. Der Schmerz in der Schulter war so stark, dass ihr schwindlig wurde, aber das war ihr egal.

»Lassen Sie mich raus!«, schrie sie, als sie sich dem Ende des Ganges näherte. Sie musste weg von hier.

Der Torwächter schaute träge auf.

»Nur eine Minute, Madam, Sie müssen auschecken«, näselte er.

»Lassen Sie mich raus, lassen Sie mich raus!«, schrie sie und hämmerte gegen die Tür.

Der Wachmann schaute sie müde an und zuckte mit den Schultern. Die Tür summte, und Caroline riss sie auf. Sie rannte zu dem Gittertor in der Betonmauer.

»Hilfe!«, schrie sie durch das Gitter.

Der Wächter in dem Pförtnerhäuschen schaute kurz von seiner Zeitung auf. Dann summte das Gittertor, und Caroline lief, so schnell sie konnte, in die Freiheit, hin zu Stanleys Auto, wo sie die Tür aufriss und sich neben Stanley auf den Beifahrersitz warf.

»Sind Sie in Ordnung, Madam?«, fragte er erschrocken.

Aber Caroline konnte nicht antworten.

Sie schrie. Schrie die Wut und die Widerwärtigkeit hinaus. Wieder und wieder hämmerte sie mit ihrer geballten Faust auf die Mittelkonsole zwischen den Sitzen. Ihre Schulter fühlte sich an, als würde jemand tausend Messer hineinstechen.

Stanley saß ganz still, ohne etwas zu sagen.

Als sie keine Kräfte mehr hatte zu schreien, fing sie an zu weinen. Sie krümmte sich zusammen und ließ den Tränen freien Lauf.

Schließlich kam sie zur Ruhe.

»Soll ich Sie jetzt zum Hotel fahren, Madam?«, fragte Stanley, als ob nichts passiert wäre.

Caroline lächelte durch die Tränen hindurch. Wahrlich ein Fahrer, der verstand, sich anzupassen, wie ihr Vater es ausgedrückt hätte.

»Ich muss mit John Hansen sprechen.«

Stanley nickte und startete den Wagen.

43

Auf dem Weg von dem Gefängnis zum Haus von John Hansen glitten Nairobis südwestliche Vorstädte vorbei. Caroline schloss die Augen. Die Bilder der vergangenen Tage verfolgten sie.

Sie sah sich selbst und Martin im Bett – sah das kleine kenianische Mädchen, sah Martin, der in ihren schmalen Unterleib stieß; sah die Verfolgungsjagd durch den Slum.

»Sind Sie in Ordnung, Madam?«

Caroline öffnete die Augen und schaute zu Stanley. Sie bemerkte, dass sie die Arme vor sich ausgestreckt hatte, so als ob sie sich verteidigen müsse. Sie versuchte, die Angst abzuschütteln, aber die hatte sich festgeklammert.

»Nicht wirklich, nein.«

Stanley nickte.

»Ich weiß, wie es Ihnen geht, Madam.«

Sie sah den großen, dunklen Mann mit der traurigen Stimme an. Sie glaubte ihm.

»Aber jetzt sind Sie in Sicherheit.« Er lächelte sie vorsichtig an.

Sie versuchte, das Lächeln zu erwidern, bevor sie die Augen wieder schloss.

Als Stanley das Tempo verlangsamte, öffnete sie die Augen. Entlang der Straße löste die eine hohe weiße Mauer die nächste ab. Durch die Gittertore, die die Mauern unterbrachen, konnte sie Häuser sehen, die an verwachsene Reihenhäuser erinnerten. Vor einigen spielten Kinder. Bei einem der schweren Tore stoppte Stanley das Auto und ließ das Fenster herunter. Er grüßte den Wachmann, der ihn wiedererkannte.

»Stanley, *my man!*« Der Wachmann lächelte breit, während er die eine Hand auf den Seitenspiegel des Autos legte. Neugierig schaute er Caroline an. »Weiß Mr Hansen, dass ihr kommt?«

»Nein, aber ich bin sicher, er möchte uns gern sehen«, antwortete Stanley.

Es war deutlich, dass der Wachmann Lust hatte, mehr zu erfahren, aber er besann sich und drückte auf einen Knopf, das Tor glitt zur Seite.

»Ach was!« Er klopfte an die Seite des Autos, als sie durch das Tor rollten.

Stanley fuhr vor das mittlere der großen Reihenhäuser und schaltete den Motor aus.

»Soll ich Sie hineinbegleiten, Madam?«

Caroline schüttelte den Kopf.

John Hansen war nicht einer der Menschen, nach denen sie sich sehnte, aber sie war gezwungen, all das, was in der letzten Woche passiert war, abzuschließen. Was auch immer sie von ihm halten mochte, er war der Chef hier in Kenia, und sie konnte nicht nach Hause fliegen, ohne mit ihm gesprochen zu haben.

Sie stieg aus dem Auto aus und ging die wenigen Schritte zur Haustür. Sie atmete tief ein und drückte auf die Klingel. Einen Augenblick später erklangen auf der anderen Seite der Tür schwere, schleppende Schritte. Eine Kette rasselte, ein Schloss klickte, und John Hansens draller

Körper tauchte in der Türöffnung auf. Die Haare standen ihm vom Kopf ab, und seiner zerknitterten Kleidung nach zu urteilen, hatte er geschlafen. Er sah sie mit seinen kleinen Schweinsäuglein an.

»Guten Tag.«

»Guten Tag.«

»Wollen Sie hereinkommen?«

»Das ist wohl das Beste.«

Caroline trat in den Flur und folgte John Hansen durch das Haus. Es war spärlich möbliert. Im Wohnzimmer standen ein Flachbildschirmfernseher, ein schwarzes Ledersofa und ein großer Wohnzimmertisch aus Glas. In einer Ecke waren Zeitungen gestapelt, und in der entgegengesetzten Ecke stand ein gut ausgestatteter Barschrank aus dunklem Mahagoniholz. Müde wies John Hansen mit den Armen in Richtung der dunklen Couch.

»Sie sind sicher nicht der Typ, der einen Drink braucht?«

Caroline nickte. Wenn sie jemals an einem Sonntagvormittag den Wunsch nach einem Drink gehabt hatte, dann war es heute.

»Doch, danke, Gin Tonic, wenn Sie haben.«

Er sah sie überrascht an und schenkte ein, ein Drittel Gin und zwei Drittel Tonic. Er reichte Caroline das eine Glas, und sie gingen durch die Glastür des Wohnzimmers nach draußen. Auf der Terrasse stand nur ein Stuhl.

»Ich hole eben noch einen.« John Hansen gestikulierte in Richtung des Gartenstuhls und verschwand im Wohnzimmer.

Caroline setzte sich auf den Stuhl mit der hohen Rückenlehne, der mit einem dicken, blauen Kissen gepolstert war. Sie schaute über die grüne Rasenfläche und die gepflegten Blumenbeete und stellte fest, dass der kleine

Garten überraschend schön war. John Hansen kam mit einem halb vollen Glas in der einen Hand und einem weißen Küchenstuhl in der anderen zurück. Er stellte den Stuhl auf den Boden und ließ sich schwer darauffallen.

»Prost.« Er erhob das Glas.

»Prost.«

Sie tranken und saßen einen Moment lang schweigend da.

»Ich muss wissen, was vorgefallen ist«, sagte John Hansen nach einer Weile. »Sie kommen hierher, in dieser Verfassung.« Er blickte Caroline ins Gesicht. »Und mein Stellvertreter liegt im Krankenhaus und schwebt zwischen Leben und Tod. So etwas gehört nicht zum Alltag, nicht einmal in Kenia.«

Caroline nickte. Sie nahm noch einen Schluck von ihrem Drink, dann atmete sie tief durch und begann zu erzählen.

Davon, wie Martin Dana Oil die Genehmigung gesichert hatte, in Block 12A nach Öl zu bohren, indem er Charles Kariuki versprochen hatte, dass sein Heimatdorf Katari alle Vorteile erhalten würde. Davon, wie Martin nach und nach den Dorfvorsitzenden von Katari unter Druck gesetzt hatte, ihm eines der Mädchen des Dorfes zu geben, und wie der Dorfvorsitzende später seinen Männern befohlen hatte, Mädchen in Asabo zu holen, weil er es nicht auf sich nehmen konnte, dass Martin den Mädchen aus Katari etwas antun würde.

Sie erzählte auch von dem Essen mit Charles Kariuki, der versucht hatte zu verbergen, dass er Katari kannte, von den Treffen mit dem Dorfvorsitzenden von Katari und dem Ältesten von Asabo und von dem Besuch beim Sohn des Dorfvorsitzenden im Gefängnis. Sie endete mit einer kurz gefassten Beschreibung ihrer und Martins Jagd durch den Slum. Das Einzige, was sie ausließ, war die Sache im Hotelzimmer.

Als sie fertig war, saßen sie lange schweigend da.

Auf dem Grundstück des Nachbarn konnte sie zwei Kinder spielen hören – einen Jungen und ein Mädchen.

»Martin war mein einziger Freund in Kenia«, sagte John Hansen schließlich.

Caroline sah ihn an.

Sie nahm einen weiteren Schluck von ihrem Drink.

Als sie das Glas abstellte, vibrierte ihre rechte Hosentasche.

Verwirrt schaute sie nach unten. Sie hatte vollkommen vergessen, dass ihr BlackBerry immer noch Kontakt zum Rest der Welt hielt. Fragend sah sie John Hansen an, der mit den Schultern zuckte. Als sie das kleine, schwarze Handy aus der Tasche gezogen hatte, sah sie, dass der Anruf von einer kenianischen Nummer kam.

»Sie sprechen mit Caroline.«

»Hallo, Madam Kayser?«, fragte eine tiefe Männerstimme.

»Ja, mit wem spreche ich?«

»Mein Name ist Mr Ogato, Sie haben versucht, mich zu erreichen.«

»Mr Ogato!«

Sie richtete sich im Stuhl auf, und das Gleiche tat John Hansen.

»Ja, ich bedaure es natürlich, dass ich es nicht geschafft habe, früher zurückzurufen, aber ich hatte unglaublich viel zu tun.«

»Das ist in Ordnung.«

Sie stand auf und versuchte, ganz schnell ihre Gedanken zu ordnen, während sie auf die grüne Grasfläche zuging. Ihr Knöchel tat weh, wenn sie auftrat. Hinter sich konnte sie John Hansen hektisch Luft holen hören.

»Wie ich von meiner Sekretärin erfahren habe, möchten Sie gern mit mir sprechen«, fuhr die tiefe Stimme fort, die dem Polizeipräsidenten gehörte.

Caroline biss sich auf die Lippe. Tagelang hatte sie darum gekämpft, ihn zu erreichen, aber jetzt, wo er ihren Anruf erwiderte, konnte sie das Gespräch nicht führen. Erst recht nicht, während sie sich in John Hansens Haus befand.

»Ja, so gesehen ist das korrekt … aber …«

»Worum geht es?«

»Es … es … Ich habe Sie ursprünglich kontaktiert, weil ich Hilfe hinsichtlich einiger Informationen benötigte … also einiger Informationen, von denen ich glaubte, Sie würden sie haben …«

Es war unmöglich, diesen Anruf hier wenige Meter von John Hansen entfernt zu führen. Aber der Polizeipräsident schien zu verstehen.

»Was halten Sie davon, am Dienstag in meinem Büro vorbeizukommen?«

»Ja, ja, das … das würde prima passen«, antwortete Caroline, wohl wissend, dass sie sich am Dienstag gut fünftausend Kilometer von Mr Ogato entfernt befinden würde.

»Gut. Meine Sekretärin wird Ihnen die Adresse und einen Zeitpunkt zukommen lassen.«

»Gut, abgemacht, vielen Dank.«

»Ich freue mich, Madam Kayser.«

»Ich auch. Auf Wiederhören.«

Sie legte auf und drehte sich zu John Hansen um, der sie anstarrte. Seine Stirn glänzte vor Schweiß.

»Das war Ogato?« Er atmete schnell.

»Das war er«, bestätigte sie müde.

»Sie werden sich mit ihm treffen?«

»Es sei denn, Sie können mir etwas erzählen, sodass ich das nicht tun muss.«

John Hansen schaute sie lange an, schüttelte dann aber den Kopf und fuhr sich mit einer Hand über das runde Gesicht.

»Sie verstehen es ja doch nicht. Das tun Leute wie Sie nie.«

Caroline humpelte zu dem Tisch hinüber und setzte sich auf den Stuhl mit dem blauen Kissen. Dann beugte sie sich über den Tisch.

»John, es kann gut sein, dass Sie glauben, dass ich nichts verstehe, aber ich werde Ihnen etwas sagen.« Sie merkte, wie ihre Abneigung dem Mann gegenüber zurückkehrte, und das gab ihr neue Energie. »In nur einer Woche habe ich ein Kind getroffen, das vergewaltigt wurde, und ich sollte eine Frau treffen, die in der Zwischenzeit ermordet wurde. Ich bin in einem Auto mit einem Vergewaltiger gefahren, einem pädophilen Vergewaltiger, und ich habe im wortwörtlichen Sinn um mein Leben rennen müssen. Ich glaube, ich verstehe, dass man die Dinge in Afrika anders macht. Also, erzählen Sie mir«, wiederholte sie, »erzählen Sie mir, was Sie mit Ogato zu tun haben?«

John Hansen kniff die Augen zusammen und sah sie abweisend an.

»Ich habe nur getan, was notwendig war, um die Interessen von Dana Oil zu wahren. Das tut man nun einmal am besten, indem man nach den örtlichen Regeln spielt.«

Caroline sah ihn an.

»Was heißt das genau?«

Er antwortete nicht, also fuhr sie fort:

»Ich kann mir ausrechnen, dass Sie Ogato bestochen

haben, aber ich kann nicht durchschauen, warum. Und ja, ich weiß gut, Ihnen ist es bekannt, dass ich an Ihren Schränken war, aber das, was Sie getan haben, ist vermutlich schlimmer. Im Übrigen ist es mir gerade jetzt vollkommen egal, ob ich gefeuert werde oder nicht. Dana Oil und die Ölbranche hängen mir weit aus dem Hals heraus«, sagte Caroline, und sie meinte jedes Wort. Sie konnten alle zusammen in die Hölle fahren.

»Wie ich bereits gesagt habe, habe ich nur nach den Regeln gespielt. Nichts anderes.«

»Und was besagen die Regeln?«

Er schaute sie lange an. Seine zusammengekniffenen Augen sahen aus, als könnten sie jeden Augenblick in dem fleischigen Schädel verschwinden.

»Die Regeln besagen, dass in Afrika Öl auf dem Schwarzmarkt viel Geld wert ist. Selbst ein bisschen Öl kann eine Familie viele Wochen lang versorgen. Das Gleiche können die Gelder für die teure Ausrüstung, die die Ölfirmen benötigen. Bohrrohre. Autos. Brennstoff. Die Neger klauen wie die Zigeuner, und es liegt in meiner Verantwortung, dafür zu sorgen, dass unser Öl und unsere Ausrüstung dort bleiben, wo sie hingehören. Und das ist alles, was ich zu dieser Sache zu sagen habe.«

»Und deshalb war es notwendig, Ogato zu bestechen?« Sie schaute ihn an. »Um die Polizei dazu zu bringen, auf die Gebiete bei den Bohrungen aufzupassen? Deshalb wurden wir auf dem Weg dorthin angehalten?«

John Hansen wendete das Gesicht ab und schaute auf den Garten.

»Ich habe, wie gesagt, nichts mehr zu sagen.«

»Gut. Ich kann ihn ja auch einfach selbst fragen.«

Sie griff nach ihrem Handy.

»Sie werden nichts rausbekommen, wenn Sie mit Ogato sprechen. Er ist ein schlauer Fuchs, der nach seinen eigenen Regeln spielt. Man darf ihm nicht über den Weg trauen.« John Hansen schnaubte, wischte sich den Schweiß von der Stirn und zeigte mit einem glänzenden Finger auf sie.

»Die einzige Möglichkeit, wie man das Gebiet sichern kann, ist, jemanden zu haben, der Wache hält und ungebetene Gäste wegjagt. Das verlangt danach, dass der Wachmann in der Lage ist, sich Respekt zu verschaffen. Das kann die Polizei, weil sie das hat, was dazu notwendig ist: Waffen und die Bereitschaft, ihre Waffen zu gebrauchen. Aber man bekommt nicht die Hilfe der Polizei, ohne ihr etwas als Gegenleistung anzubieten. Ich weiß, so läuft es nicht im Puppenland Dänemark, aber das hier ist die wirkliche Welt.«

Erneut trocknete er sich die Stirn ab.

Caroline sah ihn lange an. Jetzt verstand sie.

»Aber es war mehr als das, nicht wahr, John?«

Er reagierte nicht.

»Der wirkliche Grund dafür, dass Sie nicht wollten, dass ich dorthin fahre, war, weil Sie die Polizei gebeten hatten, alle Mittel einzusetzen, um dort oben Ordnung zu halten, und weil Sie Angst davor hatten, dass sie Mama Lucy getötet hatten, um sie zum Schweigen zu bringen. Sie haben befürchtet, wenn ich zu viel herumschnüffeln würde, könnte ich dahinterkommen, dass Sie an einem Mord mitgewirkt haben.«

Die Schweißperlen tropften von seiner Nase und bildeten dort, wo sie auf dem zerknitterten Hemd landeten, kleine runde Flecken.

»In Wirklichkeit ist es ein Glück, dass Sie kein Mörder sind«, fügte sie hinzu.

John Hansen starrte auf die kleine Rasenfläche.

Caroline leerte ihr Glas und räusperte sich. Er drehte den Kopf, nahm das leere Glas aus ihrer ausgestreckten Hand und verschwand durch die Glastür nach drinnen.

Als er zurückkam, sagte er:

»Wenn Sie vergessen können, dass dieses Gespräch hier stattgefunden hat, werden Markvart und Steenberg eine Mail darüber erhalten, dass unsere Zusammenarbeit gut funktioniert hat.«

Er reichte Caroline das aufgefüllte Glas. Sie nahm es und saß einen Augenblick lang schweigend da.

»Gut, abgemacht.«

Sie konnte nicht mehr. Der Alkohol auf leeren Magen, die Schmerzen in der Schulter, der Verband um die Hand und eine abgrundtiefe Müdigkeit verhinderten, dass sie schrie, dass er ein verdammtes Schwein war, das seine wohlverdiente Strafe erhalten sollte. Sie wollte nur noch nach Hause.

Sie saßen eine Weile da und schauten über den Garten, während sie sich darauf konzentrierten, einander nicht anzusehen.

Dann leerte Caroline das Glas und stand auf. Es war an der Zeit, raus zu Stanley und zurück ins Hotel zu kommen. John Hansen folgte ihr durch das Wohnzimmer und zur Haustür.

Im Flur streckte Caroline die Hand aus, und er schüttelte sie.

»Auf Wiedersehen.«

»Auf Wiedersehen.« Zum ersten Mal, seit sie gekommen war, lächelte John Hansen.

Selbst wenn er lachte, war er kein schöner Mann. Sie standen einen Augenblick lang schweigend da, bevor Caroline die Türklinke umfasste und nach unten drückte.

»Würden Sie Stanley bitten, morgen ins Büro zu kommen? Ja, ich gehe davon aus, er hat Sie gefahren. Wir müssen wohl auch miteinander reden.«

Caroline nickte, und dann ging sie.

Die Fahrt zurück zum Hotel verlief schweigend. Stanley fragte nicht nach dem Besuch bei John Hansen, und sie sagte nichts anderes, als dass Stanley morgen in Dana Oils Büro kommen sollte.

Als sie die kleine Anhöhe zum Platz vor dem Hilton-Silo hinauffuhren, fühlte sich Caroline plötzlich unwohl. Sie hatte keine Lust, dort hineinzugehen. Sie wusste, es gab nichts mehr, wovor sie Angst haben musste. Martin lag im Krankenhaus. Es war unmöglich, dass er dort drinnen wartete. Trotzdem hatte sie keine Lust.

»Wollen Sie mit reinkommen?«, fragte sie Stanley.

»Nein danke, Madam.«

Sie zögerte einen Augenblick.

»Bitte?«

Er sah sie kurz an, nickte dann und öffnete die Autotür.

»Natürlich.«

Sie gingen über den gemusterten Steinboden zu dem langen Empfangstresen. Der Rezeptionist schaute den großen, dunklen Mann und die übel zugerichtete, weiße Frau prüfend an und reichte Caroline ohne ein Wort die Schlüsselkarte, um die sie gebeten hatte. Ihre eigene lag in der Tasche, die sie in Martins Auto zurückgelassen hatte.

Sie gingen zum Fahrstuhl und traten hinein. Als die Türen sich gerade schließen wollten, stellte eine Frau mittleren Alters ihren Fuß in den Spalt, und die Tür öffnete sich wieder.

»Komm jetzt, George«, rief sie über die Schulter.

»Ich bin auf dem Weg, Bobby«, antwortete eine träge Stimme, die offensichtlich George gehörte. Engländer, dem Dialekt nach zu urteilen. Bobby lächelte Stanley entschuldigend an.

»Es tut mir leid, er ist immer so langs …«

Sie verstummte mitten im Satz, als sie Caroline ins Gesicht sah.

»Gütiger Gott, was ist denn mit Ihnen passiert?!«

Caroline tauschte einen Blick mit Stanley, bevor sie die Frau ansah. Dann schüttelte sie den Kopf.

»Es ist nichts, nur ein Unfall.«

Die Frau öffnete den Mund, schloss ihn aber schnell wieder. Sie schaute von Caroline zu Stanley und trat hinter ihren Mann. In der zwanzigsten Etage stiegen Caroline und Stanley aus. Auf dem Flur vor Carolines Zimmer standen zwei gepolsterte Stühle aus geschnitztem Holz. Stanley stellte sich neben einen der Stühle.

»Ich warte hier auf Sie.«

»Sie können gern mit reinkommen«, sagte sie und steckte die Schlüsselkarte in die Tür, aber Stanley schaute nach unten auf den dicken Teppich.

»Nein danke.«

»Okay, ich beeile mich.«

»Das brauchen Sie nicht.«

Caroline ging in das Hotelzimmer. Hinter ihr fiel die Tür ins Schloss, sie stand einen Augenblick lang da und schaute in den Raum. Die Obstschale auf dem kleinen Beistelltisch war aufgefüllt worden, und die gelbe Bettdecke lag glatt über dem Bett.

Auf der Bettdecke entdeckte sie einen flachen, langen Gegenstand mit einem kurzen Griff. Caroline ging hin und hob ihn hoch. Sie setzte sich auf die Bettkante und wog ihn in der Hand. Dann legte sie ihn in den Koffer.

Sie ging ins Badezimmer, um ihren Kulturbeutel zu holen, und in dem unerbittlichen Spiegel des Badezimmers sah sie, was Bobby und George im Fahrstuhl gesehen hatten. Es hing ein Spiegel im Flur von John Hansen, aber sie hatte sich beeilt, daran vorbeizukommen, und im Fahrstuhl hatte sie den Blick bewusst von dem Spiegel abgewandt.

Erstmals seit dem gestrigen Tag schaute sie sich selbst an.

Die linke Wange war voll mit Schrammen und Abschürfungen, die sich von der Schläfe bis zum Kinn hinunter erstreckten. Es sah aus, als sei eine Katze auf ihrem Gesicht Amok gelaufen. Der Wangenknochen war von einem großen blauen Fleck bedeckt, der entstanden sein musste, als Martin ihren Kopf auf den Plastikkanister gedrückt hatte. Die Haare sahen aus, als hätte sie sie mit verbundenen Augen toupiert, und das T-Shirt schlackerte wie ein unförmiger Sack um ihren dünnen Körper. Die Ränder unter den Augen waren dunkel gewesen, als sie in Kenia angekommen war, aber jetzt waren sie fast violettblau.

Sie streifte das T-Shirt ab und legte es auf das Waschbecken. Der Brustkorb war eine einzige große Hautabschürfung, und am Rand des BHs entdeckte sie ein blaues Mal. Sie hakte den BH auf und ließ ihn auf den Fliesenboden fallen. Ihre ganze linke Brust war von einem großen, unförmigen blau-gelben Fleck bedeckt. Sie berührte ihn, zog ihre Finger aber schnell wieder zurück.

Dann warf sie den Rest der Kleider auf den Boden, stülpte eine Plastiktüte über den Verband der Hand und drehte die Dusche auf.

Der kalte Strahl traf sie hart ins Gesicht.

Sie schloss die Augen und stand steif da, während das eiskalte Wasser über ihren Körper lief. Auf den Armen und Beinen bildete sich Gänsehaut, und ihre Brustwarzen zogen sich zu kleinen, harten Knospen zusammen. Sie fing an zu zittern, zwang sich aber dazu, stehen zu bleiben.

Als sie das Wasser abdrehte, war die Haut an ihrer Hand runzelig. Sie trocknete sich ab, zog saubere Sachen an und packte den Kulturbeutel in den Koffer. Dann zögerte sie und zog ihn wieder heraus.

Als sie auf den Flur hinaustrat, stand Stanley noch immer neben dem gut gepolsterten Stuhl. Caroline streckte ihm eine volle Plastiktüte entgegen.

»Das T-Shirt ist dort drinnen, und ich habe gedacht, dass Sie alles andere Ihren Töchtern geben können. Also, die Sachen werden ihnen jetzt noch nicht passen, aber vielleicht irgendwann, wenn sie sie haben möchten …«

Stanley nahm die Tüte, öffnete sie und schaute auf das T-Shirt, zwei zusammengelegte Hosenanzüge, zwei weiße Blusen und ein Glätteisen.

»Und dann habe ich auch gedacht, ob … ob Sie das hier vielleicht der Frau geben würden, die in der Hütte wohnt, in der die Männer Martin gefunden haben?« Caroline reichte Stanley zögernd ein Bündel Geldscheine. Er nickte, steckte das Geld in die Tasche, und ohne ein weiteres Wort gingen sie nach unten zum Auto.

Während sie auf die breite Straße fuhren, dachte Caroline darüber nach, wie viel sich in der letzten Woche verändert hatte. Die Vögel mit den schädelähnlichen Köpfen wachten immer noch in den Kronen der Bäume entlang der Straße, aber dieses Mal ekelte sie sich nicht vor ihnen. Sie hatte Schlimmeres gesehen. Viel Schlimmeres.

Nach einer halben Stunde wuchs am Horizont ein flaches, graues, halbmondförmiges Gebäude empor. Stanley bog auf die lange Einfahrt zum Flughafen ein und suchte einen Parkplatz. Als er den Motor ausgeschaltet hatte, saßen die beiden einen Augenblick lang still da. Dann stieg er aus und hob Carolines Koffer aus dem Kofferraum. Sie öffnete die Tür und trat zu ihm hinter das Auto.

»Ich weiß nicht, wo ich anfangen soll. Tausend Dank für alles – auch Ihrer Familie.«

Stanley lächelte verlegen, sagte aber nichts.

»Wir werden wohl noch voneinander hören«, fügte Caroline hinzu. »Es gibt ja quasi noch etwas, das noch nicht richtig abgeschlossen ist.«

Er nickte. Sie zögerten beide. Es war Zeit, auf Wiedersehen zu sagen, aber sie wusste nicht, wie. Wie war die richtige Verabschiedung von einem Chauffeur, der ihr das Leben gerettet hatte? Sie streckte die Hand aus, und als Stanley sie nahm, beugte sie sich zu ihm vor. Ihre Oberkörper stießen zusammen, und sie klopften einander auf den Rücken, bevor sie sich beide schnell wieder aufrichteten.

»Also dann, auf Wiedersehen – und danke.«

»Auf Wiedersehen, Madam Caroline. Eine sichere Reise.«

»Danke.«

Sie nahm ihren Koffer und humpelte durch die Tür des Flughafengebäudes, hinein in die farbenfrohe Menschenmenge, die sie verschlang.

44

Die Lehrerin nahm einen Stapel Papier von dem Pult und begann, in der Klasse herumzugehen. Sie reichte jedem der kleineren Schüler auf dem Fußboden einen Bogen und ging weiter nach hinten in die Klasse zu den älteren Schülern. Hier legte sie drei Bögen auf jedes Pult – einen für jeden der Schüler, die sich das Pult teilten.

Sally saß außen, und als die Lehrerin vorbeigegangen war, stieß ihr Makena mit dem Ellenbogen in die Seite.

»Gib sie weiter.«

»Was?« Sally sah die Freundin verwirrt an. Dann entdeckte sie die weißen Papierbögen, die die Lehrerin hingelegt hatte, und schob sie weiter.

»Du brauchst doch auch einen.«

Die Freundin schaute Sally verwundert an und schob einen Bogen zurück.

»Ach ja.«

»Haben alle einen Bogen mit Fragen bekommen?«, fragte die Lehrerin.

Die Schüler nickten.

»Gut. Wie ihr wisst, ist das hier eure Englischprüfung. Und wie ich euch auch erzählt habe, gilt es, auf so viele Fragen wie möglich richtig zu antworten.« Die Schüler nickten wieder.

»Gut, wenn alle bereit sind, möchte ich noch sagen: viel Glück. Bitte fangt an!«

Makena und die anderen Schüler in der Klasse nahmen ihre Bleistifte und beugten sich über den Prüfungsbogen. Nachdem sie die Fragen gelesen hatten, begannen sie, die Finger um die kurzen Bleistifte gekrümmt, auf die Bögen zu schreiben.

Sally saß eine Weile da und sah ihren Klassenkameraden zu, schließlich schaute sie auf ihren Bogen hinab und las die Fragen. Die meisten handelten von dem Buch mit Peter und dem Schnee.

Sie *hatte* es geschafft, das Buch fertig zu lesen. Das wusste sie mit Sicherheit, weil sie sich daran erinnerte, wie sie das Buch mit einem extra lauten Knall zugeklappt hatte, nachdem sie die letzte Seite gelesen hatte. Dennoch war es, als würden sich die Fragen um ein vollkommen anderes Buch drehen. Ein Buch, das Sally nicht gelesen hatte.

Sie hob den Kopf und schaute wieder auf ihre Klassenkameraden. Alle waren damit beschäftigt zu schreiben. Ihr eigener Bogen war noch immer ohne einen Strich. Sie las die erste Frage erneut: *Welche Figur macht Peter im Schnee?*

Makena saß neben ihr und schrieb. Sally schielte auf das Papier der Freundin.

»Wir dürfen nicht voneinander abgucken«, flüsterte Makena irritiert.

Verlegen drehte Sally den Kopf wieder weg. Es war doch nicht, weil sie schummeln wollte. Sie konnte sich heute an nichts erinnern.

Wie alt war Peter?, wollte die Lehrerin in einer der Fragen wissen. Zehn? Zwölf? Sally hatte es vergessen. Es musste irgendwo im Buch gestanden haben, aber gerade jetzt war es, als ob sie sich an überhaupt nichts erinnern konnte.

Sie erinnerte sich nur daran, dass sie auf die Sommerschule gehen würde, wenn sie diese Prüfung hier – und all die anderen Prüfungen – gut hinbekäme.

»Ihr habt noch eine halbe Stunde Zeit.« Die Lehrerin sah sich in der Klasse um und ließ einen Moment einen besorgten Blick auf Sallys Gesicht ruhen.

Sally schaute nach unten auf das Blatt. Vielleicht hatte die Lehrerin bemerkt, dass sie noch nichts geschrieben hatte.

Sie zwang sich dazu, die Fragen noch einmal zu lesen. Es musste etwas geben, an das sie sich erinnern konnte!

Das Gefühl, es wäre besser, tot zu sein, war zurückgekehrt. Es war seit Sonnabend da gewesen, seit sie mit dem Kopf auf der Erde aufgeschlagen war und eine Beule unter den Zöpfen bekommen hatte. Seit sie die unheimliche Stimme des Mannes gehört hatte.

Sie hob ihre Hand nach oben an den Hinterkopf und spürte die Beule.

»Jetzt ist eine Stunde vergangen. Alle legen ihre Bleistifte weg.« Die Lehrerin schaute sich in der Klasse um.

Sally hatte ihren bereits hingelegt. Sie starrte durch das Fensterloch nach draußen, hinauf in den grauen Himmel. Sie hätte auf viel mehr Fragen antworten müssen, wenn sie ein A bekommen wollte. Da war sie sich sicher. Onkel Julius würde sie jetzt nicht auf die Sommerschule schicken.

In ihren Augenwinkeln sammelten sich die Tränen. Sie hasste sich selbst.

45

Caroline wachte voll bekleidet auf. Ihre Zunge fühlte sich rau wie Sandpapier an, und ihr Kopf schmerzte. Ihr Magen knurrte, da er seit mehr als einem Tag nichts mehr zu essen bekommen hatte.

Sie stützte sich auf einen Ellenbogen auf. Draußen war es dunkel. Sie griff nach der silberfarbenen Rolex, die auf dem Nachttisch lag. Es war fast Mitternacht und bald acht Stunden her, seit sie sich hingelegt hatte, um ein Nachmittagsnickerchen zu halten. Im Kühlschrank befanden sich nur leere, saubere Fächer, weil sie den gesamten Inhalt weggeworfen hatte, bevor sie nach Kenia geflogen war. Sie lag einen Augenblick lang da und überlegte, etwas zu bestellen, vermochte es aber nicht, das Handy einzuschalten und auf die Mitteilungen zu reagieren, die sich vielleicht auf dem Anrufbeantworter befanden. Sie hatte noch keine Kraft für die Welt da draußen.

Markvart hatte am Morgen angerufen und ihr Bescheid gegeben. Vorsichtig – als würde er Angst davor haben, sie würde daran zerbrechen, es zu hören. Sie hatte nicht reagiert. Hatte nur geantwortet »aha«. War nicht traurig darüber gewesen. Oder erleichtert. Hatte sich auch nicht schuldig gefühlt. Nur leer.

Sie starrte an die weiße Decke. Der Chef hatte gefragt, ob sie Gesellschaft haben wollte. Er würde gern zu ihr nach Hause kommen, wenn sie das Bedürfnis hatte, mit jemandem zu sprechen. Oder sie könnten sich in einem Café treffen, wenn sie ein wenig rauskommen wolle. Caroline hatte abgelehnt. Das Einzige, was sie brauchte, war Schlaf. Einen tiefen, traumlosen Schlaf, in dem sie nicht zu etwas Stellung nehmen und sich nicht dafür entscheiden musste, wie es ihr ging. Oder was jetzt passieren sollte.

Sie war gestern Morgen in Kastrup gelandet. Es war geplant gewesen, dass sie direkt vom Flughafen ins Büro fahren sollte, aber eine unüberwindliche Müdigkeit hatte sie übermannt, als sie durch die mattierte Glastür der Ankunftshalle getreten war und die vielen Menschen gesehen hatte, die mit Fahnen in der Hand und Erwartungen in den Gesichtern auf Familienmitglieder warteten. Also hatte sie den Taxifahrer gebeten, sie nach Landemærket zu fahren, und hatte Markvart eine Nachricht geschrieben, dass sie nicht zur Arbeit kommen würde.

Markvart hatte nicht geantwortet, und sie hatte gestern den ganzen Tag über nichts von ihm gehört. Aber heute Morgen hatte er dann angerufen. Mit der Neuigkeit.

John Hansen hatte sich gemeldet. Er hatte Markvart die ganze Geschichte erzählt, all das, was in den vergangenen Tagen in Kenia passiert war, und die Nachricht überbracht, dass Martin tot war, innerlich verblutet. Die Schläfe, die sie mit den Scherben einer zerschlagenen Lampe durchbohrt hatte.

»Das muss ein schreckliches Erlebnis für dich gewesen sein, Caroline«, hatte Markvart wieder und wieder gesagt. »Ganz entsetzlich.«

Sie sollte sich die Zeit nehmen, die sie brauchte, um zu sich zu kommen. Und wenn es etwas gab, das er tun konnte, was auch immer … Caroline hatte sich bedankt. Das Einzige, was sie brauchte, war Ruhe. Selbstverständlich, sie solle sich nur ausruhen und sich erholen, dann würden sie später reden.

Sie drehte sich auf die andere Seite, konnte aber nicht wieder einschlafen. Die Gedanken kreisten in ihrem Kopf.

Sie dachte an die Dörfer Asabo und Katari. An die Menschen, die sie dort getroffen hatte. An ihren Zorn und ihre Armut. Daran, wie sehr die Jagd von Dana Oil nach Öl das Leben in den beiden kleinen Dörfern verändert hatte; für die Einwohner Kataris zum Besseren und für die Asabos zum Schlechteren.

Sie wusste gut, es war so, wie es war. Wenn westliche Unternehmen wegen der kostbaren Naturressourcen in ein Entwicklungsland einfielen, zerrte das an der Balance in dem Land. Aber eine Sache war es, darüber in einem Artikel in *The Economist* zu lesen, eine andere, es mit den eigenen Augen zu sehen, es zu riechen und zu spüren.

Das war eine Nacht, in der Caroline in verwirrende Träume hineinglitt, ohne zu wissen, wann sie wach war und wann sie schlief.

Als sie am nächsten Vormittag aufwachte, knurrte ihr Magen so laut, dass es unmöglich war, ihn länger zu ignorieren. Sie war gezwungen, sich hinaus in die wirkliche Welt zu begeben.

Sie blinzelte, als sie aus der Haustür trat. Sie hielt einer jungen Frau mit Kinderwagen die Tür auf und ging dann die Landemærket in Richtung Købmagergade hinunter. Bei Rundetårn bog sie nach rechts ab und ging über den Kultorvet zur Købmagergade.

Sie schob die Tür zum Lagekagehuset auf und zog eine Nummer, während sie die Auslage anstarrte: Zimthörnchen, Erdbeerkuchen und Muffins. Ganz rechts lag ein

Berg Bananenmuffins. Sie dachte an Sally. Ob ihr Traum von einem Bananasplit wohl irgendwann in Erfüllung gehen würde?

»Nummer einundsiebzig«, rief die junge Frau hinter dem Tresen, und Caroline schaute auf den kleinen, weißen Papierfetzen, den sie in der Hand hielt.

»Ich habe Nummer siebzig.« Sie trat an den Tresen heran.

»Die haben wir eben aufgerufen, aber es hat niemand geantwortet.«

»Ich habe es nicht gehört.«

»Wir haben mehrfach gerufen.«

»Entschuldigung, aber ich habe es nicht gehört.«

»Sie sind dann als Nächstes dran.«

Caroline bestellte ein Ciabatta-Brot und eine Packung Riberhus-Käse.

»Darf es noch etwas anderes sein?«

»Nein, danke. Doch, einen Schokoladenmuffin.«

»Das macht neunzig Kronen.«

Sie schob ihre Kreditkarte in das Lesegerät.

Mit vollem Magen war sie bereit zur Konfrontation mit der Welt draußen. Sie holte ihren Laptop, schaltete ihn ein und bereitete sich auf die vielen Mails vor, die von den Kollegen gekommen sein würden. Einige, um zu fragen, ob sie okay war, andere, um zu hören, was in aller Welt nur da unten in Kenia passiert war.

Drei Mails trafen ein. Sie wartete. Es kamen keine weiteren.

Die erste war von Jens; er wollte nur willkommen zu Hause sagen, da sie endlich nach Hause gekommen war. Mehr stand nicht dort, sodass er die Geschichte wohl noch nicht gehört hatte.

Die zweite war von ihrer Mutter. Sie wollte Caroline an den Abschiedsempfang ihres Vaters am Freitag erinnern und mitteilen, dass sie sich freuten, sie zu sehen. Und wenn sich Caroline im Rahmen des Empfangs ein bisschen Christian annehmen könnte, würde das eine große Hilfe sein. Caroline nickte. Christian war in der Tat der Einzige, den zu sehen sie sich freute.

Die letzte Mail war von Markvart. Es war die Einladung zu einer Sitzung für morgen, wieder ohne irgendeine Tagesordnung. Sie konnte sehen, dass Allan Steenberg auch zu der Sitzung geladen war. Sie mussten das hier sehr ernst nehmen. Es war bestimmt nicht Brauch, Direktionsmitglieder bei Sitzungen dabeizuhaben. Tatsächlich war sie nie bei einer Sitzung gewesen, bei der es nur drei Teilnehmer gab und einer davon ein Mitglied der Direktion war.

Den Rest des Tages lag Caroline im Bett und starrte vor sich hin. Das Bild von Martin tauchte auf. Sie hörte das Geräusch, als die Glasscherbe seine Schläfe traf, und wieder und wieder spürte sie seinen Körper von dem ihren auf den Boden der Hütte gleiten. Dieser Körper lag jetzt in einem Leichenschauhaus. Sie sah ihn vor sich, auf einer Stahlbahre und mit einem schmutzigen, weißen Lacken bedeckt. Vielleicht war er bereits kalt und steif geworden?

Caroline hielt sich die Hände vor die Augen.

Martin war tot. Ohne Leben.

Das hatte sie ihm genommen.

In der Nacht träumte sie von Sally, die sie auf einen Abfallberg voll mit Kacke hinaufjagte.

Um fünf Uhr wachte sie auf und konnte nicht wieder einschlafen. Sie setzte sich ins Wohnzimmer.

Ihr Plan war es, sich viel Zeit zu nehmen, um sich auf die Sitzung vorzubereiten. Bluse bügeln, ins Bad gehen, die Haare richten, Make-up auflegen. Aber als es sieben Uhr wurde, saß sie immer noch auf dem niedrigen grauen Stuhl und starrte mit leerem Blick über die Baumwipfel im Kongens Have.

Eine Frage erfüllte ihren Kopf: Habe ich die falsche Wahl getroffen? Die Frage fraß sich durch ihre Gedanken wie ein Bandwurm.

Sie dachte an Christian. Daran, wie viel lieber sie mit ihm im Schwimmbad gewesen wäre, als nach Kenia zu fliegen. Sie dachte an Kasper. Daran, ob es ein Fehler gewesen war, sich zu trennen, es aufzuschieben, Kinder zu bekommen. Und sie dachte an ihre Freundinnen. An alle die Male, als sie ihr aus den Bars der Stadt SMS geschickt hatten, und daran, dass sie nicht geantwortet hatte, weil sie wusste, dass sie es nicht fertigbringen konnte, die Präsentation zu verlassen, an der sie arbeitete. Sie hatte keine Fragezeichen hinter ihre Prioritäten gesetzt. Zwischendurch hatten sich zwar Zweifel eingeschlichen, aber sie hatte diese mit der eisernen Selbstdisziplin erstickt, die alles andere übertrumpfen konnte. Die Disziplin, die alle Bedürfnisse erstickte.

Aber dieses Mal war der Zweifel zu stark und zwang sie dazu zu überlegen, ob sie sich in all den Jahren geirrt hatte? Ob sie aus Barbesuchen etwas Wichtigeres hätte mitnehmen können als aus der Arbeit?

Sie schaute an sich herab, am Schlaf-T-Shirt herunter, das eng um ihre schmale Taille saß. Es spannte plötzlich, und mit einem Mal überflutete sie Reue.

»Zum Teufel!« Caroline zog die Beine unter sich, schlang sich die Arme um die Knie und ließ den Kopf auf die Unterarme sinken. Sie war zweiunddreißig Jahre alt, und was hatte sie erreicht? Nichts, was die Leere füllen konnte, die sie innerlich spürte. Nur Dinge, die vollkommen gleichgültig waren, jetzt, wo sie hier allein in ihrer leeren Wohnung saß.

Schließlich erhob sie sich und ging ins Schlafzimmer. Im Schrank fand sie einen Hosenanzug und die am wenigsten zerknitterte Bluse. Sie zog sich an und betrachtete sich im Spiegel. Das würde das erste Mal überhaupt sein, dass sie ohne Make-up und geglättete Haare zur Arbeit ging.

Zwanzig Minuten nach sieben Uhr machte sie sich auf der üblichen Route auf den Weg: zu Fuß zum Nørreport, die Metro zu Christianhavns Torv und weiter zu Fuß zum Domizil unten am Kai. Alles wirkte so anders, als zu der Zeit, bevor sie nach Kenia geflogen war. So viel sauberer, so viel ruhiger.

Dreißig Meter von der großen Glasfassade entfernt blieb sie stehen und schaute auf die Drehtür, die immer noch mit einem großen Appetit Anzüge verschlang. Es war diese Tür, die vor ihrem inneren Auge aufgetaucht war, wenn sie daran gedacht hatte, ob sie als Gewinnerin oder Verliererin zu Dana Oil zurückkehren würde, als ein Erfolg oder ein Fiasko. Jetzt stand sie vor ihr und ahnte noch immer nicht, was sie war. Wusste nur, dass sie am allerliebsten zu Hause im Bett liegen würde.

Sie grüßte kurz die lächelnden Empfangsdamen und ging durch die Sicherheitspforte hindurch und weiter zu den Glasfahrstühlen, wo sie einstieg, ohne darüber nachzudenken, wer sie sah.

Im Fahrstuhl drückte sie auf den Knopf für die sechste Etage, in der die Direktion saß. Sie sollten sich um acht

Uhr in Steenbergs Büro treffen. Als sich die Tür öffnete, trat sie hinaus und schaute den Flur entlang. Hier gab es keine Großraumbüros, nur große Büros. Sie ging den Flur hinunter und blieb vor der Tür mit »Steenberg« auf dem diskreten Namensschild stehen. Es war Markvart, der öffnete, als sie anklopfte.

»Caroline! Bin ich froh, dich zu sehen!« Der große Mann zog sie durch die Tür und umarmte sie.

»Oh, gleichfalls.« Caroline befreite sich ungeschickt aus der Umarmung ihres Chefs, und im gleichen Moment klopfte Allan Steenberg ihr auf die Schulter.

»Willkommen zu Hause, Caroline. Wir sind unglaublich froh darüber, dich wieder zu Hause zu haben.« Er nahm ihre Hand und schüttelte sie. Caroline strengte sich trotz der Schmerzen in der Schulter an, den dunkelhaarigen Mann anzulächeln. Er war wie eine zehn Jahre ältere Ausgabe von Markvart. Die gleiche tadellose Kleidung, die gleiche perfekte, breite Kieferpartie und das gleiche gewinnende Lächeln. Fast gleich groß. Die Furchen in seinem Gesicht waren allerdings tiefer, und das Haar war einen Ton grauer.

»Ja, danke ...« Sie war zu nah an den inneren Kreisen der Macht aufgewachsen, um in Gesellschaft wichtiger Männer die Sprache zu verlieren, aber auf diese Begrüßung war sie nicht vorbereitet gewesen.

»Wollen wir uns setzen?« Der Direktor wies mit der Hand in Richtung des großen, ovalen Sitzungstisches, der mit Tassen und Tellern für drei Personen gedeckt war. In der Mitte des glänzenden Tisches standen eine große Obstplatte, eine silberfarbene Alfi-Kanne sowie drei Flaschen Wasser.

Daneben lag ein großer, weißer Umschlag.

Steenberg und Markvart setzten sich und ließen den

Platz neben dem Umschlag für Caroline frei. Sie zog den Stuhl zurück und setzte sich langsam hin.

»Lass mich zuerst ein paar Worte im Namen der Leitung sagen«, begann Steenberg, während er Caroline bedeutete, sie solle sich bedienen. »Das, was du durchgemacht hast, sollte kein Mitarbeiter von Dana Oil erleben. Das ist ein schreckliches Erlebnis, was wir zutiefst bedauern, und wir haben alle Verständnis dafür, wenn du Zeit brauchst, wieder auf die Beine zu kommen.«

Caroline nickte. Ein schreckliches Erlebnis war die Untertreibung des Jahres.

»Wenn es irgendetwas gibt, das wir tun können, damit du mit heiler Haut durchkommst, musst du es unbedingt sagen. Halte dich nicht zurück. Wir haben sowohl Psychologen als auch andere Krisenberater, die wir dir sehr gern zur Verfügung stellen.«

Sie nickte wieder und blickte verstohlen auf den Umschlag. Steenberg fuhr fort:

»Wie ich auch zu Lars gesagt habe« – er schielte zu Markvart –, »soll Dana Oil kein Unternehmen sein, in dem sich die Mitarbeiter im Stich gelassen fühlen, wenn sie in Berührung mit ... unerfreulichen Erlebnissen kommen. Das möchten wir dir gern versprechen.«

»Danke.«

Er fuhr damit fort, über die Politik des Unternehmens gegenüber Mitarbeitern in der Krise zu sprechen. Als er einige Minuten geredet hatte, hielt er inne.

»Aber wir haben dich heute ja aus einem anderen Grund hierhergebeten.«

Caroline nickte.

»Neben dir liegt ein Umschlag.« Markvart übernahm, und sie schauten alle drei auf das weiße Viereck neben ihrer Kaffeetasse.

»Wie du weißt, steht dem Unternehmen eine große Umstrukturierung bevor, die bedeutet, dass intern einige in andere Abteilungen wechseln werden und einige bedauerlicherweise das Unternehmen verlassen müssen. Das ist etwas, über das wir sehr traurig sind, aber es geht leider nicht anders.«

Sie nickte wieder. Jetzt kam das Urteil.

»Und der Grund dafür, dass wir dich heute hierhergebeten haben, ist, dass wir dich gern als neue Teamleiterin von Corporate Social Responsibility & Communications haben möchten.«

Caroline schaute verblüfft auf.

»Du wirst das Bindeglied zwischen mir und den Mitarbeitern, die derzeit deine Kollegen sind. Der Vertrag steckt in dem Umschlag.«

»Was?«, brachte sie stammelnd hervor. »Jens' Vertrag?«

»Das ist die Stelle, die Jens bis jetzt innehatte, ja.«

»Aber was ist dann mit ihm?« Sie schaute von Markvart zu Steenberg und wieder zurück zu Markvart.

»Es wird, wie gesagt, zu großen Umstrukturierungen im Unternehmen kommen, und in der neuen Organisation wird kein Platz für alle Mitarbeiter sein.«

»Dann wird Jens gekündigt?«

»Eine Veränderung der Organisation wird immer Konsequenzen nach sich ziehen, die natürlich unangenehm sind.«

»Aber …« Es fiel ihr schwer zu glauben, was sie hörte. Jens war eine der sicheren Karten in der neuen Organisation, davon war sie überzeugt gewesen. Er war kompetent und hatte bereits viele Jahre in dem Unternehmen gearbeitet. Womit, in aller Welt, hatte sie es verdient, diesen Platz zu übernehmen?

»Der Vertrag steckt, wie gesagt, in dem Umschlag. Und als Neuerung haben wir die Position angehoben, sodass du mit einem Teamleitervertrag angestellt wirst.«

Caroline starrte auf den Umschlag. Das hier überstieg ihre Fantasie.

»Das bedeutet einen Titel als Teamleiterin, eine beträchtliche Gehaltserhöhung und eine attraktive Bonusregelung.«

»Okay«, war alles, was sie sagen konnte.

Markvart und Steenberg lächelten einander an.

»Ich bin sicher, dein Vater wird stolz sein«, sagte Steenberg. »Ja, ich kenne ihn ein bisschen. Nicht persönlich, aber er ist ein Mann, der seine Sache gut gemacht hat. Und so groß ist das dänische Wirtschaftsleben nicht, dass man einander nicht kennt, wenn man so viele Jahre in *dem Spiel* dabei gewesen ist wie dein Vater und ich. Ich habe großen Respekt vor ihm. Die Art, wie er die Firma zum Wachsen gebracht hat, ist wirklich beeindruckend.«

Caroline nickte. Sie hatte nicht vermutet, dass die Männer einander kannten, aber es überraschte sie nicht.

»Wenn du keine Fragen hast, würde ich vorschlagen, dass du dir den Vertrag anschaust und dann zu uns zurückkommst.« Steenberg schielte auf seine Uhr.

»Ach so … ja, ich soll von Tim Wright grüßen«, war das Einzige, was ihr einfiel.

Für den Bruchteil einer Sekunde starrte Steenberg auf die Tischplatte. Dann besann er sich, hob den Kopf und fuhr fort, als hätte er sie nicht gehört:

»Gut, wenn es nichts anderes gibt …«

Caroline sah ihn verwundert an.

»Doch, da ist tatsächlich eine Sache«, sagte sie und schaute die beiden Männer auf der anderen Seite des Tisches an: »Wie machen wir all das hier öffentlich?«

Steenberg und Markvart tauschten einen schnellen Blick aus. Keiner von ihnen antwortete. Steenberg nahm einen Schluck von seinem Kaffee und stellte die Tasse sorgfältig auf die Untertasse zurück.

»Was meinst du?«, fragte Markvart schließlich lächelnd.

»Ich meine, wie erzählen wir dem Rest der Organisation, was passiert ist. Von Martin, der Bestechung und dem Ganzen?«

»Es ist wohl nicht gerade im Interesse des Unternehmens, das öffentlich zu machen«, antwortete Markvart.

Sie sah ihn an.

»Das müssen wir, Markvart. Es sind vollkommen kranke Dinge in Kenia passiert. Einer unserer Mitarbeiter hat sich an kleinen Mädchen vergriffen. Der gleiche Mitarbeiter ist ... tot.« Sie machte eine Pause. Getötet war das richtige Wort, aber das konnte sie nicht sagen. »Wir haben eine korrupte Verwaltung bestochen, und eine Frau ist ermordet worden, weil Dana Oil Streit in die zwei Dörfer getragen hat. Das können wir nicht einfach unter den Teppich kehren.«

»Wir kehren es nicht unter den Teppich, Caroline, aber wir haben überlegt, was das Beste ist, um diese Situation zu bewältigen, und wir haben entschieden, dass es für alle das Beste ist, wenn wir in dieser Sache Zurückhaltung üben.« Die Mundwinkel des Chefs senkten sich nach unten.

Caroline fiel es schwer, ihren Ohren zu trauen.

»Wir können keine Zurückhaltung üben.« Ihre Stimme nahm an Stärke zu. »Das Unternehmen hat eine klare Politik, öffentlich zu machen, wenn wir aus dem ein oder anderen Grund in Ungesetzlichkeiten hineingeraten. Also sind wir dazu verpflichtet.«

»Caroline, hör mir zu.« Das Lächeln war jetzt aus

Markvarts Gesicht verschwunden. »Wenn man in Afrika Geschäfte macht, kann man nicht erwarten, dass die Dinge so funktionieren, wie sie es hier zu Hause tun.«

Sie unterbrach ihn: »Glaub mir, darüber bin ich mir vollkommen im Klaren. Aber wir vertreten eine Firmenpolitik, die besagt, dass, wenn es zu Unregelmäßigkeiten kommt, die Auswirkungen entweder auf Mitarbeiter oder Operationen haben, alle Mitarbeiter darüber informiert werden sollen. Diese Bestimmungen müssen wir einhalten!«

Markvart legte die Hände auf die Tischplatte und beugte sich nach vorn.

»Caroline«, sagte er mit sanfter Stimme, als würde er zu einem Kind sprechen, »es ist doch nicht gerade eine Seltenheit, dass man gezwungen sein kann, zu einer etwas ... wie soll man es nennen ... einer etwas atypischen Strategie zu greifen, wenn man in einem Land wie Kenia arbeitet.«

Sie schaute ihn lange an.

»Das soll heißen, so etwas passiert häufiger?«

Keiner von ihnen antwortete.

»Sag mir, Markvart« – Caroline blickte ihrem Chef in die Augen –, »wie lange haben Mama Lucys Briefe hier im Unternehmen herumgelegen?«

Markvart zuckte bedauernd mit den Schultern.

»Wie ich sicher auch zu dir gesagt habe, als ich dir die Briefe gegeben habe, ist es einfach nicht möglich, auf alle Briefe zu antworten, die wir von wütenden Personen bekommen.«

»Wie lange, Markvart?« Sie spürte den Zorn in sich brodeln.

»Das ist nicht entscheidend, Caroline. Einige Monate. Vielleicht ein halbes Jahr.«

»Ein halbes Jahr! Und wenn Bojesen nicht Wind von der Sache bekommen hätte, hätten wir keinen Finger krumm gemacht. Habe ich damit recht?«

Markvart seufzte.

»Das hätten wir wohl nicht, nein. Die Briefe wirkten doch so, als seien sie von einem paranoiden Querulanten mit einem Groll auf die Ölindustrie geschrieben worden. Aber das ist jetzt ganz egal; jetzt gilt es, nach vorn zu schauen und das zu tun, was dem Unternehmen am besten dient.«

»Was dem Unternehmen dient! Markvart! Zwei Menschen sind tot, mehrere Mädchen wurden vergewaltigt, und Millionen von Kronen sind in die falschen Taschen geflossen. Wegen uns! Und da wollt ihr einfach den Deckel drauflegen. Was, zum Teufel, ist unsere Politik wert, da wir darauf scheißen, wenn es darauf ankommt?«

Caroline konnte hören, wie ihre Stimme schriller wurde.

»Ruhig jetzt, Caroline. Es dreht sich nicht darum, auf etwas zu scheißen, wie du es ausdrückst. Es dreht sich darum, das zu tun, was im Interesse des Unternehmens ist. Wenn wir diese Geschichte veröffentlichen, wird es ein öffentliches Gezeter darüber geben, dass wir mit einer korrupten Verwaltung zusammengearbeitet haben. Das kann damit enden, dass wir gezwungen werden, uns aus Kenia zurückzuziehen, und dafür haben wir ganz einfach zu viel investiert, um das zulassen zu können. Allein als Signaturbonus haben wir vier Millionen Dollar bezahlt.«

»Sechs«, berichtigte Caroline wütend.

»Vier, laut dem Bericht von *Publish What You Pay*. Aber das ist jetzt auch egal; es ist immer noch viel zu viel Geld, als dass wir etwas riskieren können«, sagte Markvart.

»Es waren also sechs.« Caroline dachte an Charles Kariuki; sie wusste, sie erinnerte sich richtig; das war es, was er gesagt hatte. »Ich habe mit demjenigen gesprochen, der die Verantwortung für die Verhandlungen hat, und er weiß noch, was sie bekommen haben an Bez...«

»Du hast dich offensichtlich verhört«, unterbrach Steenberg.

»Nein, das habe ich nicht.« Kampfbereit wandte sie sich Steenberg zu.

Er war zwar Direktor, aber er sollte nicht hier sitzen und sie der Lüge bezichtigen.

»Wenn ich sage, du hast dich verhört, dann hast du dich verhört.« Steenbergs Stimme wurde jetzt scharf. »Und ich möchte dich auf das Eindringlichste auffordern, diesen Betrag gegenüber niemandem außerhalb dieses Raumes zu erwähnen.«

»Aber Charles Kariuki hat gesagt ...«

Caroline unterbrach sich selbst. Sie starrte Steenberg an. Er schaute sie durch zusammengekniffene Augen an.

Da verstand sie.

So konnte sich Charles Kariuki eine Patek Philippe und einen BMW X5er leisten.

Dana Oil hatte sechs Millionen Dollar für die Bohrlizenz bezahlt, aber nur den Betrag von vier Millionen veröffentlicht. Das bedeutete zwei Millionen Dollar, von denen niemand wusste, dass Charles Kariuki und seine korrupten Kompagnons in der kenianischen Verwaltung sie erhalten hatten, und die sie daher nutzen konnten, um ihr eigenes Dasein damit zu versüßen. Dana Oils Management hatte das gebilligt, hatte Korruption gebilligt.

Sie starrten einander wie Kampfhähne an, die darauf

warteten, dass der andere zuerst zum Angriff übergehen würde.

»Ihr seid verdammte Schweine.«

»Jetzt nimmst du den Umschlag.« Steenberg zeigte steif auf das Kuvert, das neben Caroline lag, ohne den Blick von ihr abzuwenden. »Und dann entscheidest du dich, ob du eine große Karriere machen oder ob du das Ganze wegen ein paar Prinzipien über Bord werfen willst. Wie gesagt, in dem Umschlag steckt ein Teamleitervertrag.«

Er brauchte nicht mehr zu sagen, sie hatte verstanden. Das hier drehte sich nicht darum, dass sie die Beste für den Job war oder dass sie eine Beförderung verdient hatte. Wenn man mit einem Teamleitervertrag bei Dana Oil angestellt wurde, unterlag man der Schweigepflicht. Brach man diese Schweigepflicht, hatte das Unternehmen das Recht, einen gerichtlich zu verfolgen – ein Recht, von dem sie zweifellos Gebrauch machen würden.

Die Luft bebte vor angestauter Wut, bevor Markvart auf die Tischplatte schlug und Caroline gekünstelt anlächelte.

»Denk darüber nach, Caroline. Du hast den Rest des Tages Zeit, um dich zu entscheiden. Wir hoffen sehr, du wirst das Angebot annehmen. Das ist eine große Chance für dich.«

Ohne ein Wort nahm sie den Umschlag und verließ das Büro.

46

»Dann bedanke ich mich für eine angenehme Besprechung.« John Hansen lächelte und reichte seinem Gast die Hand. Eine angenehme Besprechung war eine Untertreibung. Das hier war die Besprechung des Jahres gewesen, des Jahrzehnts, verdammt noch mal.

»Gleichfalls danke, John. Man muss schon sagen, das sind große Dinge.« Tim Wright begann, seine Papiere zusammenzusammeln.

»Ja, und das sollte man mit einem Drink begießen.« Der Nairobi-Chef war einen Augenblick lang unsicher, ob das einer von diesen Ausdrücken war, die man direkt ins Englische übersetzen konnte, aber Tim Wright nickte.

»Ich bin tatsächlich auf dem Weg, um mich mit einigen von den Jungs zu treffen. Sie sind heute Abend in der Stadt, sodass es den ganzen Arm brauchen wird, wenn du verstehst, was ich meine.« Der Engländer zwinkerte.

John Hansen lächelte und wartete.

»Ja, ich werde heute Abend auch mit einigen Freunden ausgehen«, sagte er schließlich.

»Dann habt einen schönen Abend. Tue nichts, was ich nicht auch getan hätte.« Tim Wright lächelte John Hansen zustimmend an. »Ich finde selbst nach draußen, wir sprechen uns, John.« Der rundliche Mann mit der grau melierten Mähne öffnete die Tür des Konferenzraumes und ging pfeifend den langen Flur hinunter.

John Hansen schob seine Papiere zusammen und nahm sie mit in sein Büro, während er sich dachte, dass es ihm wirklich gut passte, dass Tim Wright ihn nicht eingeladen hatte mitzukommen. Die Bohrarbeiter gingen immer in unangenehme Bars, und außerdem wäre es ein schlechter Karrierezug, in der Stadt mit den Engländern gesehen zu werden.

Tim Wright war mehr als ein Mal zu Disziplinargesprächen gerufen worden, oder wie man die nun nannte, wenn die Rede von einem Subunternehmer war, der die Finger etwas zu weit unter den Kleidern der einheimischen Damen gehabt hatte. Man musste lernen, so etwas diskret zu machen. Das letzte Mal, als John Hansen in Wrights Gesellschaft außerhalb der Arbeitszeit unterwegs gewesen war, war der Abend, an dem er Steenberg zu *Mama Black Mamba* gefolgt war. An diesem Abend war der Geologe angeblich auch seinem Ruf als Schürzenjäger treu geblieben.

Eine Einladung wäre selbstverständlich nett gewesen, man wurde ja schließlich nicht jeden Tag sechzig Jahre alt. Aber, pah. Er würde heute Abend seine Drinks bekommen, denn das hier musste, verdammt noch mal, gefeiert werden!

Er ließ sich auf seinen Bürostuhl fallen, faltete die Hände hinter dem Nacken und lehnte sich zurück. Jetzt konnten sie es alle zusammen, verdammt noch mal, lernen!

Tim Wright hatte fantastische Neuigkeiten mit nach Nairobi gebracht. Die Geologen hatten den vielversprechenden Erkundungsbohrungen eine Reihe von Bestätigungsbohrungen folgen lassen, und jetzt stand es fest:

Das Öl lag dort unten und wartete. Die Geologen waren sogar in der Lage gewesen, mit großer Sicherheit genau festzustellen, wo die Förderung und die Produktion beginnen konnten.

John Hansen holte die Karte hervor, die Tim Wright dabeigehabt hatte, und studierte erneut die farbigen Umrisse. Das hier war in Wahrheit eine Schatzkarte.

Das einzige kleine *Aber* dabei war, dass es aussah, als würde die Kiste mit den größten Juwelen direkt nördlich der gegenwärtigen Bohrstelle vergraben liegen. Dort, wo sich Asabo befand. John Hansen dachte nach.

Das würde eine Herausforderung werden, aber kein Hindernis.

Nichts und niemand sollte das Recht bekommen, ihn jetzt zu stoppen, und erst recht nicht ein armes Negerdorf.

Das würde einen hohen Einsatz gegenüber den kenianischen Behörden erfordern – und ohne Zweifel auch einen direkten Einsatz der Art, der auf ein ausländisches Bankkonto überwiesen werden konnte –, aber John Hansen zweifelte nicht daran, dass es gelingen würde. Er würde die Genehmigung bekommen, die Dorfneger vor die Tür zu setzen oder sie umzusiedeln, wie es politisch korrekt hieß, sodass Dana Oil das schwarze Gold fördern konnte. Die kenianische Regierung war so heiß auf Öl und ausländische Investitionen, dass sie alles gestatten würde, auch ein Dorf umzusiedeln. Würde es notwendig sein, die Gesetzgebung zu ändern, würde auch das kein Problem darstellen.

Dana Oil würde seinen Willen bekommen.

Er dachte an Martin. Niemand hätte die Verhandlungen besser wahrnehmen können, ehrenhaft oder nicht.

Die Gedanken glitten zurück zu dem Nachmittag auf der Terrasse des Norfolk Hotel vor einigen Jahren. John Hansen hatte in einem der bequemen Korbstühle gesessen und ein spätes Frühstück eingenommen, als Martin eingetroffen war. Er hatte die Stimme seines Stellvertreters wiedererkannt, und ein Blick über die Schulter hatte bestätigt, dass er es war. In Gesellschaft eines kräftigen Kenianers mit etwas merkwürdigen, weißen Händen. Die beiden Männer hatten ihn nicht gesehen. Einen Augenblick lang hatte er überlegt, ob er hingehen und sie begrüßen sollte, aber er wollte nicht, dass sie sahen, dass er allein im Restaurant saß.

Die Unterhaltungen der übrigen Gäste hatten den Großteil des Gespräches übertönt, aber ein bisschen hatte er aufgefangen. Ausreichend, um nicht überrascht zu sein, als Dana Oil den Vertrag mit der kenianischen Regierung unterzeichnete.

Im Nachhinein hatte er überlegt, ob er darüber mit Martin sprechen sollte. Erzählen, dass er ihnen zugehört hatte. Aber er hatte es verworfen. Das Wichtigste war, den Vertrag zu sichern, also tat er, als wäre er an diesem Samstagvormittag nie auf der Terrasse gewesen. Glückselig sind die Unwissenden.

Gestern hatten sie im Büro eine kleine Gedenkzeremonie für Martin abgehalten. *Schande!* So jung! Die Kollegen hatten die Köpfe geschüttelt. Denk nur, welch ein Unglück, hinzufallen, sich den Kopf aufzuschlagen und daran zu sterben!

Nach der Zeremonie war die Arbeit wieder aufgenommen worden. In einem Land, in dem der Tod ein Teil des Alltags war und ein einzelnes Menschenleben nicht den gleichen Wert wie in Dänemark hatte, weinte man nicht tagelang wegen der Toten. Das gefiel John Hansen. Besonders in dieser Situation. Das machte die Lüge etwas leichter.

Er schaute wieder auf die farbenfrohe Karte und lächelte vor sich hin. Es würde nicht lange dauern, bevor die Kollegen Schlange stehen würden, um ihn mit in die Stadt zu nehmen.

47

Sally wusste, dass sie nicht hier sein sollte.

Die ersten paar Male, bei denen sie dabei gewesen war, hatte sie Ausschau gehalten, um zu sehen, ob ihre Mutter nach ihr suchte. Das tat sie jetzt nicht mehr.

Jata reichte Sally eine glimmende Zigarette, und sie nahm sie entgegen. Sie saugte an der Zigarette und hielt die Luft an, bevor sie den Rauch ausstieß. Das tat sie viermal, und dann konnte sie spüren, wie der Rauch ihre Kopfhaut zum Kribbeln brachte und ihr schwindelig wurde. Sie reichte die Zigarette weiter an Janice und rückte etwas zur Seite, um sich besser an den großen, kaputten Traktorreifen anlehnen zu können.

Sie saßen am Rande des Dorfes, am weitesten entfernt von der Straße, auf dem Platz, auf den alle Teile der Maschinen, die kaputt gingen, geworfen wurden. Hier konnten sie sich hinter den vielen kaputten Reifen verstecken. Der Reifenstapel war hoch, und durch die Löcher konnte man Ausschau halten, sodass man wusste, ob jemand kam.

Sowohl Jata als auch Janice waren dreizehn Jahre alt – drei Jahre älter als Sally. Jata war groß und dünn und hatte sehr schwarze Zähne. Janice war auch dünn, aber nicht groß. Sie schielte so stark, dass es schwierig war, ihr in die Augen zu schauen.

Das waren keine Mädchen, mit denen Sally früher gesprochen hätte. Ihre Mutter wollte nicht, dass sie mit ihnen spielte. Schlechte Gesellschaft nannte die Mutter die beiden. Sally war das egal. Sie waren die beste Gesellschaft, die sie seit Langem gehabt hatte.

»Warum bist du eigentlich nicht in der Schule?«, fragte Janice und schaute Sally an, während sie die Zigarette an Jata weiterreichte. Sally zuckte mit den Schultern.

»Warum seid ihr nicht dort?«

Die beiden Mädchen zuckten mit den Schultern.

Sally mochte nicht mehr in die Schule gehen.

Nicht nach der dummen Prüfung.

Das war vorbei, als die Lehrerin die Noten ausgeteilt hatte. Sie war im Klassenzimmer herumgegangen und hatte jedem einzelnen Schüler den Fragebogen der Prüfung zurückgegeben. Die Noten hatten unten in der Ecke gestanden, und als die Lehrerin Sally ihren Bogen gegeben hatte, wusste sie, dass in ihrer Ecke schlechte Neuigkeiten standen. Sie konnte es der Lehrerin ansehen, weil sie traurig darauf schaute, als sie das Blatt zurückgab. Zuerst hatte Sally die Hand über die Ecke gehalten. Sie hatte ein Gebet gesprochen und Gott gefragt, ob er den Buchstaben, der dort stand, in ein A verwandeln würde. Auch wenn sie die Hoffnung fast aufgegeben hatte, auf die Sommerschule zu kommen, gab es doch immer noch eine Chance, solange sie den Buchstaben nicht gesehen hatte. Besonders, wenn Gott sie hören könnte.

Das erste Mal, als Sally die Hand hob, um zu sehen, was dort stand, hatte sie sie, ohne zu schauen, auf die Ecke zurückgelegt. Sie wollte sicher sein, dass Gott sie gehört hatte, also betete sie noch einmal. Dann hob sie wieder die Hand und, ohne Luft zu holen, schaute sie nach unten auf das Blatt.

Aber Gott hatte sie nicht gehört. Oder es war ihm egal.

Mit der schönen Schrift der Lehrerin geschrieben, stand dort ein B. Kein A, für das sie gebetet hatte, und auch kein A-, das vielleicht ausreichend gewesen wäre, um Onkel Julius davon zu überzeugen, sie auf die Sommerschule zu schicken. Nicht einmal ein B+, sondern ein B.

Das hatte sie noch nie zuvor bekommen.

Unter die Note hatte die Lehrerin noch geschrieben, dass Sally fast ein C bekommen hätte, aber weil die Lehrerin wusste, wie hart sie normalerweise arbeitete, hatte sie ein B gekriegt.

Mit Tränen in den Augen hatte Sally auf den hässlichen Buchstaben geschaut, und sobald die Stunde um war, das Papier in Stücke gerissen und es in den großen Mülleimer neben der Tür geworfen.

Als sie nach Hause gekommen war, hatte die Mutter gefragt, wie es mit der Prüfung gelaufen war. Erst hatte Sally gesagt, sie hätten die Noten noch nicht bekommen, aber dann hatte sie angefangen zu weinen, und die Mutter hatte gefragt, was nicht stimmte. Sally hatte es ihr erzählt. Die Mutter hatte sie lange angeschaut, dann aber mit den Schultern gezuckt.

»Vielleicht ist das auch gut, Sally. Es würde für mich tatsächlich schwer sein, zu Hause alles allein zu schaffen, wenn du mehrere Wochen in der Stadt wärst.«

Sally hatte sich die Augen getrocknet.

»Ich hatte gedacht, dass du Onkel Julius fragen könntest, ob ich noch eine Chance bekommen kann.« Sie hatte geschnieft. »Wenn ich mich von jetzt an richtig anstrengen würde?«

Aber die Mutter hatte den Kopf geschüttelt.

»Nein, Sally, Onkel Julius hat gesagt, er würde nur bezahlen, wenn du in den Prüfungen nur ein A bekommst, und jetzt hast du ein B bekommen.«

»Glaubst du trotzdem nicht, dass du versuchen kannst, Onkel Julius zu fragen, ob …«

»Das nützt nichts, Sally. Im Übrigen ist das wohl für alle das Beste.«

»Aber …«

»Es bleibt so, wie es ist. Vielleicht nächstes Jahr – aber du solltest dich auf nichts versteifen.«

Sally streckte zwei Finger aus, und Janice steckte die Zigarette dazwischen.

»Hast du Geld?«, fragte Janice, als sie eine Weile schweigend dagesessen und geraucht hatten.

Sally schüttelte den Kopf. Sie hatte das ganze Geld, das sie von der Öldame mit den glatten Haaren bekommen hatte, für Zigaretten für die Mädchen ausgegeben.

Janice und Jata schauten einander an. Dann lächelten sie.

»Was?«

»Nichts.« Sie lächelten sich wieder an.

»Sagt jetzt, was ist.«

»Okay.« Jata beugte sich nach vorn. »Aber du musst versprechen, es niemandem zu sagen. Das ist unser Geheimnis.«

Sally nickte.

»Wir wissen, wie man Geld verdienen kann.« Sie lächelte, sodass man ihre schwarzen Zähne sehen konnte.

»Wie?«

»Du versprichst, es nicht weiterzusagen?«

»Das habe ich doch gerade getan.«

»Okay.« Janice beugte sich auch nach vorn. »Die Ölmänner.«

»Was ist mit denen?«

»Die geben einem Geld, wenn man das mit ihnen macht.«

Sally schaute sie an. Beide Mädchen lächelten.

»Wir haben es beide gemacht, und es war tatsächlich nicht so schlimm. Oder, Janice?«

»Nein. Auf jeden Fall nicht nach dem ersten Mal.«

»Willst du mitmachen? Sie kommen und holen uns manchmal. Wir wissen, wo sie parken.«

Sally antwortete nicht.

»Willst du, Sally?«

Sally schaute auf ihre Hände.

48

Das Taxi manövrierte sich durch den dichten Freitagsverkehr der Bredgade. Ein gelber HT-Bus scherte vor ihnen aus, sodass der Taxifahrer bremsen musste und es nicht mehr über die grüne Ampel schaffte. Er fluchte. Caroline schickte einen freundlichen Gedanken an die Kopenhagener Busse, die das Recht hatten, den Verkehr aufzuhalten.

Beim Sankt Annæ Plads bog das Taxi nach rechts ein und hielt an der Seite an. Sie reichte ihre Visa-Karte zwischen den Sitzen nach vorn und hoffte, es würde Probleme mit der Karte geben. Einen Augenblick später reichte der Fahrer Karte und Quittung nach hinten, und Caroline stieg aus.

Sie schaute auf das Wasser hinunter, wo sie den Giebel des Schauspielhauses ausmachen konnte. Dann ging sie über die Straße und zu dem großen, weißen Gebäude mit ihrem Nachnamen an der Fassade.

Christian war der Erste, den sie sah. Er stand an der Garderobe und war darauf konzentriert, seine Jacke auf einen Bügel zu hängen. Neben ihm stand ein Mädchen, das genau dafür angeheuert worden war, aber das hier war eine Sache, die Christian selbst tun konnte – und daher immer selbst machen wollte.

»Hallo, Christian.« Caroline beugte sich vor und umarmte ihren Bruder herzlich. Er sah sie an, erwiderte die Umarmung aber nicht.

»Nicht schwimmen gestern. Canine laaange nicht schwimmen.« Er wandte den Kopf ab.

Caroline strich ihm über die Haare.

»Ich bin auch traurig darüber, Christian. Es ist nicht, weil ich nicht mit dir schwimmen gehen wollte. Ich war auf einer Reise, und gestern musste ich über etwas sehr Wichtiges nachdenken. Aber ich *verspreche* dir, nächste Woche gehen wir ins Schwimmbad.«

»Versprechen?« Er wollte sie immer noch nicht anschauen.

»Ich *verspreche* es.«

»Mit Köpfen?«

»Amager Köpfen.«

»Und rund um die Welt?«

Aus dem Augenwinkel konnte sie sehen, wie das Garderobenmädchen schmunzelte.

»Rund um die Welt hundertmal im Rückspiegel.«

Christian lächelte sie an.

»Liebe Canine.« Er legte die Arme um sie, und Caroline merkte, wie ihre Augen feucht wurden.

»Gleichfalls, Christian. Wollen wir zusammen reingehen und Vater begrüßen?« Sie fasste ihren Bruder an der Hand, und sie gingen in die große Empfangshalle, die mit dunkel gekleideten Männern, jeder ein Champagnerglas in der Hand, und Gesprächslärm erfüllt war.

Sie gingen zu dem Tisch mit Präsenten, der übervoll war von Weinkartons mit kleinen, weißen Karten daran.

»Schau!« Christian zeigte auf eine Angelrute, die neben dem Tisch an die Wand gelehnt stand. Außen herum war eine große, rote Schleife gebunden.

»Hast du die für Vater gekauft?«, fragte Caroline, wohl wissend, dass es die Mutter war, die wie immer für den Einkauf der Geschenke verantwortlich war. Christian nickte heftig.

»Die ist aber toll.«

»Ich und Vater raus und angeln. Vater hat jetzt viel Zeit.« Er lächelte Caroline glücklich an. Kannte sie ihren Vater richtig, würde sein Kalender bald mit Aufsichtsratsposten und Logensitzungen vollgestopft sein, aber es gab keinen Grund, das dem Bruder zu sagen, der sich sichtlich freute, rauszukommen und in Gesellschaft seines Vaters Fische zu fangen.

»Was ist das?« Christian zeigte auf das flache, längliche Geschenk.

»Das ist mein Geschenk an Vater.«

»Aber was ist es?«

»Das ist etwas, das ich aus Afrika mitgebracht habe.«

»Caroline!«

Sie drehte sich um und sah ihren Vater in einem großen Kreis von Anzügen stehen. Alle blickten sie an.

»Komm hierher!«

Der Kreis der Anzüge öffnete sich und machte Platz für sie. Sie straffte sich und ging zu ihrem Vater hinüber. Als sie bei ihm angelangt war, legte er die Hände auf ihre Schultern. Sie unterdrückte einen Schmerzensschrei.

»Sag mir, Caroline, wann hattest du dir gedacht, mir das zu erzählen?«

Seine Stimme klang ernst.

Sie schaute ihn an, unsicher, was sie antworten sollte.

»Ich meine, ist das nicht etwas, was eine Tochter ihrem Vater erzählt?«

»Ich ...«, fing sie an, aber dann veränderte sich das Gesicht des Vaters zu einem breiten Lächeln, und er richtete seine Aufmerksamkeit auf die Männer um sich herum, während er Caroline umdrehte, sodass sie die Männer ansah.

»Meine Herren, darf ich Ihnen das neueste Mitglied in Dana Oils Geschäftsführung präsentieren: meine Tochter!«

Caroline lächelte unsicher die erhobenen Champagnergläser an. Es war ihr eigener Entschluss, aber es hörte sich fremd an, wenn ihr Vater es aussprach. Sie entdeckte Viktor in einem der Anzüge.

»Ja, entschuldige, ich glaubte, du hattest es erzählt, aber wie ich deinen Vater verstanden habe, hast du das nicht getan. Ich dachte nur, jetzt, wo der Vertrag unterschrieben ist und es intern bekanntgegeben wurde …« Viktor lächelte entschuldigend.

»Egal.« Ihr Vater hustete und übertönte Carolines Antwort. »Das Wichtigste ist doch, dass du es geschafft hast. Es ist egal, wer es wem erzählt. Meine tüchtige Tochter! Du musst das in Kenia fantastisch gut gemacht haben!«

»Ja …«

Ihr Vater umarmte sie von hinten, und sie biss sich auf die Unterlippe. Er winkte nach mehr Champagner. Jetzt sollte angestoßen werden. Im gleichen Augenblick kamen zwei der Partner von Toft, Kring & Kayser, und er wurde in Männerumarmungen gezogen und mit Lobpreisungen seiner glorreichen Karriere überschüttet.

Caroline wandte sich an Viktor.

»Ehrlich, Caroline, das musst du wirklich entschuldigen, ich war sicher, du hättest es ihm selbst erzählt.«

»Das macht nichts.«

»Es war nur, weil ich mich so für dich gefreut habe. Ich muss schon sagen, du bist mit Bravour von der unsicheren Liste runtergekommen. Bei Gelegenheit möchte ich gern dein Geheimnis erfahren.« Viktor zwinkerte ihr zu.

Schweigend erwiderte sie sein Lächeln.

Er schaute sie prüfend an.

»Du siehst anders aus.«

Caroline zuckte mit den Schultern.

»Es sind die Haare.« Er griff nach einer Locke und hob sie hoch. »Sie sind nicht glatt wie sonst.«

Sie nickte. Sie fühlte sich auch anders, und die Haare waren dabei das Wenigste.

»War es ansonsten eine gute Tour?«

»Ja danke, prima. Etwas hart, aber doch schön.«

»Ja, das kann ich mir vorstellen, Afrika ist nicht gerade ein Ort, an den man sich freiwillig begibt. Es war aber auch kein Zuckerschlecken hier zu Hause.« Viktor seufzte. »Diese Umstrukturierung geht an die Substanz.«

»Ja, das kann ich mir vorstellen«, antwortete Caroline, eifrig darauf bedacht, von ihrer Reise abzulenken. »Wie läuft es damit?«

»Es läuft, aber es ist harte Arbeit. Es sind viele Menschen davon betroffen, und man kann es nicht vermeiden, darüber nachzudenken. Man müsste ein eiskalter Scheißkerl sein, wenn man es genießen würde, dazusitzen und Kündigungen zu schreiben.«

Caroline nickte und dachte an Jens und sein neu erworbenes, renovierungsbedürftiges Haus in Emdrup.

»Auf der anderen Seite gibt es auch einige, die positiv überrascht sind, so wie du. Und es wird trotz allem auch einzelne Neueinstellungen geben – ja, du hast ja selbst einen neuen Kollegen bekommen.«

»Wen?«

»Den Journalisten.«

»Welchen Journalisten?«

Sie hatte nicht gehört, dass in ihrer Abteilung ein neuer Mitarbeiter eingestellt worden war. Das wäre auch unpassend, da die Kündigungsschreiben bald ausgeteilt werden sollten.

»Der von *Dagens Erhverv;* er war gestern da und hat den Vertrag unterschrieben. Boysen, oder wie er heißt. Netter Kerl.«

Caroline riss die Augen auf.

»Meinst du Bojesen?«

»Das ist sicher richtig.«

»Niels Bojesen?« Es fiel ihr schwer zu glauben, was sie hörte.

»Ja, er ist es. Er wurde als *special advisor* eingestellt. Ich will nicht zu viel sagen, aber man muss davon ausgehen, dass er fleißig ist, wenn man sich sein Anstellungsverhältnis anschaut.«

Caroline öffnete den Mund, war aber zu schockiert, um einen sinnvollen Satz zu formulieren.

»Du siehst vollkommen durcheinander aus.« Viktor sah sie besorgt an.

»Ich … nun … nein …«

Sie schüttelte den Kopf. Noch einer.

Das sollte sie nicht überraschen.

Ein Kellner kam vorbei und füllte ihre Gläser mit perlendem Champagner auf.

»Er hat dich übrigens erwähnt.« Viktor nahm einen Schluck aus dem schmalen Glas. »Und dass ihr beide unten in Kenia die gleiche Organisation kennt.«

Sie schaute ihn verwirrt an.

»Was?«

»Ich habe es auch nicht ganz verstanden, aber er meinte, dass du mit einer NGO zusammengearbeitet hast, mit der auch er Kontakt hatte.«

Caroline schaute in ihr Glas. Die kleinen Blasen erreichten zischend die Oberfläche. Sie nahm einen Schluck, bevor sie aufschaute.

»Das wird wohl Peoples' Rights sein?«

»Ja, die waren es.« Viktor nickte.

Sie wandte den Blick wieder ihrem Glas zu, drehte es in der Hand, studierte den langen Stiel.

Bei einem ihrer Telefonate hatte Daniel gesagt, Peoples' Rights würden zur Presse gehen, wenn es den Einheimischen am besten dienen würde. Aber in Wirklichkeit hatte die NGO Bojesen mit Informationen gefüttert, lange bevor Caroline in Nairobi gelandet war. Das letzte Teil in dem Puzzle fiel an seinen Platz. So war es also, wie afrikanische NGOs ihren Laden zum Laufen brachten: Sie gaben ausländischen Journalisten Tipps, in diesem Fall Bojesen, hinsichtlich lokaler Unzufriedenheiten mit internationalen Unternehmen. Die Journalisten setzten dann den Unternehmen das Messer an die Kehle, und die Unternehmen hasteten in die Welt hinaus, um Buße und Besserung zu geloben – und vielleicht, im Laufe dieses Prozesses, das Sponsoring der NGO.

Viktor stellte sein Glas auf einem der hohen Tische ab.

»Ich muss auf die Toilette, aber wenn ich zurückkomme, müssen wir etwas essen.« Er klopfte sich auf den Bauch. »Der hier läuft nicht mit Mohrrüben.«

Im gleichen Moment, in dem Viktor verschwand, tippte jemand Caroline auf die Schulter. Sie drehte sich um und sah auf einen Mann hinab, der ihr bis zur Nase reichte.

»Ich möchte nur eben grüßen.«

Direktor Clausen, Dana Oils oberster Chef, reichte ihr seine Hand. Sie nahm sie, ohne etwas zu sagen. Er sah sie mit einem eisigen Blick an.

»Ich möchte mich für Ihre Handhabung der Situation in Kenia bedanken.« Die kalten Augen bohrten sich in die ihren. »Ich brauche wohl nicht zu sagen, dass wir die Diskretion schätzen, die Sie bisher gezeigt haben?«

Caroline spürte, wie sich Kälte in ihrem Körper ausbreitete. Ihre Zunge war wie zu Eis gefroren. Sie schüttelte den Kopf.

»Gut.« Direktor Clausen lächelte; das Lächeln erreichte die Augen nicht. »Dann brauche ich sicher auch nicht zu erwähnen, dass es Dana Oil unter keinen Umständen tolerieren wird, wenn Außenstehende in der Zukunft in Dinge eingeweiht werden, die sie nichts angehen?«

Sie starrten einander an. Dann schüttelte Caroline wieder den Kopf.

»Gut, dann verstehen wir uns. Und jetzt möchte ich nicht weiter stören. Grüßen Sie Ihren Vater, und sagen Sie ihm herzlichen Glückwunsch.«

Der Scharfrichter machte auf dem Absatz kehrt und verschwand. Sie sah ihm nach, wie er in Richtung Ausgang lief.

Der Rest des Empfangs verschwand in einem Nebel. Caroline bedankte sich für die Glückwünsche zur Beförderung. Als es an der Zeit war aufzubrechen, kam ihr Vater zu ihr und legte den Arm um ihre Taille.

»Danke für das Geschenk.«

»Gern geschehen. Ich weiß wohl, dass das ein etwas merkwürdiges Geschenk ist, aber ich dachte nur …« Sie wusste nicht, was sie gedacht hatte.

»Ist das aus Kenia?« Der Vater hustete in seine Faust.

»Ja.«

»Dann freue ich mich darüber!« Er räusperte sich. »Es soll zu Hause als eine Erinnerung an die Reise hängen, die meinem kleinen Mädchen zur Beförderung verholfen hat.«

Er lächelte sie glücklich an, und sie versuchte, das Lächeln zu erwidern.

»Du hast mich wirklich stolz gemacht, Caroline. Ich hätte kein besseres Abschiedsgeschenk bekommen können, als dass es für dich so gut gelaufen ist. Ich wusste, du kannst es.« Er legte seine Hand auf ihren Arm und drückte ihn, während er ihr in die Augen schaute.

»Es ist, wie ich immer gesagt habe – solange man hart arbeitet und seine Integrität bewahrt, wird man die Spitze erreichen.«

Caroline versuchte, den Blickkontakt zu halten, sah aber schließlich nach unten ins Glas.

Es war nicht Integrität, die in ihr nagte.

DANKE

»Die weiße Bestie« ist Fiktion von Anfang bis Ende. Alle Personen, Unternehmen und Organisationen sind ein Produkt meiner Fantasie. Die übergeordneten Problemstellungen sind indessen von der Wirklichkeit inspiriert, und viele freundliche Experten haben mir dabei geholfen, diese zu verstehen:

Danke an die frühere Landesdirektorin und Danida-Beraterin in Kenia, Merete Lyngs für das große Wissen und das gründliche Gegenlesen sowie an Erik Bøttger für die Berichte über das Leben als Ausländer in Nairobi. Danke an den Explorationschef Arne Rosenkrands sowie an Villy Dyhr und Joseph Nazareth für ihren Rat hinsichtlich der Suche nach Öl. Außerdem vielen Dank an Kriminalkommissar Kurt Kragh für den Einblick in Täterprofile, an den Sicherheitsexperten Flemming Dahl Jensen für den Einblick in die afrikanischen Sicherheitsverhältnisse sowie an Anwältin Anette Ryde für Informationen bezüglich der juristischen Welt.

Professor J. Paul Martin, Professor Jenik Radon und Dr. Margaret Jungk weckten seinerzeit mein Interesse für die soziale Verantwortung von Unternehmen, die ich heute sehr schätze. *Sustainability Director* Anita Roper, *Social Impact Assessment Manager* Barnaby Briggs und der frühere Kommunikationschef Donal O'Neill waren alle so freundlich, eine junge Studentin in die Herausforderungen einzuführen, denen die Ölindustrie in den Entwicklungsländern gegenübersteht.

Jede Abweichung von der Wirklichkeit ist meine Entscheidung und darf diesen tüchtigen Menschen nicht angelastet werden.

All den Mitarbeitern bei Rosinante & Co ein großes Dankeschön dafür, mich so herzlich empfangen zu haben. Ein persönliches Dankeschön an meine engagierten Redakteure Jacob Søndergaard und Kirsten Fasmer für eine wunderbare Zusammenarbeit. Das Danske Forfatter- og Oversættercenter Hald Hovedgaard hat mir viele Male Arbeitsruhe mit Dänemarks schönster Aussicht gewährt, und Jo Hermann hat das Manuskript mit seinen versierten Kommentaren verbessert.

Meine vielen fantastischen Freunde und Freundinnen haben mich wie immer unterstützt, wofür ich ihnen auf ewig dankbar bin. Ein besonderes Dankeschön für die Hilfe an Tanja Parker Astrup, Lea Carlsen Ejsing, Sandy French, Jesper Stein Larsen, Jakob Bergmann Moll, Jane und Kurt Schmidt, Vibeke Hessel Vincentz, meine fleißige Schreibgruppe und meine prächtigen Rambuk-Mädchen. *You guys are the best.*

Die größte Dankbarkeit schulde ich den beiden Männern in meinem Leben, Hugo und Henrik Vincentz. Hugo dafür, so lange Schläfchen auf dem Balkon gemacht zu haben, dass das Buch tatsächlich fertig werden konnte, und Henrik für Tausende von Diskussionen und tausendfaches Gegenlesen, für große Toleranz gegenüber Unordnung und geistiger Abwesenheit und für seinen unerschütterlichen Glauben daran, dass ALLES machbar ist. Und das ist es auch, wenn man mit ihm zusammen ist.